WE ARE colorful LIKE Autumn Leaves

Hannah Ruppenthal

WE ARE colorful LIKE Autumn Leaves

Hannah Ruppenthal

Bisher von Hannah Ruppenthal erschienen:

Fatura - Die Prüfung der Dunkelheit
Fatura 2 - Die Rückkehr der Dunkelheit

Eine Kerze in der Dunkelheit - Sprüche und Gedichte
Vom Leben im Leben - Poesie
Von Gedanken so wolkenfederleicht - Gedankenpoesie

We are colorful like Autumn Leaves

Impressum

Jahr: 2022

ISBN: 9789403669991

Lektorat/ Korrektorat: *Hannah Ruppenthal*
Covergestaltung: *Hannah Ruppenthal*
Weitere Mitwirkende: *Hannah Ruppenthal*

Illustrationen: Hannah Ruppenthal

Verlagsportal: bookmundo.de

Über die Autorin

Hannah Ruppenthal, geboren am 30. Dezember 2002, lebt in einem ganz kleinen Dorf in Rheinland - Pfalz. Sie ist Autistin und drückt sich von Kindesalter an mithilfe von geschriebenen Worten aus. Ihre Bücher schreibt sie allein, ohne Hilfe, was sie nicht perfekt und nicht fehlerfrei, aber dafür besonders macht. Im Alter von fünfzehn Jahren schrieb sie den ersten Teil der Fantasy Trilogie „Fatura" und veröffentlichte ihn drei Jahre später unverändert mit all seinen Fehlern. Mit ihren Worten möchte sie Licht in die Herzen der Menschen bringen, die es noch suchen und zeigen, dass nicht alles perfekt und fehlerfrei sein muss 🤗

Am liebsten verbringt Hannah ihre Zeit mit Wandern, Zeichnen und ihrem Hund Hanni. Aber auch das Lesen ist zu ihrer Welt geworden. Und seit 2021 bloggt sie auch als Buchbloggerin auf Instagram in der Buchbubble „Bookstagram" unter dem Namen @hannahruppenthal 🖤

Für Lara,
weil du meine dunkle, graue Welt
wieder bunt gemacht hast.
Weil du meine Stacy bist
und es dieses Buch ohne dich
nicht geben würde.

Für all die,
die dem Grau der Normalität
ihre Farbe einhauchen.

Vorwort

Liebe/r Leser/in...

Hier bin ich wieder mit meinem Vorwort. Vielleicht ist das unnötig, vielleicht auch nicht :)
Aber ich habe das Gefühl, dass es für dieses Buch hier eins geben sollte. Denn *We are colorful like Autumn Leaves* ist ein Buch, wie ich es noch nie in meinem Leben geschrieben habe. Eine Herausforderung und etwas neues. Aus der Perspektive eines nicht-autistischen Menschen (Stacy) zu schreiben, hat mich oft an meine Grenzen stoßen lassen, denn das habe ich bisher noch nie gemacht. Es hat mich viiiiel Zeit und viele Gespräche mit nicht-autistischen Menschen gekostet, bis ich aus Stacy's Sicht schreiben konnte, ohne dass man meinen Autismus noch stark merkt. Ich bin nervös und habe auch ein bisschen Angst vor meinen eigenen Erwartungen.

Diese Geschichte lässt sich schwer in ein Genre einstufen. Es ist kein Fantasy Buch, kein Thriller, keine Biografie, kein Liebesroman, kein Kinderbuch. Vielleicht passt es in die Sparte New Adult. Aber ich habe das Gefühl, dass es in dem Genre fast nur Liebesgeschichten gibt. Und lass mich eins schonmal sagen, mein Buch ist keine. Zumindest keine „richtige“. Warum? Ich kenne das Gefühl Liebe nicht, kann es nicht einordnen und schwer damit umgehen, wenn ich es selbst in Büchern lese. Ich habe so oft ausprobiert, das in meine Bücher zu integrieren, aber am Ende habe ich mich in meinem eigenen Buch fremd gefühlt. Ich kann das einfach nicht und das ist okay 🩶

Du wirst hier, wie gesagt, keine Liebesgeschichte finden, keinen super krassen Action Roman, aber eine Geschichte, die mir bisher von all meinen geschriebenen am meisten bedeutet. Hier geht es um Verlust, Vertrauen, Selbstbewusstsein, Ängste, aber vor allem um Freundschaft und das sind Themen, die mir wichtig sind 🩶

Ich hoffe, dir auch.

Und noch was. Auch wenn Clara wie ich Autistin ist, ist sie nicht ich. Sie ist im Laufe des Buches wie eine Freundin für mich geworden, die mich versteht, weil sie mit der gleichen Entwicklungsstörung lebt wie ich. Dazu möchte ich noch sagen, dass Autismus keine Krankheit ist 🤗

Dieses Buch hat mir durch eine dunkle Zeit geholfen, die Protagonisten waren für mich wie eine zweite Familie.

Und jetzt schnapp dir eine Kuscheldecke und lass dich einfach fallen. Wir lesen uns 🩶

Hannah

Playlist

„When You Lose Someone" - Nina Nesbitt
„Everything Is Lost" - Maggie Eckford
„Older" - Sasha Alex Sloan
„Homesick" - Declan J Donovan
„Speeding Cars" - Walking On Cars
„Jar of Hearts" - Christina Perri
„Fight Song" - Rachel Platten
„human" - Christina Perri
„There's A Place" - Roo Panes
„I Lived" - OneRepublic
„Every Breath You Take" - Denmark + Winter
„A Sky Full of Stars" - Coldplay
„Outside" - Beauvois
„Schwesterherz" - Vera Klima
„Cardigan" - Jaime Deraz
„Letters to You" - DYATHON
„You're Worth It" - Cimorelli
„,Surrender" - Natalie Taylor
„Forgettable (feat. Olivia)" - Project 46, Olivia
„October" - Alessia Cara
„A Thousand Years" - Christina Perri
„Ist da jemand" - Adel Tawil
„You Are the Reason" - Olivia Penalva

Die ganze Playlist auf Spotify „We are colorful like Autumn Leaves“

„Menschen die anders sind, so wie du und ich, sind die Farben, die dem Grau der Normalität das Besondere einhauchen. Wir sind bunt wie Herbstblätter."

- Stacy Falls (Hannah Ruppenthal)

!Triggerwarnung!

Dieses Buch beinhaltet Themen wie Verlust, Tod, Zukunftsängste und Panikattacken, die dich vielleicht triggern könnten. Lies also bitte aufmerksam und achte auf dein Wohlbefinden.

- Deine Hannah

Und ich möchte darauf hinweisen, dass Clara‘s Form von Autismus der meinen am ähnlichsten ist. Das bedeutet, dass mein bzw. Clara‘s Autismus nicht für alle Menschen mit dieser Entwicklungsstörung spricht, sie wirkt sich bei jedem Autisten anders aus.

Prolog

Clara 2019

Draußen vor dem Fenster prasselte der Regen auf die Straße und mein Herz schlug im gleichen, viel zu schnellen Takt. Ich hatte mir fest vorgenommen, mit Stace zu reden, denn da waren diese Fragen, diese... Zweifel, denen ich mich einfach nicht mehr allein stellen konnte.

Im Fernseher vor mir lief eine Folge *Gilmore Girls*. Wie immer, wenn ich diese Serie mit meiner Schwester schaute, hatte ich das Gefühl, anzukommen. Sie war wie ein Ort, der mich immer an das Band zwischen meiner Schwester und mir erinnerte.

Doch jedesmal, wenn diese Szenen kamen, in denen jemand umarmt oder geküsst wurde, zog sich in mir alles zusammen. Es kam mir dann so vor, als würden tausende Hände nach mir greifen, mich anfassen, mich festhalten wollen. Berührungen von Menschen waren für mich unmöglich. Jedesmal, wenn mir jemand körperlich zu nah kam, wenn es auch nur ein kurzes Streifen war, brach in mir die Panik aus. Mir blieb die Luft weg, ich fühlte mich bedrängt und furchtbar verletzlich.

Auch heute hatte ich für genügend Abstand zwischen meiner Schwester und mir gesorgt, als ich endlich den Mut fand, meine Gedanken und Ängste laut auszusprechen.

„Bin ich gut genug, auch wenn ich das nie können werde?“, fragte ich und deutete auf die Szene, in der Rory und Lorelai sich gerade umarmten.

Wir saßen auf dem Boden vor der beigefarbenen Stoff-Couch und hatten bis eben schweigend eine Folge nach der anderen in uns aufgesogen wie ein trockener Schwamm das Wasser. Doch jetzt nahm Stacy die Fernbedienung und drückte auf Pause.

„Wie... meinst du das?“, wollte sie wissen und wandte sich mir dann mit ihrer ganzen Aufmerksamkeit zu. Ihre dunkelbraun geschminkten, leicht geschwungenen Augenbrauen zogen sich zusammen, ihr langes, hellblondes Haar fiel ihr über die Schulter und in ihren blauen Augen blitze etwas auf, was ich mittlerweile gut als Sorge identifizieren konnte. Bei Menschen, die ich schon länger kannte hatte ich gelernt, Gefühle an dem Gesichtsausdruck zu erkennen. Besonders aber bei fremden Personen hatte ich damit große Schwierigkeiten. Gefühle zu sehen, zu spüren oder zu verstehen war für mich so, als versuche man einem Blinden die Farbe gelb zu erklären.

„Ich... ich werde dich, Mum oder Dad niemals in den Arm nehmen können. Ich werde niemals Gefühle wie Liebe nachvollziehen oder einordnen können. Alles an mir ist... so anders.“ Plötzlich bildete sich ein dicker Klos in meiner Kehle. So offen hatte ich das, was ich dachte, noch nie in meinem Leben ausgesprochen. Aber ich wusste, dass ich Stacy alles erzählen konnte. Das hatte sie mir schon oft gesagt und ich glaubte ihr. Sie war einer dieser Menschen, die ich für mich *Lichtmenschen* nannte, jemand, der mir Sicherheit gab und an dem ich mich orientieren konnte.

„*Würdest* du es denn gerne können?“, kam die Gegenfrage von ihr. Ich brauchte nicht lange zu überlegen.

„Nein das möchte ich nicht.“

Stacy drehte sich ganz zu mir und schenkte mir dieses warme Lächeln, das nur sie lächeln konnte.

„Wenn du es also doch tun würdest, aber es eigentlich gar nicht willst, dann würdest du vorgeben jemand zu sein, der du nicht bist.“

„Aber... niemand ist so wie ich“, merkte ich an und spürte mein Herz noch schneller schlagen vor Angst. „Was... was wenn ich... wenn ich falsch bin.“

Echtes Entsetzen zeichnete sich in dem Gesicht meiner älteren Schwester ab. „Du bist der echteste Mensch, den ich kenne, Ci.“

„Warum bin ich dann so? Warum kann ich nichts von dem, was eigentlich normal ist? Warum bin ich nicht einfach... so perfekt wie du?“

Stacy lachte kurz leise auf und legte schließlich den Kopf schief, wie sie es immer tat, wenn sie etwas sehr ernst meinte.

„Weil nichts und niemand perfekt ist, Schwesterherz“, sagte sie ruhig und lächelte. „Nicht einmal ich. Oh Gott bei weitem nichtmal ich! Siehst du, meine Vorstellung von perfekt wäre... mit meiner Tanzgruppe auf Bühnen und in Filmen Hollywoods zu tanzen, vor einem Publikum bestehend aus Millionen von Leuten die uns anhimmeln. Und dass ich mit meiner Leidenschaft Geld verdienen könnte, um davon zu leben und aussehe wie Ariana Grande. Aber das ist eine Vorstellung, ein Traum. Was den Part mit Ariana Grande angeht auch ein ziemlich unrealistischer Traum, denn unters Messer lege ich mich sicher nicht.“

Von der Vorstellung verängstigt verzog ich das Gesicht. „Das klingt schrecklich!“

„Genau. Denn du bist nicht wie ich. Was wäre denn *dein* Perfekt?“

Ich brauchte einen Moment, doch dann sprach ich aus, was ich bisher noch nie jemandem verraten hatte: „Mein Traum ist es, irgendwann ein Büchercafé zu besitzen, wo es heiße Schokolade und Bücher gibt, für jeden der kommen möchte. Ich würde in einem ganz kleinen Holzhaus leben und könnte... selbstständig sein. Vielleicht bräuchte ich Hilfe beim Einkaufen oder beim Sprechen mit fremden Menschen, aber..."

„Okay, okay", fiel mir Stacy lachend ins Wort. „So viel habe ich dich noch nie reden gehört. So unrealistisch ist das doch gar nicht... Aber worauf ich hinaus wollte ist, dass jeder eine andere Vorstellung von Perfektion hat. Es gibt aber nicht nur davon, sondern auch von Normalität ganz verschiedene Versionen und Interpretationen. Schau, in... Stars Hollow ist auch nicht jeder *normal* Ci, du bist normal, wenn du du selbst bist."

„Ich fühle mich nur so... allein. Mit dem... was ich bin."

„Du bist nicht allein. Niemals! Okay?", widersprach meine Schwester kopfschüttelnd. „Stell dir mal vor, wir alle wären Herbstblätter an einem Baum. Da sind so viele orangene Blätter, aber hier und da sind ein paar gelbe, oder braune. Doch genau diese Blätter machen die Farbenpracht komplett! Wären da nur gelbe oder nur orangene, wäre es öde und man hätte nicht so einen Spaß daran, all die Vielfalt zu betrachten."

Mit einem Mal rührte sich etwas tief in mir. Die unglaubliche Erleichterung darüber, endlich mit jemandem reden zu können, die Möglichkeit, dass ich doch... nicht falsch war. Es fühlte sich an, als würde Licht in einem Raum in mir erstrahlen, wo ganz lange die Dunkelheit geherrscht hatte. Das Licht war klein, aber es war da. Und ich konnte es spüren. Nicht deutlich, aber ich wusste, dass es da war. Zum allerersten Mal.

„Davon abgesehen würden manche zu mir sagen, dass ich auch nicht ganz normal bin, was immer dieses Wort überhaupt definieren soll", fuhr Stace fort und zuckte mit den Schultern. „Menschen die anders sind, so wie du und ich, sind die Farben, die dem Grau der Normalität das Besondere einhauchen. Wir sind bunt wie Herbstblätter. Jedes ist anders, aber alle zusammen sind sie wunderschön und genau so, wie sie sein sollen."

„Also ist es okay, dass ich das alles nicht kann und nicht können will?", ich wies unsicher mit meiner Hand auf das pausierte Bild auf dem Fernseher.

„Es ist mehr als nur okay, Ci", antwortete Stacy und schenkte mir ein ehrliches, warmes Lächeln.

Kurz bevor sie wieder auf *Play* drückte, fügte sie noch hinzu: „Aber dass das klar ist: Wenn du dein Büchercafé eines Tages eröffnest, bin ich deine Geschäftspartnerin, klar?"

Und da musste auch ich lächeln.

„Versprochen."

Kapitel 1

Clara 2021

Eine eiskalte Hand hatte sich um meinen Hals gelegt und schnürte mir die Luft zum Atmen ab. Meine Hände waren so fest zu Fäusten geballt, dass meine Fingerknöchel weiß hervortraten und meine Unterlippe bebte. Der Wind war schneidend kalt.

Doch all das war mir komplett egal. Alles, was gerade meine volle Aufmerksamkeit auf sich zog, war das hölzerne Kreuz zu meinen Füßen und die Erde, die das Grab frisch zugedeckt hatte. Die bunten Herbstblätter, die sorglos darauf hinab segelten. Die bunten Blumen, die haufenweise auf der Erde lagen und die Briefe und Zettel, die die Menschen daneben ins Gras gelegt hatten.

Vor ungefähr einer Stunde war der Friedhof noch voller in schwarz gekleideter Trauernder gewesen, die sich um das Grab versammelt hatten. Oder waren es schon zwei Stunden her gewesen? Ich hatte jedes Zeitgefühl verloren. Denn ich stand hier. Allein. Und ich fühlte mich leer. So leer, wie der Sarg war, der nun vor mir unter der Erde begraben lag. Jener, in dem meine Schwester hätte liegen sollen. Aber man hatte ihren Körper nicht gefunden. Keinen der Menschen hatte man finden können. Man wusste nur, dass es keiner überlebt hatte.

„Clara? Clara!", hörte ich wie aus weiter Ferne meine Mutter nach mir rufen. Aus dem Augenwinkel sah ich, wie sie auf mich zugestürzt kam.

„Ich habe dich überall gesucht, Schatz. Lass uns nach Hause gehen, du frierst doch bestimmt schon." Meine Augen waren noch immer fest auf den Boden vor meinen Füßen gerichtet, weshalb meine Mutter jetzt in die Hocke ging, um mir ins Gesicht schauen zu können. Ihre langen hellblonden Haare standen ihr wirr vom Kopf ab und die Flechtfrisur, die sie sich heute Morgen gemacht hatte, war nicht mehr zu erkennen. Unter ihren blauen Augen lagen tiefe, dunkle Schatten und blasse, lange schwarze Schlieren von mit Tränen vermischter Wimperntusche zierten ihre zarten Wangen. Sie suchte meinen Blick, doch ich wich ihr aus.

„Clara...", wiederholte sie flüsternd und ich sah, wie weitere Tränen aus ihren rotgeweinten Augen quollen. Ihre Hand zitterte, als sie sie anhob und dann wieder sinken ließ.

So sah eine Mutter aus, die eine ihrer Töchter verloren hatte. Und das schlimmste war, dass ich ihr nicht helfen konnte, weil in mir die gleiche, große Wunde klaffte, dort, wo mir das Herz aus der Brust gerissen worden war, an jenem Abend...

„Gehst du bitte gerade ans Telefon, Clara?", rief meine Mutter gegen das Klingeln und das Brummen der Dunstabzugshaube in der Küche an. Ich saß in eine Kuscheldecke gewickelt auf dem Sofa und starrte nach draußen an den Himmel, darüber nachdenkend, ob Stacy wohl schon in Paris gelandet war, oder nicht. Das Klingeln schien penetranter zu werden.

„Clara, bitte, ich bin am Kochen und kann nicht weg!"

Telefone machten mir Angst. Aber ich riss mich zusammen, schlug die Decke zurück und tappte in den Flur zur Telefon-Station. Zögerlich und mit rasendem Herzen nahm ich das Gerät in die Hand und drückte den grünen Hörer.

„Hallo... äh, Clara Falls hier?", sprach ich fragend in den

Apparat und lauschte angespannt. Es knackte und rauschte, als hätte der Anrufer schlechten Empfang.

„A- allo? Spreche ich mit einem Mitglied der Familie Falls? Allo?“, kam es dann mit weiblicher Stimme stockend von der anderen Seite. Die Fremde hatte einen extrem französischen Akzent.

Plötzlich fuhr ein Stich ganz unvermittelt in meine Brust. Ich wusste nicht, warum, doch ich hatte mit einem Mal das Gefühl, als sei etwas schreckliches passiert.

„Wer ist da?“, krächzte ich zittrig.

„Sie sprechen mit Chloé Martin, ich bin Kommissarin der Pariser Préfecture de Police. Es gab eine technische Störung an Bord des Flugzeuges, das eute morgen in ut Valley gestartet ist. Es- es ist abgestürzt und wir aben erausgefunden, dass eine gewisse Stacy Falls mit an Bord war. Es tut mir furchtbar leid, miss Falls...“

Mehr hörte ich nicht mehr, denn das Telefon war mir aus der Hand und krachend auf den Holzboden gefallen. In meinen Ohren rauschte und piepte es, ich bekam nicht einmal mehr mit, wie ich in mich zusammenbrach, Mum in den Flur stürzte und selbst ans Telefon ging. Offenbar hatte sie gedacht, es sei das Gerät gewesen, das mich in Panik gebracht hatte.

Ich hörte nicht mehr, was danach geschah. Nur noch, dass Mum einen markerschütternden Schrei ausstieß und immer wieder: „Nein, nein, nein!“, schrie. Sie sank ebenfalls in sich zusammen. Ich weinte nicht, denn ich wusste nicht mehr, wie das ging. In mir drin war in diesem Moment alles zum Stillstand gekommen. Und in meiner Brust klaffte eine Wunde, die mit jedem Herzschlag mehr brannte und schmerzte. Ich merkte auch nicht mehr, dass auch ich zu schreien angefangen hatte und wie Dad ins Haus kam. An diesem Tag, war alles Licht in mir zerstört worden, als sei es aus Glas gewesen. Zurück war eine Leere geblieben, die nie, niemals mehr gefüllt werden konnte...

Das war nun zwei Wochen her. Zwei Wochen und es kam mir vor, als wäre es gestern gewesen.

„Bitte... Clara, du wirst krank“, bat Mum mit zittriger Stimme. „Du kannst morgen wieder herkommen, versprochen.“

Wie aus einer Trance erwacht, zuckte ich zusammen und sah mich um. Da waren überall ordentlich in Reihen aufgestellte, graue, teils verwitterte Grabsteine. Der Himmel war Grau und wolkenverhangen. Buntes Laub lag auf der Wiese und den geschotterten Wegen, welches von den vielen großen Bäumen segelte, die den Friedhof mit der steinernen, bemoosten und mannshohen Mauer einrahmten. Und zwischen all den Steinen ragten hier und da hölzerne Kreuze aus der Erde. Kreuze, die zeigten, dass das Grab, welches sie bewachten, noch nicht sehr lange existierte. So wie das, vor dem ich stand.

STACY MARIE FALLS 06.07.2001 - 18.08.2021

GELIEBTE TOCHTER, SCHWESTER UND FREUNDIN

war in geschwungener Schrift auf den Querbalken gedruckt worden. Meine Schwester war gerade erst zwanzig gewesen.

„Kommt ihr dann?“, vernahm ich auf einmal die Stimme von Dad und drehte mich um. Er war heute als einziger nicht in schwarz gekleidet gekommen. Wie immer trug er blaue Jeans und ein rot kariertes Holzfäller Hemd mit Turnschuhen. Mein Dad meinte nämlich, dass Stacy es gehasst hätte, wenn alle so trist aussahen. Und damit hatte er recht. Sie war der farbenfrohste Mensch gewesen, den ich kannte. Genau wie ich hatte sie den

Herbst geliebt. Wenn sie doch nur gewusst hätte, dass es letztes Jahr ihr letzter gewesen war...

Ich schüttelte mich hastig und suchte mir einen Punkt auf dem Boden, den ich fixieren konnte.

„Amanda?“, hakte mein Vater nach und nahm seine Frau in die Arme. Eine Gänsehaut zog mir über die Haut und ich ging, ohne mich noch einmal umzudrehen, den Weg zurück zu dem schmiedeeisernen, schwarzen Tor.

Je mehr Abstand ich zwischen den leeren Sarg unter der Erde und mich brachte, desto leichter fiel mir das Atmen.

Leise schob ich das Tor einen Spalt weit auf und schlüpfte nach draußen auf den Parkplatz, der sich etwas mehr abseits der Friedhofsmauern befand. Unser kleines, tannengrünes Auto war das einzige, das noch dort geparkt war. Ich spürte leichten Nieselregen auf meiner Haut und den Wind, der mir durchs Haar fuhr. Für den ersten September war es dieses Jahr sehr ungewöhnlich kalt und auch die ersten Bäume warfen schon ihre Blätter ab. Mir kam es so vor, als würden sie um meine Schwester trauern. Als würden sie ihr an diesem Tag noch einmal ihre bunte Farbenpracht zeigen wollen, die sie so sehr geliebt hatte.

Allmählich löste sich die kalte Hand von meinem Hals und ich schloss die Augen, um den Geruch der Tannen, des Laubs, des leichten Regens ganz bewusst in mich aufzunehmen. In meinen Ohren klang das Lied des Windes und Schritte, die über Kies auf mich zukamen. Langsam öffnete ich meine Augen wieder und schaute zu meinen Eltern, die beide ihren tränenverschleierten Blick auf mir ruhen ließen.

Wortlos stieg ich in den Wagen ein, zog die Tür zu und betrachtete die an mir vorüberziehende Landschaft.

Erst später merkte ich dann, dass heiße Tränen über meine Wangen liefen, auf meinen Hals tropften und den Kragen meines schwarzen Pullovers durchnässten. Ich ließ sie laufen. Hier und jetzt war ich nicht mehr auf dem Friedhof, niemand konnte sie sehen. Denn es hatte immer nur einen Menschen gegeben, dem ich mich mit allem was ich war hatte zeigen können. Und dieser Mensch war nicht mehr hier. Ein Stück meiner Welt war mir genommen worden, sodass ich das Gefühl hatte, keinen Platz mehr darauf zu haben.

Kapitel 2

Clara 2021

Es hatte stärker angefangen zu regnen, als unser Auto in die geschotterte Hofeinfahrt vor unserem kleinen Landhaus fuhr. Der Kies knirschte, als ich die Tür öffnete und in Richtung Haustür ging. Mein Haar wurde rasch durchnässt und der Stoff meines Pullovers klebte eiskalt an meinen Schultern. Trotzdem beeilte ich mich nicht, nach drinnen zu kommen. Denn auch dort war alles so... leer. Das Haus fühlte sich an, als sei ein Teil davon einfach abgerissen worden und Mum, Dad und ich lebten in dem, der noch übrig geblieben war.

„Ich... koche uns eine warme Suppe“, sagte meine Mutter dicht hinter mir und fügte flehend hinzu: „Bitte komm mit uns rein, Clara. Ich weiß, es ist nicht leicht.“ Damit hörte ich, wie sie sich abwandte und die Haustür aufschloss. Dad folgte ihr leicht zögernd. Und nach einem kurzen Kampf mit mir selbst trat auch ich in die Wärme des Hauses, die sich seit zwei Wochen so kalt anfühlte, dass ich jedesmal eine Gänsehaut bekam.

Die alten Holzdielen ächzten unter meinen Füßen, als ich mich auf den Weg zur Treppe am hinteren Ende des Flurs machte.

„In einer halben Stunde sollte das Essen fertig sein“, meinte Mum und streckte den Kopf aus der Küche. Wie alle Räume in unserem Erdgeschoss hatte auch sie keine Tür. Wir lebten in einem wunderschönen Landhaus mit Holzböden, Öfen statt Heizungen, hellen, mit Sprossen versetzten Fenstern und aus Holz gemachten Möbeln, die Dad weiß gestrichen hatte. Ja, ich liebte dieses Haus und konnte mir nicht vorstellen, jemals an einem anderen Ort zu wohnen. Aber seit Stacy... nicht mehr hier war spürte ich, dass nicht nur der Ort unser Haus zu einem Zuhause gemacht hatte, sondern die Menschen, die in ihm lebten. Ohne Stacy war es nur noch ein schönes Gebäude.

„Okay...“, antwortete ich leise, streifte meine braunen Stiefel ab und machte mich auf den Weg in mein Zimmer, das wie alle Schlafzimmer im ersten Stock lag. Hier gab es auch Holzboden, aber auch Türen. Weiße Holztüren. Die direkt gegenüber der Treppe gehörte dem Schlafzimmer meiner Eltern. Daneben war meine und am Ende des Flurs... lag Stacy's Zimmer. Niemand von uns hatte es mehr betreten. Wir brachten es nicht über uns, dieses Zimmer zu sehen, das so voller Leben war, genauso wie seine Besitzerin es gewesen war.

Ich atmete kurz durch und wandte mich meinem Zimmer zu. Wie schon immer gab die Tür ächzend nach, als ich sie öffnete. Kalte Luft wehte mir entgegen und ich stellte fest, dass ich vergessen hatte, die Fenster zu schließen. Sie waren beide an der Wand direkt gegenüber des Eingangs. An der Wand zwischen ihnen stand mein weißes Holzbett mit den tausend Kissen darauf, die alle ihren Platz hatten. Rechts daneben war meine Bücherwand. Ein großes Regal nahm fast die ganze Wand ein. Die Bücher darin standen alle geordnet mit dem Buchschnitt nach vorn, weil mich die Reizüberflutung der vielen Farben sonst in den Wahnsinn treiben würde. Auf der anderen Seite des Bettes stand mein Schreibtisch an der Wand mit der Pinnwand darüber, an der zahllose Bilder hingen. In der Ecke hinter der Tür befand sich mein Kleiderschrank und zu meiner Rechten die Kommode mit meinem kleinen Fernseher darauf, mein kleiner Ofen daneben auf dem Boden.

Nachdem ich die Fenster geschlossen hatte, ließ ich mich langsam auf mein Bett sinken, mein Blick in Gedanken verloren nach draußen gerichtet. Kein Auto fuhr auf der Straße. Hinter den Fenstern der benachbarten Häuser brannte Licht in Küchen, Wohnräumen oder Esszimmern. Lichterketten hingen hier und da an Zäunen in Vorgärten und leuchteten, obwohl die Sonne erst in zwei Stunden untergehen würde. Auch die Bäume in unserer Straße, der *Pine Avenue*, trugen bereits viele bunte Blätter. Bei ihrem Anblick glaubte ich, Stacy's Lachen zu hören, wenn sie sich freute, dass ihre liebste Jahreszeit anbrach. Ihr Lachen war immer glockenklar gewesen. In meinem Herzen krallte sich die eiskalte Hand wieder fest und ich wandte den Blick ab.

Erst da bemerkte ich, dass ich am ganzen Körper vor Kälte zitterte und streifte meinen nassen Pullover aus, um mir einen neuen, trockenen anzuziehen und meinen Ofen anzumachen.

Alles was ich tat kam mir so viel langsamer vor, so viel lebloser und unendlich farblos. Seit meine Schwester diese Welt verlassen hatte, schien meine Zeit anders zu laufen. Langsamer und quälender. Aber nicht nur das hatte sich verändert. Stacy war der einzige Mensch gewesen, der es geschafft hatte, mich zum Lachen zu bringen. Ich lachte nicht oft und auch sonst zeigte ich meine Emotionen nie viel. Denn ich bin Autistin. Und Stacy hatte mich mit allem angenommen, mit allem, was mich von den „normalen" Menschen unterschied. Ja, sie hatte es sogar immer wieder geschafft mir einzureden, dass ich etwas besonderes sei. Ein buntes Herbstblatt, genau wie sie. Sie hatte neben mir gesessen, wenn ich eine Panikattacke gehabt hatte und einfach nur gewartet. Sie hatte mir geholfen, meine Bücher zu sortieren, wenn ich mir sicher gewesen war, dass alles durcheinander geraten war. Und sie war die einzige gewesen, die mir näher war, als jeder andere Mensch der Erde. Mit ihr war auch ein ganz großer Teil von mir selbst verschwunden und der Rest, der noch übrig geblieben war, in Milliarden kleine Teile zerfallen. Die Angst, diesen Teil nie wieder mehr finden zu können, lähmte mich und ich zog mich immer mir in mir selbst zurück. Obwohl ich nicht mehr wusste, wo das überhaupt noch sein sollte. Der Gedanke, dass ich Stacy nie wieder mehr sehen würde...

Meine Unterlippe bebte, ich biss mit den Zähnen drauf und schloss die Ofentür, hinter der das Feuer sich langsam und knackend ausbreitete.

Eine Weile noch beobachtete ich, wie die Flammen sich an dem Holz nach oben fraßen und immer gieriger wurden, legte dann noch etwas nach und stellte fest, dass längst eine halbe Stunde vergangen war. Also machte ich mich auf den Weg nach unten, wo es schon nach würziger Kartoffelsuppe duftete. Ich hörte wie Besteck klirrte und als ich in die Küche bog sah ich wie Mum, die noch immer ihr Kleid von der Beerdigung trug, mit fahrigen Händen den Tisch deckte. Stumme Tränen rollten ihr über das Gesicht und immer wieder bebten ihre Schultern.

„Soll... ich dir helfen?“, fragte ich leise und vorsichtig. Meine Mutter zuckte erschrocken zusammen, wischte sich verstohlen mit dem Handrücken über die Augen und setzte ein Lächeln auf, das ihre Augen nicht erreichte.

„Das... wäre lieb“, gab sie zurück und stellte die drei Teller auf die Mitte des langen Eichenholz-Tisches. Drei Teller, nicht mehr vier.

„Ich ziehe mich nur schnell um. Dein Vater kommt auch gleich, er ist nochmal kurz in die Bäckerei rüber gegangen.“

Damit ließ sie mich in der Küche zurück.

Meinem Dad gehörte eine Bäckerei, die ebenfalls in der *Pine*

Avenue stand. Backen war seine große Leidenschaft und er liebte es, zu experimentieren, weshalb es bei ihm auch immer wieder neues Gebäck gab. Seit ein paar Wochen nun auch vegan und sogar zuckerfrei. Ich mochte seine Bäckerei so gern und ging fast jeden Tag hin, um dort zu lesen. Auch Stacy war so gut wie immer bei ihm gewesen. Sie hatte ihn zu vielen Kreationen inspiriert und da sie immer sehr viel auf sozialen Medien wie Instagram aktiv gewesen war, hatte sie auch dafür gesorgt, dass Dad's Backstube zu einer der beliebtesten in der Gegend geworden war.

An dem Abend bevor sie an den Flughafen in *Hut Valley* gefahren war, hatten wir noch alle zusammen in seiner Bäckerei mit einer heißen Schokolade auf meine Schwester angestoßen, weil sie es wirklich geschafft hatte, ein Stipendium an einer pariser Tanzschule zu bekommen. Sie war geflogen, um sich die Uni anzusehen und die Wohnung, in die sie gezogen wäre. Wenn wir nur gewusst hätten was passieren würde... Seitdem war ich nicht mehr dort gewesen.

„Soll ich dir helfen?", wollte mein Dad, der wohl gerade zur Tür reingekommen war, nun mit der selben Frage wissen, die ich vorhin erst Mum gestellt hatte. Ich nickte knapp und wir deckten schweigend zusammen den Tisch, bis meine Mutter zurückkam und den Topf voll dampfender Suppe zu uns stellte.

„John, hast du ein paar Brötchen von drüben mitgebracht?"

„Die habe ich im Flur stehen lassen, einen Moment."

Mein Magen knurrte, aber ich wusste, ich würde nichts essen können. So wie die ganzen letzten Tage.

Nach nur einem halben Brötchen und drei traurigen Löffeln Suppe konnte ich einfach nicht mehr. Aus dem Augenwinkel sah ich, wie Mum Dad einen vielsagenden Blick zuwarf.

„Iss doch noch ein bisschen mehr, du hast in der letzten Zeit kaum etwas zu dir genommen", forderte mich meine Mutter wie jedesmal auf. Doch wie jedesmal wusste sie genauso gut wie ich, dass es nichts half. Es ging einfach nicht. Meine Kehle war zugeschnürt und die Leere in mir konnte auch durch Essen nicht gefüllt werden.

Ohne noch etwas weiteres zu sagen stand ich auf, stellte meinen Teller neben die Spüle und kehrte zurück in mein mittlerweile warmes Zimmer.

Einen Moment lang stand ich einfach nur in diesem Raum und lauschte dem Knacken und Knistern des Feuers und dem beständigen Prasseln des Regens gegen die Scheiben. Draußen dämmerte es bereits, die Straßenlaternen sprangen flimmernd an. Ich hörte meinen eigenen, langsamen Atem und spürte das träge Schlagen meines kaputten Herzens in meiner Brust. Und ich hatte mit einem Mal das Gefühl, als würden mich all meine Gefühle und Emotionen von innen zerfressen. Alles in mir war durcheinander und ich konnte nichts davon deuten oder einordnen, ich verstand mich selbst nicht.

Was ging in mir vor? Woher kamen all diese Gefühle, die ich noch nie vorher in meinem Leben gefühlt hatte? Warum kamen sie, obwohl ich sie nicht in mir haben wollte?

Leere, Angst, Verzweiflung, Machtlosigkeit und nackte Panik wirbelten durch mich hindurch und hinterließen nichts als Zerstörung. Ich musste das Gefühl irgendwohin bringen. Es loswerden. Und dafür fiel mir nur eine Lösung ein.

Auf meinem Schreibtisch lag mein alter Laptop. Die feine, aber gut sichtbare Staubschicht auf dem matten Schwarz zeigte, wie lang ich ihn schon nicht mehr benutzt hatte. Doch jetzt in diesem Augenblick wusste ich, dass es das war, was ich, was meine Seele brauchte.

Aus diesem Grund setzte ich mich nun auf meinen gepolsterten Stuhl, schaltete das warme Licht der Lichterkette ein, die ich um die Pinnwand gewickelt hatte, und klappte den Computer auf. Meine Finger fuhren über die Tastatur und das Mauspad, bis ich das Gerät hochgefahren und das Programm geöffnet hatte. Kurz zögerte ich noch, doch dann strömten die Worte nur so aus mir heraus und ich schrieb, als hätte ich nie damit aufgehört. Ich ließ all meine Gefühle in diese Worte fließen und fühlte mich zum ersten Mal seit zwei Wochen wieder etwas leichter, etwas... lebendiger. Etwas mehr wie ich selbst.

Zurückgelassen

Ich fühle mich zurückgelassen
in einer Zeit
die nicht mehr existiert.
Zurückgelassen
von Menschen
an denen ich mich festhielt.
Zurückgelassen
von Erinnerungen
in denen alles zeitlos schien.
Zurückgelassen
von der Wärme der Gewissheit
dass alles so bleibt wie es ist.

Kapitel 3

Stacy 02.09.2020

Die Holzdielen unter meinen Schritten ächzten, als ich durch den Flur auf das Zimmer meiner jüngeren Schwester zuging. Ihre weiße Holztür war nur angelehnt und gab mir so den Blick durch einen kleinen Spalt auf Clara frei, die an ihrem Schreibtisch saß und ganz vertieft etwas in ihren Laptop tippte. Sie trug ihre liebste braune Jogginghose, weiße Kuschelsocken, einen weißen Strickpullover und ihr dunkelblondes, langes Haar hing ihr wie ein Vorhang vor dem Gesicht. Ihre Finger huschten über die Tastatur und im Hintergrund hörte ich ganz leise Klaviermusik spielen. Clara war vollkommen abgetaucht in ihre Welt. Und sie so zu sehen ließ mein Herz ganz leicht werden. Zu bemerken, wie frei sie mit Worten umgehen konnte, wenn sie nicht sprechen musste war, als würde ich sie immer wieder neu kennenlernen. Gleichzeitig kannte ich niemanden so gut wie sie.

Ohne es richtig zu bemerken, hatte ich mich gegen den Holzrahmen gelehnt und etwas zu weit vorgebeugt. Mit einem nicht gerade dezenten Quietschen schob sie sich weiter auf.

Meine Schwester fuhr erschrocken zusammen und entspannte sich aber wieder als sie sah, dass ich es war. Außer mir durften nicht viele andere ihr Zimmer betreten. Clara war mit Autismus aufgewachsen, einer Entwicklungsstörung, die sie... anders machte. Besonders, wie ich fand. Sie brauchte in allem eine feste Routine, eigene Sachen, die niemand außer ihr berührte, eine strikte Ordnung und vor allem Menschen, die sie so annahmen, wie sie war.

„Was ist los?“, wollte sie wissen und schaltete die Musik auf ihrem Computer aus. Ihre grünen Augen glitten über den Boden und suchten sich einen Punkt, den sie fixieren konnten. Ich war es gewohnt, dass sie einem nicht in die Augen schaute. Genauso wie ich es gewohnt war, dass sie Menschen nicht anfassen konnte.

„Es ist kurz vor halb zwei, Ci“, antwortete ich lächelnd, schob mich ganz ins Zimmer und zog die Tür hinter mir zu. Hier drin war es schön warm, im Ofen knisterte ein Feuer und gab ein gemütliches Bild ab mit dem Bücherregal an der einen Wand, dem großen Holzbett in der Mitte des Raums und dem weißen, flauschigen Teppich. Die Holzbalken an der Decke, um die zahllose Lichterketten gewickelt waren, machten das Bild nur schöner. Ich kam immer gern in diesen Raum. Er strahlte eine solche Ruhe und Ordnung aus, dass es mir immer vorkam wie Meditation... Ich weiß, das klingt kitschig, war aber so.

„Wir wollten doch rüber zu Dad gehen.“

„Stimmt“, gab Clara zurück und widmete sich wieder ihrem Laptop, um ihn herunterzufahren. „Ich will mich nur noch kurz umziehen, dann komme ich runter.“

„Alles klar ich warte auf dich.“

Ehe ich mich ebenfalls ins Erdgeschoss begab, huschte ich noch in mein eigenes Zimmer und klaubte mir eine meiner Choker-Ketten aus dem Wirrwarr auf meinem Schminktisch neben der Tür. Im Gegensatz zu Clara beherrschte ich das Chaos. Nein Moment, ich war die Queen of Chaos. Jap, ich war der Typ Mensch, der nicht einmal sein Bett morgens machte. Wieso auch, wenn man sich abends sowieso wieder hinein legen würde?

Ich hockte mich halb auf den Stuhl vor dem Schminktisch, der vor Klamotten nur so überquoll. Hier meine Damen und Herren war er, der Klamotten-Stuhl! *Wer hat denn nicht so einen bei sich zu Hause?*

Schnell legte ich mir die enge Halskette um und warf einen kurzen Blick in den Spiegel, der eine so fette Staubschicht besaß, dass man darauf Tic Tac Toe spielen konnte. Nicht, dass ich das tun würde, schon gar nicht mit mir selbst...

Meine hellblonden Haare hatte ich wie meistens zu einem Dutt zusammengeknüllt, der eher an ein Vogelnest erinnerte. Die Mascara von heute Morgen saß noch perfekt auf meinen langen, schwarzen Wimpern über meinen hellblauen Augen. Nur den Lippenstift zog ich noch einmal nach, bevor ich relativ zufrieden war mit dem, was ich sah. Dann streifte ich mir meine Jogginghose und meinen Schlabber-Hoodie ab und zog mein graues Lieblingsshirt mit dem Schulterfreien Ausschnitt, sowie die enge schwarze Jeans mit den Löchern an den Knien vom Klamottenhaufen und schlüpfte hinein. Mit dem Fuß blieb ich in einem der Löcher meiner Hose hängen, hüpfte gegen die Wand und riss einen kleinen Teil meines Ariana Grande Posters ab.

„Shit“, stieß ich hervor und verfluchte mich dafür, es immer so eilig zu haben. Aber hier ging es um meine Schwester, der ihre festen Uhrzeiten sehr wichtig waren. Ich wollte nicht, dass sie eine Panikattacke bekam, denn jedesmal, wenn sie eine hatte, brach es mir das Herz, ihr nicht helfen zu können.

Also schnappte ich mir noch meine schwarze Handtasche von *Tom & Eva* und stürmte die Treppe runter, wo natürlich schon meine Schwester auf mich wartete. Ihre Leggings hatte sie gegen eine weite, hellblaue Jeans getauscht, ihren Pullover allerdings anbehalten. Gerade war sie dabei, sich ihre braunen Stiefel anzuziehen.

„Sorry Ci, ich wollte mich beeilen“, entschuldigte ich mich und fühlte einen Anflug von Panik, als sie sich langsam aufrichtete und mich ansah.

„Es ist erst viertel vor“, sagte sie in dem neutralen Ton, den sie am häufigsten verwendete, wenn sie direkt mit jemandem sprach. Augenblicklich war ich erleichtert.

Als ich mir noch meine schwarzen Boots angezogen hatte und darauf wartete, dass sie die Haustür aufschloss, warf sie mir jedoch einen skeptischen Blick zu.

„Wir haben nur neun Grad und es regnet, Stacy…“ Ihr Blick verweilte auf meiner nackten Schulter und den Löchern an meinen Knien.

„Ich bin nicht aus Zucker“, bemerkte ich leichthin und bereute es Minuten später direkt. Der eiskalte Wind peitschte mir entgegen und ließ mich augenblicklich zittern, als wir auf dem Bürgersteig die *Pine Avenue* entlang zur Bäckerei unseres Vaters gingen.

„Fuck, das sind niemals neun Grad!“, fluchte ich und schlang meine Arme um meinen Oberkörper. Aus dem Augenwinkel bemerkte ich, wie Clara neben mir kurz schmunzelte. „Ja, wie wahnsinnig witzig das ist, wenn die eigene Schwester direkt neben einem jämmerlich zu Grunde geht“, kommentierte ich ihr Grinsen und musste selbst lachen. Wie ich es liebte, wenn meine Schwester ihre Freude zeigte. Das geschah nicht oft und ich wusste, dass das nicht hieß, dass sie nie glücklich war. Aber es machte dennoch etwas mit mir, sie lächeln zu sehen.

„Selbst schuld“, meinte sie nur und ließ ihren Blick über die Bäume schweifen, die am Straßenrand in einer Reihe standen und die *Pine Avenue* fast einrahmten. Ich konnte ihr ansehen, wie gut es ihr tat, draußen zu sein und den Herbst zu spüren. Es war zwar gerade erst Anfang September, aber Brightwood war öfter etwas früher dran. Und genau das war so schön an diesem kleinen Örtchen. Clara und ich liebten den Herbst und den Winter hier. Wenn der Sommer sich zum Ende neigte und wie jetzt, der erste kalte Tag kam, die Blätter der Bäume sich ganz allmählich verfärbten, dann waren wir fast jeden Tag draußen um die wunderschöne Farbenpracht der Natur zu genießen. Aber nicht nur das war so schön hier. Jeder kannte jeden und im Herbst wie im Winter wurde jede Straße des Dorfes richtig toll dekoriert. Man half sich gegenseitig und das war... einfach zauberhaft. Am ersten Oktober dekorierten wir jedes Jahr die Häuser, Gärten und Straßen mit Kürbissen, Strohballen und Lichterketten und ich konnte es schon jetzt kaum erwarten bis es wieder so weit war.

„Er... hat ja noch gar nicht geöffnet", stellte Clara verwundert fest, als wir eine Minute später in die Auffahrt zu Bäckerei einbogen. Das kleine Gebäude erinnerte an eine hölzerne Waldhütte mit bodentiefen Sprossen-Fenstern, die alle von Lichterketten eingerahmt wurden. Neben dem Häuschen stand die alte Eiche, *unsere alte Eiche*, die die Bäckerei wie ein Türsteher bewachte. An einem ihrer Äste hing die Schaukel, die uns Dad damals, als wir noch Kinder gewesen waren, gebaut hatte. Auch heute noch nahmen wir uns immer wieder die Zeit, der Eiche einen Besuch abzustatten, um in ihrer üppigen Baumkrone zu sitzen und zu lesen. Es tat so gut, mit Clara immer wieder Dinge zu tun, die wir auch als Kinder geliebt hatten. Denn das gab einem das Gefühl, dass es da noch etwas Beständigkeit gab, in dieser Welt voller Veränderungen.

Veränderungen waren nur schwer zu ertragen für Clara. Ich konnte sie verstehen. Wer hatte nicht schonmal darüber nachgedacht, dass es eine Zeit im Leben gab, die man am liebsten für immer beibehalten würde? Trotzdem gab es Dinge, die sich veränderten und dem Leben plötzlich so viel mehr Farbe verliehen. Und genau das versuchte ich meiner Schwester beizubringen. Das nichts für immer ist und dass es wichtig ist, dass sich das Leben verändert. Ich wollte ihr helfen, damit umzugehen, denn es gab so viel schönes auf der Erde, was man niemals sehen würde, würde man sich immer nur am Fels festklammern, statt sich einfach mal treiben zu lassen.

„Stace…?“, holte mich Clara’s zarte Stimme wieder zurück ins Hier und Jetzt. „Denkst du, er ist noch nicht da?“

„Doch, sicher. Er hat vermutlich nur mal wieder vergessen, das *geöffnet* Schild ins Fenster zu hängen“, überlegte ich, als meine tauben, kalten Finger mich daran erinnerten, dass ich so kalt war wie die Schneekönigin höchstpersönlich. „Lass uns reingehen und schauen.“

Beim Eintreten in das warme Gebäude schlug uns sofort der köstliche Duft von frischen Croissants, Brötchen und heißer Schokolade entgegen. Unbewusst wie immer atmete ich tief ein und entdeckte zwei dampfende Tassen hinter der Theke auf dem kleinen Tischchen stehen. Die Theke besaß eine durchgehende Glasscheibe, hinter der die Backwaren ausgelegt waren. Um sie herum standen Regale aus dunklem Holz mit Backutensilien und diversen Kochbüchern, die zusammen mit den braun vertäfelten Wänden und dem Holzfußboden dem ganzen diesen heimeligen Look gaben, den ich schon als Kind so gemocht hatte.

„Dad?“, rief ich zu der Tür hinter der Theke, die nur leicht angelehnt war und hinter der sich die Backstube befand.

„Stacy, Clara?“, antwortete er. „Ich habe euch Kakao gemacht und auf den kleinen Tisch neben der Tür gestellt!“, fügte er noch hinzu und kam im nächsten Moment auch schon zu uns. Seine schwarze Jeans und sein rot kariertes Hemd, von denen er locker tausend in seinem Schrank hatte, waren fast weiß vor lauter Mehl, seine dunkelblonden Haare standen ihm in alle Richtungen ab und auf seinen Lippen lag ein warmes Lächeln.

„Heute morgen kann ich eure Hilfe wirklich gebrauchen. Es kamen drei Bestellungen für ein Familienessen, alle drei für vier Uhr."

Ohne nachzuhaken nickten meine Schwester und ich, holten unsere Heißgetränke und eine Schürze. Dad selbst trug natürlich keine. Dann folgten wir ihm in den hinteren Teil der Bäckerei, in dem es wesentlich wärmer war.

Die beiden sehr großen Backöfen liefen auf Hochtouren, der hölzerne, breite Arbeitstisch in der Mitte war voll mit leeren Mehlpackungen, Schokoladentafeln, Käse und allerlei anderem Zeug, das gar nicht zusammenpasste.

„Wenn ich es nicht besser wüsste, würde ich glauben, das hier ist die verrückte Schokoladenfabrik", lachte ich. „Okay Dad, wo hast du die Oompa Loompas versteckt?"

Mein Vater setzte ein schiefes Grinsen auf und zog einmal kurz an meinem Dutt. „Die sind gerade eben eingetroffen."

„Witzig", kommentierte ich schmunzelnd und machte mich daran, die leeren Verpackungen in den Mülleimer zu werfen, damit wir mehr Platz zum Arbeiten hatten. Und während ich das tat, kam dieses Gefühl in mir auf wie jedesmal, wenn wir in der Bäckerei halfen. Das Gefühl, einen Platz auf der Welt zu haben. Ich war vielleicht ein chaotischer und spontaner, verrückter Mensch, aber hier bei meiner Familie durfte ich genau so sein. Hier war ich Stacy Falls, eine große Schwester, eine Tochter, eine mehr oder weniger gute Bäckerin und... Dad's Oompa Loompa.

Wer einen solchen Ort im Leben findet kann sich sicher sein, ein Wunder geschenkt bekommen zu haben. Und ich war so dankbar für dieses Wunder. Es erinnerte mich immer an die Schönheit des Lebens, die man manchmal zwischen Terminen,

Stress und Zukunftsängsten vergessen konnte. Aber sie war da. Sie war ein Ort in meinem Herzen, an den ich immer wieder zurückkehren konnte.

Kapitel 4

Clara 2021

Ich wurde von dem Prasseln des Regens geweckt, den der Wind unerbittlich gegen meine Fenster peitschte. Ganz langsam gewöhnten sich meine Augen an das Halbdunkel, das noch in meinem Zimmer herrschte.

Stöhnend drehte ich mich zu meinem Nachttisch, hob mein Handy auf und musste kurz blinzeln, als mich die Helligkeit des Displays blendete. Es war gerade halb sieben Uhr morgens, was bedeutete, dass die Sonne in weniger als zehn Minuten schon aufgehen würde.

Wie in Zeitlupe richtete ich mich in meinem Bett auf, lehnte mich mit dem Rücken gegen das Kopfteil und sank noch etwas tiefer in die Kissen und meine warme Decke. Da das Feuer im Ofen über Nacht ausgegangen war, war es super kalt.

In meiner Hand hielt ich noch immer mein Smartphone und blickte nun auf die dreißig ungelesenen WhatsApp Nachrichten, die mir die rote Zahl an dem App-Symbol ankündigte. Seit Tagen hatte ich die Nachrichten ignoriert und nicht einmal gelesen. Ich konnte einfach nicht, denn ich wusste, es waren welche von Freunden, Familie und was weiß ich noch von wem. Sie alle würden mir ihr Beileid aussprechen und das machte es nicht wirklich besser.

Widerwillig öffnete ich die App doch und wartete, bis mein Handy aufgehört hatte, sich von den ganzen eintrudelnden Daten aufzuhängen. Insgesamt hatten mir locker zwanzig Menschen geschrieben, wie ich auf den ersten Blick sehen konnte. Zögernd ging ich einen Chat nach dem anderen durch. In jedem stand quasi exakt das selbe:

`Oh Clara, es tut mir so so leid was passiert ist 😢`
`Ich weiß, wie viel dir deine Schwester bedeutet hat.`
`Ich bin mit meinen Gedanken bei euch.`

Es tat so weh, diese Worte zu lesen. Sie bestätigten nur noch mehr, dass es stimmte. Alles. Das nichts davon ein Albtraum war, aus dem ich jeden Moment aufwachen würde. All diese Nachrichten erinnerten mich daran, dass Stacy unwiderruflich gegangen war und nicht wieder zurückkehren würde.

Ein Schluchzen drang aus meiner Kehle und heiße Tränen verschleierten meinen Blick, während ich so schnell wie es nur ging alle Chats durchging, um immer ein knappes *Danke* zurück zu schreiben.

Gerade wollte ich mein Handy ausschalten, als mir auffiel, dass ich eine Nachricht übersehen hatte. Sie stammte von einer Nummer, die ich nicht kannte und auch nicht unter einem Namen eingespeichert hatte.

Skeptisch tippte ich darauf und erstarrte in der nächsten Sekunde zu Eis. Denn ich kannte zwar die Nummer nicht, das konnte ich auch nicht, aber ich kannte den Verfasser des Textes der dort stand. Des Textes, der vor zwei Wochen geschrieben worden war, und den ich nicht mehr gelesen hatte, weil er in dem Meer aus Nachrichten völlig untergegangen sein musste.

Immer wieder las ich die Zeilen, aber sie änderten sich nicht mehr. Und immer größer wurde der Klos in meinem Hals, bis ich Angst hatte, an ihm zu ersticken. Ich wollte schreien, weinen, mit den Fäusten gegen irgendwas schlagen, nur um diesen Schmerz loszuwerden, der sich tief in mein Herz bohrte.

Hey Ci! Ich bins, Stacy 😜 Mein Akku is am Arsch, deshalb hab ich mir kurz Jasons Handy ausgeliehen. Stehen jez seit zwei Stunden am Flughafen, weil es irgendwelche technischen Probleme gibt. Naja, solange ich nicht hier pennen muss 😒 Ich hoffe dass wir in den nächsten min. starten, sonst krieg ich die Krätze! Wollte nur, dass du Bescheid weißt, dass ich später landen werde als geplant. Hab dich lieb, Schwesterherz und ich verspreche, dir ne Nachricht zu schreiben, wenn ich in Paris bin, oui? ❤

Aber sie hatte mir nie eine Nachricht geschrieben. Und sie war auch nie wirklich in Paris angekommen. Es hatte schon beim Start Schwierigkeiten gegeben und ich hatte nie die Möglichkeit gehabt, sie daran zu hindern in dieses scheiß Flugzeug zu steigen, weil ich erst jetzt, viel zu spät diesen scheiß Text las.

Wut und bodenlose Verzweiflung machten sich in mir breit, bevor ich erneut von Schluchzern durchgeschüttelt wurde. Ich konnte es nicht glauben, ich wollte es nicht glauben. Der Schmerz lähmte alles in mir und schien mich erdrücken zu wollen. Warum? Warum war das geschehen und warum hatte es niemand verhindern können?

Jason war der Freund von Stacy gewesen und er hatte sie an dem Abend an den Flughafen gefahren.

Erst jetzt bemerkte ich, dass in diesem Chat Verlauf eine zwei blinkte. Der zweite Text war allerdings zwei Wochen nach dem meiner Schwester bei mir eingegangen. Um genauer zu sein vor elf Stunden. Und er war von Jason selbst.

Clara... Ich habe dich heute auf der Beerdigung gesehen. Es kam mir blöd vor, zu dir zu gehen, weil wir uns fast nicht kennen, aber ich wollte dir trotzdem nochmal sagen, wie leid es mir tut. Und weh, verdammt es tut so weh. Ich kann mir vorstellen, wie es dir geht. Wir haben sie beide geliebt und verloren. Ich wünschte, ich hätte sie nie in die Maschine steigen lassen. Es tut mir so leid, Clara, auch wenn ich dich nicht wirklich gut kenne, wenn du reden willst...

LG Jason

Er hatte recht, Ich kannte ihn quasi gar nicht. Nur aus den Erzählungen meiner Schwester, von ein paar Bildern und von dem Abend, als er sie abgeholt hatte. Was nicht zuletzt aber auch daher rührte, dass ich nicht gerne neue Menschen in mein Leben ließ. Das waren Veränderungen und ich brauchte viel länger, um die zu verarbeiten, als andere Menschen

Nein, ich wollte wirklich nicht mit ihm reden, ich wollte mit niemandem reden, weil ich nicht wusste, wie. Die Worte in meinem Kopf waren nur frei, wenn ich sie aufschrieb. Wenn ich sprechen musste, dann waren sie ein heilloses Durcheinander, eingesperrt hinter einer Wand aus hartem, undurchsichtigem Glas und ich begann mich innerhalb kürzester Zeit unwohl und panisch zu fühlen. Wie sollte ich also mit jemandem, den ich nicht kannte über das reden, was mein Leben gerade zu dem leeren Vakuum machte?

`Danke.`
`Es ist nicht deine Schuld. Ich komme schon klar.`

Das war nichtmal ansatzweise die Wahrheit, zumindest was den letzten Satz betraf, aber ich konnte nicht anders. Alles in mir war wie zusammengeschnürt von einem Seil, dass mich erdrücken, all mein Leben aus mir raus quetschen wollte. Der Gedanke daran, für den Rest meines Lebens mit diesem Gefühl leben zu müssen machte es nicht besser. Denn ich hatte nicht nur meine Schwester, sondern auch meine beste Freundin, mein Vorbild, mein Licht und meine Welt verloren.

Nachdem all meine Tränen versiegt waren, kopierte ich mit zitternden Fingern die letzten Worte meiner Schwester und schickte sie an die Nummer meiner Mutter. Ich wollte das nicht für mich behalten. Nicht, wenn da noch andere waren, die unter diesem Schmerz litten. Dazu schrieb ich ihr, dass ich sie heute erst gelesen hatte und schaltete mein Handy ganz aus.

Da erst stellte ich fest, wie angespannt meine Schultern waren und ließ sie seufzend sacken. Selbst meine warme Decke konnte nichts mehr gegen die Kälte in meinem Innern tun.

Deshalb schlug ich sie zurück und tappte fröstelnd zu meinem Ofen, um Feuer zu machen, das mich wenigstens äußerlich wärmen würde. Dabei gingen mir die ganze Zeit die Worte von Stacy durch den Kopf. Vor allem dieser eine Satz: *Hab dich lieb, Schwesterherz.*

Emotionen und Gefühle zu verstehen oder zu deuten war für mich so unglaublich schwer. Ich hatte nie verstanden was Mom und Dad meinten, wenn sie mir sagten, dass sie mich lieb hatten. Nicht, weil ich sie nicht mochte, sondern weil ich das nicht einzuordnen wusste. Für mich gab es die Lichtmenschen, denen ich vertrauen konnte, die mir Halt und Kraft gaben. Die neutralen Menschen, die einfach da waren und mit denen ich oft nicht wirklich etwas anzufangen wusste, und dann noch die Schattenmenschen, vor denen ich Panik bekam, die mir Angst machten. Stacy war nichts von allem gewesen. Sie war wie ein Stern, der über all dem gestrahlt hatte und den nichts und niemand in den Schatten hatte stellen konnte.

Hatte sie mit diesem Satz also so etwas gemeint wie, dass ich auch für sie so ein Mensch gewesen war? Ich würde es sie nie wieder mehr fragen können.

Mittlerweile war schon die Sonne aufgegangen, was durch den dichten Nebel kaum auffiel und mein Feuer brannte.

Ich saß mit meiner liebsten Kuscheldecke auf meiner breiten Fensterbank, die Schläfe an das kühle Glas gelehnt. Der Regen hatte bereits nachgelassen. Mit leerem, gedankenverlorenem Blick starrte auf Heather, unsere Nachbarin, welche gerade mit ihrer Stofftasche, die sie immer mit in die Bäckerei nahm, das Haus verließ. Ihre langen, grauen Haare hatte sie wie immer nach hinten hoch gesteckt, was sie viel jünger als fast siebzig Jahre aussehen ließ. Dazu trug sie ihren langen, dunkelgrünen Wollrock, von dem ich wusste, dass sie ihn selbst gestrickt hatte und ihre dicke Winterjacke. Als sie bemerkte, dass ich sie vom Fenster aus beobachtete, schenkte sie mir ein warmes Lächeln, bevor sie sich auf den Weg machte, wie jeden Morgen ihr Frühstück bei Dad zu holen.

Heather Leaf war für meine Schwester und mich stets wie eine Oma gewesen mit ihrer freundlichen und lebensfrohen Art. Sie hatte immer die richtigen Worte für einen und einen Kuchen. Seit wir sie kannten lebte sie mit ihrem Hund Charles, einem Labrador, in dem alten Fachwerk Haus gegenüber. Schon von außen sah es wie ein Zuhause aus und ihren Garten pflegte sie gründlich und mit viel Hingabe.

Ein zögerliches Klopfen an meiner Zimmertür riss mich aus

meinen Gedanken.

„Ja?“

„Guten Morgen“, begrüßte mich Mom und lächelte mich matt an. Unter ihren Augen lagen noch immer tiefe Schatten und generell wirkte sie, als hätte sie kaum geschlafen. In ihrer rechten Hand hielt sie eine weiße Tasse mit Kaffee darin.

„Ich...“, setzte sie an und überlegte einen Moment. „Hättest du Lust, mit mir nach *Tree Hills* in deine liebste Buchhandlung zu fahren? Ich glaube... wir brauchen beide etwas Ablenkung nach... gestern und... den letzten Tagen.“

Einen Moment überlegte ich, nein zu sagen, aber ich wollte sie nicht wegstoßen. Sie und Dad waren alles, was ich noch hatte und ich wollte sie nicht auch verlieren.

„Okay“, antwortete ich rau und konnte fast sehen, wie meiner Mutter ein Stein vom Herzen rollte. Irgendwie freute ich mich ja auch darauf, schließlich liebte ich Bücher und Buchhandlungen. Sie waren wie ein zweites Zuhause für mich, in dem ich meinen Gedanken und der grausamen Realität stets entkommen konnte.

„Wir könnten vorher noch gemeinsam frühstücken, was meinst du?“, schlug sie noch vor. Ich ballte meine Hände zu Fäusten und schüttelte stumm den Kopf. Es ging nicht.

Sie verstand und ließ mich wieder allein in meinem Zimmer. Kurz fragte ich mich, ob sie wohl die Nachricht bekommen hatte, als sie nochmal den Kopf zur Tür rein streckte und sagte: „Danke Clara. Sie hat dich wirklich geliebt.“

Damit verschwand sie im Flur und ich blickte nach draußen. Da war es erneut, dieses Wort.

Geliebt.

Kapitel 5

Clara 2021

Die kleinen Land- und Fachwerkhäuschen mit ihren üppigen, von Holzzäunen umrahmten Vorgärten zogen an uns vorbei, während wir auf der Hauptstraße in Richtung Ortsausgang fuhren. Der Nebel fing allmählich an, sich aufzulösen und über den Wiesen nach oben zu steigen. Das mittlerweile helle Licht der Sonne gab dem ganzen etwas, was es wie ein magisches, kunstvolles Wandbild aussehen ließ. Vereinzelte bunte Blätter an den Bäumen strahlten im hellsten Ton ihrer Farbe und wiegten sich sacht im Wind. Ein Septembermorgen der wirkte, wie ein traumhafter Tag im Oktober.

In der liebsten Jahreszeit von Stacy und mir. Im Herbst ging zwar etwas zu Ende, die Blätter starben, die Bäume ließen sie gehen, aber er zeigte, dass aus einem Verlust auch etwas wunderschönes neues entstehen konnte. Nur musste ich dieses etwas noch finden, was aus dem Verlust meiner Schwester entstanden war. Denn was er in mir hinterlassen hatte, war ein hässliches, schwarzes Loch.

„Neben Albert‘s *Leseeckchen* hat seit letzter Woche auch ein veganes Café aufgemacht. Ich werde dort dann einen Kaffee trinken und auf dich warten. Wenn du willst, kannst du dann später auch noch was haben", brach Mum das Schweigen im Auto, den Blick auf die Fahrbahn gerichtet, ein zartes Lächeln auf ihren schmalen Lippen. Sie war einer der Menschen, die in ihrem Leben noch nie ein Buch beendet hatten. Für ihren Beruf als Lehrerin an einem Gymnasium laß sie zwar hin und wieder etwas Fachliteratur, aber das war's dann auch schon. Stacy und ich waren in unserer Familie die Leseratten gewesen. Wir hatten nie eine Buchhandlung ohne ein neues Buch verlassen. Vor ein paar Jahren hatten wir dann das *Leseeckchen* für uns entdeckt, ein Buchladen in der kleinen Stadt *Tree Hills*, die nicht länger als zehn Minuten entfernt von *Brightwood* lag.

„Okay gut", gab ich zurück und begann damit, die einzelnen Leitpfosten am Rand der Straße zu zählen. Das machte ich jedesmal ganz unbewusst, weil ich es liebte, Dinge zu zählen und zu sortieren. Es gab mir das Gefühl von Sicherheit und Ordnung, das ich brauchte. Für mich war das vollkommen normal. Aber es war auch einer der Gründe, warum ich nicht wie andere achtzehnjährige schon einen Führerschein besaß. Viel zu gefährlich wäre es, wenn ich während dem Fahren einfach abdriften würde. Mich störte es nicht, dass ich nicht selbst fahren konnte. Zu zählen machte mir Spaß und es ließ mich in meine eigene Welt versinken. Also lehnte ich den Kopf gegen die Fensterscheibe und zählte einen Pfosten nach dem anderen ganz konzentriert. Auf dem Heimweg würde ich dann nochmal nachzählen, ob ich auch wirklich richtig gelegen hatte.

„Wir sind da", informierte meine Mutter mich, als das Auto wenige Minuten später zum Stehen kam. Ich hatte es nicht wirklich registriert und blinzelte etwas irritiert.

Mum hatte den Wagen auf dem kleinen Parkplatz vor der Fußgängerzone geparkt, in der der Buchladen lag. Hier reihte sich ein altes Haus an das andere mit kleinen Balkons und Terrassen, die von einem schwarzen, geschwungenen Geländer geziert wurden. Diese passten perfekt zu den alten, schwarzen Laternen, welche neben der mit Kopfstein gepflasterten Straße in regelmäßigen Abständen standen und mir immer das Gefühl gaben, in eine andere Zeit gereist zu sein. Die Läden in der Fußgängerzone waren meist klein mit großen, bodentiefen Fenstern, den verschnörkelten Schildern an den Türen und Lichterketten im Eingangsbereich. Im Großen und Ganzen wirkte *Tree Hills* nie wie eine Stadt, sondern wie ein Ort, der einen dazu einlud, etwas anderes zu sehen und sich wohl zu fühlen.

Auch dieses Mal verfehlte er seine Wirkung auf mich nicht, als ich mit Mum durch die Straße schlenderte und den Geruch von gekochtem Essen, Backwaren und Holz wahrnahm, der diese Gegend bezeichnete. Zwischen den Laternen fanden sich auch immer wieder schöne große Birken, die ihre Äste zu den schönen Schaufenstern ausstreckten, als wollten sie sie damit einrahmen. Sie gaben diesem Teil der Kleinstadt das lebendige und gemütliche. Immer noch stand die Sonne frei von Wolken am Himmel und spiegelte sich leicht auf dem noch feuchten Kopfsteinpflaster der Straße. In der Luft lag ein Hauch des Regens, der sich heute früh noch auf die Erde ergossen hatte.

Noch waren nicht viele Menschen unterwegs, zu meiner großen Erleichterung. Aus dem kleinen Vintage-Deko-Laden kam gerade eine korpulente, hübsche Frau mit dunklen Haaren, die ein kleines blondes Mädchen an der Hand führte. Ein paar Meter vor uns lief ein Mann mittleren Alters im Anzug, den Blick offensichtlich auf sein Smartphone gerichtet. Ansonsten war es noch sehr ruhig.

„Komm dann einfach rüber, wenn du fertig bist“, sagte Mum nachdem wir das Café mit dem Namen *Sweet Little Coffeestuff* erreicht hatten. Es besaß ein sehr großes, bodentiefes Fenster und gab so den Blick auf ein gemütliches Inneres frei mit Holzstühlen, Holztischen und einer Theke, hinter der eine Barista eifrig wie eine Biene hin und her huschte. Das *Leseeckchen* war das Geschäft direkt daneben.

„Mache ich“, antwortete ich und ging fünf Schritte weiter zur Buchhandlung, hinter deren Schaufenster die neusten Bücher ausgestellt waren, eingerahmt von Lichterketten und ein paar Keramik-Kürbissen. Die hölzerne Eichentür stand offen, die Sonne warf ihr Licht in das Innere des kleinen Gebäudes.

Direkt beim Eintreten schlug mir der vertraute Geruch nach Papier, Tinte und Kräutertee entgegen. Unbewusst schloss ich für einen Moment die Augen und atmete tief ein. Es war das erste Mal, dass ich die Buchhandlung ohne meine Schwester betrat. Und augenblicklich spielte sich eine Erinnerung vor meinem Inneren Auge ab.

Albert, der Inhaber des Buchladens stand neben dem großen, roten Ohrensessel, in dem Stacy es sich gemütlich gemacht hatte. Neben ihr auf dem kleinen Beistelltisch lag ein hoher Stapel an Liebesromanen, der immer weiter wuchs.

Schon wieder klappte sie das Buch in ihrer Hand geräuschvoll zu und legte es obendrauf.

„Öde!“, stieß sie hervor und verdrehte die Augen. „Öde, öde, öde! Warum gibt es in jedem verdammten Buch immer nur dieses eine *Mädchen und diesen* einen *Typen, die sich erst nicht kennen oder leiden können und dann - Überraschung - plötzlich voll aufeinander abfahren?“*

„Weil… das in den meisten Fällen einem sehr typischen Liebesroman entspricht, würde ich mal vermuten“, erwiderte der alte Buchhändler schmunzelnd und strich sich über den grauen Bart. „Was hättest du denn lieber?“

„Etwas… keine Ahnung… einfach mal etwas anderes!“, meinte

meine Schwester. „Die hier“, erklärte sie und wies mit fuchtelnden Händen auf den schon verdächtig schwankenden Bücherturm auf dem Tisch, „sind wie der Vanillepudding von Heather.“

Jetzt musste auch ich grinsen.

„Was haben diese Bücher denn mit Pudding gemeinsam?“, wollte ich wissen und stellte das Buch in meiner Hand zurück in das große Regal zu den anderen Fantasy-Büchern.

Stacy hob eine ihrer dunklen Augenbrauen, die im starken Kontrast zu ihren hellblonden Haaren standen, welche sie wie immer zu einem Knoten gebunden hatte.

„Na die ersten Male sind sie immer toll, man will jedesmal etwas, dass an das vorherige rankommt. Aber jedesmal wird es etwas schlechter und irgendwann hat man nur noch einen langweiligen Glibberhaufen, der allen anderen gleicht. Man weiß dann gar nicht mehr, was man an den ersten eigentlich gut fand.“

Albert lachte auf und schüttelte den Kopf, woraufhin sich eine graue Strähne seiner langen Haare aus seinem Zopf löste und ihm in die Stirn fiel.

„Ich bin noch nie einem Menschen begegnet, der ein Buch oder dessen Handlung mit Vanillepudding verglichen hat“, meinte er und grinste vor sich hin. „Ihr beide seid zwei Seelen von der Sorte, die man nicht so einfach wieder vergisst.“

„Clara?“, riss mich die bekannte raue und tiefe Stimme des alten Buchhändlers aus meiner Erinnerung.

Er stand ein paar Meter vor mir, die Stirn fragend in Falten gelegt, seine braunen Augen suchten meine, ehe ich ihnen auswich. Sein dunkelgrüner Strick-Pullunder und seine braune Bügeljeans in Kombination mit der dicken schwarzen Brille, dem grauen Bart und den langen, dünnen Haaren, die er sich im

Nacken meistens zu einem kleinen Zopf band, ließen ihn meiner Meinung nach wie einen richtig typischen Bibliothekar aussehen.

„Hallo Albert“, begrüßte ich ihn leicht befangen und trat ein, da ich erst in dem Moment bemerkte, dass ich den Eingang blockiert hatte. Der besorgte Blick verschwand und ein leichtes Lächeln zupfte an seinen Mundwinkeln. Mit einem leisen Stöhnen stellte er einen Berg Bücher auf den Tresen, der die Kasse darstellte und kam zu mir rüber.

„Du warst lange nicht mehr hier, Mädchen“, stellte er fest und blickte einen kurzen Moment an mir vorbei, so als erwartete er, dass auch Stacy noch kommen würde. „Aber ich verstehe auch, warum“, fügte er dann hinzu und wandte sich wieder mir zu. „Wie kann ich dir helfen, Clara?“

„Ich... ich brauche etwas Ablenkung.“

Albert strich sich über seinen Bart und nickte.

„Mmmh, das ist so eine Sache mit der Ablenkung, weißt du? Man kann den Schmerz der Wunde vielleicht für einen Moment lang vergessen, aber das lässt die Wunde nicht verschwinden. Eine, die so tief geht heilt nur, wenn man sich um sie kümmert, sie akzeptiert und den Schmerz zulässt.“

Ein Klos bildete sich in meinem Hals, weil ich wusste, dass er recht hatte.

„Ich will sie nicht vergessen“, presste ich hervor und spürte meine Lippe beben.

„Das wirst du nie“, versicherte er mir. „Durch eine Wunde, die so tief war wie deine jetzt ist, entsteht eine Narbe, die dich immer an sie erinnern wird. Und weißt du, die Erinnerung, die kann uns keiner nehmen.“

Wiedermal hatte er recht. Dennoch legte sich eine Last auf meinen Brustkorb und das Atmen fiel mir schwerer.

„Oh Clara, ich weiß schon“, sagte er dann leise. „Mir wird sie auch fehlen, wenn auch nicht so sehr wie dir.“ Er räusperte sich und setzte hinzu: „Aber du sollst nicht ins *Leseeckchen* kommen und traurig sein, das kann ich nicht verantworten.“

Eine Weile noch schwieg er nachdenklich, doch dann erhellte schlagartig sich seine Miene und er lächelte mich warm an. „Komm, ich glaube, ich habe da etwas für dich.“

Ohne zu zögern folgte ich ihm. Vorbei an der Theke aus Holz und dem darauf liegenden Bücherstapel, den Wänden, deren Wandfarbe man nicht sehen konnte, weil jeder Zentimeter von den hohen, dunklen Holzregalen voller Bücher eingenommen wurde. Vorbei an den beiden großen roten Ohrensesseln und zwei anderen kleinen, gemütlichen Leseecken, die dem Laden seinen Namen gegeben hatten. Der Duft nach Papier wurde immer intensiver und ich merkte, wie er mich beruhigte. Wie sehr ich das Gefühl genoss, in Mitten von Welten zu stehen, die nur darauf warteten, erkundet und zum Leben erweckt zu werden. Kein Kunde war hier, weshalb es wunderbar still war, bis auf das Ticken der großen alten Standuhr im hintersten Eck des Raums.

Die großen, alten Bücherregale wurden allesamt von dem warmen Licht der Lichterketten, die sie einrahmten, beleuchtet. Hier drin herrschte eine wunderbar gemütliche Atmosphäre, die an ein großes Wohnzimmer in einem alten Landhaus erinnerte. Stacy hatte sie immer als *super cozy und ästhetisch* bezeichnet. Denn Albert achtete nicht nur auf Gemütlichkeit, sondern auch auf Ordnung und Ästhetik.

Manche Bücher standen mit dem Buchschnitt nach vorn, wie bei mir zu Hause, andere mit dem Buchrücken. Es war der Himmel auf Erden für einen Bücherwurm wie mich und ich spürte, wie sehr mir dieser Ort in den letzten zwei Wochen gefehlt hatte. Zumal Albert nicht nur ein Buchhändler war, der immer das richtige Buch für einen wusste, nein, er war für Stacy und mich auch irgendwie eine andere Art Familie gewesen. Ganz so, als hätten wir ihn schon immer gekannt.

Vor einem Regal, auf dessen kleinem Schildchen in schönen, verschnörkelten Buchstaben *Klassiker* stand, blieb er stehen und suchte die Reihen der verschiedenen Bücher ab. Er hatte sie alle nach Genre, dann nach Verlag und im Verlag nach Autor sortiert, weshalb man hier immer fündig wurde.

Auch jetzt fand er, wonach er offenbar gesucht hatte und zog ein schmales Hardcover Buch raus mit orangefarbenem Einband, der am Buchrücken dunkelblau war. Mit einem Strahlen, wie er es immer zeigte, wenn er genau wusste, dass er das perfekte Buch gefunden hatte, reichte er es mir. Sonst hatte ich immer Probleme damit, Dinge zu berühren, die schon jemand anderes berührt hatte. Aber hier war es mir schon immer leichter gefallen.

Leicht zögernd nahm ich das Buch entgegen und betrachtete es eingehend. In großen Buchstaben stand auf dem Cover der Titel **MOMO von Michael Ende**. Ich kannte weder den Autor noch die Geschichte und sah Albert fragend an. Der lächelte und kam mir einmal mehr wie mein eigener Großvater vor.

„Momo ist ein wundervolles Buch, aus dem du viel Heilung und Kraft mitnehmen wirst, glaub mir“, beantwortete er mir meine stumme Frage. „Es geht um die Zeit und wie wichtig es ist, die zu nutzen, die wir haben und uns nicht in etwas zu verlieren, was sie uns stiehlt.“ Er warf mir einen vielsagenden Blick zu und ging in Richtung Kasse zurück. Wieder folgte ich ihm.

„Eigentlich... würde ich dir das Buch gerne schenken, aber es steht gerade nicht gut um den kleinen Laden“, gab er ehrlich wie immer zu. Ich nickte.

„Siebzehn Euro sind das dann.“ Ziemlich deutlich konnte ich ihm anhören, dass es ihm widerstrebte, das so zu sagen wie jeder andere Verkäufer. Denn das war er definitiv nicht. Und bei dem

Gedanken, dass es diesen Ort vielleicht bald nicht mehr geben könnte, krampfte sich mein Magen zusammen. Also legte ich ihm einen zwanzig Euro Schein auf den Tisch, den ich vor ein paar Tagen als Taschengeld bekommen hatte.

„Du... kannst den Rest behalten", versprach ich, als ich sah, wie er schon Wechselgeld aus der alten Kasse kramte. Abrupt hielt er inne und sah mich mit weichem Gesichtsausdruck an.

„Das kann ich nicht annehmen", widersprach er überrascht.

„Dieser Ort ist ein Lichtort für mich", erklärte ich ihm und trat von einem Fuß auf den anderen, während ich die Muster auf dem alten Teppich unter mir betrachtete. „Ich will dass er bleibt. Und du auch."

Als ich wieder aufblickte, glaubte ich aufsteigende Tränen in seinen Augen zu sehen, bevor ich wieder wegsah.

Albert lächelte gerührt und klappte die Kasse zu.

„Mädchen, Mädchen, du hast das Herz am rechten Fleck. Möge bald ein Mensch in dein Leben treten, der genau das zu schätzen weiß, wie es deine Schwester getan hat. Du bist wertvoll."

Kapitel 6

Stacy 10.09.2020

Jeder, der sein Herz den Büchern schenkt, den Worten und Welten, die darin leben und erwachen, sobald man eines öffnet... Der würde verstehen, wie ich mich immer fühlte, wenn ich die Buchhandlung wieder mit neuen Schätzen verließ. Ein unbeschreibliches Glücksgefühl gemischt mit Leichtigkeit fuhr in meine Brust und ließ mich ein dämlich breites Grinsen in mein Gesicht zeichnen.

Mit einer gefühlt tonnenschweren Tasche, in der stolze drei Hardcover Ausgaben darauf warteten, von mir nach Hause getragen zu werden, ließ ich Alberts wundervolles kleines Reich hinter mir. Ich trat in die Nachmittagssonne, die mit ihren sanften, warmen Strahlen mein Gesicht berührte. Hinter mir hörte ich die Schritte meiner Schwester und drehte mich zu Clara um. Sie war ebenfalls gut bepackt aus dem kleinen Geschäft getreten. Ihre dunkelblonden, langen Haare trug sie wie immer offen über einem beigefarbenen Hoodie und einer ihr etwas zu großen Jeans. Auch wenn sie es nie so offen zeigen konnte wie ich, spürte ich, wie gut es auch ihrer Seele getan hatte, hierher zu kommen. Das tat es immer. Und für mich gab es nichts schöneres, als meine kleine Schwester glücklich zu wissen.

„Na, wie viele durften bei dir mit, Ci?“, wollte ich wissen und wandte mich wieder der Sonne und der gemütlichen Straße zu. Wie ich fand hatte diese Fußgängerzone einen verdammt krassen Paris-Vibe. Deshalb kam ich nicht umhin, ein Bild für meine Story auf Instagram zu schießen und die Worte:

Happy Sunday

darunter zu schreiben, bevor ich es postete. Mein Account auf der social media Plattform war wie ein kleiner happy place für mich, meine eigene kleine Welt.

„Vier. Zwei davon Hardcover und zwei Neuerscheinungen“, antwortete Clara und trat neben mich auf die mit Backsteinen gepflasterte Straße. Sie hielt mir ihren prall gefüllten Jute-Beutel unter die Nase und ich konnte einen kurzen Blick auf ihre Ausbeute erhaschen.

„Nicht schlecht“, erwiderte ich grinsend. Während ich für Liebesromane töten würde, las meine Schwester für ihr Leben gern Fantasy. Ein Genre, das wir beide vergötterten war Poesie. Mit dem kleinen Unterschied, dass Clara die wunderbare Gabe besaß, sogar selbst welche zu schreiben. Auch wenn ihre Worte bisher noch von keinem außer mir gelesen worden waren, wusste ich, dass sie es einmal zu was bringen könnte. Daran glaubte ich fest. Denn Clara war unter dieser oft etwas emotionslos wirkenden Fassade des Autismus ein super sensibler Mensch. Nur konnte sie das nicht ausdrücken, nicht wirklich zeigen. Außer beim Schreiben. Das bewunderte ich und es machte mich immer so stolz. Sie konnte so vieles nicht, aber das was sie konnte, das war etwas, was sie ausmachte, was ihr ein Herz aus Gold gab. Leider hatte ich das Gefühl, das viele andere Menschen das nicht sehen konnten. Dass sie in ihr immer nur einen Menschen mit einer Entwicklungsstörung sahen, der niemals selbstständig leben können würde.

Ich schluckte, weil augenblicklich ein dicker fetter Klos in meinem Hals festsaß. Natürlich war mir klar, dass ich nicht für immer auf sie aufpassen konnte. Und auch dass Mum‘s und Dad‘s Zeit irgendwann einmal zu Ende sein würde. Dann war sie auf sich gestellt und das machte mir eine Scheißangst.

„Können wir noch kurz zu unserer Stelle gehen?“, drang die Stimme meiner Schwester an mein Ohr und ich versuchte rasch die Tränen weg zu blinzeln, die mir in die Augen gestiegen waren. Meine Schwester bedeutete mir unglaublich viel und ich hatte unseren Eltern versprochen, ihr immer eine gute große Schwester zu sein. Gerade weil sie mehr Hilfe brauchte, als andere in ihrem Alter. Sie war fast achtzehn und schon alleine einzukaufen war ein Ding der Unmöglichkeit für sie.

„Das machen wir doch immer, Ci“, gab ich zurück und schenkte ihr ein warmes Lächeln, welches sie zaghaft erwiderte, was mein Herz höher schlagen ließ.

„Danke Stace“, murmelte sie kaum hörbar und hängte sich den Beutel über ihre Schulter.

Gemeinsam schlenderten wir also die Straße entlang bis zu dem kleinen Park, der am anderen Ende davon wartete. Er war wirklich winzig, aber wunderschön und friedlich. Mit seinem Brunnen in der Mitte einer kleinen Rasenfläche, den beiden schwarzen, eisernen Bänken mit den Schnörkeln, den schönen schwarzen Laternen und den vereinzelt stehenden Bäumen, die vermutlich schon uralt waren, war er für uns perfekt.

Kaum jemand kam so oft wie wir an diesen Ort, weil man die gesamte Einkaufsstraße hoch latschen und dann noch ein paar Treppenstufen gehen musste. Uns machte das allerdings nur wenig aus. Vor ein paar Jahren hatte Albert uns von diesem Ort vorgeschwärmt und erzählt, sodass wir sofort herkommen mussten. Tja und was soll ich sagen... wir hatten ihn sofort geliebt!

Auf Bäumen sitzen und zu lesen war irgendwie unser Ding, weshalb wir auch jetzt auf den dicken Ästen der alten Eiche saßen, die Nase in eines unserer neuen Bücher gesteckt, der laue Wind in unseren Haaren, das Geräusch der raschelnden Blätter in den Ohren. Ich atmete tief den Geruch nach Holz, Rinde, Harz und Büchern ein und lehnte mich in meiner Astgabelung ein Stück mehr nach hinten. Klingt super kitschig und klischeehaft, oder? Für Ci und mich war das aber Realität, die schönste Realität, die es für mich gab. Denn diese paar Minuten, jupp manchmal waren auch Stunden draus geworden, gaben mir ein so überwältigendes Gefühl von Ankunft und Naturverbundenheit. Einfach mal die Zeit ziehen zu lassen, sich um nichts zu kümmern als um die Wörter, die einen sich in eine andere Person verwandeln ließen und eine andere Perspektive boten. Es war fast ein so schönes Gefühl, wie das, was ich beim Tanzen verspürte.

Verträumt klappte ich mein Buch zu, schloss die Augen und lehnte auch meinen Hinterkopf an den prächtigen Ast, der einfach so das Gewicht meiner Schwester und meines trug. Dabei stellte ich mir vor, was dieses Lebewesen schon alles gesehen und gefühlt haben musste in der ganzen Zeit, in der es hier tief verwurzelt stand. Wie oft hatte diese Eiche schon ihre Blätter erblühen und dann sterben lassen, um sich vor der Kälte des Winters zu schützen und um dann wieder neue blühen zu lassen? Sie war der Inbegriff der Schönheit, die aus jedem Verlust dieser Erde entstehen konnte, wenn man sich nur traute loszulassen und das Neue zu empfangen.

Kapitel 7

Clara 2021

Die Rinde war rau und noch etwas nass vom Regen, als ich sanft meine rechte Hand auf sie legte. Für einen kurzen Moment schloss ich die Augen und glaubte das Leben dieser alten Eiche, das Gras unter meinen Stiefeln, das Rascheln der Blätter und den Wind in meinen Haaren überdeutlich zu spüren. Aber nicht nur das. Ich spürte auch Erinnerungen, die wie kleine Bilder vor meinem Inneren Auge auftauchten. Bilder, die meine Schwester und mich zeigten, wie wir vor einem Jahr genau auf diesem Baum gesessen und gelesen hatten. Wie unbeschwert wir da gewesen waren, unwissend, was bald passieren würde...

Albert in der Buchhandlung wieder zu sehen hatte in mir den Wunsch ausgelöst, auch diesen Ort hier wieder zu besuchen, wenn auch ohne Stacy. Er hatte mir gefehlt. Irgendwie hatte Albert mir das deutlich gemacht, ohne es auch nur in einem Satz zu erwähnen.

Und nun stand ich hier also, meine Hand auf den Stamm der Eiche gelegt, die Augen geschlossen, das neue Buch fest umklammert in meinem Arm. Es tat weh, hier zu sein, aber zur gleichen Zeit auch unglaublich gut. Dieser kleine Park trug all die schönen Momente in sich, die Stacy und ich erlebt hatten, wenn wir hier gewesen waren um zu lesen. Ja, er war für mich wie ein Beweis dafür, dass es all diese Zeit gegeben und ich sie mir nicht nur eingebildet hatte. Dass Stacy gelebt und Spuren hinterlassen hatte. Spuren, die ich jetzt suchte und an denen ich mich festhielt. Denn eine meiner größten Ängste war es, sie zu vergessen. Irgendwann über den Schmerz hinwegzukommen und zu vergessen, was einmal gewesen war.

„Hier bist du", stellte Mum fest.

Ich wirbelte erschrocken um.

Meine Mum war fast kreidebleich im Gesicht und wirkte leicht atemlos, als sie durch den kleinen Park auf mich zugelaufen kam. Ihre Lippen waren zu einem dünnen Strich zusammen gepresst und ich konnte Tränen in ihren Augen in dem Licht der Sonne glitzern sehen.

„Ich habe dich überall gesucht, als du nicht bei Albert warst."

„Tut... mir leid...", gab ich zerknirscht zurück und senkte den Blick. Ich hatte sie nicht erschrecken wollen.

„Ist okay, ich habe dich ja jetzt gefunden", beruhigte sie mich sofort und ich hörte, wie sich ihre Schritte durch die Wiese näherten. „Aber...", setzte sie an und ihre Stimme zitterte leicht, ehe sie fortfuhr: „Aber ich kann nicht noch ein Kind verlieren."

Ruckartig hob ich den Kopf.

„Das wirst du nicht", versprach ich, auch wenn ich wusste, dass ich das nicht versprechen konnte, weil niemand wusste, was morgen passieren würde. Ich wollte nicht, dass sie Angst hatte. Nicht wegen mir.

Tränen rollten ihr über die von der Kälte geröteten Wangen.

„Ich weiß", flüsterte sie. Sie wusste es auch.

Mum hatte ja nicht wissen können, dass ich hier gewesen war. Und ich hatte es vergessen. Sie konnte diesen Ort nicht kennen, weil ich hier immer nur mit Stacy gewesen war. Außer Albert waren wir hier auch noch nie jemandem begegnet. Irgendwie war es unser Ritual gewesen, immer nach einem Besuch in seiner Buchhandlung her zu kommen, um in der Krone des Baumes zu lesen. Es kam mir wie eine Ewigkeit vor, seit ich das letzte Mal an diesem Ort gewesen war. Und wie eine ganze Unendlichkeit, in der wir das auch nicht mehr tun konnten.

„Möchtest du noch kurz mit mir in das Café kommen?“, fragte Mum mich schließlich und bemühte sich um ein Lächeln. „Es ist kaum etwas los und der Kaffee ist wirklich gut. Sie haben auch heiße Schokolade mit Hafermilch.“ Eigentlich hatte ich sofort ablehnen wollen. Denn ich wusste, dass ich nichts essen und trinken konnte. Ich wusste nicht, warum das so war, aber seit Stacy's Tod war alles in mir eng und leer. So eng und leer, das dort nichts mehr reinpasste. Mein Herz war nur noch ein Klumpen in meiner Brust, der mich irgendwie am Leben hielt.

Doch der Blick meiner Mutter, so verzweifelt, so flehend und ängstlich, brachte mich dazu langsam zu nicken.

„Könntest du vielleicht schonmal vorgehen?“, bat ich sie und wandte mich wieder der Eiche zu. „Ich… möchte noch einen Moment hier bleiben.“

„Ist okay.“

Ihre Schritte entfernten sich allmählich und ich ließ meine Schultern, die wie so oft in letzter Zeit angespannt waren, wenn ich mit meinen Eltern sprach, erleichtert sacken. Da war diese Angst in mir, etwas falsches zu sagen, etwas falsches zu tun, was sie wieder so zerstören würde, wie es der Unfall meiner Schwester getan hatte. Keine Ahnung, wie sie das machten, dieses „weiter leben, nach vorn schauen“, aber mir war klar, dass es nicht stabil war. Und dass jederzeit etwas passieren konnte, das die Mauer, die sie sich so mühsam aufgebaut hatten, wieder zum Einsturz bringen würde. Das wollte ich mit allem was ich hatte verhindern.

Nach kurzem Überlegen klemmte ich mir **MOMO** unter die Achsel, schwang mein rechtes Bein auf den unteren Ast und zog mich mit dem rechten Arm hoch. Vorsichtig stellte ich mich auf dem massiven Holz auf und balancierte bis zum Stamm. Dort griff ich nach dem nächsten Ast, legte mein Bein erneut drüber und zog mich wieder eine Etage höher. Das wiederholte ich so lange, bis ich atemlos in der üppigen Krone der Eiche angelangt und in meine Astgabelung gesunken war.

Die raue, kalte Rinde spürte ich im Rücken, als ich mich zurücklehnte. Meine Beine baumelten rechts und links von dem Geäst frei in der Luft. Unter mir ging es locker vier bis fünf Meter in die Tiefe, aber das störte mich nicht. Hier oben zu sitzen und den Wind zu genießen ließ mich die unbändige Freiheit fühlen, die wohl ein Vogel spüren musste, wenn er seine Flügel ausbreitete und flog.

Meine Augen blinzelten in die Sonnenstrahlen, die durch die teilweise schon leicht bunten Blätter auf mein Gesicht fielen. Zwischen dem Astwerk erblickte ich die gegenüberliegende Y-förmige Gabelung, auf der es sich Stacy immer bequem gemacht hatte. Beinahe hörte ich ihre Stimme, wie sie wie jedes Mal sagte: *„Das hier ist mehr Urlaub als Mallorca und Dubai es je sein könnten. Das hier ist unser Ding, Ci.“*

Und dann hatte sie immer gelacht, mit diesem glockenklaren Lachen, das nur sie gehabt hatte. Dieses echte Lachen, diese echte Lebensfreude. Ich erinnerte mich auch daran, wie sie unter diesem Baum in der Wiese oft mit Kopfhörern in den Ohren getanzt hatte, als hätte es kein Morgen gegeben. Wie ich sie bewundert hatte, dass sie sich derart schön bewegen und auf ihren Körper hören konnte. Das Tanzen war ihre Leidenschaft gewesen. Deshalb war sie auch nach Paris geflogen. Um sich diese berühmte Tanzschule anzusehen, an die nur die besten der besten hatten kommen können. Es schnürte mir noch immer die Kehle zu, dass sie meinetwegen beinahe ihren Traum aufgegeben hatte...

„Clara? Wo bist du?", ertönte die helle Stimme meiner Mutter weit unter mir. Ich hatte nicht damit gerechnet, dass sie noch einmal herkommen würde. Die Tatsache, dass sie es aber trotzdem getan hatte, bedeutete mir unglaublich viel. Denn hier in diesem menschenleeren kleinen Park zu sein tat mir auf eine seltsame Art und Weise gut. Der Gedanke in einem geschlossenen Café mit anderen Menschen zu sitzen behagte mir nicht. Schnell lehnte ich mich vor und winkte ihr zu.

„Ich bin hier, Mum!", rief ich und lächelte ihr zaghaft zu, als sie den Blick hob. Zuerst dachte ich, sie würde wieder Angst bekommen, mir könnte etwas passieren, doch dann lächelte sie auch und schüttelte einen to go Pappbecher in ihrer Hand.

„Du erwartest jetzt aber hoffentlich nicht, dass ich zu dir hochkomme, um dir deinen Kakao persönlich zu bringen, oder?", wollte sie lachend wissen. Ihre hellblonden Haare, die sie sich heute morgen zu einem ordentlichen Dutt gedreht hatte, hingen ihr nun mit vereinzelten Strähnen in die Stirn und über ihre blauen Augen. In diesem Moment sah sie Stacy so ähnlich, dass es fast weh tat. Doch ich versuchte mir nichts anmerken zu lassen.

„Nein, das musst du nicht", antwortete ich ihr also und sah, wie sie sichtlich erleichtert war. „Aber ich bleibe noch eine Minute hier oben."

Sie nickte, wandte sich dann wortlos ab und durch die Äste und Blätter hindurch sah ich, wie sie eine der verschnörkelten Bänke ansteuerte und sich darauf niederließ. Aus ihrer Handtasche kramte sie ihren Laptop hervor, klappte ihn auf und vertiefte sich in irgendwas darauf. Vermutlich hatte sie noch ein paar Dinge für ihren Unterricht am Montag vorzubereiten.

Langsam lehnte ich mich wieder zurück, legte das Buch sehr

vorsichtig auf meinen Schoß, damit es nicht runterfiel und zog mein Handy aus meiner Hosentasche. Mit flinken Fingern scrollte ich auf dem Display herum und ehe ich die Anwendung *Notizen* öffnen konnte, bemerkte ich die rote eins auf dem *WhatsApp* Symbol.

Einen Moment hielt ich inne und überlegte, die Nachricht einfach zu ignorieren, da ich ohnehin nicht wusste wer mir geschrieben hatte. Doch meine Neugierde siegte. Die App öffnete sich und mir sprang sofort der Chat ins Auge, von dem diese Nachricht ausging.

Sie war von Jason. Also atmete ich tief ein und tippte auf den Verlauf.

Okay, das verstehe ich. Stace hatte mir mal erzählt, dass du nicht gern redest? Ich wollte dich nicht bedrängen oder so. Ich dachte nur, du könntest gerade vielleicht jemanden gebrauchen der versteht, wie du dich fühlst. Aber das war ne blöde Idee, sorry, wir kennen uns ja wirklich nicht. Vergiss es einfach.

Nachdenklich kaute ich auf meiner Unterlippe rum. Warum fiel mir der Umgang mit anderen Menschen nur so verdammt schwer? Hatte ich ihn jetzt... verletzt? Wie ging das überhaupt? Hatte ich irgendwas falsches geschrieben? Wäre Stacy böse auf mich, wenn sie davon wüsste?

Energisch schüttelte ich meinen Kopf, während sich Tränen wieder ihren Weg in meine Augen bahnten. Diese Zweifel machten mich fertig und ich konnte mit all dem nicht umgehen.

Schnell schloss ich die App und ging auf die, die ich auch ursprünglich nutzen wollte. Diese Anwendung war mit der auf meinem Laptop verbunden, sodass ich auch wenn ich ihn mal nicht dabei hatte, schreiben konnte wenn mir danach war.

Jetzt war so ein Moment. All diese Gefühle wirbelten in mir komplett durcheinander und ich musste sie irgendwohin bringen. Ohne lange zu überlegen fing ich einfach an und die Worte flossen nur so aus mir heraus. Mich umfing der Schutz meiner eigenen Welt des Schreibens. Nichts drang mehr zu mir durch als die Worte, die sich unter den Bewegungen meiner Finger zu Sätzen, ja zu meiner ganz einen Poesie formten.

```
Ich falle
ins bodenlose Dunkle
über mir nichts
und doch so viel.

Ich bin allein
weiß dass mich hier
niemand hört
und ich habe Angst

was wenn niemand
nach mir sucht?
Wofür war ich oben
wenn ich doch scheinbar

nirgendwo hingehöre?
Wo ist die Freude
die einst meine ganz
eigene Sonne war?

Und wenn ich
irgendwann aufkomme
wenn mein Fallen stoppt
```

gehöre ich dann dort hin?

Kaum hatte ich das letzte Wort geschrieben, fühlte ich eine Leichtigkeit in mir, ein schwaches Licht, das nur für mich leuchtete, als wollte es mir sagen: *Du kannst vielleicht nicht gut reden, aber deine Welt hört dir auch zu, ohne dass du sprechen musst.*

Einer Intuition folgend machte ich direkt einen Screenshot von dem Text und schickte das Bild an Jason's Nummer.

Es fühlte sich richtig an. Und wenn er mich verstehen würde, dann auch meine Poesie. Das war meine Art zu reden, meine Art zu verarbeiten. Meine Art zu Kommunizieren.

Kapitel 8

Clara 2021

Nachdem ich noch eine Weile mit Mum auf einer der Bänke im Park gesessen und meine heiße Schokolade getrunken hatte, saß ich wieder mit ihr im Auto auf dem Weg nach Hause. Als wir an dem kleinen Café vorbeigekommen waren, hatte sie mich zwar noch einmal gefragt, ob ich denn nicht ein Stück Kuchen essen wollte, doch ich hatte abgelehnt. Mir war bewusst, dass ich das nicht ewig machen konnte. Schon jetzt merkte ich die Schwäche in meinem Körper, der zu wenig Energie in den letzten Tagen bekommen hatte. Aber wie konnte ich nur irgendjemandem erklären, dass ich es wollte, jedoch einfach nicht konnte. Dass die Trauer um meine Schwester mich nicht mehr leben, sondern nur noch existieren ließ.

Wobei ich feststellen musste, dass der Vormittag in *Tree Hills* wieder ein bisschen Leben in mein Herz gelassen hatte. Der Besuch bei Albert, das neue Buch, die Erinnerungen im Park und die Worte, die ich an Jason geschickt hatte. All das hatte meiner Seele ein bisschen Licht geschenkt. Und an diesem kleinen Licht versuchte ich mich festzuhalten, auch wenn die Dunkelheit immer wieder drohte, über mich hereinzubrechen.

Das große alte, hölzerne Ortsschild zog gerade an mir vorbei, welches mit großen, geschwungenen Buchstaben mein Zuhause, mein Dorf *Brightwood* ankündigte.

Bäume, die schon fast bunt waren, die kleinen Landhäuser und gemütlichen Straßen zogen an der Fensterscheibe vorbei, an deren kühlem Glas ich meinen Kopf gelehnt hatte. In meinen Händen hielt ich das Buch fest, das mich heute nach Hause begleiten durfte. Auch dieses Buch war ein kleines Leuchten. Ich freute mich darauf, in diese Welt einzutauchen und sie zu erkunden, die Protagonisten und ihr Leben kennenzulernen. Vor allem aber freute ich mich auf den Moment, der immer eintrat, wenn ich ein Buch las, das Albert mir empfohlen hatte: Auf den Moment, in dem mir bewusst wurde, wie richtig er mit dieser Empfehlung gelegen hatte.

Wir hielten in der Hofeinfahrt, stiegen aus und betraten das Haus. Mum verschwand sofort in der Küche, vermutlich um das Mittagessen vorzubereiten, während ich mir die Stiefel und meine Jacke auszog und mich nach oben auf mein Zimmer zurückzog.

Kaum hatte ich die Tür hinter mir wieder geschlossen, ertönte ein *Ping*, welches mir den Eingang einer WhatsApp Nachricht ankündigte. Automatisch wurde ich etwas nervös, denn mir war klar, dass diese nur von einer Person kommen konnte.

Ich trat an mein Fenster, kippte es, sodass die kalte herbstliche Luft mein Zimmer fluten konnte und wandte mich dann meinem Ofen zu. Das bereits schwarze Holz darin glomm nur noch rötlich.

Rasch legte ich etwas Holz nach, stocherte etwas in der Glut und ließ mehr Sauerstoff rein. Anschließend setzte mich auf mein Bett zu den kuschligen Decken.

Mit zittrigen Fingern zog ich das Smartphone aus meiner Hosentasche und schaltete den Bildschirm ein. Die rote eins leuchtete mir direkt entgegen und ich brauchte kurz, um mich zu überwinden, die Nachricht zu lesen. Noch nie vorher hatte ich jemand anderem als meiner Schwester meine Poesie gezeigt, nicht einmal meinen Eltern. Dazu kam noch, dass ich Jason noch gar nicht einordnen konnte. Ich wusste nicht, ob er ein Lichtmensch, ein Schattenmensch oder eine neutrale Person für mich war, weil ich ihn ja noch nie wirklich getroffen hatte. Das machte mich unheimlich unsicher.

Dennoch öffnete ich den Chat und las mir seine Antwort auf meine Worte durch.

`Wow. Ich habe nicht mit einer Antwort gerechnet, erst recht nicht mit so einer. Danke für dein Vertrauen und deine Ehrlichkeit. Und ich kann deinen Text so verstehen, jedes Wort, glaub mir. Mir geht es genau so, bzw. ähnlich. Wenn es dir hilft, kannst du mit mir auf diese Weise reden, wenn du magst. Danke Clara, wirklich.`

Er konnte es verstehen.

Das war das allererste, was mir durch den Kopf ging. Ja, er verstand, was meine Worte bedeuteten, was es bedeutete, sie zu fühlen und von ihnen erdrückt zu werden.

Bei meinen Eltern war es irgendwie anders. Jason war für Stacy ein sehr wichtiger Mensch, vielleicht ja ein Lichtmensch, gewesen. Und ich vermutete, dass sie ihm auch so viel bedeutet hatte. Zwar konnte ich mit den Gefühlen anderer nicht viel anfangen, aber die dieses Menschen waren meinen sehr wahrscheinlich verdammt ähnlich.

Es ließ mich plötzlich freier atmen zu wissen, dass ich nicht alleine war. Dass da noch jemand in diesem dunklen Raum saß und glaubte, der einzige zu sein. Aber nein, in diesem Raum da saßen noch andere Menschen, die sich wegen der Schatten einfach nicht sehen konnten. Oder sich nicht sehen wollten. Denn es war leicht, sich darin zu verlieren. Sich dem Schmerz einfach hinzugeben weil man glaubte, da sei nichts mehr, was einen je wieder heilen würde.

Doch genau in dem Moment, nach dieser Antwort wusste ich, dass ich jemandem in meinem Raum gefunden hatte. Ich kannte ihn nicht gut und er war für mich wie jeder Mensch eine kleine Quelle der Angst, aber er war da und er verstand sie. Meine Art zu Kommunizieren.

`Danke, dass du es verstehst.`

schrieb ich nach kurzem Überlegen an ihn zurück und schaltete das Gerät wieder aus.

Im Erdgeschoss fiel die Haustür laut ins Schloss, was mich zusammenzucken ließ. Dad war normalerweise immer bis nachmittags in der Bäckerei. Ob er extra zum Mittagessen gekommen war? Eigentlich brachte Mum ihm immer etwas rüber, weil er als einziger Mitarbeiter in der Bäckerei schlecht alles stehen und liegen lassen konnte. Und für eine Pause war er immer zu gerne dort.

Verwundert verließ ich mein Zimmer und verharrte auf der obersten Treppenstufe, als ich meinen Namen hörte.

„Clara isst viel zu wenig“, wisperte meine Mutter weinerlich.

„Sie trauert, Amanda“, kam es ruhiger von meinem Vater. „Für sie ist nicht nur ihre Schwester gestorben, sondern auch ihre beste Freundin, ihr Licht und ihre Welt. Für uns gleicht es schon einer Folter, eines unserer Kinder verloren zu haben. Wie muss sich das für sie anfühlen?“

Mum seufzte. „Ich... weiß es nicht“, gab sie zu. „Es fällt mir so schwer, sie zu lesen, John. Sie könnte vor unseren Augen zerbrechen an dem Schmerz und... und wir würden es nicht einmal mitbekommen.“ Ein Schluchzen drang an mein Ohr, das mir eine Gänsehaut über die Arme jagte.

„Ich... ich will sie nicht verlieren. Das ertrage ich nicht!“ Ihr Schluchzen war in leises Weinen übergegangen.

„Das werden wir nicht, nie... niemals!“, beschwichtigte Dad sie, und auch in seiner Stimme konnte ich ein Zittern hören.

„Wie... woher kannst du das wissen?“, fragte Mum. „Niemand hätte gedacht, dass wir Stacy verlieren und trotzdem ist es passiert. Trotzdem ist ihr Flugzeug abgestürzt und wir können nichts tun, um sie wieder zurück zu holen.“

„Die Zukunft kann niemand beeinflussen, Amanda“, erklärte Dad rau. „Aber wir können unser Bestes tun, um für Clara da zu sein und die Zeit, die wir mir ihr haben, so schön wie möglich zu gestalten. Ich glaube sie braucht uns mehr denn je und kann es nur nicht so zeigen. Du weißt, dass sie etwas Besonderes ist. Wir müssen jetzt zusammenhalten.“

Ein Schaudern lief durch meinen Körper und ich bemerkte, wie meine Unterlippe zu beben begann. Ich wollte nicht Schuld daran sein, dass es ihnen schlecht ging. Ich wollte keine Last für sie sein.

„Ich glaube sie braucht Hilfe“, sprach mein Vater weiter. „Sie kann unmöglich allein mit diesem Schmerz fertig werden. Und ich bin mir sicher, dass sie nicht ohne Grund das Essen verweigert. Ihr geht es wirklich schlecht.“

„Und welche Hilfe können wir ihr geben?“, wollte Mum leise wissen, die sich wieder etwas gefangen zu haben schien.

„Ich werde gleich nach dem Essen mal rüber zu Heather gehen. Sie hat fünfzig Jahre lang als Heilpraktikerin gearbeitet und ich bin mir sicher, dass sie Clara helfen könnte. Wenn sie auch nur da ist, um ihr zuzuhören.“

„Heather?“, hakte Mum zaghaft nach. „Bist du sicher, dass wir uns nicht vielleicht nach einem Therapeuten umsehen sollten?“

„Nein“, entgegnete mein Vater sofort. „Clara kennt sie seit

Kindertagen und ich glaube das würde einfacher für sie sein, als ihre Gefühle jemandem fremdes anzuvertrauen. Außerdem kannte Heather auch Stacy. Ich habe so ein Gefühl, dass es richtig ist."

„Okay", willigte Mum ein und es wurde still.

Langsam löste ich mich aus meiner Starre und schlich wieder zurück auf mein Zimmer, wo ich mich kraftlos und verwirrt auf den gepolsterten, bequemen Schreibtischstuhl sinken ließ.

Sie hatten Angst, mich zu verlieren.

Sie waren der Meinung, dass ich Hilfe brauchte.

Sie dachten, Heather könnte mir diese geben.

Die Gedanken wirbelten endlos lange in meinem Kopf wild durcheinander. Brauchte ich denn Hilfe? Wann merkte man, dass man Hilfe brauchte?

Ja, ich hatte Schmerzen, die man nicht sehen und nicht mit Salben oder Pflastern versorgen konnte. Aber waren sie so tief, dass ich sie selbst nicht mehr einschätzen konnte? War es das, wovor Mum und Dad so eine Angst hatten?

In Gedanken verloren drehte ich mich auf meinem Stuhl zu der Pinnwand, die über meinem Schreibtisch an der Wand hing und musterte unbewusst die ganzen Fotos, die daran hefteten. Meistens waren es Naturfotografien, die ich selbst gemacht hatte, aber auch etliche Familienfotos und- mein Magen zog sich zusammen- ganz viele Fotos von Stacy und mir.

Ein Bild stach mir besonders ins Auge.

Es zeigte meine Schwester vor einer verspiegelten Wand, die eine Hand auf eine hölzerne Stange gelegt, die andere anmutig über ihren Kopf gehoben, während sie ihr Bein senkrecht nach hinten ausstreckte und dabei so anmutig aussah, dass es mir jedesmal die Sprache verschlug, wenn ich es betrachtete. Ich hatte es damals, als ich meine Kamera mit ins Tanzstudio genommen hatte, geschossen. An dem Tag war außer meiner Schwester und mir niemand dort gewesen und das hatten wir für eine Fotosession genutzt. Sie war die geborene Ballerina gewesen. Und wegen mir hatte sie beinahe ihre Chance verpasst, genau das, ihren Traum, ihre Leidenschaft auszuleben...

Kapitel 9

Stacy 14.09.2020

Meine Muskeln zitterten.

Mein Herz schlug im Takt der leisen Klaviermusik.

Ein dünner Schweißfilm benetzte meine Stirn, wie mir mein Spiegelbild in dem großen Spiegel verriet, der die gesamte gegenüberliegende Wand einnahm. Mein Atem ging schnell, während ich maximale Spannung in jeden Muskel meines Körpers schickte.

Ich stieß mich mit dem linken Bein ab, drehte mich einmal, zweimal, dreimal auf dem rechten und landete eine nahezu perfekte Pirouette. Anmutig hob ich beide Arme über meinen Kopf und kam auf die Zehenspitzen, um mich kurz darauf tief und elegant zu verbeugen. In meinen Ohren rauschte das Blut und mein schneller Herzschlag, das Adrenalin pumpte durch meine Adern und die Leidenschaft zum Tanzen floss durch jede Zelle meines Körpers. Ich fühlte mich frei und... stolz.

„Das war... mal ganz passabel, Miss Falls", lobte Anne, meine Tanzlehrerin, mich ohne eine Miene zu verziehen.

Ihre langen dunkelbraunen Haare, die ich noch nie offen an ihr gesehen hatte, trug sie wie meistens in einem streng nach hinten gebundenen Knoten. Das betonte ihr zierliches Gesicht mit den hohen Wangenknochen. Ihr enges schwarzes Top und die weite Jogginghose deuteten auf ihren durchtrainierten Körper hin und ihre Disziplin, wie sie kein zweiter besaß. Außerdem war sie der strengste Mensch den ich kannte. Wenn sie also zu einem sagte *„Das war passabel“*, war das das höchste Lob, was man von ihr bekommen konnte.

Ihr sehr hartes Training und ihre unerbittlichen Maßnahmen, wenn jemand nicht ordentlich mitmachte, machten sie zwar nicht gerade sehr beliebt, aber ich mochte sie irgendwie. Denn wenn sie etwas besaß, dann Talent. Und davon eine Menge.

„Danke.“ Ich nickte ihr zu und fand mich wieder in meine Ausgangsposition ein, da ich davon ausging, noch eine zweite Runde machen zu müssen. Zwar zitterten alle meine Glieder und mir rann der Schweiß aus allen Poren, aber ich hatte noch Energie. Energie und das wundervolle Gefühl zu schweben. Es berauschte mich förmlich, ich wollte mehr davon, wollte noch weiter trainieren, doch meine Lehrerin schüttelte den Kopf.

„Es reicht für heute“, bestimmte sie mit klarer Stimme. „Wir machen am Donnerstag weiter.“

Ich spürte, wie meine Schultern enttäuscht eine Etage nach unten sackten. Aber ich wusste auch, dass Anne ein Gefühl dafür hatte, wann man aufhören sollte. Sie sagte stets: „Hör immer dann auf, wenn du den Stolz in deiner Brust spürst. Dann gehst du immer mit dem Stolz des letzten Tanzes in den nächsten.“

Also machte ich Platz vor dem Spiegel für Ella, die nächste Tänzerin, die erst seit einem Jahr in unserem Verein trainierte.

Vollkommen außer Atem steuerte ich die mit Holz vertäfelte Wand der Halle an, an der Hailey lässig lehnte. Die grünen Augen hatte sie amüsiert auf Ella gerichtet. Hailey‘s schwarzes, glattes, langes Haar trug sie zu einem Pferdeschwanz hochgebunden und das Deckenlicht ließ es leicht glänzen. Mit ihrer hellen Haut erinnerte sie mich oft an ein hübsches Vampir Mädchen. Wobei auch vieles an ihrem Charakter zu einem hinterlistigen Blutsauger gepasst hätte. Dennoch war sie die beste Freundin, neben Ci, die ich hatte. Sie hatte nämlich genauso ihre tollen Seiten und wenn sie einem vertraute, konnte man sich keinen besseren Mensch vorstellen.

Bei ihr angekommen lehnte auch ich mich mit dem Rücken gegen die Wand, wischte mir ein paar nasse Strähnen aus dem Gesicht und trank gierig ein paar Schlucke Wasser aus meiner Flasche, die ich auf den Boden gestellt hatte.

„Gleich kommt wieder der krasse special-move“, murmelte Hailey und schürzte die Lippen, als würde sie über einer Hausarbeit brüten. Dabei musterte weiterhin sie das neue Mitglied unserer Tanzgruppe.

Belustigt rollte ich mit den Augen. „Welchen denn? Den Turtle-Move, den Frog-Move oder...“

Ich erntete einen genervten Blick, bevor sie sich wieder Ella zuwandte, die sich unter der Beobachtung meiner Freundin sichtlich unwohl zu fühlen begann. Wobei diese sich nicht einmal die Mühe gab, sie unauffällig anzustarren.

„Du weißt genau, welchen ich meine...“, gab sie zurück und prompt erhellte sich ihr Gesicht. „Jetzt!“

In exakt diesem Moment vollführte Ella einen Sprung und kam mit einem donnernden, dumpfen *Wumm!* wieder auf, dass das Linoleum knackte. Die eigentlich zierliche sechzehnjährige hatte locker eine Schuhgröße von über vierzig, was einer der Gründe dafür war, warum meine Freundin von Anfang an Spaß daran gefunden hatte, über sie herzuziehen. Mir tat das leid, aber ich wusste auch, dass es Ella gleich war, was Hailey von ihr dachte. Und das ärgerte diese nur umso mehr.

„Mit solchen Bügeleisen kann man aber auch nur tanzen wie

eine Dampfwalze“, stieß sie hervor. Ich prustete laut los, ohne etwas dagegen tun zu können und japste noch: „*Bügeleisen*?“, als mir bewusst wurde, was das für ein Fehler gewesen war.

Ich wusste schon was kommen würde, noch ehe sich Anne mit einem stechenden Blick zu uns umdrehte, dass mir eine kalte Gänsehaut über die Arme strich. *Ups.*

„Falls und McEllen!“ Sie sprach unsere Nachnamen wie eine Drohung aus. „Auf den Boden mit euch, zwanzig Liegestütze und wer vorher zusammenklappt darf noch zehn Runden in der Halle joggen.“ Ihr Ton duldete keine Widerrede und ich sah meine Freundin kurz von der Seite an, mit einem Ausdruck, der so viel sagte wie: *Danke vielmals, du Arsch.*

Tatsächlich wich der Hochmut aus ihrem Gesicht und wurde fast zu so etwas wie ehrlicher Reue. Sie wusste, was mir das Tanzen hier bedeutete. Und auch, dass ich darauf hoffte eines Tages einmal ein Stipendium an der *Ecole de danse parisienne* zu bekommen, eine ziemlich renommierte Tanzschule in Paris. Im Gegensatz zu Lee, wie ich sie öfter mal nannte, deren Eltern steinreich waren, konnten meine es sich nicht leisten, mich auf so eine Schule gehen zu lassen.

Die Energie, die ich vorhin beim Tanzen noch stark in mir gespürt hatte, war wie weggeblasen. Ich verfluchte meine Arme dafür, dass sie schon nach dem fünften Mal, das ich meinen Körper nach oben drückte, haltlos zu zittern begannen. Mir entwich ein Keuchen wie einem gestrandeten Walross und ich kam mir unter den strengen Augen meiner Tanzlehrerin und denen meiner Teamkollegen auch wie eins vor.

Vor allem, als ich beim letzten Mal hochstemmen, einfach in mich zusammensackte. Ich meine das waren Liegestütze!! Normalerweise schaffte ich davon dreißig. Allerdings nicht, wenn ich mir vorher schon die Seele aus dem Leib getanzt hatte. Meine

Freundin hatte das Problem natürlich nicht, denn sie war mit ihrer Kür noch nicht dran gewesen. Ein Grund mehr, warum ich ihr später auf dem Weg in die Umkleidekabine vernichtende Blick zuwarf. Diese zuckte nur mit den Achseln und grinste breit.

Unschuldig warf sie ihren Pferdeschwanz nach hinten und öffnete die graue Tür mit den etlichen Edding-Verzierungen. Der Geruch aus einer Mischung von Schweiß, billigem Deo und neuen Ballettschuhen schlug mir sofort entgegen, den ich bereits inhalierte seit ich sieben Jahre alt gewesen war. Klingt widerlich, aber er hatte etwas so Vertrautes, dass er jedesmal Bilder in mir aufweckte, von meinen ersten Versuchen, eine Ballerina zu werden.

„Du hast das Herz einer Ballerina, aber um eine zu sein, musst du auch die Haltung einer Ballerina beherrschen“, sagte Anne bei meiner ersten Trainingsstunde.

Ich stand da, eine Hand auf der Stange, eine zur Seite weg gestreckt. Krampfhaft hatte ich mein Bein waagerecht nach hinten angehoben und versuchte mein Gleichgewicht zu finden, um endlich die blöde Stange loszulassen.

„Denk nicht immer so viel nach, Kind“, tadelte mich meine Lehrerin und mir schossen Tränen in die Augen. „Und glaub nicht, dass ich Mitleid mit dir habe, wenn du hier anfängst zu weinen! Wenn du fliegen willst, musst du den Ast loslassen, auf dem du gesessen hast.“

Mit fest zusammengebissenen Zähnen nickte ich.

An diesem Tag hatte ich zum ersten Mal in meinem Leben gelernt, alle Gedanken loszulassen. Ich war plötzlich frei und leicht und da war nur noch ich und mein Herzschlag. Die Stange hatte ich, ohne es zu bemerken losgelassen.

„Jetzt bist du bereit zu lernen“, meinte Anne und ich hätte schwören können, einen Hauch Stolz in ihrer Stimme erkannt zu

haben. Und dieser Hauch von Stolz gab mir das Gefühl, hier und jetzt einen Platz gefunden zu haben. Einen Platz, an den meine Seele gehörte und an dem ich frei sein konnte. Es war, als hätte ich an diesem Tag Flügel bekommen...

Von da an hatte mich das Fieber gepackt und ich lebte dafür. Mein Herz schlug für die Musik, die jeden einzelnen meiner Schritte begleitete. Und ich träumte davon, es eines Tages weit zu bringen, etwas aus dieser Liebe, aus dieser Leidenschaft zu machen. Auch wenn das hieß, dass ich für einige Zeit nicht für meine Schwester da sein konnte...

„Hallo, Erde an Stace, sind Sie willens in diesem Jahr noch einzutreten? Ihr Butler hat noch anderweitig zu tun."

Mit einem Schnauben, welches eher an ein Lachen grenzte, schob ich mich an Hailey vorbei in die Kabine und schnappte mir von der alten Holzbank und der darüber angebrachten Garderobe mein Duschzeug. Doch dann entschied ich mich dafür, zu Hause zu duschen, zog mich rasch um und merkte gar nicht, wie mir Tränen über die Wangen liefen.

„Stace...?", fragte meine beste Freundin plötzlich mit einer sanften Stimme, die so gar nicht zu ihr passen wollte. Doch ich kannte sie besser. „Hör zu, ich wollte nicht..."

„Nein, das ist es nicht", unterbrach ich sie etwas zu schnell, wischte mit mir dem Handrücken über die Augen und starrte meine Tasche und meine Jacke auf der Bank an, als wären sie an allem Schuld. Aber das war niemand.

„Du weißt genau, dass ich dich nicht gehen lasse, wenn ich merke, dass es dir nicht gut geht." Das wusste ich nur zu gut. Der Klos in meinem Hals schwoll zu einem Schluchzen an.

„Ich kann es nicht", antwortete ich erstickt.

„Was kannst du nicht?"

„Die Bewerbung für die *Ecole de danse parisienne* endlich

abschicken.“ Vor ein paar Wochen schon hatte ich ein Formular zur Anfrage auf ein Stipendium ausgefüllt, welches ich nie abgeschickt hatte.

„Wieso…“, wollte meine Freundin wissen und trat näher, um mir tief in die Augen zu schauen. „Clara“, kam es dann von ihr.

Ich nickte und holte tief Luft.

„Sie… ich kann sie nicht alleine lassen… Ich will eine gute große Schwester sein, für sie da sein… ich…“

„Stace….“ Hailey legte mir einen Arm um den Hals. Niemand von meinen anderen Freunden wusste so viel wie sie über die Entwicklungsstörung meiner Schwester und was ich für sie war. Aber auch, was sie *mir* bedeutete.

„Ich fühle mich so egoistisch, wenn ich das tue.“

„Stace“, wiederholte sie, hielt mich an den Oberarmen fest und schob mich ein Stück von mir weg, um mir wieder in die Augen zu schauen. „Wenn du in deinem Leben nicht einmal etwas nur für dich tust, wessen Leben lebst du dann?“

„Ich… danke“, flüsterte ich und lächelte.

Die Tür wurde laut quietschend aufgeschoben. Und ohne den Blick von mir zu wenden, zischte Lee wieder ganz sie selbst: „Piss dich, Privatgespräch!“, was mein Lächeln noch breiter werden ließ. Nichts im Leben war wichtiger als Freunde. Freunde, wie ich Hailey hatte. Egal wie sie manchmal drauf war. Denn sie war schon immer für mich da gewesen und ich auch für sie.

Kapitel 10

Clara 2021

Ich blinzelte und spürte erst in dem Moment, dass mir Tränen die Wangen runter rollten und an meinem Kinn auf meinen Hals tropften. Mein Blick war noch immer auf das Bild meiner Schwester gerichtet. Sie wirkte darauf so lebendig, so frei und so... schwerelos. Stacy war für das Tanzen geboren worden. Es war ihr größter Traum gewesen, ihre Leidenschaft irgendwann zu ihrem Beruf zu machen, berühmt dadurch zu werden. Doch sie würde nie wieder die Chance dazu bekommen, ihren Traum zu verwirklichen. Und ich... mein Traum war...

„Clara?“ Die Stimme meiner Mutter ließ mich erschrocken zusammenfahren. „Oh, tut mir leid.“

„Schon okay“, beteuerte ich und wischte mir schnell mit dem Handrücken über meine noch nassen Augen. Unter den rot geweinten meiner Mutter zogen lange, blass-schwarze Schlieren dünne Bahnen über ihre Haut.

Als sie bemerkte, wo ich hinsah lächelte sie ein verzerrtes, unechtes Lächeln und meinte: „Das Schminken heute morgen war wohl überflüssig.“ Ein leiser Schluchzer schüttelte sie und sie musterte mich ernster. „Dein Vater und ich möchten gerne mit dir über etwas sprechen“, verkündete sie dann, was ich nach dem

Gespräch, das ich mitgehört hatte, schon vermutete. „Du... würdest du kurz runter kommen?“

„Ja“, antwortete ich nur und betrachtete das Buch, welches ich bei Albert gekauft hatte, eingehend. Meine Mum verstand und ging wieder nach unten. Ich hörte die Stufen der alten Holztreppe unter ihren Schritten knarzen.

Einen Moment noch blieb ich auf meinem Schreibtischstuhl sitzen, das Buch in meiner Hand. Unbewusst strich ich über den Einband, fuhr mit meinem Finger die leichte Prägung der Buchstaben des Titels entlang. Der Signalton meines Handys ließ mich erneut zusammenzucken.

Zögernd öffnete ich WhatsApp und den Chat mit Jason.

`Nicht dafür. Ich bin da, okay?`

Auch wenn ich wusste, dass er mich nicht sehen konnte, nickte ich.

`Okay.`

Erstaunlicherweise spürte ich, dass ich es wirklich so meinte. Es war okay. Und es fühlte sich richtig an. Auch wenn ich Jason nicht kannte, kannte ich den Schmerz, den auch er von mir kannte. Ich musste nicht persönlich mit ihm reden. Das hier war... okay.

Schließlich stand ich auf, nahm das Buch in die Hände und atmete noch kurz den wunderbaren Duft nach Tinte und Papier ein, ehe ich um mein Bett herum an mein Bücherregal trat. All meine Bücher waren nach Genre, im Genre dann nach Verlag und im Verlag nach Autor sortiert. Da ich aber bereits wusste, dass ich noch kein Buch von Michael Ende besaß, sowie aus dem Verlag, schob ich es, mit dem Buchschnitt nach vorn, in einen freien Platz im Genre Fantasy, direkt neben einem meiner liebsten Bücher *Der kleine Prinz*.

Anschließend beeilte ich mich, ins Wohnzimmer zu kommen, wo Mum und Dad bereits auf mich zu warten schienen. Mein Vater saß auf der beigefarbenen Couch, in der rechten Hand noch das Telefon, welches er in dem Moment, in dem ich eintrat, neben sich legte. Mum hatte sich neben ihn gesetzt, die Beine eng an den Körper gezogen, den Kopf auf seine Schulter gelegt.

Mich durchfuhr ein ziehendes, eiskaltes Gefühl der Enge und des Unwohlseins wie immer, wenn ich körperliche Berührungen so direkt bei anderen wahrnahm.

In einem großen Abstand zu den beiden setzte auch ich mich auf die L-förmige Couch und sah mich für einen Moment in unserem Wohnzimmer um, unsicher, was ich sagen sollte.

Die alte, in weiß gestrichene Holzkommode, die direkt neben dem offenen Durchgang stand, welcher auf den Flur führte. Das zarte beige, in dem die dicken Wände bis zur Hälfte, wo die weiße Vertäfelung anfing, gestrichen waren. Der alte Fußboden aus Eichenholz-Dielen, die vielen gerahmten Bilder von Stacy und mir an der Wand über dem kleinen Fernseher, auf dem wir so oft die *Gilmore Girls* geschaut hatten. Und der flauschige, weiße Teppich vor dem Sofa.

Mein Vater räusperte sich und zog so meine Aufmerksamkeit wieder auf das, was noch ungesagt zwischen meinen Eltern und mir in der Luft hing. Aus Gewohnheit begann ich damit, an den Fäden meines Strickpullovers zu spielten, sie zu zählen, daran zu ziehen, aber nie zu fest.

„Wir... machen uns große Sorgen um dich, Clara“, erklärte Dad dann ruhig. Ich hörte, wie er tief einatmete, ehe er fortfuhr. „Du isst kaum noch etwas und wir haben den Eindruck bekommen, dass du dich immer weiter von uns entfernst. Du... du trauerst und das verstehen wir mehr als sonst jemand, glaub mir, wir haben unsere Tochter...“ Kurz versagte seine Stimme, ich hörte ihn erneut zitternd Luft holen und spürte, wie sich die kalte Schattenhand wieder nach meinem Herzen ausstreckte.

„...unsere Tochter verloren. Und wir wissen, wie viel Stacy dir bedeutet hat, oder vielleicht können wir es auch nur erahnen, denn genau da liegt unser Problem... Wir sind uns nicht sicher, wie wir dir helfen können, Clara. Uns ist bewusst, wie schwer es dir fällt, deine Gefühle zu erklären, zu deuten, oder sie uns offen zu zeigen. Deshalb haben wir Angst. Wir haben so eine Angst, auch dich... noch zu verlieren..."

Eine ganze Weile lang herrschte angespannte Stille, meine Unterlippe bebte, ich wusste nicht, was ich sagen sollte, denn sie hatten recht. Mit allem.

Wie ging das?

Wie konnte man das alles nur in Worte fassen, aussprechen?

Ich konnte es in Worte fassen. Aber nur in geschriebene. Wie sollte ich nur all diese Gefühle benennen, wenn ich sie nie zuvor in meinem Leben gespürt hatte?

Wie... benannte man das alles? Warum half es Menschen, die ähnlich fühlten, wenn sie einander in den Arm nahmen? Woher kam das alles und warum konnte ich mit dem allem nicht umgehen, es benennen oder es aussprechen? War ich denn so anders?

War es das was meinen Autismus, was *mich* ausmachte? Was mich von anderen Menschen unterschied? Warum waren das nur Nachteile?

Mein Kopf drohte fast zu explodieren, ich begann damit, meine Hände und meinen Kopf zu schütteln. Ich wollte das loswerden, das alles. Leise begann ich immer wieder „geh weg" zu murmeln und meine Kiefer aufeinander zu pressen.

„Aus diesem Grund halten wir es für das beste, wenn du dich jemandem anvertraust, der dir vielleicht helfen könnte", sprach

Mum leise und sanft weiter. Sie konnte nicht hören, wie ich immer wieder das gleiche wie eine Beschwörung flüsterte. Und sie konnte nicht wissen, dass ich mich, meine Poesie bereits jemandem anvertraut hatte.

„Du mochtest Heather doch immer gern", fügte mein Vater hinzu, ich hörte das Zögern in seiner Stimme, wusste es aber nicht zu deuten. „Also wenn du einverstanden bist, kannst du dich ab und an mit ihr treffen und vielleicht etwas mit ihr reden. Ich habe sie gerade angerufen und sie würde sich sehr freuen, dich einmal wieder zu sehen. Seit... du warst lange nicht mehr bei ihr."

„Aber... wir machen selbstverständlich nichts mit ihr aus, ohne deine Einverständnis", schob Mum hektisch hinterher. Ich glaubte ihr und war ihr dafür dankbar. Dennoch versuchte ich alles erst einmal zu verarbeiten. Ich versuchte mich an die Zeit mit Heather zu erinnern, die für mich immer wie eine Grandma gewesen war. Eine Zeit, in der noch alles anders gewesen war.

„Und... wer hilft euch?", sprach ich langsam und in neutralem Ton aus, den Blick noch immer auf den Ärmel meines Pullovers gerichtet. Ich wusste weder, woher diese Frage gekommen war, noch warum ich sie meinen Eltern stellte. Doch irgendwo in mir musste sie gewesen sein. Denn wir saßen hier, in unserem Wohnzimmer und sprachen über mich. Aber was war mit ihnen? War der Verlust für sie nicht so schlimm wie für mich?

Als hätte sie in dieser Sekunde meine Gedanken erraten, schüttelte Mum heftig den Kopf, sodass ihr unordentlicher Dutt hin und her wackelte.

„Uns hat es auch ein tiefes Loch in die Brust gerissen. Aber wir haben uns beide, wir können ausdrücken, was wir fühlen, um nicht allein mit dem Schmerz sein zu müssen, verstehst du? Für dich ist das nicht so einfach, das wissen wir. Du hast schon immer nur wenige Menschen nah an dich rangelassen. Stacy war ein solcher Mensch und soweit ich weiß, Heather auch. Ich glaube... wir glauben, dass du nicht uns als deine Eltern brauchst um damit lernen damit umzugehen, sondern jemand, der nicht aus dieser Familie kommt. Und deshalb möchten wir alles dafür tun, dass auch für dich der Schmerz irgendwann erträglicher wird, wenn auch das Loch in deinem Herzen immer da sein wird."

Wieder schwiegen wir, bis Dad sich ganz leicht vorbeugte, um mir ins Gesicht zu sehen. Ausweichend starrte ich auf die Wollfäden zwischen meinen Fingern.

„Kannst du dir vorstellen, dich mit Heather zu treffen?", wiederholte er seine Frage und fügte noch hinzu: „Du musst auch nicht direkt mit ihr über deine Schwester reden. Vielleicht hilft es dir auch einfach, mal ein bisschen rauszukommen aus deinem Alltag. Du warst doch immer gern bei Heather, oder?"

Ja, ich hatte sie immer gern gehabt. Die alte Dame war ein Mensch, der nie zu aufdringlich und stets ehrlich zu einem war. Sie wusste immer, was sie sagen musste, um einem zu helfen. Und vielleicht, ja vielleicht konnte sie mir wirklich helfen. Da regte sich etwas in meiner Brust, was sich fast anfühlte, wie das kleine Leuchten eines kleinen Teelichts. Ein Teelicht der Hoffnung.

Kapitel 11

Stacy 28.09.2020

Meine Finger zitterten, als sie über das glatte Display meines Handys wischten, auf die ganzen Chats tippten, die blau leuchteten und mir somit eine neue ungelesene Nachricht ankündigten. Ich sollte das lassen, sollte mein Smartphone ausschalten und diese Worte ignorieren, doch ich konnte es nicht. Auch wenn es sich anfühlte, als würde ich mir selbst einen Hieb in die Magengrube verpassen.

`Faules Stück Scheiße! Wach auf Prinzessin, nicht jeder kann irgendwann seinen Traumjob machen. Tanzen ist kein Beruf! 🙄`

`Mit der Haltung willst du berühmt werden? Höchstens für den Ruf als schlechteste Möchtegern-Ballerina der Welt... XD`

`Träume sind was schönes, Schätzchen. Aber irgendwann musst du dich mal mit der Realität abfinden.`

`Püppchen? Ja. Berühmtheit beim Tanzen? Never sister. Sorry, dir diese Illusion nehmen zu müssen 😬`

Ich fühlte, wie mir heiße Tränen in den Augen standen und blinzelte sie rasch weg.

Die Nachrichten, die ich täglich bekam waren in letzter Zeit, je größer meine Reichweite auf Instagram geworden war, immer mehr und immer unfreundlicher geworden. Ein Teil von mir war sich bewusst darüber, dass grundloser Hass in den sozialen Medien leider nunmal normal war. Doch der andere Teil in mir, der von Zeit zu Zeit größer wurde, fragte sich, ob sie nicht wirklich recht hatten, mit dem was sie behaupteten. War ich geblendet von der Wunschvorstellung, irgendwann vom Tanzen leben zu können? Hatte ich dadurch übersehen, dass ich eigentlich überhaupt nicht das Talent hatte, was man mir immer nachsagte?

Plötzlich war meine Kehle wie zugeschnürt, ich hatte Angst, keine Luft mehr zu bekommen.

Schnell verließ ich Instagram, schaltete mein Handy aus und lehnte meinen Kopf zurück an die breite Armlehne des großen Ohrensessels auf dem ich saß, die Beine über die andere Armlehne geschwungen.

Ich mochte das alte, gemütliche Haus von Heather, unserer Nachbarin sehr gern. Wie bei uns auch gab es hier keinen kalten Parkettboden, sondern warme, echte Holzdielen. Die Wände des Wohnzimmers, in dem ich mich gerade befand, waren in einem warmen braun gestrichen, zwischendrin zeigten sich die dunklen, massiven Holzbalken des Fachwerks. Ein großer, alter, ausgeblichener Musterteppich lag auf dem Boden zu meinen Füßen, alte hölzerne Kommoden und Vitrinen standen an den Wänden. Etlichen wunderschöne Fotografien von Charles, ihrem alten dunkelbraunen Labrador Rüden, hingen in weißen Rahmen über ihnen. Der Durchgang zur Küche war breit und ohne Tür. Auch diesen Raum liebte ich innig mit den weißen Wänden, deren untere Hälfte mit zartem Blau gestrichenem Holz vertäfelt war.

Generell wirkte Heather's Einrichtung und ihr ganzes Fachwerk Haus wie ein gemütliches Bauernhaus, das direkt einem dieser super kitschigen Liebesromane entsprungen sein könnte. Das Knistern des Feuers im Hintergrund, welches dem alten Kamin entstammte, vervollständigte diese Illusion nur noch.

„Geht es dir nicht gut?", wollte die sanfte, raue Stimme von Heather wissen, die wohl ins Wohnzimmer getreten war, ohne dass ich es registriert hatte.

Irritiert starrte ich sie für einen Moment an. Sie hatte auch heute ihre langen, grauen Haare nach hinten hochgesteckt, was ihr feines Gesicht zur Geltung brachte, welches sie so viel jünger aussehen ließ, als sie wirklich war. Ihre schlanken Beine wurden von dem dunkelgrünen Wollrock verdeckt, den sie sich selbst gestrickt hatte und sie darüber trug sie wieder einen ihrer abertausenden, bunten Strickpullover.

Erst dann registrierte ich, dass meine Tränen wohl doch aus meinen Augen hatten entwischen können.

Kacke, dachte ich und rieb sie mir schnell aus dem Gesicht, um ein Lächeln für Heather aufzusetzen.

„Nein, nein alles okay", log ich schwächer als ich wollte. Na klasse, so lange wie ich gezögert hatte, glaubte sie mir schon längst kein Wort mehr. Aber ganz gleich wie gut man seine Gefühle zu verbergen versuchte, bei dieser Frau half das nichts. Ihre ungewöhnlich hellen, fast grauen Augen verstärkten oftmals den Eindruck, dass sie einem direkt in die Seele schauen konnte. Ziemlich creepy manchmal, aber ich kannte sie nicht anders. Daher wusste ich auch, dass ihre Frage nur rhetorisch gewesen war.

Heather seufzte und ließ sich mir gegenüber auf den zweiten dunkelgrünen Ohrensessel sinken, die Hände in ihrem Schoß gefaltet. Dann sah sie mich auf eine Weise an, die mir sofort das

Gefühl gab, dass ich ihr alles anvertrauen könnte. Eine unglaubliche Wärme, ein großes Vertrauen ging von ihr aus, was irgendwie dafür sorgte, dass meine Unterlippe leicht zu zittern begann.

„Weißt du, Liebes", sprach sie dann ganz ruhig, „diejenigen von uns, die immer die stärksten zu sein scheinen, weil sie all die Ängste und Schwächen in sich unterdrücken können, sind meist die, die am ehesten ein offenes Ohr brauchen."

„Ich bin nicht...", setzte ich an und schluckte.

„Du bist eine sehr starke junge Frau, Stacy. Aber manchmal verwechselst du Schwäche mit etwas, was wirklich stark ist, verstehst du was ich dir sagen möchte?"

Natürlich wusste ich das. Ich wollte immer die sein, die nie weinte, die immer weitermachte, sich keine Pause gönnte, die immer versuchte, es allen recht zu machen.

„Der einzige Mensch in deinem Leben, dem du es immer recht machen solltest, bist du selbst", sprach sie, als hätte ich meine Gedanken laut ausgesprochen. „Aber selbst da ist es wichtig, dass du niemals vergisst, die Grenzen zu beachten, die dir dein Körper und dein Geist zeigen. Grenzen hat jeder von uns und jeder hat auch schon einige überschritten. Aber wie viele kann man in seinem Leben überschreiten, bevor man daran zerbricht?"

Ich wusste nichts darauf zu erwidern.

„Stacy, kein Mensch kann sich selbst immer wieder nur Ballast aufladen, ohne irgendwann wieder etwas davon abzugeben. Und dafür muss man sich nicht schlecht fühlen. Ich bin jetzt hier und ich kann dir etwas davon abnehmen, wenn du das willst. Ich habe doch bemerkt, dass dich seit ein paar Tagen etwas bedrückt. Magst du mir davon erzählen?"

Abwartend, nicht fordernd lehnte Heather sich in ihrem Sessel zurück, ihre Augen ruhten auf mir. Sie würde mich nicht zwingen.

Und doch hatten ihre Worte etwas in mir ausgelöst. Ja, ich lud mir immer alles auf. Ich war eine große Schwester, eine ehrgeizige Tänzerin und durfte keine Schwäche zeigen. Alles, was mir Angst machte fraß ich in mich hinein. Dass ich vor zwei Wochen so offen mit Hailey über meine Gefühle gesprochen hatte war mehr als überfällig gewesen und ich hatte mich danach so unglaublich erleichtert gefühlt. Und scheiße, ich wusste, dass ich so nicht weitermachen konnte.

Also atmete ich noch einmal tief den Geruch nach Feuerholz und Kuchen ein und erzählte auch ihr von meinen Bedenken, die ich hatte, was die Tanzschule und Clara betraf.

„Aber das ist nicht alles", erklärte ich weiter und spürte wieder den Klos in meinem Hals. „Ich habe Angst, nicht gut genug zu sein. Ich habe Angst, an diese Schule zu kommen und dann zu versagen, meinen Traum zu verlieren und niemals so berühmt zu sein wie Ariana Grande und die Nachrichten, die ich immer wieder über Instagram bekomme sagen auch alle, dass das ein kindlicher, bescheuerter Traum ist, wie der, den man als Kindergartenkind in ein Freundebuch schreibt und von dem die Eltern schon wissen, dass er niemals wahr werden wird, aber man lässt die naiven Kinder in dem Glauben, weil... weil..."

„Schon gut, schon gut, Stacy. Atme", unterbrach Heather mich liebevoll, aber bestimmt, beugte sich vor, legte ihre faltige, warme Hand auf meine und sah mir tief in die Augen.

„Ich weiß zwar nicht genau, was dieses... Instergräm und wer diese Frau Ariana ist, aber ich weiß wer du bist, Stacy. Und weshalb glaubst du, dass das nicht genug ist?"

Kurz musste ich lachen, weil es sich so lustig anhörte, wie sie Instagram aussprach, dann schniefte ich und stellte fest, dass ich beim Reden zu weinen begonnen hatte. Auf ihre Frage hin zuckte ich mit den Schultern und ließ sie traurig hängen.

„Findest du es denn nicht naiv, sich zu wünschen, durch das, was man liebt und gerne tut, erfolgreich zu werden? Das schaffen nur die allerbesten."

Heather lächelte mich an und ließ sich wieder in die Lehne sinken. „Natürlich ist das sehr naiv und verträumt, Stacy."

Mein Lächeln erstarb, da ich nicht mit so einer Ehrlichkeit gerechnet hatte.

„Aber...", fügte sie hinzu und schmunzelte, „ein... gewisses Maß an Naivität und Träumereien ist das, was das Leben so lebenswert macht. Und diejenigen, die die Stärke und den Mut besitzen, sich auf den Weg zu machen, genau das zu realisieren, das sind die Menschen, Stacy, die Farbe in das Grau unserer langweiligen Normalität bringen. Niemand kann dir sagen, ob du das Ziel deines Weges erreichen wirst, aber *du* kannst es, wenn du dich aufmachst, es herauszufinden. Der Weg wird vielleicht manchmal dunkel und hart sein, aber das Ziel ist es, wofür es sich zu kämpfen lohnt. Und wenn du dann ab und an zurückblickst, dann siehst du all die Menschen, die noch am Anfang dieses Weges stehen und mit sich hadern, während du dich getraut hast, ganz gleich wie weit du kommst."

Wow. Damit hatte ich nicht gerechnet. Ich spürte auf einmal ganz deutlich, wie Hoffnung in mir aufkeimte. Das klingt richtig blöd und klischeehaft, aber diese Worte hatten tief in mir drin etwas wachgerüttelt, was ich scheinbar längst vergessen hatte: Zuversicht und Stolz. Stolz auf mich selbst, dass ich eben auf diesem Weg war, ihn beschreiten wollte. Trotzdem war da noch etwas, was an meinem Herzen schmerzte.

„Aber...", weiter kam ich nicht, denn in dem Moment hörte ich, wie die Haustür aufging, ein eiskalter Luftzug wehte durch den Flur ins Wohnzimmer und ließ die Flammen im Kamin zucken.

„Ich bin wieder da", informierte Clara uns unnötigerweise in dem Moment, in dem sie mit Charles den Raum betrat.

Ihre Wangen waren gerötet von der Kälte und ihr Haar total vom Wind zerzaust. Der alte Labrador setzte sich neben meine Schwester auf den Boden und sah ihr mit einem herzzerreißend süßem Hundeblick in die Augen. Ich glaubte Licht in Ci's Herz aufblühen zu sehen, in der Sekunde, in der sich ein Lächeln auf ihrem Gesicht ausbreitete. Sie legte ganz behutsam eine Hand auf den Kopf des Hundes und streichelte ihn liebevoll.

Tiere und Pflanzen waren die einzigen Lebewesen, die Clara ohne Panik berühren konnte. Und ich spürte, wie gut ihr das tat. Fast jeden zweiten Tag ging sie mit Charles Gassi.

„Um sie musst du dir auch keine Sorgen machen", wisperte die Stimme von Heather plötzlich an meinem Ohr, als hätte sie erraten, was ich gerade eben hatte sagen wollen. „Schau sie dir an. Sie wird eines Tages eine Seele finden, die ihrer gleicht und die sie bedingungslos lieben wird. Ihr Herz ist so groß, wenn man nur sich nur Zeit lässt, es zu erkennen."

Ich lächelte schwermütig.

„Clara kann für Menschen nicht das empfinden, was wir die Liebe nennen, Heather. Und sie mag keine Berührungen."

„Wer sagt denn, dass es ein Mensch sein wird?"

Zum wiederholten Mal an diesem Tag machte mich diese alte Frau sprachlos.

Sie hatte so recht.

Immer, wenn ich meine Schwester mit Charles zusammen sah, konnte ich all ihre Gefühle, die sie in Gesellschaft anderer Menschen nicht zeigen oder empfinden konnte, im ganzen Raum spüren. Das war es, was mir plötzlich bewusst machte, dass Clara nicht allein sein würde, selbst, wenn ich nicht bei ihr war. Ich hatte es nur erkennen müssen und das würde sie auch.

Von da an stand mein Entschluss fest. Ich würde noch heute

meine Bewerbung für das Stipendium an der *Ecole de danse parisienne* abschicken. Und zum ersten Mal seit langer Zeit verspürte ich nicht mehr diese Ängste, die mit diesem Gedanken stets einher gegangen waren, sondern pure Freude und Entschlossenheit. Ich würde diesen Weg gehen und sehen, wohin er mich bringen würde. Clara würde das eines Tages verstehen und... sie würde nicht allein sein. Ich konnte meinen Traum verwirklichen, wenn ich an ihn, aber vor allen Dingen an mich selbst glaubte.

Noch nie war ich Heather so dankbar für ihren Rat gewesen. Dieser Tag hatte etwas in mir verändert...

Kapitel 12

Clara 2021

Erinnerungen. Sie waren Bilder, die man nicht einfach in einer Schublade verstauen konnte, wenn man sie nicht mehr zu sehen ertrug. Und in dem Moment, in dem ich vor dem Holztörchen an Heather's Vorgarten stand, war da eine solche Welle dieser Bilder, dass sie mich zu überrollen drohte.

Ich brauchte nur den alten, schönen Schubkarren aus Holz mit den Äpfeln und dem Heu sehen, den die alte Dame als Herbst Dekoration jedes Jahr in den Vorgarten stellte, und schon sah ich Stacy. Stacy, wie sie davor posierte in ihrem Holzfällerhemd mit den schwarzen, schweren Boots. Und mich selbst, wie ich hunderte von Fotos für sie gemacht hatte, von denen sie dann ein einziges auf Instagram hatte hochladen können.

„An solchen Tagen wie heute fühle ich mich super hot und echt bildhübsch, du weißt schon, wie ein Newcomer Model oder so, und dann gucke ich die Bilder an und fühle mich wie Kirk aus den Gilmore Girls!“, war der Satz gewesen, mit dem sie fast jedes einzelne Bild kommentiert hatte. Dabei war sie so eine Naturschönheit gewesen.

Dann war da noch der kleine Apfelbaum, der mir kaum bis zur Schulter reichte, welchen ich mit meiner Schwester letztes Jahr für Heather gepflanzt hatte.

„Schon krass oder? Wir pflanzen diesen kleinen Baum, der irgendwann mal so groß sein wird, dass er uns in seiner Baumkrone trägt, wenn wir darin lesen und die Äpfel quasi währenddessen ernten und essen können", hatte sie bemerkt und ich war genauso fasziniert gewesen. Nicht, dass mir nicht klar gewesen war, dass ein Baum genau wie alles auf dieser Erde erstmal wachsen musste, nein. Es war vielmehr die Tatsache, dass dieses Bäumchen mit seinen Fingerdicken Ästen so zerbrechlich und verwundbar ausgesehen hatte. Dass er eines Tages vielleicht höher als Heather's Fachwerkhaus sein und uns auf seinen breiten, dann starken Ästen tragen würde. Dass das Leben uns jeden Tag der verstrich, immer stärker machte, als wir es am Tag zuvor gewesen waren.

Aber die meisten Bilder kamen, während ich das kleine, quietschende Tor aufschob und den wunderbaren Duft nach frisch gebackenem Kuchen, Feuerholz und gekochten Äpfeln wahrnahm. Diese Bilder, diese Gerüche und Geräusche waren schmerzhafter als alles andere. Denn es fühlte sich an, als wäre keine Zeit vergangen, seit ich das letzte Mal mit Stacy hier gewesen war. Als sei nichts geschehen, das mein Leben für immer verändert hatte. Als wäre noch alles in Ordnung. Und das tat weh. Nichts war mehr in Ordnung. Stacy war fort und ich würde sie nie wieder mehr lachen hören, nie wieder mehr einen Rat von ihr bekommen, nie wieder ein Foto für ihren Instagram Account machen müssen. Nie wieder.

Die Endgültigkeit des Todes wurde mir beim Betreten des mir so vertrauten Grundstückes mehr als bewusst und ich wäre am liebsten umgedreht und weggerannt. Irgendwohin, wo mich erstmal niemand finden würde.

Mir fielen sofort die Lichterketten auf, die Heather wohl jetzt schon an die Innenseiten ihrer mit hölzernen Sprossen versehenen Fenstern angebracht hatte. Das Licht der sanften Morgensonne, welches durch die Blätter des größeren Haselnussbaumes links neben der Haustür schien malte ein wunderschönes Muster auf die weiße Hausfassade. Hier und da wurde sie von den dunklen Holzbalken des Fachwerks unterbrochen. Ich hörte den Kies des Weges, der vom Törchen zur Haustür führte, unter den Sohlen meiner Stiefel überdeutlich laut knirschen, als ich mich in Bewegung setzte. Der kalte Septemberwind fuhr mir durch mein zu einem Pferdeschwanz hochgebundenes Haar und hinterließ auf meinem Hals eine prickelnde Gänsehaut.

Mit all dem Mut, den ich noch irgendwie, irgendwo in mir zusammenkratzen konnte, trat ich an die alte, hölzerne Tür. Ich nahm den altmodischen Türklopfer in meine von dem Ärmel meiner Jacke verdeckte Hand und klopfte dreimal dumpf gegen das Holz.

Es dauerte eine Weile, bis ich von drinnen Schritte vernahm und noch ein bisschen, bis die Tür aufschwang. Mich begrüßte das warme Lächeln der Frau, die für mich jahrelang wie meine eigene Grandma gewesen war.

Auch sie hatte sich nicht verändert, was meinen Magen sich wieder verkrampfen ließ. Wie vor ein paar Tagen, als ich sie morgens vom Fenster aus gesehen hatte, trug sie ihr graues Haar zu einem Knoten gebunden und ihren grünen Strickrock, darüber einen dicken Wollpullover. Ihre hellen, grauen Augen ruhten auf mir und sie wartete geduldig, bis ich mich wieder gesammelt hatte.

„Komm nur rein, Clara Liebes, es ist so lange her, dass du hier warst“, forderte sie mich auf und trat beiseite, sodass ich den kleinen, gemütlichen Eingangsbereich betreten konnte.

Der süße Geruch nach frischem Kuchen und gekochten Äpfeln wurde intensiver, dazu kam noch der, den Stacy immer als den *„typischen alte Menschen, altes Haus Geruch"*, benannt hatte. Es hört sich komisch an, aber wir beide waren mit diesem Geruch immer in ein Gefühl von einem Zuhause eingetaucht.

Anders war es auch heute nicht. Nur eine einzige markante, schmerzhafte Tatsache *war* anders: Es war ruhig. Wie auch bei uns im Haus war Stacy das Leben darin gewesen, das Licht und die Freude in Person.

Ein leises, freudiges Winseln holte mich aus meinen Gedanken und ließ meinen Blick wieder klarer werden.

Charles.

Der dunkelbraune alte Labrador kam hechelnd, gemütlich und schwanzwedelnd auf mich zu und setzte sich neben mich auf den Holzboden. Seine Augen, umrandet von vielen einzelnen grauen Härchen, sahen zu mir auf, voller Vertrauen, voller Freude.

Plötzlich flutete Licht mein Herz und zwang den Schmerz für eine Sekunde in die Knie.

Meine Finger strichen sachte durch das glatte, warme Fell auf dem Kopf des Rüden. Und wie immer bekam ich dabei das Gefühl, genau richtig zu sein. Körperliche Berührungen waren bei Menschen fast so unvermeidbar wie das Atmen und wann immer ich sagen musste, dass ich das nicht konnte, wurde das Gefühl, anders zu sein, falsch zu sein, bestärkt. Doch hier, während ich diesen wundervollen Hund streichelte, fühlte ich mich... fast normal. Dieses Lebewesen bat mich um eine Berührung, die mir bei Menschen nicht möglich war und die mir sogar zu helfen schien. Ich spürte eines meiner seltenen Lächeln auf meinem Gesicht und die Wärme, die sich in meinem Bauch ausbreitete.

„Er hat dich genauso vermisst, wie ich dich. Vielleicht sogar mehr", flüsterte die leise Stimme von Heather. „Komm, lass uns ins Wohnzimmer gehen."

Nachdem ich Schuhe und Jacke ausgezogen hatte folgte ich ihr in den nächsten Raum.

Die alten Holzdielen unter meinen Füßen ächzten leise, als ich in das große, vom Feuer beheizte Wohnzimmer trat. Auch hier hatte sich nichts verändert.

Ziemlich genau in der Mitte des Raums stand unbewegt die gemütliche Sitzgruppe, bestehend aus zwei tannengrünen Ohrensesseln, einer farblich passenden Couch mit senfgelben und roten Kissen darauf und dem kleinen Eichenholztisch in der Mitte. Die großen Fenster ließen viel Licht ins Haus fallen und verliehen dem ganzen etwas wunderbar heimeliges. Der offene Kamin, aus roten Backsteinen gemauert, stand an der Wand direkt hinter der Sitzgruppe. Darauf befanden sich einige Bilder von... Stacy und mir.

Schnell wandte ich mich ab und blickte auf den Boden, auf dem der ausgeblichene alte Teppich lag.

„Setz dich nur, ich hole mir noch ein Stück Kuchen", forderte sich mich auf und ging in die Küche nebenan, ohne mich zu fragen, ob ich auch etwas vom Kuchen haben wollte. Sie schien zu verstehen und ein Gefühl der Dankbarkeit breitete sich in mir aus.

Kurz darauf kam sie mit einem kleinen Teller, einem Stück von ihrem berühmten Apfelkuchen und einer Kuchengabel ins Wohnzimmer zurück. Ich hatte mich bereits in einen der großen Sessel fallen gelassen, Heather nahm den mir gegenüber. Bevor sie etwas sagte, nahm sie ein großes Stück vom Kuchen mit der Gabel und schloss beim Kauen genießerisch die Augen.

„Manchmal muss man sich doch einfach auch mal selbst beweihräuchern", meinte sie dann grinsend zu mir. „Dieses Gebäck ist einfach nur himmlisch. Das habe ich mal wieder toll gemacht."

Charles kam angetappt und legte sich zu meinen Füßen auf den Teppich, den Kopf auf die Pfoten gelegt. Sofort überkam mich wieder das Gefühl von Vertrauen und Sicherheit. Er war hier bei mir und er würde auf mich aufpassen. Das sorgte dafür, dass mein Herz allmählich langsamer schlug und sich dann beruhigte. Wie auch immer sie das tat, Heather schien das zu bemerken, wenn nicht sogar genau darauf gewartet zu haben. Denn in dem Moment stellte sie den nun leeren Teller auf den kleinen Tisch, lehnte sich zurück und verschränkte ihre Hände auf dem Bauch.

„Es wird Herbst", sagte sie mit einem glücklichen Lächeln auf den Lippen. „Wie ich finde ist der Herbst von allen Jahreszeiten die, von der wir am meisten lernen können."

Ich nickte langsam.

„Im Herbst lernt man die Schönheit kennen, die sich hinter einem Verlust verbergen kann, wenn man genau hinsieht."

Genau das hatte ich vor ein paar Tagen selbst schon einmal gedacht. Aber auch heute wusste ich nicht, wo ich jene in dem Verlust meiner Schwester finden sollte. Da war einfach nichts. Ein großes, schwarzes... nichts. Es war hässlich, nicht schön.

„Magst du mir denn erzählen, warum du nicht schon früher zu mir gekommen bist?", wollte sie dann wissen und ich ballte meine Hände zu Fäusten.

„Ich... es... das...", stammelte ich und suchte verzweifelt nach Worten. Doch wenn ich sie nicht schreiben konnte, fand ich sie einfach nicht.

„Du musst dich überhaupt nicht dafür rechtfertigen", erklärte Heather dann ruhig. „Ich habe dich das gefragt, damit du es dir selbst beantworten kannst, nicht mir."

Ich kannte die Antwort. Es war die gleiche wie auch auf die Frage, weshalb ich die Bäckerei von Dad und auch Stacy's Zimmer nicht mehr betreten hatte. Überall an diesen Orten klebten

Erinnerungen an Stacy wie überdimensional große Poster mit Bildern von ihr. Von ihr, die so sehr für ihren Traum gekämpft hatte und mit ganzem Herzen am Leben gewesen war. Und ich war der Grund gewesen, warum sie Angst davor gehabt hatte, ihrem Traum näher zu kommen. Weil meine Schwester ein so wichtiger Mensch für mich gewesen war, weil ich sie so sehr gebraucht hatte, hatte sie zurückgesteckt. Meinetwegen. Das wurde mir jedesmal mehr als deutlich bewusst, wenn ich einen Ort betrat, an dem sie so präsent gewesen war wie hier. Wenn ich nicht an diese Orte ging, so hatte ich geglaubt, würde mich all dieser Schmerz, all diese Schuld nicht so auffressen. Aber leider war das nicht so einfach. Denn in meinem Leben war Stacy einfach überall gewesen.

„Clara... was ist denn dein größter Traum?", fragte Heather plötzlich so unvermittelt das gleiche, was auch Stacy mich einst gefragt hatte, dass ich zusammenzuckte. Langsam wanderte mein Blick zu meinen verkrampften Händen. Dann zuckte ich mit den Schultern.

„Dass...", setzte ich an und zögerte, ehe ich weiter sprach: „dass es endlich aufhört weh zu tun. Dass sie wieder hier ist."

Aus dem Augenwinkel sah ich, wie Heather verständnisvoll nickte. „Aber du weißt, dass sie nicht wieder kommen kann?"

Die Direktheit dieser Frage brach mir fast das Herz.

Ich nickte.

„Und du weißt ebenfalls, dass für immer ein kleiner Schmerz in dir zurückbleiben wird." Das war keine Frage mehr. „Dann frage ich dich noch einmal, Clara. Was ist dein größter Traum?"

Mein Traum.

Vor meinem inneren Auge sah ich wieder, wie ich mit Stacy stundenlang auf der Couch in unserem Wohnzimmer gesessen und auf Stacy's Laptop nach leerstehenden Cafés in der Nähe von

Brightwood gesucht hatten. Wie wir uns ausgemalt hatten, dass ich große Bücherregale darin aufgestellt und das Beste der besten Gebäcke und Kaffees angeboten hätte.

Ein Büchercafé.

Das war schon immer mein Traum gewesen. Und meine Schwester hatte versprochen, dass wenn sie dann eine sehr berühmte Tänzerin sein würde, sie das Café unterstützen und es mit mir zusammen leiten würde.

Es war eine einzige Wunschvorstellung gewesen, die uns beide aber nie davon abgehalten hatte, zu träumen. Zwei Schwestern, eine davon berühmt und beliebt, die andere zurückgezogen und mit ihrem kleinen Traum glücklich.

Doch dieser war mit meiner Schwester abgestürzt und lag in Trümmern, die niemand mehr zusammenzusetzen vermochte.

Plötzlich stiegen mir Tränen in die Augen und mein Herz zog sich zusammen, erstarrte zu Eis. Meine Kiefer pressten sich so fest aufeinander, dass es wehtat und ich war aufgesprungen, ohne es zu bemerken.

„Ich…“, wollte ich sagen, doch in meiner Kehle steckten alle Worte fest, die ich in dieser Sekunde hätte sagen können. Aber Heather hatte bereits verstanden.

„Geh nur Clara, du brauchst noch Zeit“, sagte sie und sah mich eindringlich an. „Niemand zwingt dich, mit mir zu reden, du kannst kommen, wann immer du es brauchst.“

Gerade so bekam ich noch ein abgehacktes Nicken hin, bevor ich in den Eingangsbereich stürmte, meine Sachen anzog und aus dem Haus rannte. Das quietschende Tor fiel hinter mir krachend ins Schloss. Ich rannte rüber zu unserer Hofeinfahrt, doch dort verharrte ich.

Nein, dachte ich, wandte mich nach rechts und rannte auf dem Bürgersteig weiter, einfach immer weiter. Meine Lunge schmerzte von der zu schnell eingeatmeten, eiskalten Luft und meine Beine protestierten. Mein Kopf jedoch schien einfach unermüdlich, trieb mich weiter vorwärts, trieb mich bis zur Erschöpfung und weiter.

Du hast es nicht anders verdient, Clara, hallte meine eigene Stimme immer wieder durch meine sich überschlagenden Gedanken und wollte nicht schweigen.

Die Backsteine unter meinen Füßen wurden zu Wiese, dann wieder zu Steinen, dann zu Asphalt, dann zu Kies, dann wieder Wiese. Alles was ich sah, alles worauf ich starrte waren diese sich abwechselten Untergründe, ich hatte keine Ahnung, wohin ich rannte. Einfach fort. Fort von diesem Schatten, der mich begleitete.

Ich keuchte.

Ich hustete.

Ich stolperte.

Ich fiel.

Und es war mir egal.

Meine Knie schlugen auf Kies, meine Hände, die mein Gesicht schützen wollten, schrappten über die kleinen Steine.

Brennender Schmerz fuhr in meine Knie und Handballen, als ich mich langsam aufrichtete und mich mit viel zu schnellem Atem umsah.

Ohne es zu merken, war ich auf den Friedhof gelaufen.

Zitternd schob ich mich so lange rückwärts, bis mein Rücken gegen die Außenwand des Leichenhauses stieß und zog meine Knie zu mir ran. Mein Kopf kippte einfach nach vorn und presste sich dagegen. Dann begann mein ganzer Körper haltlos zu beben und zu zittern. Meine Finger zogen sich krampfhaft zusammen und ich kam mir vor, als steckte ich in einem mir fremden Körper. Alles fühlte sich falsch an, jede Bewegung, ich wusste nicht mehr, mit all dem umzugehen.

Verzweifelt stieß ich einen Schrei aus.

Es war mir vollkommen egal, dass ich mich auf einem Friedhof befand, denn alles woran ich denken konnte war, dass ich nichts mehr an mir selbst unter Kontrolle hatte.

Deshalb bemerkte ich auch nicht, dass es irgendwann zu dämmern und ich fürchterlich zu frieren begann.

Und ich spürte die ganz zarte Berührung an meiner Hand auch erst, als ich gleichzeitig spürte, wie sich eine komische Ruhe in mir ausbreitete. Als da plötzlich das Gefühl in mir war, als würde jemand meine Seele berühren, mich ohne Worte verstehen und mir eine Art Licht schenken, das ich noch nie zuvor gespürt hatte.

Ruckartig hob ich den Kopf und starrte in blaue Augen.

In blaue, nicht menschliche Augen.

In Augen, die nicht meiner Schwester gehörten, mich aber mit einer Wucht sie erinnerten, als wäre sie hier.

Aber nein, da war keine zwanzigjährige Frau, sondern ein kleiner, brauner Hund, der immer und immer wieder meine zuckende Hand mit seiner feuchten, kleinen Nase anstupste. Das Licht und die Wärme, diese unendliche Zuversicht und das Vertrauen ließen meine Welt für einen Moment lang stillstehen.

Vor mir auf dem eiskalten, gepflasterten Boden neben dem Leichenhaus, saß ein kleiner Welpe, den Kopf leicht zur Seite geneigt, der Schwanz leicht und unsicher sich hin und her bewegend, als wäre das kleine Tier nicht sicher, ob es sich freuen konnte, oder nicht.

Eine nie gekannte Stille kehrte in mich ein.

Sie ließ alle Stimmen in meinem Kopf verstummen.

Sie blendete alles aus.

Deshalb registrierte ich auch erst eine Ewigkeit später, dass da ein Mensch neben mir in der Hocke saß und mich musterte.

Kapitel 13

Clara 2021

Ich brauchte eine ganze Weile, um zu erkennen, wer da neben mir war und mich anschaute, als würde ich jeden Moment in mich zusammenbrechen. Wobei genau das ja bereits geschehen war. Noch nie in meinem Leben hatte ich mich derart erschöpft gefühlt, so schwach und ohnmächtig. Helle Punkte tanzten an den Rändern meines Blickfeldes und meine Schultern sackten noch tiefer.

Mein Rückgrat schmerzte, genau wie mein Steißbein, meine Beine und meine Lunge. Eiskalte Abendluft ließ mich immer wieder erzittern. Und ich konnte es einfach nicht fassen, wie schnell so viel Zeit hatte vergehen können. Morgens war ich zu Heather gegangen und nun saß ich hier, gegen die Außenwand der Leichenhalle gelehnt, und die Sonne war vor einer Minute untergegangen. Vor mir saß der kleine Welpe, der nicht damit aufhörte, meine Finger abzulecken, neben mir saß ein Typ, der circa zwei Jahre älter war als ich. Seine blonden Haare, an den Seiten kürzer als oben, schimmerten noch leicht in dem letzten bisschen Tageslicht. Er trug einen verwaschenen, großen, schwarzen Hoodie und dazu passende Jeans. In der Hocke saß er neben mir und sah mich einfach nur an. Eine Gänsehaut lief mir den Rücken runter, als mir klar wurde, wer das war.

„Jason", hauchte ich und konzentrierte mich auf den kleinen Hund, der sich nun fröstelnd an meine Beine drückte, die ich noch immer an meinen Körper gezogen hatte.

„Ci", antwortete er.

Ich spannte jeden Muskel an, ballte meine Hände zu Fäusten und rang die Bilder in und Erinnerungen in mir nieder, die mit diesem einen Spitznamen in mir auftauchen wollten. Es tat weh und es fühlte sich wahnsinnig falsch an, ihn aus dem Mund von jemand anderem als meiner Schwester zu hören.

„Nenn... mich nicht so", fuhr ich ihn eine Spur zu scharf an. Niemand außer Stacy hatte mich je so genannt und niemand durfte mich so nennen. Natürlich konnte er nichts dafür, weil Stacy in seiner Gegenwart vermutlich aus Gewohnheit diesen Spitznamen verwendet hatte. Trotzdem waren es diese zwei Buchstaben, die noch das Salz in meine aufgerissene Wunde streuten.

„Tut... tut mir leid...", murmelte er sichtlich betroffen und ich nutzte das, um noch etwas mehr Abstand zwischen uns zu bringen. Er war mir einfach zu nah. Meine Finger begannen zu kribbeln und ich merkte, wie mein Atem sich wieder trotz der Erschöpfung zu beschleunigen begann. Ich fühlte mich in die Ecke gedrängt und die Luft um mich herum kam mir zu wenig für uns beide vor.

Aus dem Augenwinkel sah ich seine braunen Augen, die noch immer auf mir ruhten. Mir drehte sich alles und mir war bewusst, dass er sehen konnte, wie sehr ich am Ende meiner Kräfte war.

„Wer ist das?", wollte ich wissen, um mich selbst abzulenken und nickte zu dem kleinen, braunen Fellbündel zu meinen Füßen. Ich vermutete, dass es Jason's Hund war. Doch zu meiner Verblüffung zuckte er nur mit den Schultern.

„Ich kam nur her um zu sehen…“, er rang scheinbar mit sich, aber ich verstand auch so, dass er zu dem Grab gehen wollte, das eigentlich gar keines war. „Dann hab ich einen lauten Schrei gehört und dich hier gefunden. Da war der kleine schon bei dir, ich dachte es sei deiner.“

Erst in dem Moment, beim genaueren Hinsehen, fiel mir der Dreck und die vielen, teilweise stark verkrusteten Wunden auf, der in dem Fell des kleinen Tier klebte. Urplötzlich wurde mein Herz noch schwerer, als es ohnehin schon gewesen war. Woher kam dieser kleine, wundervolle Hund, der mich aus meiner Panikattacke befreit hatte? Und wieso war er allein, wenn er doch deutlich so aussah, als sei er noch keine elf Wochen alt?

Ich wusste nicht viel über Hunde, aber Heather hatte mir oft Bilder von Charles gezeigt, als er ein Welpe gewesen war. Charles war ein Labrador. Dieser hier sah ihm zum Verwechseln ähnlich. Mit dem einzigen Unterschied, dass das Braun seines Fells eher der einer Haselnuss glich. Und seine Augen… seine Augen waren so blau wie die von Stacy es gewesen waren.

„Vielleicht… wurde er ausgesetzt“, überlegte Jason und ließ sich an der Wand ebenfalls auf den Boden gleiten. „Streuner gibt es leider nicht selten.“

Ich nickte und für eine Weile hörte ich nichts, außer dem Rascheln der Bäume um den Friedhof herum, die sich im Wind wogen und dem regelmäßigem Ein-und Ausatmen des Welpen. Er hatte sich ein meine Beine gedrückt, als sei sein Leben abhängig von dieser Nähe. Eine Nähe, die ich bisher nur von Charles gekannt hatte. Es war ungewohnt und doch fühlte es sich so richtig an. Dieses kleine Wesen schien mich zu brauchen und das erfüllte mich mit einer nie gekannten Wärme.

Ganz allmählich verschwand auch der letzte Lichtstrahl am Horizont und das Dunkel der herannahenden Nacht breitete sich über uns aus.

Irgendwann, als es zunehmend kälter wurde, spürte ich den kleinen Welpen zittern, als würde er frieren. Ganz vorsichtig hob ich ihn vom Boden auf und setzte ihn auf meinen Schoß.

Das Zittern hörte langsam auf. Stattdessen durchflutete mich eine Welle des Lichts. Diese Berührung war... wie Heilung für meine geschundene Seele. Ich wurde mir der Wärme des kleinen Körpers überdeutlich bewusst und ohne es richtig zu bemerken, zeichnete sich ein dünnes Lächeln auf mein Gesicht. Denn da war dieses Gefühl in mir, dass wir uns gegenseitig halfen. Das Gefühl von endlosem Vertrauen in dieses Tier, was ich erst seit einigen Minuten kannte, aber etwas geschafft hatte, was nicht einmal Stacy gekonnt hatte: Mich von der eiskalten Panik und dem Kontrollverlust über meinen Körper zu befreien.

Jason räusperte sich zögernd und ich zuckte zusammen. Der Kopf des Welpen schnellte in die Höhe und blickte sich müde um, bevor er ihn wieder ablegte und scheinbar zufrieden seufzte.

„Wie... wie geht es dir?“, fragte er leise mit rauer Stimme.

„Ich mag diese Frage nicht“, antwortete ich automatisch.

„Ich eigentlich auch nicht, sorry“, gab er zu und schwieg eine Weile. „Man weiß nie, wer sie ernst meint und wer sie einfach nur stellt, weil er denkt, man muss das tun. Aber ich meinte sie ernst. Du sahst... siehst... nicht wirklich gut aus.“

Mir entwich ein Schnauben und ich lehnte meinen Kopf an die kalte, harte Außenwand. Etwas anderes brachte ich nicht mehr zustande. Und er musste mir nicht sagen, wie ich nach außen wirkte, denn das was ich in mir spürte, reichte völlig aus, um mir den Rest vorzustellen.

„Nicht gerade etwas, was man hören will, darin war ich echt schon immer schlecht, aber ich denke du hattest gerade eine Portion Wahrheit nötig.“

Darauf wusste ich nichts mehr zu erwidern, also suchte ich mir einen Punkt auf dem Friedhof, auf den ich starren und einfach in meine Welt abtauchen konnte. Das alles, die reale Welt war gerade zu viel für mich. Die Fragen, die ich mir stellte, die Frage, die mir Heather gestellt hatte, mein Traum, Stacy... das war zu viel.

Konzentriert kniff ich meine Augen zusammen und mein Blick blieb auf einem ganz alten, bemoosten Grabstein, keine fünf Meter von mir entfernt, ruhen. Er ragte in den dunkelblauen, teils noch leicht rot-orangenen Himmel auf und schimmerte leicht in dem diffusen Licht. Diese Atmosphäre ließ eine Gänsehaut über meine Arme laufen.

Den Kopf leicht zur Seite geneigt saugte ich jedes Detail des Steins, welches ich von hier aus erkennen konnte, in mich auf. Gedankenverloren strich ich durch das Fell des Hundes, spürte seine gleichmäßige Atmung und die Körperwärme, die er auf meine Beine übertrug. Dabei fuhr mir der eisige Herbstwind immer wieder durch mein Haar. Mein Haargummi hatte ich bei meinem Sprint durch Brightwood wohl verloren. Jetzt hing mir meine lange, dunkelblonde Haarpracht wirr in die Stirn und auf meinen Schultern.

Unbewusst sog ich den Geruch von Herbstblättern, Tannen, Moos, Erde und diesem ganz speziellen Friedhofsgeruch ein, der vor allem aus der Vielzahl Blumen bestand, die die Menschen auf die Gräber gelegt hatten.

Die Augenlider wurden mir immer schwerer und ich spürte wieder die Wärme des kleinen Welpen in meinen Armen. Fast hatte ich alles andere ausgeblendet, doch Jason ließ es nicht mehr so weit kommen.

„Ci... Clara... du solltest nach Hause zu deinen Eltern gehen“, bemerkte er und ich löste meinen Blick vom Grabstein. „Sie machen sich bestimmt schon Sorgen.“

Erschrocken sah ich mich um, als würde ich die ganzen vergangenen Stunden erst jetzt richtig realisieren. Ich war heute morgen einfach so losgerannt und hatte dabei alles andere hinter mir gelassen. Meine Eltern!

Hektisch und panisch zugleich sprang ich auf, was meinen Kreislauf kurz etwas durcheinander brachte.

„Langsam", mahnte Jason und erhob sich ebenfalls.

Den Hund drückte ich noch immer an meine Rippen. Mein Herzschlag beschleunigte sich und mich überkam ein seltsames Gefühl.

„Ich kann ihn nicht einfach... nicht hier lassen", sprach ich aus, was ich dachte und wandte mich Jason zu.

„Wenn du willst, begleite ich dich noch nach Hause", bot er an. „Nimm ihn mit und frag deine Eltern, ob er eine Nacht bei euch bleiben kann."

Angespannt nickte ich wieder.

Es war so merkwürdig, den Freund meiner Schwester zu sehen. Außer an dem Tag, als er sie an den Flughafen gefahren hatte, hatte ich ihn noch nie wirklich kennengelernt. Dass er nun hier war... es war als wäre ein Teil von Stacy hier und ich konnte meine Gefühle dabei nicht einordnen oder mit ihnen umgehen.

Jason drehte sich bereits in die Richtung zum Tor, doch ich zögerte noch.

„Warte kurz...", bat ich ihn leise und machte mich auf den Weg zu der Stelle, an der man vor ein paar Tagen den leeren Sarg in die Erde gelassen hatte. Zu dem hölzernen Kreuz, auf dem noch unverändert der volle Name meiner Schwester, inklusive ihrem Geburts- und Todestag stand.

In mir zog sich alles zusammen, als ich vor den Berg aus Blumenkränzen und Sträußen trat. Meine Finger krallten sich noch fester in das Fell des Hundes.

Als könnte ich mich an ihm festhalten.

Als könnte er mich davor bewahren, wieder zu fallen.

Eine einsame, letzte Träne lief aus meinem Augenwinkel und tropfte auf den von Moos und frischer Erde bedeckten Boden.

Ich hörte schritte im Gras hinter mir.

„Sie ist hier und irgendwie nicht“, brach Jason die Stille.

Er hatte so recht. Dieser Ort hier sollte uns lebenden Trost spenden, er sollte uns die Möglichkeit geben, sich von meiner Schwester zu verabschieden. Doch der wahre, der echte Abschied war der gewesen, als sie in Jason's Auto gestiegen war und mir ein aller letztes Mal ihr Lächeln geschenkt hatte. Sie, ihr Körper lag nicht hier unter der Erde, sondern dort, wo die Maschine abgestürzt war mit so vielen anderen Menschen auch in ihrem Innern. Es fühlte sich falsch an, ihren Namen hier zu lesen, wo sie nicht hier war. Und ich wusste, dass sie das ganz genauso gesehen hätte.

Nach einem sehr tiefen Atemzug streckte ich meinen Rücken durch und trat an das glatt geschliffene Kreuz. Eine Hand löste ich von dem Welpen und legte sie auf die kalte Oberfläche. Ich schloss die Augen und rief mir das letzte Bild, das ich von ihr hatte, in Erinnerung. Nein, das hier war nicht ihr Grab. Und es würde mir nicht helfen, wenn ich trotzdem immer wieder an es zurückkehrte. Es tat nur noch mehr weh.

Darum wandte ich mich langsam aber bestimmt von dem Grab ab und kehrt diesem Ort den Rücken zu. Mit dem kleinen, warmen Hund auf dem Arm fühlte es sich plötzlich so gut, so richtig an. Die Schuld, die ich wegen dem Tod meiner Schwester verspürte, wütete in mir. Und ja, es war noch mehr Salz in dieser verdammten Wunde. Aber mir war klar, dass es schon genug Orte gab, an denen mich die Erinnerungen zerstörten. Ich brauchte Zeit, wie Heather es gesagt hatte.

Kapitel 14

Stacy 30.09.2020

Das schreckliche, penetrante Klingeln meines Handys weckte mich unsanft aus dem Land der Träume, in dem ich gerade dabei gewesen war, ein Star zu werden.

Mit einem widerwilligen Grunzen drehte ich mich in meinem warmen Bett zur Seite und tastete halb blind nach dem Gerät, das immer auf meinem Nachttisch lag. Als ich es endlich greifen konnte, blinzelte ich ein paar mal und schaltete das furchtbare Geräusch aus.

Stöhnend rollte ich mich auf den Rücken und genoss für einen Moment noch die Sonnenstrahlen. Sie fielen durch das große Fenster, welches sich an der Wand befand, an der mein Bett stand, direkt auf mein Gesicht. Wärme breitete sich in mir aus und ein unbeschreibliches Glücksgefühl. Wie ich es liebte, zu wissen dass es ein wunderschöner Herbsttag werden würde. Dazu kam noch, dass morgen der ganze Ort die Häuser und Straßen herbstlich dekorieren würde. Mein fast liebster Tag im Jahr. Trotzdem hatte ich heute morgen noch eine Tanzstunde. Heute morgen um neun Uhr! Wie bekam meine Schwester es nur auf die Reihe, jeden Morgen von allein noch vor dem Sonnenaufgang aufzuwachen?!

Ein drängelndes *Ping!* ließ mich aus dem gemütlichen Dösen

aufschrecken. Ich verfluchte innerlich denjenigen, der mir um diese Uhrzeit eine Nachricht geschickt hatte. Meine Neugier war jedoch größer, weshalb ich wieder nach meinem Smartphone tastete, es entsperrte WhatsApp öffnete.

Drei ungelesene Nachrichten von Hailey. Ich musste grinsen.

Natürlich von Hailey.

Sie war die gleiche, grausame Frühaufsteherin wie Ci.

`Kommst du zur Bäckerei von deinem Dad? Bin mit dem Auto da, mir Frühstück holen. Dann können wir zsm fahren.`

`Hallooo? Schon wach oder noch im Land der Träume? Hoffentlich hast du deinen Ton an und ich nerve dich gerade gewaltig` 😼

`Ich hocke jetzt eine scheiß halbe Stunde in der Bäckerei und dein Dad hat mir den dritten Kaffee gebracht... Langsam werd ich hyperaktiv. Beweg sofort deinen Arsch hierher, oder ich komme vorbei und puste dich mit dem Hochdruckreiniger von Dad wach!!!!!`

Mein Grinsen wurde noch breiter, bis ich leise und mit vom Schlaf noch rauer Stimme vor mich hin kicherte. Hailey war an manchen Tagen so sensibel wie eine Dampfwalze.

Langsam setzte ich mich auf meiner wunderbar weichen und von der Sonne gewärmten Matratze auf. Dann tippte ich eine Nachricht an meine beste Freundin zurück.

`Bin wach und auf dem Weg. Aber wir trinken mindestens noch einen Kaffee zusammen!`

Gut, ich war nicht ganz auf dem Weg, aber auf dem Weg aus dem Bett und das war immerhin die halbe Wahrheit.

Also schob ich mich meine Beine schweren Herzens über die Bettkante und tappte zu der Wand neben meinem Bett an den Kleiderschrank. Wobei eigentlich die Hälfte seines Inhalts auf dem Boden, meinem Schreibtischstuhl und meinem kleinen Sessel verteilt lag. Man sollte meinen, eine neunzehnjährige wäre etwas ordentlicher, aber nein, ich nicht. Ups.

Dennoch öffnete ich den Schrank und machte mich auf die Suche nach meinem Lieblingsoberteil, fand es aber nicht. Frustriert schloss ich den Schrank wieder und ließ meinen Blick über die Klamottenhaufen gleiten.

Ping!

In der selben Sekunde, in der die Nachricht kam, hatte ich das graue, schulterfreie Shirt zwischen zwei Socken entdeckt. Schnell zog ich es raus und schnüffelte daran. Es roch leicht muffig, aber das würde sich mit Deo leicht beheben lassen. Dazu schnappte ich mir noch wahllos irgendeine schwarze Jeans und streifte beides über. Die beiden Socken nahm ich auch gleich, auch wenn die eine weiß und die andere schwarz war.

Erst dann widmete ich mich wieder meinem Handy.

Es ist schon HALB NEUN Stace!!! Und glaub nicht, dass ich nicht weiß, dass du gerade noch im Bett gelegen hast...

Kopfschüttelnd lachte ich.

Bin gleich da

Pünktlichkeit war leider eine meiner Schwächen, doch Hailey wusste das. Es war trotzdem immer wieder lustig zu sehen, wie ich sie damit auf die Palme bringen konnte.

Rasch schlug ich die Bettdecke mit der weißen Bettwäsche noch zurück und kippte das Fenster leicht. Prüfend hielt ich meine Nase in den offenen Spalt. Hier auf dem Land musste man jeden Morgen sichergehen, dass es nicht nach Gülle miefte. Heute hatte ich wohl Glück. Frische, klare Herbstluft strömte in mein Zimmer und ich genoss noch kurz den Blick nach unten auf die fast komplett bunten Bäume. Die Sonne und der Morgentau verliehen ihnen einen besonderen Glanz. Ruhe ergriff Besitz von mir und ließ mein Herz strahlen.

Schließlich bahnte ich mir einen Weg durch das Chaos auf dem Boden zu meinem Schminktisch neben der Tür. Wie eigentlich immer drehte ich mir meine Haare zu einem unordentlichen Dutt und legte mir eine breite, schwarze Choker-Kette an. Ein bisschen Wimperntusche musste reichen, bevor ich mir die schwarze, bereits gepackte Sporttasche aus der Ecke unter dem Tisch krallte und mein Zimmer verlies. Nope, ich war nicht der super organisierte Mensch, der seine Tasche am Abend vorher gepackt hatte... Ne, meine Tasche war einfach *immer noch* mit meinen Ballettsachen vollgestopft. Könnte sein, dass das schon seit ein paar Wochen so der Fall gewesen war...

Ich eilte die Treppen runter, rauschte noch in die Küche, um mir eine Flasche Wasser zu holen.

„Morgen", begrüßte mich Clara, die auf ihrem Platz an dem Esstisch saß und ihr Porridge löffelte. Sie trug ihre Haare offen, eine Jogginghose und einen Strickpullover. Auf ihrem Gesicht lag ein neutraler Ausdruck, mit minimaler Skepsis.

„Morgen", erwiderte ich knapp, stopfte eine der Tetra Pack Wasserflaschen in meine Tasche und klaubte mir noch einen Apfel aus dem Obstkorb vom Tisch.

„Ich bin gleich auch fertig", meinte sie dann, kratzte ihre Schüssel aus, erhob sich und stellte sie in die Spüle. Ich hielt kurz inne. Bis mir einfiel, dass sie heute eigentlich ins Training hatte mitkommen wollen, um ein paar Bilder von mir zu machen. Gedanklich verpasste ich mir einen Arschtritt dafür, dass ich es vergessen hatte.

„Ohhh Ci, shit tut mir leid!“, stieß ich aus und fasste mir an die Stirn. „Hailey wartet bei Dad auf mich, sie fährt uns heute.“

Wer meine Schwester nicht lange genug kannte, würde wohl glauben, dass ihr das nichts ausmachte. Ihr Gesicht veränderte sich kaum. Aber ich kannte sie. Und ich erkannte auch den Schatten, der sich über ihr Gesicht legte und die Enttäuschung, die sich in ihrer Brust breit machte. Sie würde nicht mit uns mitkommen können. Denn Clara konnte nicht mit fremden Autos mitfahren oder die Gegenstände von anderen Menschen anfassen. Davon mal abgesehen kam sie mit Hailey nicht gut klar, da diese immer ihre ironischen Witze brachte, die Ci einfach nicht verstand.

„Es tut mir so leid“, schob ich noch einmal hinterher und warf einen hektischen Blick auf die Küchenuhr, die schon zehn vor neun anzeigte. Meinen Kaffee konnte ich knicken.

„Okay“, entgegnete meine Schwester nur und zuckte leicht die Achseln.

Es fühlte sich an wie ein Schlag in die Magengrube, sie so vor mir stehen zu sehen. Ich wusste, dass es für sie unheimlich schwer war, etwas geplantes spontan umzuwerfen. Aber was noch schlimmer für sie war, war das Gefühl, allein zu sein, das hatte sie mir einmal erzählt. Ich war dreimal in der Woche beim Tanzen, dann ab und zu noch auf ein paar Partys mit meinen Freunden oder bei Jason. Mum und Dad waren immer fast den ganzen Tag mit ihrer Arbeit beschäftigt und Ci... sie war einfach zu Hause und hatte... nichts. Ja, sie schrieb unglaublich gern und auch unglaublich gut und half auch von Zeit zu Zeit unserem Vater in der Bäckerei, aber es war nicht genug. Clara war die meiste Zeit über allein. Und da sie nicht selbstständig genug war, einen Job anzunehmen, würde das auch erstmal so bleiben. Jedesmal, wenn mir diese Gedanken kamen, brach es mir das Herz, nicht für sie da sein zu können. Zumindest nicht so, wie sie es brauchte. Sie brauchte jemanden an ihrer Seite, der ihr im Leben helfen konnte. Mum, Dad und ich würden... nicht immer da sein. Ich würde Jason haben, unsere Eltern hatten einander und sie... Ein Klos bildete sich in meinem Hals und erneut hatte ich das Gefühl, eine furchtbare Schwester zu sein. Doch dann waren da auch wieder die Worte von Hailey, die in mir nachhallten. *Wenn du in deinem Leben nicht mal etwas nur für dich tust, wessen Leben lebst du dann?*

Ich hatte die Bewerbung endlich abgeschickt und mich mies gefühlt und gleichzeitig war ich unendlich stolz und glücklich gewesen. Diese beiden Seiten schienen mich innerlich zu zerreißen. Und ich verfluchte das Universum dafür, dass es meine Schwester so hilflos zurückgelassen hatte. Auch wenn ich wusste, dass sie alles andere als das war. Sie war stark und unfassbar mutig und wusste mit Worten umzugehen. Aber da draußen mit so vielen Menschen, mit dieser Welt, die ihr so eine Angst machte, damit kam sie nicht zurecht. Und Gott, ich hasste mich selbst dafür, ihr nicht helfen zu können.

„Tut mir leid“, flüsterte ich nochmal, meine Stimme war nur noch ein Krächzen. Bevor Clara meine Tränen sehen konnte, war ich schon aus dem Haus gestürzt und lehnte mich an die Außenwand. Sachte kitzelten die Sonnenstrahlen mein Gesicht, versuchten, mich aufzumuntern, meine Tränen zu trocknen. Der leichte Wind spielte mit ein paar der blonden Strähnen, die sich aus meinem Dutt gelöst hatten.

Ping!

Einmal noch atmete ich tief die kalte Luft ein, zog den

Reißverschluss meiner Jacke zu und zog mein Handy aus der Tasche. Ich hatte bereits fest mit einer Morddrohung von Hailey gerechnet, doch zu meiner Überraschung war die Nachricht von Jason.

`Hey. Bist du morgen beim Dekorieren dabei? Ich hatte gehofft dich nochmal zu sehen`

Mein Herz machte einen kleinen Satz. Seit Jason und ich uns kannten, waren wir die besten Freunde gewesen. Jetzt, da wir zusammen waren, hatte ich das Gefühl, bei ihm immer sicher zu sein. Ich konnte ihm alles anvertrauen und auch mit ihm über Ci reden, was ich nur sehr selten bei anderen tat. Er war immer wie eine Art Fels in meiner Brandung, *Gott Stacy gehts noch kitschiger?*, gewesen. Ein Grinsen zeichnete sich auf meine Lippen.

`Klar bin ich da! Freu mich auf dich`

Die nächste eingehende Nachricht war dann doch von meiner besten Freundin.

`Du legst es darauf an, oder? Vier Kaffees, deiner inklusive fließt jetzt durch meine Adern und glaub nicht, dass ich noch einen mit dir trinke. Komm JETZT oder ich sorge dafür, dass dich die Bügeleisen von Ella platt walzen!!!!`

Prompt brach ein Lachanfall aus mir heraus und ich war Hailey unglaublich dankbar dafür, auch wenn ihre Worte nicht gerade die taktvollsten gewesen waren.

Ohne ihr noch einmal zu antworten, *Hailey reizte man besser nicht all zu sehr,* lief ich über den Kies der Hofeinfahrt zum

Bürgersteig und joggte die letzten paar Meter bis zur Bäckerei.

Da angekommen stieß ich keuchend die Tür auf und sog gierig den Duft nach süßen Backwaren, Kaffee und heißer Schokolade ein, der mich willkommen hieß.

Nach Hailey musste ich nicht lange suchen, denn sie saß, die Arme vor der Brust verschränkt, die grünen Augen streng und vorwurfsvoll auf mich gerichtet, auf der breiten Bank in der kleinen Nische neben dem Tresen. Die Wärme, die diesen Ort so einzigartig und wundervoll machte, traf direkt in mein Herz.

Den vernichtenden Blick meiner besten Freundin gezielt ignorierend schlenderte ich auf die Theke zu und schielte zur Tür, die in die Backstube führte. Meine Gebete waren wohl erhört worden und ich atmete erleichtert auf, als mein Dad durch die Tür trat, in der einen Hand eine dampfende Tasse meines Lieblingsgetränks, in der anderen eins der veganen Croissants. Er trug ein orangenes Hemd und schwarze Jeans und zwinkerte mir verschwörerisch zu. Ein wenig tat er mir leid, dass er Hailey so lange hatte bespaßen müssen, aber er sah nicht so aus, als hätte es ihm etwas ausgemacht. Mein Vater war stets die Ruhe selbst.

„Nimm das mit für unterwegs, ich fürchte Hailey verwandelt sich demnächst in Hulk“, raunte er mir ins Ohr, als er mir beides reichte. Mein Magen meldete sich knurrend zu Wort und mir lief beinahe das Wasser aus dem Mundwinkel.

Ich nickte und drehte mich zu meiner Freundin um. Sie war inzwischen aufgestanden und tippte unablässig mit mit der Fußspitze auf den Boden. Was den Koffeinkick betraf hatte sie wohl nicht übertrieben. Wobei sie auch sonst immer die Energie in Person war. Sie hatte ihre tiefschwarzen Haare zu einem perfekten Dutt gebunden, aus dem nicht ein einziges Haar abstand und trug ihre Trainingshose mit dem engen Top, ihre schwarze Bomberjacke war bis eben noch offen gewesen.

„Dornröschen“, zischte sie.

„Grumpy cat“, konterte ich und hielt ihr die Tür auf.

Mürrisch zwängte sie sich an mir vorbei nach draußen und kramte in ihrer kleinen Handtasche nach ihrem Autoschlüssel, die vermutlich so viel Wert war, wie Dad‘s ganze Bäckerei. Doch egal wie reich meine Freundin war, sie gab damit nicht an, sie schämte sich auch nicht dafür, sie lebte einfach das Leben, das ihr gegeben worden war, was ich so an ihr bewunderte.

An meiner heißen, super leckeren Schokolade schlürfend folgte ich ihr zu dem kleinen, schicken Mercedes. Er hatte die gleiche Farbe wie Hailey‘s Haare: Rabenschwarz.

Vorsichtig, um ja nicht den Kakao auf den teuer wirkenden Ledersitzen zu verschütten, setzte ich mich auf den Beifahrersitz und schnallte mich an. Das Croissant hatte ich so schnell vertilgt, dass kein einziger Krümel die Chance gehabt hatte, auf den Boden zu fallen. Und verdammt ich hätte noch drei davon essen können, wären wir nicht so spät dran gewesen. Mir war klar, dass Hailey die Tanzschule oft nicht wirklich ernst nahm, aber wir beide wussten, was uns blühen würde, wenn wir zu spät kamen. Und das würden wir mit ziemlicher Sicherheit. Die Uhr an der Armatur des Autos zeigte schon 08:59 Uhr an. Das würde dann wohl Frühsport vom Feinsten geben...

„Warst du gestern noch bei Jason?“, wollte meine Freundin wissen und ich ignorierte gekonnt den vorwurfsvollen Unterton, der in ihrer Frage mitschwang.

„Ja, war ich“, antwortete ich ungerührt.

„Ach wie bezaubernd“, gab sie honigsüß zurück. „Und da hast du nicht an deine Freundin gedacht, die kein Bock auf zehn Liegestütz, drei Runden um die Halle und zwanzig Kniebeugen hat?“

„Ne“, erwiderte ich schulterzuckend und grinste. „Die letzten

Liegestütze hast du uns eingebrockt, also würde ich sagen, wir sind quitt."

Sie schnaubte.

„Ich habe die Bewerbung gestern abgeschickt", brach ich nach einer Weile das Schweigen. Keine Ahnung, warum ich jetzt davon anfing, aber gemeinsam mit Heather war Hailey ein Grund dafür gewesen, warum ich es getan hatte. Irgendwie hatte ich das Bedürfnis mich bei ihr zu bedanken. Doch noch bevor ich *danke* sagen konnte, löste sie eine Hand vom Lenkrad und legte sie auf meine. Ihre war warm von der Zeit in der Backstube. Sie drückte meine ganz leicht, ehe sie sie wieder zurückzog.

„Ich bin stolz auf dich", meinte sie dann und ehrlicher Stolz lag in ihrer Stimme, was mir unglaublich viel bedeutete. Wärme strömte durch meinen Körper und wieder einmal fragte ich mich, womit ich eine Freundin wie sie verdient hatte.

„Ich mach mir nur Sorgen, ob das die richtige Entscheidung war", warf ich hinterher und blickte auf den Boden meiner Tasse, wo noch ein Rest Schokolade hing.

Hailey wandte ihren Blick kurz von der Straße und sah mich so intensiv an, dass mir eine Gänsehaut über den Rücken kroch.

„Du bist die begabteste Tänzerin die ich kenne, die dazu mit ihrem ganzen Herzen dabei ist", erklärte sie mir und schaute wieder nach vorn durch die Frontscheibe. „Wirf deinen Traum nicht weg. Das ist, was du brauchst, Stace." Dann sah sie mich noch einmal mit einem provozierendem Blick an. „Und wag es nicht, doch nicht hinzugehen. Dann hast du ein verdammtes Problem mit mir. Ich werde auch Jason auf dich hetzen, wenn es sein muss, aber jetzt sei einfach mal für *dich* da, kapiert?!"

„Kapiert", bestätigte ich leicht schmunzelnd. „Und Jason würde sich darauf garantiert nicht einlassen", schob ich noch hinterher, was Hailey laut aufseufzen ließ.

„Ne, der ist einfach zu gut für die Welt."

Und wie er das war.

Tief in mir hegte ich schon immer den Wunsch, dass er eines Tages Ci mal kennenlernen würde. Sie würde ihn mögen, da war ich mir sehr sicher.

Kapitel 15

Clara 2021

Die Straßen von *Brightwood* waren wie leer gefegt, als Jason und ich den Weg vom Friedhof zu mir nach Hause gingen. Auf meinem Arm trug ich den kleinen braunen Labrador Welpen, der zu schlafen schien. Ich mochte mir nicht vorstellen, wie lange er schon allein da draußen gewesen war. Alles, woran ich gerade denken konnte war, dass dieses Wesen mir auf eine Art und Weise geholfen hatte, wie es noch nie in zuvor in meinem Leben möglich gewesen war. Der kleine Hund hatte mich berührt und mir dadurch die Panik genommen. Ja, ich kannte dieses wundervolle Gefühl von Vertrauen durch Charles, doch hier bei diesem Welpen war etwas anders. Es war mir nur nicht wirklich möglich zu sagen, was es war. Aber da war ein Gefühl... Hoffnung.

„Möchtest du... reden?“, wollte Jason auf einmal wissen.

„Nein“, antwortete ich sofort.

„Sorry, das hätte ich wissen müssen.“

„Ich drücke... mich anders aus“, versuchte ich zu erklären.

„Ich weiß...“, erwiderte er und ich wusste, dass er an die Gedichte, die Poesie dachte, die ich ihm geschickt hatte. Noch immer kam es mir surreal vor, ihn jetzt persönlich zu treffen, wo ich die letzten Tage nur Texte an ihn geschrieben hatte. Texte, die mein Inneres offenbart hatten...

Mein Blick schweifte abwesend über die Straße, die neben dem Fußweg, auf dem wir uns bewegten, verlief. Kein Auto war unterwegs. Das gelbliche Licht der Laternen spiegelte sich in ein paar Pfützen auf der Straße, welche sich innerhalb der letzten Tage gebildet haben mussten. Der Himmel über uns war sternenklar und dunkel. Mitten in ihm erstrahlte der weiße, wieder abnehmende Mond und beleuchtete zusätzlich zu den Laternen das Dorf. Hinter den Fenstern der Häuser, welche wir passierten, brannten Kerzen, Lichterketten oder Deckenlampen. Familien saßen gemeinsam an Esstischen oder das flimmernde Licht, das immer wieder die Farbe wechselte, verriet, dass der Fernseher lief. Alle Menschen schienen normal weiterzuleben, während ich den Weg eines normalen Lebens nicht mehr finden konnte. Mir war einfach so der sichere Boden unter den Füßen weggerissen worden. Selbst meine Lieblingsserie konnte ich nicht mehr schauen, ohne dass ich in Panik ausbrach. Aber das Leben der Menschen hinter den Fenstern lief weiter. Meins auch. Nur hatte ich das Gefühl, nicht mehr hinterher zu kommen.

Ein eiskalter Windstoß fegte mir durch mein Haar und jagte eine Gänsehaut über meine Arme und meinen Nacken. Mir wurde erst jetzt, nachdem nach und nach die Anspannung von mir abfiel klar, dass ich furchtbar unterkühlt war. Immerhin hatte ich wer weiß wie lange im Schatten der Leichenhalle auf dem Friedhof gesessen. Es mussten jedenfalls mehrere Stunden gewesen sein.

Immer wieder blieben meine Augen auf den Holzzäunen der Vorgärten ruhen. Ich stellte mir vor, wie sie in zweieinhalb Wochen aussehen würden, wenn der erste Oktober und somit auch der Tag des Herbst-Fests kommen würde. Er war mit dem ersten Dezember, an dem das Dorf weihnachtlich geschmückt wurde, einer meiner liebsten Tage im Jahr. Es war nicht so, das wir Halloween feierten, eigentlich sogar gar nicht. Aber wir alle die wir in Brightwood lebten, liebten die bunten Farben, die der Herbst unserem Ort einhauchte und ihn noch gemütlicher wirken ließ. Wir liebten die Herbstmärkte und waren dankbar für die ganzen Äpfel und Kürbisse, die wir fast jedes Jahr in reicher Menge ernten konnten. Viele Eltern, so auch unsere bis vor einigen Jahren, schnitzten trotzdem mit ihren Kindern Kürbislaternen, um sie vor das Haus zu stellen. Jedoch hatte das eine ganz andere Bedeutung für uns. Hier feierte man damit eine erfolgreiche Ernte. Etwas seltsam, dass man dafür einen Kürbis verschwendete, ich weiß, aber so war es schon immer gewesen. Und wenn mir etwas Sicherheit gab, dann Dinge, die einfach immer da waren und immer schon da gewesen waren.

„Willst du ihr denn eigentlich einen Namen geben?", brach der Freund meiner Schwester wieder das Schweigen. Er und ich hatten festgestellt, dass der kleine eine „sie" war.

Ich schüttelte schweren Herzens den Kopf. „Wenn sie nicht bei mir bleiben kann, ertrage ich es nicht, ihr einen Namen gegeben zu haben."

„Das verstehe ich", meinte er und blickte auf mich herab. Jason war knapp einen Kopf größer als ich und von Stacy wusste ich, dass er seit über zwölf Jahren Feldhockey spielte. Das war auch so gut wie alles, was ich über ihn in den letzten Monaten in Erfahrung gebracht hatte.

Mit gutem Abstand zwischen uns lief ich neben ihm her, die gefrorenen Finger in das Fell der Kleinen gekrallt. Dabei vermied ich es, ihm ins Gesicht zu sehen. Das hatte ich noch nie gekonnt und wusste auch nicht, ob es sich je ändern würde. Ich hatte einfach eine Art Angst vor Menschen und fühlte mich furchtbar unwohl, wenn ich sie so direkt ansehen musste. Deswegen vermied ich so gut es ging jeden Kontakt zu fremden Menschen.

Auch wenn ich wusste, dass das nicht wirklich möglich war... In der Bäckerei meines Vaters arbeitete ich meistens in der Backstube und er im Verkaufsbereich. Wenn ich dann doch mal vorne aushelfen musste, geriet ich schnell in Panik und war keine wirklich große Hilfe mehr. Stacy war im Umgang mit anderen Menschen schon immer gut gewesen.

Wenn ich mit dem Flieger abgestürzt gewesen wäre, hätten meine Eltern jetzt wenigstens eine Tochter, die es zu was bringen würde, die ihnen helfen konnte, nicht andersrum.

Ein bitterer Geschmack breitete sich in meinem Mund aus und ich schluckte die aufsteigenden Tränen wieder runter. Es war alles andere als fair, sowas zu denken, aber ich konnte nicht verhindern, dass es passierte. Denn ich war nicht blöd. Ich wusste ja, dass ich eine Belastung für meine Familie war. Selbst für Stacy war ich eine gewesen. Meinetwegen hatte sie sich so lange nicht getraut, sich auf ein Stipendium zu bewerben, das ihr den Weg zu ihrem Traum noch näher gebracht hätte. Und als sie es dann endlich getan hatte, war sie nie dazu gekommen, diesen Weg zu gehen. Wenn sie früher angefangen hätte, wenn sie ein ganz anderes Flugzeug genommen hätte...

Hastig schob ich den schmerzenden Gedanken beiseite und keuchte auf, weil das Gewicht auf meiner Brust mir keine Luft mehr zum Atmen lassen wollte. Ein Zittern durchlief meinen Körper und ich versuchte mich auf die Wärme des kleinen Hundekörpers in meinen Armen zu konzentrieren.

„Clara...?“, kam es zögerlich von Jason, der sich jetzt zu mir umdrehte. Ich war ohne es zu merken stehen geblieben.

Mit großen Schritten war er wieder neben mir und sah mich eingehend an, was mir überhaupt nicht behagte.

Das Gewicht auf meiner Brust wurde immer leichter, je mehr ich meine Konzentration auf den Welpen lenkte. Es glich einem

Wunder, aber die Angst wich Sicherheit.

Ich atmete tief ein und aus und richtete mich wieder auf. Dabei mied ich nach wie vor den Blick zu Jason. Aus dem Augenwinkel sah ich, wie er sich in einer fahrigen Geste das blonde Haar aus der Stirn strich.

Sogar ihm bin ich zu anstrengend, ging es mir durch den Kopf, ehe ich diesen Gedanken aufhalten konnte.

„Alles okay?“, fragte er, woraufhin ich knapp nickte.

Schnell lenkte ich meine Aufmerksamkeit auf die Kreuzung, an der wir angelangt waren. Teilweise schon komplett bunte Bäume säumten die Straßenränder. Zwischen ihnen standen die altertümlichen, schwarzen Eisen-Laternen und strahlten ihr Licht auf die Blätterpracht. Hinter den Bäumen sah man immer wieder die Zäune der Vorgärten und die dazugehörigen alten Land- oder Fachwerkhäuser.

Der Herbstwind fegte ein paar Blätter über die nach wie vor leere Straße. Brightwood lag abseits von den ganzen stark befahrenen Straßen mitten auf dem Land. Die einzigen Autos, die durch unser Dorf fuhren, waren also immer die der Einwohner oder deren Besucher. Sonst verirrte sich selten jemand hierher. Alle Touristen oder Urlauber kamen meistens in die Nachbarorte, die Kleinstadt *Tree Hills*, in der auch *das Leseeckchen* von Albert stand und die Großstadt *Hut Valley*, in der sich auch der... Flughafen befand. Aber so weit außerhalb kam niemand fremdes vorbei. Und das war nur eines der Dinge, die ich an unserem kleinen Dorf so sehr mochte.

Zwei Meter neben uns stand eine hohe Holzstange mit vier verschiedenen Straßenschildern daran, die in jeweils eine Richtung der Kreuzung wiesen. Wir schlugen den Weg in die *Pine Avenue* ein, den ich fast im Schlaf auswendig kannte.

Zögernd klopfte ich gegen das massive Eichenholz unserer Haustür und wartete nervös. Jason stand etwas weiter hinter mir auf der Hofeinfahrt und starrte unser Haus einfach nur an. Das letzte Mal, das er hier gewesen war, war auch das letzte Mal gewesen, dass er Stacy hier gesehen hatte.

In der Küche, deren großes, mit Sprossen versetztes Fenster direkt neben der Haustür war, brannte das gemütliche Licht von Kerzen und Lichterketten. Ich hörte, wie ein Stuhl gerückt wurde und dann wie Schritte über den alten Dielenboden auf die Haustür zukamen. Hibbelig und aus Gewohnheit knabberte ich an den Fingernägeln meiner freien Hand, während die andere die kleine Hündin trug. Allmählich wurde mir der Arm schwer. Und mir wurde auch ums Herz immer schwerer. Ich hatte nicht an die Folgen gedacht. Was, wenn meine Eltern sie ins Tierheim geben würden? Was, wenn sie böse auf mich waren, weil ich so lange nicht da gewesen war? Hatten sie vielleicht schon die Polizei nach mir suchen lassen?

Im nächsten Moment, noch bevor ich Antworten auf meine Fragen gefunden hatte, schwang die Tür auf. Mum stand im Rahmen und sah mich mit einem Ausdruck voller Erleichterung an.

„Wir haben uns solche Gedanken gemacht!“, seufzte sie als Begrüßung und Tränen der Freude liefen über ihre Wangen. Mir war nicht wohl dabei, sie so zu sehen. Ich wusste mit all diesen Gefühlen, die sie wohl auszudrücken schien, nichts anzufangen, fühlte mich unendlich hilflos. Zum Glück trat Jason in der Sekunde neben mich.

„Guten Abend, Amanda“, begrüßte er sie freundlich und mit warmer Stimme.

„Jason...?“, stieß meine Mutter verwirrt aus. „Und... wer... ist das?“, wollte sie wissen, als sie auch den Hund auf meinem Arm bemerken zu schien.

„Das... ist eine längere Geschichte...“, flüsterte ich.

„Ich habe Clara nur nach Hause gebracht“, erklärte der Freund meiner Schwester und wollte sich zum Gehen wenden.

„Warte doch kurz“, hielt Mum ihn auf. Sie schien sich wieder etwas gefangen zu haben. Jason hielt inne und wandte sich uns wieder zu. „Möchtest du uns nicht noch etwas Gesellschaft leisten?“

Wie nach einem Schlag zuckte ich zusammen. Ein nervöses Kribbeln breitete sich in meinem Bauch aus und ich verlagerte mein Gewicht von einem auf den anderen Fuß, wusste nicht, wohin. Ich hasste es, ertrug es nicht, wenn andere Menschen unser Haus betraten. Wenn sie berührten, was ich berührte. Wenn sie einfach so reinkamen, in den Ort, an dem ich mich sicher fühlte. Es machte mir Angst und ich konnte das Gefühl nicht mehr loswerden. Nur durch den Welpen, den ich fest an meine Brust gedrückt hielt, wurde die Angst nicht zur Panik. Da war eine Ruhe in ihr, die ich auf einmal greifen konnte, eine Ruhe, die ich in einer solchen Situation gar nicht von mir kannte. Und dennoch fühlte es sich richtig an...

Irgendwie schien Jason es zu bemerken, oder er wollte aus anderen Gründen nicht zu uns reinkommen, denn er schüttelte den Kopf. „Nein danke, ein andermal vielleicht. Auf Wiedersehen, Clara. Amanda.“

Damit drehte er sich um und verschwand mit knirschenden Schritten über den Schotter vom Hof in der Dunkelheit des Abends. Kühler Wind ließ mich erzittern.

„Komm rein, du holst dir noch den Tod“, tadelte Mum mich, allerdings ohne jegliche Spur eines Vorwurfs in der Stimme.

Also trat ich ins Haus und nahm sofort den Geruch nach Kuchen, Kaffee, Tee und ein wenig... Apfel wahr. Da war auch noch jener von dem selbst gemachten Parfüm, das nur eine Person trug und auch nur, wenn sie andere besuchte. Diese leichte Note von Lavendel, Kirschblüten und Holunder. Leicht, aber so unverwechselbar deutlich.

Dann bemerkte ich auch die braunen Kunstlederstiefel mit den von dunkelbraunem Garn gestickten Formen und Mustern darauf unterhalb der Garderobe im kleinen Flur.

Heather.

Kaum, dass ich meine Schuhe und Jacke ausgezogen und mit der Hündin die Küche betraten hatte, umfing mich die Wärme des Raums und die Blicke von Dad und unserer Nachbarin.

Aber diese ruhten nicht länger nur auf mir, sondern glitten an mir herab zu dem kleinen Fellbündel auf meinem Arm, welches neugierig den Kopf gehoben hatte.

Kapitel 16

Clara 2021

„...und dann hat Jason mich nach Hause gebracht“, endete ich meine Schilderung über das, was geschehen war. So gut es mir gelang hatte ich versucht, die Panikattacke und all die Gefühle, die in mir getobt hatten, auszulassen. Doch wie es schien, war keine weitere Erklärung nötig gewesen. Denn wie Mum gesagt hatte, war Heather rüber gekommen, nachdem ich ihr Haus verlassen hatte. Sie musste wohl eine Ahnung gehabt haben und war hergekommen, um meine Eltern zu beruhigen. Von unserem Gespräch hatte sie nichts erzählt, wofür ich ihr mehr als dankbar war.

„Eine kleine Streunerin also“, erschloss sich die alte Dame und betrachtete das kleine Labrador Mädchen genauer. Während des Erzählens war sie mir nicht von der Seite gewichen, obwohl sie jederzeit hätte von meinem Schoß springen können.

„Das dachte ich auch“, murmelte ich nachdenklich.

Heather sah auf und ich spürte ihre hellen, grauen Augen auf mir ruhen. Sie lächelte warm und ehrlich und... dankbar?

„Ich hätte sie auch mitgenommen“, gab sie zu und kraulte ihr den Kopf.

„Was...“, setzte Dad an, „was wird jetzt aus ihr?“

Ich zuckte die Schultern und sah zu Mum rüber, welche die ganze Zeit über schweigend an der Küchenzeile gelehnt hatte. Jetzt atmete sie tief durch.

„Wir... haben noch nie wirklich darüber nachgedacht, uns ein Haustier zu holen“, erklärte sie und ich ahnte, worauf das hinauslaufen würde. „Außerdem sollte sich ein Tierarzt ihre Wunden mal ansehen und ob sie irgendwelche Parasiten hat...“

„Ich könnte das gern übernehmen, wenn ihr möchtet“, schlug Heather vor und wandte sich meinen Eltern zu. „Sie kann fürs Erste bei meinem alten Charles und mir leben. Er hat sicher nichts gegen etwas Gesellschaft.“

Sie lächelte und drehte sich wieder mir zu.

„Wäre das denn für dich in Ordnung, Liebes?“, wollte sie von mir wissen und sah mich mit einem warmen Ausdruck voller Verständnis an. Verständnis dafür, wenn es für mich nicht in Ordnung gehen würde. Sie hatte Charles und wusste vielleicht, wie sehr mein Herz schon an dem kleinen Tier hing.

Aber ich nickte.

„Wenn du mich wieder besuchen kommst, kannst du mit ihr spazieren gehen oder mit ihr spielen, das verspreche ich dir.“ Einen Moment lang kehrte Schweigen ein. „Natürlich nur, wenn du noch mit mir reden, beziehungsweise mich auch besuchen *möchtest*.“

Ich horchte in mich hinein.

Wollte ich das?

Ja.

Keine Ahnung woher, aber ich wusste, dass es richtig so war. Dass Heather und die kleine Hündin mir vielleicht doch helfen konnten. Dass ich vielleicht doch noch nicht all meine Hoffnung, das Licht eines Tages wieder sehen und spüren zu können, verloren hatte. Nicht nur, um die Kleine zu sehen, sondern auch, weil ich Heather von meinem Traum erzählen wollte. Ich wollte das. Ich… *brauchte* das.

„Ja… das möchte ich", antwortete ich leise, den Blick auf das Fell mit den Dreckkrusten gerichtet.

„Ich werde mich mal ein wenig in der Bäckerei umhören, ob jemand einen Welpen vermisst", brach Dad die erneut eingekehrte Stille. Bei seinen Worten krampfte sich mein Magen zusammen. Denn natürlich konnten weder wir noch unsere Nachbarin einfach so einen dahergelaufenen Hund aufnehmen. Zuerst mussten wir sichergehen, dass ihn niemand vermisste. Auch wenn die Vorstellung, sie wieder zu verlieren, unerträglich war. Ja, ich kannte sie nicht einmal drei Stunden. Dennoch fühlte ich das kleine, helle Licht, das von ihr ausging. Dieses Licht, das mir vorkam, als sei es ein Band zwischen uns.

Das Feuer in meinem kleinen Ofen knackte und knisterte. Die Wärme hüllte mich in einen wohligen Kokon. Allmählich fiel die eisige Kälte von mir ab, die sich während meiner Zeit auf dem Friedhof in mir festgesetzt hatte. Mein Zimmer war durch die Lichterketten an meinen Deckenbalken, an dem Kopfteil meines Bettes und an meinem Bücherregal nur leicht, aber gemütlich belichtet. Auf meinem Schreibtisch hatte ich eine Kerze mit dem Duft nach Orange angezündet, die mir Stacy mal geschenkt hatte. Lange konnte ich sie nie brennen lassen. Ich war dafür zu geruchsempfindlich.

Langsam erhob ich mich aus dem Schneidersitz, in dem ich auf dem Boden vor dem Feuer gesessen hatte. Meine Schritte trugen mich zum Fenster links von meinem Bett. Unter meinen Füßen ächzten die Holzdielen und ich liebte dieses Geräusch so. Draußen war es stockdunkel bis auf das schwache Licht der Laternen und das hinter den Fenstern der anderen Häuser. Mein Blick suchte das kleine Fachwerkhaus von Heather, direkt gegenüber von uns.

Mit den großen Bäumen im Vorgarten, den warmen Lichterketten in den Fenstern und den hölzernen Balken im Mauerwerk war es einfach zu schön.

Doch viel mehr dachte ich an das, was jetzt drinnen passierte. Vor einer halben Stunde hatte Heather unser Haus mit dem kleinen Welpen verlassen. Würde sie sich mit Charles denn gut verstehen? Hatte sie durch die Wunden auf ihrer Haut sehr viele Schmerzen? Hatte sie vielleicht Heimweh? Würde sie mich vermissen?

Verwundert und verwirrt über meinen eigenen Gedanken schüttelte ich den Kopf. Was waren das für Gefühle, die da plötzlich in mir waren? Dieser Drang, so schnell wie möglich wieder bei ihr zu sein? Aber nicht nur bei der kleinen Hündin, sondern auch bei... Heather. Die ganze Zeit über kreisten ihre Worte in meinem Kopf. Ja, ich wollte die alte Dame nicht nur wegen dem Welpen besuchen, sondern auch, weil ich etwas in mir spürte... etwas, das mir sagte, ich würde mit ihr reden können. Vielleicht nicht so, wie ich schreiben konnte, aber mehr, als ich mit anderen Menschen sprach. Das... war so neu für mich und ich wusste das alles überhaupt nicht in mir einzuordnen.

Mein gesamter Tag heute war komplett anders verlaufen als sonst. Ich hatte so gut wie keinem einzigen Ritual nachkommen können, hatte meine ganze Routine ausfallen lassen. Und das machte mich nervös und unruhig. Ich wusste nicht, wann und wie ich einschlafen sollte. Auch die Tatsache, dass ich Jason heute getroffen hatte wühlte mich innerlich auf. Darauf war ich von allem am wenigsten vorbereitet gewesen. Ich hasste die Enge in meiner Brust, die sich ausbreitete, wenn etwas ungeplant verlief. Andererseits... ungeplant war auch das Treffen mit der kleinen Hündin gewesen...

Einen verzweifelten Seufzer ausstoßend, taumelte ich an mein

Bett und ließ mich rücklings auf die weiche Matratze fallen. Es gab ein lautes Ächzen von sich und ich nahm mir eins der vielen Kissen, um es mit beiden Armen zu umklammern. Ich brauchte irgendwas, das ich festhalten konnte, während mir alles andere zu entgleiten schien.

Die Kontrolle.

Eigentlich hatte ich schon immer das Gefühl gehabt, die Kontrolle über alles, was in meinem Leben passierte, zu haben. Aber heute... Es verwirrte mich alles so und ich fühlte ein Stechen in meinem Herzen, das mich an den Tag mit dem Anruf der Pariser Polizei erinnerte.

Bevor ich weiter in dieses dunkle Loch sinken konnte, riss mich ein *Ping!* aus meinen Gedanken.

Ich überlegte kurz, es zu ignorieren, doch ich wollte nicht in die Dunkelheit. Nicht heute. Nicht, nachdem ich vor ein paar Stunden erst dort gewesen war.

Also erhob ich mich träge von meinem Bett und schnappte mir mein Handy, das auf meinem Schreibtisch neben dem Laptop lag. Ich zog den Schreibtischstuhl zurück und ließ mich langsam auf ihm nieder.

Als ich mein Handy einschaltete und entsperrte, kniff ich die Augen zusammen, die bei dem plötzlichen, hellen Licht leicht zu brennen anfingen. Dann tippte ich auf das grüne WhatsApp Symbol, an dessen Seite eine rote eins leuchtete. Die Liste der wenigen Kontakte die ich hatte, öffnete sich und ganz oben war eine neue Nachricht von... Hailey McEllen?

Verwirrt runzelte ich die Stirn. Ich hatte sie nicht als Kontakt eingespeichert, aber ich brauchte nicht ihren Namen, um zu wissen, dass sie es war. Das Profilbild verriet mir alles, was ich wissen musste.

Mit zitterndem Zeigefinger tippte ich darauf, sodass es mir

größer angezeigt wurde. Augenblicklich rammte sich mir eine unsichtbare Faust in meinen Magen. Denn ich hatte richtig erkannt...

Auf dem Bild lächelten mir Stacy und ein Mädchen mit sehr langem, schwarzen Haar, grünen Augen und einem frechen Grinsen im Gesicht, das ich sofort als Hailey identifizierte, entgegen. Es war ein Selfie, aufgenommen in *Tree Hills*, was ich daran erkannte, dass hinter ihnen verschwommen meine Lieblingsbuchhandlung, das *Leseckchen* lag. Wie es schien, war es an einem sonnigen Tag aufgenommen worden, denn die hellblonden Haare meiner Schwester waren leicht überbelichtet und sie kniff ihr rechtes Auge zusammen. Sie sah... glücklich aus. Lebendig.

Ich schluckte hart und verkleinerte das Bild wieder. Hailey kannte ich zwar besser als Jason, da sie die beste Freundin von Stacy gewesen war, aber vor allem in den letzten Wochen hatte ich sie nicht mehr gesehen. Wir waren uns nicht fremd, aber auch keine Freunde. Denn Hailey's Art war... keine, mit der ich gut umgehen konnte. Sie machte dauernd Witze, die ich nicht verstand, oder hackte aus Spaß auf anderen Menschen herum. Sie war so laut und direkt und überforderte mich stets, wenn ich ihr begegnet war.

Warum also hatte sie mir geschrieben?

Mit einer leisen Vorahnung öffnete ich den Chat. Vier Worte standen da. Vier Worte, die mich sofort wieder drohten, in die Dunkelheit zu ziehen.

`Es tut mir leid.`

Natürlich wusste ich, dass sie mir damit ihr Beileid aussprechen wollte, dennoch war ich etwas irritiert über diese wortkarge Nachricht, die nicht zu meinem Bild von ihr passen wollte.

Normalerweise konnte sie Romane texten und die Menschen mit stundenlangen Sprachnachrichten nerven, das wusste ich von Stacy. Ich wusste aber auch, dass Verlust einen verändern konnte. Stacy war auch meine beste Freundin gewesen. Und von ihr wusste ich, dass Hailey für sie jemand ganz besonderes gewesen war.

Ganz dunkel erinnerte ich mich noch an diesen einen Vorfall, bei dem Hailey im Krankenhaus gelandet und meine Schwester so verzweifelt wie noch nie gewesen war. Es musste fast genau ein Jahr her sein...

Ja, ich kannte Hailey vielleicht nicht sonderlich, aber sie und Stacy waren beste Freunde gewesen. Und wenn es ihr jetzt, mit dem Tod meiner Schwester auch nur ansatzweise so ging, wie Stacy letztes Jahr, dann machte es Sinn, dass sie mir schrieb.

Danke.

tippte ich zurück, auch wenn ich das Gefühl hatte, dass diese Antwort nicht ganz dazu passen wollte. Nur fiel mir nichts anderes ein. Gott, mein Kopf war so voll, dass ich nichts mehr wusste. Nur, dass Angst hatte. Angst vor den Schatten, die in all den Ecken meines Zimmers lauerten, und nur darauf zu warten schienen, sich über meine Seele herzumachen.

Getrieben von dieser Angst und all diesen ungewohnten, mir so fremden Gefühlen, tat ich etwas, was ich noch nie getan hatte: Ich schrieb von mir aus eine Person an. Jason.

Ängste im Schatten

Und wenn dann
die Stille kommt
dann höre ich

das Weinen in mir

und wenn ich dann
alleine bin
dann spüre ich
den Schmerz in mir

und wenn dann
alles schneller wird
dann fühle ich mich
verloren gegangen

und dann
vermisse ich eine Zeit
in der noch alles
still und langsam war

in der die Angst
noch nicht in
meinem Schatten
lebte.

Kapitel 17

Stacy 01.10.2020

Brightwood erwachte zum Leben.

So kam es mir zumindest vor, als ich an diesem Abend an der Straße stand und die Häuser und Vorgärten meiner Nachbarn betrachtete.

Auch wenn es schon zu dämmern begann und der Himmel allmählich immer dunkler wurde, strahlte unser Dorf voller Lebensfreude und Licht. Hinter den meisten Fenstern sah man Kerzen und Lichterketten, auf den Treppen vor Haustüren standen geschnitzte und mit vielen verschiedenen Grimassen entstellte Kürbisse. Bunte Blätter-Girlanden wanden sich um die Zäune der Grundstücke, Heu, Äpfel und Kürbisse fanden ihren Platz als Dekoration in alten, hölzernen Schubkarren oder einfach im Garten verteilt. Das Bunt der Herbstbäume rundete alles nur noch ab. In der kalten Abendluft lag der wunderbare Duft nach frisch gebackenem Kuchen, Apfeltee, nassem Laub und einem Hauch von Regen. Es war einer der schönsten Tage des Jahres: Der Herbst-Fest-Tag.

Von morgens bis spät abends hatten wir unsere Zeit damit zugebracht, Gärten und Häuser, sowie den kleinen Dorfplatz in der Mitte Brightwoods zu schmücken, um die gute Ernte zu feiern, von der wir auch dieses Jahr gesegnet worden waren. Viele Bewohner, darunter auch unser Dad, Heather und ich hatten Kürbis- und Apfelkuchen gebacken, um ihn an die Helfer zu verteilen. Ich war müde, aber unglaublich glücklich. Dieser Tag läutete die schönsten Monate des Jahres ein, wie ich fand. Eine Zeit voller Herzenswärme und Gemütlichkeit und vor allem die Zeit der schönsten Farben.

Ich begann nach einer Weile nervös von einem Fuß auf den anderen zu treten, weil die Kälte, die durch das langsam schwindende Sonnenlicht eintrat, mir unter die Haut kroch. Der eiskalte Wind blies mir immer wieder ein paar hellblonde Strähnen ins Gesicht, die sich aus meinem Dutt gelöst hatten.

Warum ich die einzige war, die sich hier an diesem Abend draußen den Arsch abfrierte, statt drinnen mit ihrer Familie im Warmen zu feiern? Jason war der Grund dafür. Wie verabredet, hatten wir uns auf dem Dorfplatz beim Dekorieren getroffen. Er hatte mich zu einer „Ernte-Party" eingeladen, welche von Lil, einer gemeinsamen Freundin von uns, geschmissen wurde. Dass es da nicht wirklich um Kürbisse und Äpfel gehen würde, war mir bewusster als die Tatsache, dass Feuer heiß ist.

Zitternd rieb ich mir beide Handflächen aneinander und hätte mir selbst dafür in den Hintern treten können, dass ich nicht auf Mum gehört und mir eine Winterjacke übergezogen hatte. Aber nope, Stacy wusste es besser.

Haste jetzt davon, dachte ich mürrisch.

Die dünne hautfarbene Strumpfhose, das enge, tannengrüne Strickkleid und die weißen Sneakers waren nicht wirklich kältetauglich. Oder *ich* war einfach nicht kältetauglich.

Mit einem genervten Grummeln fummelte ich mein Handy aus der mini Tasche, die ich um meine Schulter trug, um Jason zu schreiben wo er denn nur blieb.

`Sorry, Lil hat mich dazu genötigt vorher noch schnell Emma abzuholen. Bin gleich da, wirklich!`

bekam ich als Antwort.

Ein Schnauben entfuhr mir.

Klar brauchte Lil *immer* irgendwelche Extrawürste, für die andere leiden mussten, argh!

Ja oke Stace, jetzt übertreibst du...

`Mach hinne!`

drängelte ich weiter, als ob er dadurch die Erlaubnis bekommen würde, schneller zu fahren.

`Er sollte beim Fahren nicht schreiben, Eisbeutel. Du wirst es überleben. Bei Lil gibt's Zeug dass dich wieder aufwärmt – E.`

Na klasse. Wenigstens saßen sie wohl schon im Auto auf dem Weg zu mir. Bei *Zeug dass dich wieder aufwärmt*, wurde mir schlagartig übel. Ich hatte in meinem Leben bisher genau zwei mal Alkohol getrunken und das würde mir bis an das Ende meines Lebens reichen, *würg*.

Gerade als ich eine sicherlich super uncoole Bemerkung an Emma zurück tippen wollte, vernahm ich das Brummen eines Motors.

Ich blickte von meinem Bildschirm auf und sah den mir so vertrauten silbernen Opel die *Pine Avenue* hochfahren. Das Licht der Scheinwerfer spiegelte sich auf der noch feuchten Straße und wirkte seltsam einsam, weil heute wohl sonst kein Fahrer mehr hier vorbeikommen würde.

„Endlich...", stieß ich aus, als ich mich wenig später auf den Beifahrersitz neben Jason fallen ließ, der mir einen schnellen Kuss auf die Wange drückte. Ich zog die Tür zu und mein Freund fuhr weiter.

„Dir auch ein freundliches hallo“, bemerkte Emma trocken von der Rückbank. Ich warf ihr einen gespielt unschuldigen Blick zu und sie rollte amüsiert die Augen. Ihre roten Locken standen in alle Richtungen von ihrem runden Gesicht ab und das stand ihr verdammt gut. Sie trug eine Kunstpelz-Jacke und darunter machte ich eine Leder-Leggings aus. Ihre Lippen hatte sie sich blutrot geschminkt, was einen starken Kontrast zu ihren stechend grünen Augen bildete. Mit ihrer hellen Haut, den unzähligen Sommersprossen und ihrer sehr kurvigen Figur fiel sie sofort auf und sie liebte die Aufmerksamkeit. Vor ein paar Jahren war sie in meine Klasse gekommen und wir hatten die selben Fächer. Wir waren gute Bekannte, aber sonst nichts. Sie hatte einen ähnlichen Humor wie der eines Backofens und sie hing oft auch mit Lil und Hailey ab.

„Zu Weihnachten schenk ich dir ne Jacke“, mischte sich Jas ein und ich zog den Kopf ein.

„Du hast doch keine, oder?“, hakte er nach, ohne den Blick von der Straße zu lösen. Um seine Lippen schlich sich ein Grinsen, das er verzweifelt zu verstecken versuchte. Aber dafür kannte ich ihn einfach zu gut.

„Neee, Stacy sammelt Choker-Ketten, keine Jacken“, merkte Emma an und lachte.

Ertappt fasste ich mir an den Hals, wo sich ein breites, ganz schwarzes Band mit einem Mondanhänger an meine Haut schmiegte. Ich hatte eine große Schwäche für die „Halsbänder“, wie Dad die Ketten nannte und besaß vermutlich mehr als hundert davon. *Upsi.*

„Ich hab meine Jacke vergessen, sorry“, verteidigte ich mich. Neben und hinter mir vernahm ich gleichzeitig ein belustigtes

Schnauben. Sowohl Jas als auch Emma wussten, wie wenig das der Wahrheit entsprach. Die lautete nämlich schlicht, dass ich zu faul war oder die Kälte unterschätzte.

Der Rest der Fahrt verlief schweigend. Sie dauerte jedoch nicht lange, denn Lil lebte in *Tree Hills*, welches nur circa zehn Minuten mit dem Auto von *Brightwood* entfernt lag.

Dröhnende, wummernde Bässe empfingen uns, als wir an die Tür des etwas abgelegeneren Partyraums traten, der Lil'‘s Familie gehörte. Mittlerweile war der Himmel ein schwarzes Tuch, das sich über uns erstreckte und an dem vereinzelt ein paar Sterne zu sehen waren. Die kleine Hütte lag ein wenig abseits vom Ortseingang und mitten auf einer großen Wiese, die noch nass vom Regen war. Ein paar große, alte Bäume schmiegten sich an das kleine Gebäude. Wie Jason mir erzählt hatte, war das wohl ein Geburtstagsgeschenk von Lil's Eltern gewesen. Sie waren, ähnlich wie Hailey's, nicht wirklich arm.

„Sollen wir... einfach rein?“, rief ich gegen die laute Musik Jas zu. Ich wollte einfach nur raus aus der Kälte.

Jason zuckte nur die Schultern, während Emma bereits die weiße Stahltür aufgeschoben und sich reingezwängt hatte. Also folgten wir ihr und im ersten Moment erschlug mich das Dröhnen der lauten Pop-Musik, der Geruch nach Schweiß, Alkohol und billigem Bier fast.

Ich blieb ganz kurz stehen und sah hoch zu Jason, der nicht weniger überrumpelt wirkte. In seinen Augen lag außerdem etwas, das ich als Angst identifizieren konnte. Angst wovor?

Als er meinen Blick auffing, nahm er mich an die Hand. Seine lag warm in meiner und ich hatte sofort das Gefühl, sicher zu sein.

„He Leudde!“, schrie mir eine männliche Stimme entgegen, die schon dezent lallend klang. Verwirrt drehte ich mich mich nach links und entdeckte auf der Couch, die in einer Ecke des Raums stand, Lewis, ein Junge aus meiner Stufe. Er grinste bis über beide Ohren und sabbelte irgendeinen Mist vor sich hin. Um ihn herum erkannte ich noch ein paar seiner Mitschüler, die alle einen kleinen roten Plastikbecher umklammert hielten, als würde ihr Leben davon abhängen.

Mit Jason's Hand in meiner schob ich mich etwas weiter weg vom Ein- und Ausgang und betrachtete den Raum, in dem ich selbst noch nie gewesen war.

Er war sehr schmucklos und schlicht, ein Viereck mit weißen Wänden, in einer Ecke eine alte Couch, einen Couchtisch, der vor lauter Plastikbecher nicht mehr zu erkennen war, ein großer Fernseher, der sicher mehr gekostet hatte als Jason's Auto und einen kleinen Tischkicker auf der anderen Seite. An zwei der Wände waren winzig kleine Fenster, ziemlich weit oben und geschlossen, was die stickige Luft erklärte. In den Ecken unter der Decke hingen wuchtige Lautsprecher aus denen in diesem Moment *Just dance* von Lady Gaga dröhnte, sodass der Boden, der praktischerweise mit Fliesen ausgelegt worden war, nur so zu vibrieren schien. Die Anzahl der Menschen schätzte ich auf knapp dreißig, was durch die geringe Größe der Hütte noch mehr wirkte, als ohnehin schon.

„Hast du Lil schon irgendwo gesehen?", fragte mich Jas dicht an meinem Ohr und ich erschrak kurz.

„Nein...", schrie ich zurück, doch in der Sekunde machte ich einen hellblonden Haarschopf an der Couch aus. „Da!", fügte ich also hinzu und drängelte mich mit meinem Freund durch die Menge der sich bewegenden Menschen. Unwillkürlich wanderten meine Gedanken zu Clara, für die sowas hier, eine Party, wie sie für die meisten Teenager in ihrem Alter wohl *normal* gewesen wäre, reine Folter sein würde. Nein, keine Folter, sie würde hier sterben. Sie liebte die Stille und die Geräusche der Natur, oder das

Rascheln der Seiten eines guten Buches. Mir ging es da nicht sehr viel anders, aber ich mochte an manchen Tagen auch die Gesellschaft anderer Menschen, so wie hier. *Okay vielleicht ein bisschen weniger verschwitzte und betrunkene Menschen...*

Wir erreichten den hellblonden Haarschopf, der tatsächlich Lil gewesen war. Sie wirkte mit ihrer schmalen Figur oft als könne sie gleich auseinander brechen, aber der Eindruck täuschte. Sie war neben Lee eine der selbstbewusstesten Frauen die ich kannte.

Heute vielleicht nicht unbedingt...

Ich bemerkte, dass auch Emma schon einiges an Flüssigkeit runtergestürzt hatte und fragte mich, wie man so schnell so viel trinken konnte.

Als die beiden Jason und mich erblickten grinsten sie viel zu überschwänglich und es sah so aus, als würde ihnen gleich ein langer Sabberfaden aus dem Mundwinkel laufen. Dabei sahen sie mehr Jas an, als mich. Klar. Er sah nicht schlecht aus und die beiden...

„Die zwei gucken dich an als wärst du das letzte Glas Wasser in der Wüste", bemerkte ich an meinen Freund gewandt, der das Gesicht verzog.

„Netter Vergleich Stace, aber so lebenswichtig bin ich glaub ich nicht für die beiden."

„Die haben wohl schon ein bisschen tief ins Glas geschaut."

Jason lachte. „Ne."

Skeptisch hob ich meine Augenbrauen und betrachtete die beiden Grinse-Zombies.

Wieder schallte das Lachen meines Freundes neben mir durch die laute Musik.

„Die haben eine Arschbombe ins Glas gemacht- oder in den Plastikbecher." Er schenkte mir ein schiefes Grinsen und fand seinen Witz wohl echt gut.

„Richtig schlecht, Jas. Sogar für dich“, stichelte ich daher.

Meine Wangen glühten schon so langsam von der heißen Luft hier drin und der beißende Gestank nach Alkohol legte sich immer mehr auf meine Lunge. Ich beugte mich näher zu Jason.

„Hast du was dagegen, wenn wir mal kurz nach draußen verschwinden? Ich halt‘s hier grad nicht aus.“

Er wirkte erleichtert. Meine Hand immer noch fest in seiner manövrierte er uns durch die ganzen Körper bis wir wieder an der Stahltür waren und uns nach draußen quetschten. Gierig sog ich die frische Luft ein, auch wenn sie schneidend kalt war und sich in meine Haut zu bohren schien.

„Du erfrierst“, stellte Jason mit einem Blick auf meine kalten, zitternden Arme und Beine fest. Ehe ich protestieren konnte, löste er seine Hand aus meiner, zog sich seine eigene Jacke aus, von der ich mich fragte wie er die da drinnen überhaupt hatte anlassen können, und legte sie mir über die Schultern. Sofort wurde mir warm. Dennoch strafte ich ihn mit einem vielsagend genervten Blick.

„Was ist?“, wollte er unschuldig wissen. Jason wusste, wie ich diese Klischees hasste. Aber ich sagte nichts weiter, denn ich war wirklich dankbar für die Wärme der Jacke.

„Ist irgendwie... anders“, sagte ich stattdessen und legte den Kopf in den Nacken um den dunklen Himmel zu betrachten.

„Geht nicht nur dir so.“

„Hmh.“

„Wo steckt Hailey eigentlich?“

„Keine Ahnung.“

„Hm.“

„Stacy was ist los?“, kam plötzlich die Frage, die ich nicht hören wollte. Ja, Jason kannte mich wirklich gut. Deshalb half jetzt auch kein Abstreiten. Also zuckte ich die Schultern, spürte aber, wie sich ein Klos in meinem Hals bildete. Verdammt, ich hatte ja keine Ahnung gehabt, wie sehr mich das belastete.

„Stace…“, setzte er an, doch ich unterbrach ihn.

„Ich habe mich an der *Ecole de danse parisienne* beworben.“

„Ich weiß.“

Ziemlich überrascht wandte ich mich ihm zu und blinzelte verwirrt. Doch der betretene Ausdruck in seinen braunen Augen sprach Bände.

„Hailey hat mit dir geredet.“

„Sie macht sich Sorgen… und ich auch! Warum bist du nicht zu mir gekommen?“ Es schwang kein Vorwurf in seiner Frage mit. Nur… Sorge. Ehrliche Sorge.

„Ich… ich hab Angst“, presste ich hervor und sah ihn an. „Ich habe Angst zu versagen. Sowohl als Schwester, als auch als Tänzerin.“

„Das verstehe ich“, versicherte mir Jas und kam auf mich zu. Er legte mir seine Arme auf die Schultern und zog mich an sich. Sein Geruch nach Deo, Kaffee und Herbstlaub stieg mir in die Nase. „Aber du bist der stärkste Mensch, den ich kenne. Und selbst wenn du es nicht schaffst, Stacy, dann bist du immer noch ein Mensch der geliebt wird. Von deinen Eltern. Von Clara. Von mir.“

Ich schluchzte und vergrub mein Gesicht an seiner Schulter.

„Dank“- weiter kam ich nicht.

Ping!

Verwirrt löste ich mich von Jason und zog mein Handy aus der Handtasche. Nicht weil ich ich unbedingt immer alles sofort wissen wollte, was mir jemand schrieb, sondern weil ich wusste, dass mir heute keiner schreiben würde, es sei denn, etwas stimmte nicht.

Schon während ich mein Handy entsperrte breitete sich ein mulmiges Gefühl in meinem Bauch aus. Meine Finger begannen zu zittern, auch wenn ich nicht wusste, warum eigentlich. Dann wurde ich angerufen. Ich kannte die Nummer nicht, zögerte aber auch nicht, abzuheben.

„Hallo, Stacy Falls?"

Es rauschte am anderen Ende der Leitung, dann erkannte ich die Stimme.

„Stacy?"

Das war Hailey's Mutter.

Das ungute Gefühl in mir drohte mich zu zerreißen.

„Ja...?" Meine Stimme brach, als ahnte mein ganzer Körper schon, dass es keine gute Nachricht gab, wenn die Mutter meiner besten Freundin mich anrief statt sie selbst.

Ich bemerkte von der Seite Jason's besorgten und irritierten Blick, aber das Pochen in meinem Herzen und die Stimme der anderen Seite waren alles, was ich noch richtig beachtete.

„Du... du musst kommen", stieß sie hervor und da erkannte ich, woher das Ziehen in meinem Magen kam. Hailey's Mum weinte.

„Wo... was...", stammelte ich und spürte, wie auch mir heiße Tränen die Wangen runterliefen.

„Hailey hatte einen Autounfall."

Ich wusste nicht wirklich, wie ich es geschafft hatte, in Jason's Auto zu gelangen, aber schließlich fand ich mich genau dort wieder, den Blick aus dem Fenster neben mir gerichtet. Mit fest aufeinander zusammengepressten Lippen verfolgte ich die einzelnen Regentropfen, die sich an dem Glas sammelten und im Schein der Straßenlaternen, an denen wir vorbeifuhren, zu glitzern schienen. Wie sie langsam nach unten liefen, wie dünne Rinnsale aus ihnen wurden und am Ende des Fensters einfach verschwanden. Nur nebenbei bemerkte ich das Zittern meiner Hände, meine flache Atmung und die Tropfen, die nicht auf dem kalten Glas, sondern auf meiner eigenen Haut in Schlieren nach unten flossen. Die Fahrt ins Krankenhaus von *Tree Hills* dauerte für gewöhnlich keine vier Minuten, doch an diesem Tag kam es mir so vor, als würden Stunden vergehen, ehe der Wagen endlich hielt.

„Ich bin bei dir", hörte ich Jason sagen und ich war ihm so dankbar dafür, dass er nicht sowas sagte wie *Alles wird gut*. Denn ob es so war wusste keiner von uns beiden. Hailey's Mum hatte gerade noch so sagen können, wo wir sie finden konnten, bevor ihre Stimme sich in Schluchzern verloren hatte, die mir durch Mark und Bein gegangen waren. Die Mutter meiner besten Freundin war eine Frau, die ihre Gefühle nie öffentlich zeigte. Sie so erlebt zu haben...

Langsam, wie in Trance schob ich die Tür hinter mir zu und blickte zu dem kahlen, weißen, rechteckigen Gebäude mit den Fenstern, hinter denen ich Krankenbetten, weiße Vorhänge und Neonlicht erkennen konnte empor. Jason hatte sein Auto direkt vor dem Haupteingang geparkt, welcher aus zwei großen Glastüren bestand, neben denen an der weißen Außenwand in einem Glaskasten eingerahmt ein Schild hing:

Tree Hills Hospital

In meiner Kehle ballte sich ein dicker, fetter Klos zusammen. Die Tatsache, dass meine beste Freundin da drin in einem Bett bewusstlos und vielleicht an irgendwelchen Schläuchen oder Kabeln befestigt war, war einfach zu viel. Als sich dann noch Erinnerungen zu den Bildern vor meinem inneren Auge schlichen, gewann das Zittern die Überhand und ich klappte in mich zusammen. Bevor meine Knie auf dem vom Regen nassen Kopfsteinpflaster aufschlugen, spürte ich die kräftigen Arme von Jason unter meinen Achseln. Er zog mich wieder hoch und ich klammerte mich an ihm fest. Dann kam die Erinnerung und da war nichts, was ich gegen ihr Kommen hätte ausrichten können.

„Mum, ich glaube das packt sie nicht", versuchte ich meine Mutter zum x-ten Mal zu überzeugen, doch diese presste nur die Lippen aufeinander. Angsterfüllt huschte mein Blick über die Schulter. Neben meinem Stuhl stand vollkommen in sich zusammengesunken Ci.

Meine Ci.

Sie war so blass und voller Angst, dass es mir fast das Herz brach. Sie konnte kaum stehen, sich aber auch nicht auf fremde Stühle setzen. Immer wieder murmelte sie vor sich hin: „Ich kann das nicht. Ich muss hier weg. Ich kann das nicht. Ich muss hier weg."

Seit Tagen war sie krank gewesen, hatte aber niemandem etwas gesagt. Erst gestern, als sie die Schmerzen in ihrem Magen nicht mehr länger hatte aushalten können, hatte sie sich mir anvertraut. Und ich habe es Mum erzählt.

Und nun waren wir hier. Im Tree Hills Hospital. *In ihrem schlimmsten Albtraum. Und scheiße, ich fühlte mich so schuldig, so scheiße schuldig. Aber was hätte ich anderes tun können?*

„Miss Falls", erklang die freundliche Stimme einer in weiß und blau gekleideten Krankenschwester. Sie war aus einem der Notaufnahme-Zimmern getreten und schaute uns abwartend an. Wieder glitt mein Blick zu meiner Schwester. Diese schien nichts mehr wirklich mitzubekommen. Trotzdem folgte sie uns in das Zimmer, in dem uns ein junger Arzt mit Brille und dunklem Haar empfing. Er lächelte und sah Clara an, die mittlerweile anfing zu hyperventilieren. Dann machte er einen großen Fehler. Einfach so, griff er sie am Arm, um sie zur Liege zu bringen.

Ihre Schreie brachten etwas in mir zum Zerschellen.

„Nicht anfassen!", schrie sie und sie weinte, sie zitterte und

bebte aus Angst. Aus Todesangst. Ihre Zähne klapperten haltlos aufeinander, ihr Atem kam in immer kürzeren Stößen und sie schüttelte ihre Hände, als wollte sie sie loswerden.

Ich spürte ihren Schmerz fast an meinem eigenen Körper.

Das hier war sie. Meine Schwester. Das war das, was sie all die Jahre vor uns zu verbergen versucht hatte. Und ich fragte mich, wie sie nicht schon längst zerbrochen war, bei all dem Schmerz, den sie in sich reingefressen haben musste.

Das hier war das erste Mal, dass ich ihre direkte Reaktion auf eine körperliche Berührung eines Menschen sah. Und ich war mir sicher, ich würde sie nie mehr vergessen.

Der druckt um meine Oberarme verstärkte sich und holte mich aus der Vergangenheit. Jason wusste von diesem Tag. Ich hatte es ihm anvertraut und ich war mir sicher, er sah mir an, was mir durch den Kopf gegangen war, denn er sagte nichts. Er hielt mich einfach nur fest, bis ich stark genug war, die gläsernen Türen zu durchschreiten.

Der Flur war leer und der Geruch von Desinfektionsmittel brannte sich in meine Nase. Wir schritten vorbei an breiten Holztüren, neben denen an der Wand jeweils Schilder mit Nummern angebracht worden waren. Ab und an hörte ich, wie ein Bett durch einen der Flure geschoben wurde, hörte das Quietschen von Schuhen auf dem Linoleum-Boden und das Piepen irgendwelcher Maschinen. Die eiserne Hand an meinem Herzen wollte nicht loslassen.

Ich spürte wie Jason, der dicht neben mir ging, mir seine Hand auf die rechte Schulter legte. Er hatte direkt Mum und Dad angerufen, um ihnen zu erklären, weshalb ich vermutlich später nach Hause kommen würde.

Und jetzt liefen wir diesen Gang entlang auf der Suche nach Zimmer 106. Von der Schwester am Empfang hatten wir erfahren, dass meine beste Freundin nicht auf der Intensiv-Station lag. Mehr wusste ich noch immer nicht, aber diese eine Tatsache war mehr als erleichternd gewesen. Hailey war wie eine zweite Schwester für mich und ich wollte mir nicht vorstellen, wie es sein würde, wenn sie...

„Hier ist es", sagte Jas plötzlich und bleib stehen. „Willst du zuerst ohne mich rein?", wollte er wissen und ich nickte. Der Klos in meinem Hals wurde größer.

„Wenn irgendwas ist, bin ich hier und warte auf dich, okay?"

Ich nickte abermals.

Dann drückte ich die Türklinge runter, trat ein und schloss sie hinter mir wieder, bevor ich mich in den Raum drehte.

Tränen liefen mir über die Wangen und ich rang nach Luft, als sich die unendliche Erleichterung in mir ausbreitete.

Der Raum war klein und sehr steril. Zwei Betten mit Rollen fanden darin Platz. Die Wände waren von einem hässlichen Gelb, gegenüber der Betten hing ein Fernseher, darunter stand ein einfacher Holztisch mit zwei Stühlen. In dem einen Bett lag ein alter, sehr magerer Mann mit schütterem grauen Haar. Und in dem zweiten lag sie. Meine beste Freundin.

Das schwarze, sonst stets so glänzende Haar war stumpf und zerzaust, eine dicke Platzwunde klaffte an ihrer Stirn. Ihre Lippe war aufgeplatzt und ein Verband bedeckte einen Teil ihres Kopfes. Aber ihre Augen lagen auf mir, ein mattes Lächeln umspielte ihre Lippen. Bei dem Schlauch, der von einem Beutel an einem großen Ständer bis in eine Stelle an ihrer Hand führte, wurde mir etwas übel, aber ich ignorierte es. Schluchzend kam ich näher und setzte mich vorsichtig auf die Kante ihre Bettes. Mir fiel sofort das weiße hässliche Nachthemd auf, in das man sie gesteckt haben musste. Ich lächelte.

„Du siehst echt kacke aus", begrüßte ich sie schluchzend und nahm ihre Hand in meine. Sie war kalt und zittrig. „Weißt du, was eine scheiß Angst ich hatte?"

Hailey schnaubte und der Blick aus ihren stechend grünen Augen bohrte sich in meinen. Doch statt einer ebenfalls dummen Bemerkung sagte sie: „Danke dass du hier bist, Stace."

Augenblicklich ließ ich ihre Hand los und nahm sie ganz vorsichtig in den Arm. Sie erwiderte die Umarmung und ich merkte, wie auch sie zu schluchzen anfing. Als wir einander wieder losließen, schauten wir uns an.

„Wenn dir irgendwas passiert wäre..."

„Stopp", unterbrach sie mich erstaunlich bestimmt. „Ich habe ein paar Prellungen und Platzwunden und eine sehr leichte Gehirnerschütterung. Aber ich bin hier, habe gerade keine Schmerzen und ich bin am Leben. Was alles hätte passieren können ist egal, okay?"

„Okay."

Eine Weile sagten wir beide nichts mehr, bis Hailey wieder das Schweigen brach.

„Ich werde mit dem Tanzen aufhören...", informierte sich mich so plötzlich und vollkommen unerwartet, dass ich sie kurz verwirrt anblinzelte.

„Du... was?!"

„Ich will mit dem Tanzen aufhören und Medizin studieren. Es... erfüllt mich nicht. Nicht so, wie es dich erfüllt."

Das sanfte und durch und durch ehrliche Lächeln auf ihrem Gesicht war Beweis genug, dass sie nicht scherzte. Ich brauchte eine Minute um das Gehörte zu verdauen.

„Seit wann...", setzte ich an und wurde wieder von meiner Freundin unterbrochen.

„Seit ich mit meinem Auto in einer Kurve von der Fahrbahn gerutscht, im Graben gelandet, in Ohnmacht gefallen und hier wieder aufgewacht bin“, antwortete sie auf meine nicht gestellte Frage. „Das war der Moment, in dem ich es beschlossen habe. Der, in dem ich das wollte, liegt schon viel zu lange zurück.“

Ich richtete mich auf, die weiße Bettwäsche raschelte und ich nahm am Rande das gleichmäßige Atmen des Mannes in dem Bett neben Lee wahr. Noch immer hielt ich ihre Hand fest in meiner.

„Warum jetzt? Warum hast du nie etwas gesagt?“

„Weil... weil ich die gleiche Angst hatte wie du. Die Angst zu versagen, die Angst, Erwartungen nicht gerecht zu werden“, erklärte sie heiser. „Ich hätte heute bei diesem Unfall sterben können, Stace. Ja, ich weiß, ich habe dir gerade gesagt, dass es egal ist, was hätte passieren können. Aber... ich bin gerade neunzehn Jahre alt und hätte einfach sterben können. Doch ich bin es nicht. Ich habe eine zweite Chance bekommen, mein Leben zu zu leben. Dieser Unfall hat mir gezeigt, wie schnell es gehen kann. Wie schnell das hier alles vorbei sein kann. Keiner weiß, ob es morgen oder erst in fünfzig Jahren so weit ist. Und deshalb will ich nicht auf den Tag warten, an dem es zu spät ist, Stacy. Ich will das jetzt. Mein Leben so leben, wie es mir gut tut. Medizin zu studieren ist mein Traum, nicht das Tanzen. Ich möchte glücklich sein, bevor ich keine Chance mehr dazu habe. Was nicht heißt, dass ich es vorher nicht war. Es... es hat mich nur einfach nicht mit derselben Lebensfreude erfüllt, wie es das bei dir tut, verstehst du?“

Langsam nickte ich. Scheiße, sie hatte so recht. Sie hatte so verdammt recht.

„Geh nach Hause“, meinte sie dann und drückte meine Hand. „Überleg mal, wie meine Worte auch auf dich zutreffen könnten.“

„Bist du dir ganz sicher?“, hakte ich nach. In meinem Kopf schwirrte es, aber ich wollte sie nicht allein lassen. Doch da trat das schelmische Grinsen zurück auf ihre Lippen und ich fand wieder die alte Hailey vor mir.

„Logo, ich bin in allerbester Gesellschaft“, beteuerte sie mit einem kurzen Kopfnicken zu dem alten Mann, der gerade zu schnarchen angefangen hatte. „Da ist die ganze Nacht Party. Vor allem, weil ich durch die Wasser-Infusion dauernd pissen muss.“ Sie verzog angeekelt das Gesicht und lachte dann, weil ich anscheinend einen ähnlichen begeisterten Gesichtsausdruck angenommen hatte. „Mir geht es hier gut.“

„Okay.“

Unsicher erhob ich mich, ohne meine Freundin nur einen Moment aus den Augen zu lassen.

„Guck mich nicht so an“, blaffte sie.

„Wie denn?“, tat ich unschuldig.

„Wie eine Glucke ihr schwächstes Küken“, schnaubte sie und schüttelte sich. „So hat mich meine Mum die ganze Zeit schon angestarrt.“

„Sorry.“

„Schon gut. Jetzt mach dich vom Acker.“

Ich lachte ebenfalls und wandte mich der Tür zu, aber noch ehe ich mich verabschieden und aus dem Zimmer verschwinden konnte, hielt mich ihre Stimme nochmal auf, diesmal war jedes bisschen Ironie daraus verschwunden.

„Und Stace? Du bist die beste Freundin und die allerbeste Schwester, die ein Mensch sich wünschen kann. Aber eine noch bessere Freundin musst du für dich selbst sein.“

Kapitel 18

Clara 2021

„Wenn die Menschen wüssten, was der Tod ist, dann hätten sie keine Angst mehr vor ihm. Und wenn sie keine Angst mehr hätten, könnte keiner ihnen ihre Lebenszeit stehlen.“

Ich hielt einen Moment inne und ließ die Worte auf mich wirken. Seit ein paar Stunden schon saß ich in meinem Bett und laß in dem Buch **MOMO** von Michael Ende, welches mir Albert empfohlen hatte. Und bereits nach der ersten Seite war mir bewusst gewesen, wie recht er mal wieder gehabt hatte. Dieses Buch war gerade genau das, was ich lesen musste. Diese Worte waren genau die, die ich gerade brauchte und diese Welt war genau die, in die ich mich gerade flüchten wollte.

Die halbe Nacht hatte ich wach gelegen und überlegt, meine Nachricht an Jason wieder zu löschen. Ich hatte sogar darüber nachgedacht bei Heather mitten in der Nacht zu klingeln, nur um zu fragen wie es der Kleinen ging. In meinem Kopf war ein heilloses durcheinander gewesen und nicht selten war auch immer wieder mein großer Traum darin aufgetaucht, an den ich mir seit Stacy‘s Tod nicht mehr zu denken erlaubt hatte.

Bis jetzt.

Denn die Worte, die ich in diesem Moment laß, lösten in mir etwas aus... Ich konnte das Buch nicht mehr aus den Händen legen, war gefesselt von der Art, wie Momo mit ihren Freunden umging und ihrer Art im Allgemeinen, die meiner nicht sehr unähnlich war. Auch ich war ein stiller Mensch, hörte lieber zu als zu reden. Wie Momo auch kam ich mir vor, wie die einzige, die zu viel Zeit hatte. Alle anderen schienen immer weniger zu haben. Für mich dagegen schlich sie nur so dahin, ich hatte zu viel davon, wusste nicht, wohin damit. Deshalb auch mein Traum, der mir immer wieder in Gedanken erschien, wie um mir zu sagen: *„da ist etwas, wofür du deine übrig gebliebene Zeit nutzen kannst, wenn du dich nur traust."*

Doch ich traute mich nicht. Da war so vieles, was mich daran hinderte. Nicht zuletzt das Versprechen, das ich Stacy gegeben hatte und nie würde einhalten können.

Stattdessen versuchte ich mithilfe meiner Bücher zu reisen, die Welt und auch ganz andere Welten kennenzulernen. Es war meine eigene Art und Weise, mich in Gesellschaft zu begeben. In eine, die nicht existierte, aber in meinem Kopf oft realer war, als die, in der ich wirklich lebte.

Ich laß eine Weile weiter und sofort sprang mir der nächste Absatz entgegen, als wäre er nur für mich geschrieben worden.

„Die wirkliche Zeit ist nicht nach der Uhr und dem Kalender zu messen.

Alle Zeit, die nicht mit dem Herzen wahrgenommen wird, ist so verloren wie die Farben des Regenbogens für einen Blinden oder das Lied eines Vogels für einen Tauben."

War ich gerade dabei, genau diese Zeit zu verlieren? Indem ich mir nicht mehr erlaubte zu träumen?

Nachdenklich klappte ich das Buch zu und legte es behutsam auf meinen Nachttisch. Mein Blick wanderte zum Fenster, hinter dem die Sonne bereits angefangen hatte aufzugehen. Der ganze Himmel war in ein gold leuchtendes Orange getaucht und ich sah ein paar Raben durch diese Farbenpracht fliegen.

Es war erst kurz vor sieben, aber ich konnte nicht mehr ans Schlafen denken, auch wenn ich die Müdigkeit in mir deutlich spürte. Also schlüpfte ich aus meinem Bett und öffnete beide Fenster. Der eiskalte morgendliche Herbstwind fuhr mir durch mein Haar und über meine nackte Haut an den Armen. Ich lehnte mich ein Stück nach draußen und schloss die Augen. Für diesen einen Moment nahm ich nur das Rauschen des Windes in den Baumkronen und das Krächzen der Raben wahr. Und den Geruch nach nassem Laub, Regen, Kaminfeuer und einem Hauch von frischem Kuchen...

Fast automatisch öffnete ich meine Augen wieder und sah zu Heather‘s Haus rüber. Durch das golden wirkende Morgenlicht sah es aus wie ein magisches Waldhaus, wenn man alles andere ausblendete. Im Innern konnte ich das Flackern von Kerzen ausmachen und ich war sicher, dass der Duft nach Kuchen aus ihrer Küche stammte. Kein Auto fuhr auf den Straßen, die ich von meinem Fenster aus sehen und hören konnte. Da waren nur die Geräusche der Natur und ihren Bewohnern.

Noch einmal atmete ich ganz tief ein und aus und genoss den Moment der morgendlichen Ruhe, bevor ich mich meines Schlafanzugs entledigte und mir eine Jeans und einen grauen Wollpullover überzog. Mit den Wollsocken, die ich mir vor Jahren mal selbst gestrickt hatte, machte ich mich auf den Weg nach unten. Das Knarzen und Ächzen der Holztreppe war an diesem Morgen das einzige Geräusch im Haus.

Skeptisch bog ich in die Küche ab und fand sie leer, sowie die Kaffeemaschine unbenutzt vor. Es war eigentlich ein normaler Dienstag, ein Wochentag wie jeder andere. Für gewöhnlich saß

Mum um diese Uhrzeit bereits mit ihrem Kaffee und der Zeitung am Frühstückstisch und wartete auf mich mit dem Essen. Dad hingegen verließ oft schon um fünf Uhr morgens das Haus, um die ersten Waren zu backen.

Das hier aber war alles andere als normal und ich spürte, wie ich so langsam nervös wurde. Der gestrige Tag hatte meinen ganzen Tagesablauf schon mehr als durcheinander gebracht und ich hatte gehofft, dass dieser wieder so werden würde wie immer. Anscheinend hatte ich mich gewaltig getäuscht...

Aber wie sollte nur jeder kommende Tag gleich sein wie der letzte, jetzt, da es den kleinen Welpen gab? Jetzt, da Stacy nicht mehr da war? Jetzt, da ich Heather wieder öfter besuchen würde?

Ein frustrierter Laut entfuhr mir und ich ließ mich auf meinen Platz am Tisch sinken. Ratlos blickte ich auf die Maserung des Holzes der Tischplatte und tippte nervös mit meinen Fingern darauf, weil ich nicht wusste, was ich sonst tun konnte, um mich zu beruhigen. In meinem Innern kribbelte es und mein Puls schoss immer mehr in die Höhe. Ich hatte schon wieder das schreckliche Gefühl, in allem die Kontrolle zu verlieren.

Wo war Mum?

Warum hatte sie mir nicht Bescheid gesagt, dass sie heute morgen nicht da sein würde? Es hätte die Situation nicht besser gemacht, aber ich hätte eine Chance gehabt, mich darauf vorzubereiten. Alles war in letzter Zeit so durcheinander gewesen und mir fehlte etwas beständiges, an dem ich mich festhalten konnte. Mir fehlte etwas, das mir Halt gab, während sich alles um mich herum viel zu schnell zu drehen schien.

Stacy war das immer gewesen. Mein fester Tagesablauf war das mal gewesen. Und jetzt? Ich wusste nicht mehr weiter, fühlte mich leer. Aber nicht ganz. Nein, da war etwas, dieser eine kleine Funken Licht. Noch konnte ich nicht ganz sagen, woher dieser kam, aber ich hatte eine Ahnung.

Mit viel Überwindungskraft und nach langem, gedanklichen Kämpfen mit mir selbst, erhob ich mich wieder von meinem Platz, trat in den Flur und wenige Minuten später in meine dicke Jacke und meine Boots gepackt draußen vor der Haustür.

Die eisige Luft und die starken Strahlen der Sonne machten mich sofort etwas wacher. Noch einmal atmete ich tief ein und aus, dann machte ich mich auf den Weg zur Bäckerei.

Das wunderschöne, aus Holz gebaute Häuschen mit den tiefen, mit Sprossen versehenen Fenstern weckte sofort Erinnerungen. Vor allem die große alte Eiche, die die Bäckerei zu bewachen schien. An einem ihrer am niedrigsten hängenden und dicksten Äste wiegte sich die Holzschaukel sachte im Wind. Dad hatte sie uns damals dort angebracht, als Stacy und ich noch Kinder gewesen waren. Wir waren aber auch später noch immer wieder zu diesem Baum zurückgekehrt und hatten in seiner Krone zusammen gelesen. Drei Dinge, die meine Schwester und mich noch mehr als unser Blut verbunden hatten waren das Lesen, die Liebe zur Natur und unsere kleine Bäckerei gewesen.

Seit ihrem... Unfall war ich nicht mehr hier gewesen. Und es fühlte sich an, als fehlte mir ein Arm, ein Bein oder... eine Hälfte meines Herzens, ohne sie nun hier zu stehen. Ich glaubte ihr Lachen zu hören oder ihren entsetzten Schrei, als ihr ihr Lieblingsbuch beim Lesen in den Ästen der Eiche runtergefallen war.

Es kostete mich all die Kraft, die ich noch irgendwo in mir mobilisieren konnte, stehenzubleiben und nicht einfach umzukehren und nach Hause zu rennen. Denn auch wenn diese Erinnerungen schmerzhaft waren, so waren sie auch alles, was ich neben Bildern und Videos von Stacy noch hatte. Alles, was sie trotz ihres Todes für mich ein kleines Stück lebendig machte. Ja, es tat gut, aber gleichzeitig machte es mir auch eine heiden Angst.

Nach sehr langem Zögern trat ich schließlich näher an das Häuschen und blieb kurz vor der hölzernen Tür nochmal stehen. Meine Hände waren schweißnass und zitterten mit meinen Beinen um die Wette. Dennoch holte ich den Schüssel aus meiner Jackentasche und wollte aufschließen, als ich feststellte, dass mein Vater schon geöffnet hatte. Natürlich hatte er das. Immerhin war es schon kurz nach sieben Uhr.

Beim Eintreten bimmelte das kleine Glöckchen oberhalb der Tür. Gleichzeitig schlug mir der wunderbare und schmerzhaft vertraute Duft von Croissants, heißer Schokolade, Brötchen und frischem Kuchen entgegen.

„Ich komme sofort!“, hörte ich die Stimme meines Vaters aus der Backstube rufen, die hinter der Tür war. Diese wiederum befand sich direkt hinter der hölzernen Theke. Hier lagen die ganzen Backwaren, die man durch die Glasscheibe betrachten konnte. Ich hatte fast vergessen, wie sehr ich diesen Ort mochte. Wie sehr er mich an ein Zuhause erinnerte, mit den vertäfelten Wänden und den dunklen Holzregalen voller Backzutaten. Er erinnerte mich nicht nur an ein Zuhause, er war eines.

Automatisch sah ich zu dem kleinen Tisch, es war eher ein Hocker, der neben der Tür zur Backstube stand. An diesem Morgen standen nicht zwei Tassen heißer Schokolade darauf. Und irgendwas an dieser Tatsache tat weh, ließ mein Herz sich verkrampfen und Tränen in meine Augen steigen.

Dad kam in der Sekunde in den Verkaufsraum.

„Clara?“, fragte er und ich hörte die Überraschung deutlich aus seiner Frage raus. Natürlich bemerkte er sofort, wo ich bis vor ein paar Sekunden noch hingestarrt hatte und sah mich mit einem Blick an, der mich an meine eigenen schmerzerfüllten Blicke erinnerte. Es tat ihm leid, das wusste ich, noch bevor er es sagte.

Ich konnte Gefühle und Emotionen anderer zwar nicht einordnen, deuten oder gar nachempfinden, aber was Stacy anging, das wusste ich, fühlten Mum, Dad und ich genau gleich.

„Wenn ich nur gewusst hätte...“, setzte er an und hob leicht die Schultern. Seine schwarze Jeans war von dem ganzen Mehl fast grau geworden und das karierte Hemd könnte genauso gut gepunktet sein. Und in seinen Augen sah ich tiefe Trauer, wenn nicht sogar erkannte ich in ihnen auch diese Erinnerungen. Die, die so weh taten und gleichzeitig so wertvoll waren.

„Ich weiß“, antwortete ich leise. Ja, wenn er gewusst hätte, dass ich kommen würde, dann hätte er mir eine Tasse heiße Schokolade gemacht und dort hingestellt. Aber ich wusste nicht, ob die Tatsache, dass es nur eine gewesen wäre, nicht noch mehr weh getan hätte. Es war lächerlich, aber ich konnte nichts daran ändern. Da war ein Loch in mir und ein Loch kann nicht einfach so wieder gefüllt werden.

„Möchtest du mir ein bisschen helfen?“, fragte er mich dann vorsichtig und ich nickte. Ich brauchte Ablenkung und auch wenn mich hier so vieles an meine Schwester erinnerte, war es einer meiner liebsten Orte auf der ganzen Welt. Und irgendwas in mir war sich sicher, dass ich genau das jetzt brauchte.

„Du kannst, wenn du Lust hast, die Regale neu einsortieren“, bot mir Dad an und ich musste ein ehrliches Lächeln lächeln. Denn ich liebte das Einräumen und Sortieren.

„In den letzten Wochen ist da ein ganz schönes Chaos drin entstanden“, meinte er und schmunzelte. „Aber das ist ja auch nicht verwunderlich, denn was ist Willy Wonka ohne seine Oompa Loompas?“

Kapitel 19

Clara 2021

Mein Herz pochte heftig gegen meine Rippen und mir stand der Schweiß auf der Stirn.

„Ich habe heute noch einen Termin!“, bemerkte die Frau mit den gewellten blonden Haaren ungehalten und blickte zum hundertsten Mal auf ihre goldene Armbanduhr.

„Es... tut mir leid“, murmelte ich gehetzt und krallte meine Finger in das Croissant, welches ich soeben für die Frau einpackte.

Fünf Minuten. Dad war nur eben fünf Minuten weg gewesen, um sich bei Heather ein bisschen Hafermilch holen zu gehen. Und ausgerechnet in diesen fünf Minuten hatte diese eine Kundin kommen müssen.

Ich war komplett überfordert. Sie war nicht böse, aber sie strahlte eine Ungeduld und Kälte aus, die dafür sorgte, dass sich blanke Panik in mir ausbreitete und all die Erinnerungen an Kunden, die mir schon so oft gesagt hatten, wie unfähig ich war.

Vier Croissants und drei Roggenbrötchen sollte ich für sie einpacken. Und ich war dabei, auf ganzer Strecke zu versagen.

Sie stand so nah an der Theke, ihr stechender Blick ruhte die ganze Zeit auf mir. Meine Beine zitterten und ich wusste nicht, wie ich reagieren sollte. So unvermittelt mit einem Gespräch konfrontiert zu werden war für mich der Horror. Es war für mich so, als würde man plötzlich dazu gezwungen werden, ohne Kerze, ohne Lichtquelle in endlose Finsternis zu laufen. Noch dazu mit einem Menschen, den ich nicht kannte. Ich konnte Menschen nicht in die Augen sehen. Ich hielt Erwartungen an mich nicht aus, weil es sich anfühlte, als müsse ich ein Gewicht tragen, das mich definitiv unter sich begraben würde.

Vier blöde Croissants und drei Brötchen. Reiß dich mal am Riemen, Clara, schalt ich mich gedanklich selbst, aber das brachte natürlich nichts.

„Sagen Sie, wenn Sie so unfähig sind, warum arbeiten Sie dann im Verkauf?“, zischte die blonde ungeduldig und schaute auf das Display ihres sicher ziemlich teuren Handys. In dem Moment hörte ich die Glocke über der Tür und ließ vor lauter Erleichterung die gefüllte Tüte fallen.

„Also wirklich!“, fuhr sie auf. „Sie können ja überhaupt gar nichts! Packen Sie mir bitte neue Backwaren ein, diese hier nehme ich nicht mehr!“

„Weil unser Boden so dermaßen dreckig ist, dass der Dreck sogar durch die Papiertüte dringt?“, fragte Dad, drängte sich an der Frau vorbei und hob die Tüte lächelnd auf.

Für eine Sekunde wirkte sie überrumpelt. „Also... natürlich nicht! Ich meinte nur...“

„Sie meinten nur, meine autistische Tochter anhand ihrer Einschränkungen beurteilen zu können“, beendete Dad ihren Satz und sein Lächeln verschwand. „Was bedeutet, Sie können das hier mit nach Hause nehmen und sich ihr Frühstück in Zukunft in *Tree Hills* kaufen.“

Ein Unwohlsein breitete sich in meinem Magen aus. Ich wollte nicht dafür verantwortlich sein, dass mein Vater so mit seinen Kunden reden musste. Vielleicht hatte sie ja recht und ich konnte wirklich einfach nichts. Wie sollte denn jemand wie ich eines

Tages den Traum eines eigenen Büchercafés verwirklichen, wenn ich nichtmal einen einzigen Menschen in der Bäckerei bedienen konnte? Wie sollte ich überhaupt mal irgendwann selbstständig leben können?

Da waren sie wieder.

All die Unsicherheiten, die Ängste und die Selbstzweifel. Sie schlichen sich an wie hungrige Raubkatzen und fanden immer meine alten Wunden, die sie neu aufreißen konnten. Jedesmal bluteten sie ein bisschen mehr und ich fragte mich, wie lange es dauern würde, bis ich einfach nur noch leer sein würde.

„Clara?“

Als ich aufblickte, sah ich meinen Dad, der mich mit besorgter Miene betrachtete. Die Frau schien gegangen zu sein. Ohne ihre Backwaren, die mein Vater noch in seiner Hand hielt.

„Es... tut mir leid“, murmelte ich und spürte, wie mir wider Willen Tränen in die Augen stiegen. Warum fühlte ich mich bloß so überflüssig, so unnötig und allein?

„Nicht!“, entgegnete er sofort und ging vor mir in die Hocke. In seinen Augen schimmerte es, ich wandte den Blick schnell ab. „Bitte, entschuldige dich niemals dafür, wer du bist.“

Diese Worte wurden mir nicht zum ersten Mal gesagt. Aber wie auch beim ersten Mal, schienen sie nicht wirklich zu mir durch zu dringen. Sie bewirkten nichts in mir. Es waren Worte. Worte, die mir dieses Gefühl nicht nehmen konnten, keinen Platz auf dieser Welt zu haben.

Mir wurde schwindlig.

In den ganzen letzten Tagen und Wochen schwankte meine Stimmung schlimmer, als unsere Schaukel an der Eiche in einem Sturm. Mal dachte ich, ich wäre über alles hinweg, dachte ich könnte wieder ein Leben führen. Aber dann im nächsten Augenblick brauchte es nur einen Satz, ein Wort, und mein aufgebautes Selbstbewusstsein, falls es denn eins war, fiel in sich zusammen wie ein großes, wackliges Kartenhaus. Oft kam ich mir so vor, als wäre ich ein neugeborenes Fohlen, das zwar schon auf eigenen Beinen stehen konnte, aber jedesmal wieder drohte, zusammenzubrechen, wenn es den nächsten Schritt machen wollte. Ich wollte etwas ändern, ich wollte weitergehen, stark sein und nach vorne blicken, aber etwas in mir konnte die Vergangenheit nicht loslassen, konnte *Stacy* nicht loslassen. Und ich wusste, wenn ich nicht loslassen würde, würde mich all das irgendwann in die Dunkelheit ziehen und ich würde nichts mehr dagegen tun können. Das alles überforderte mich und ich wusste, dass ich dabei Hilfe brauchen würde. Und ich wusste auch, woher ich diese bekommen konnte.

Ich war nervös, als ich an das kleine Gartentor trat. Es war nicht mehr die Nervosität vor den Erinnerungen, die mich direkt in Empfang nahmen, als ich das Fachwerkhaus zwischen den Obstbäumen vor mir liegen sah. Nein, es war das, was mich, *wer* mich da drinnen erwartete. Eine Mischung aus Freude und Angst tobte in mir, denn ich wusste, ich würde endlich etwas aussprechen, was mir viel zu lange die Luft zum Atmen geraubt hatte. Und ich wusste, wen ich wieder sehen würde.

Nach einem kurzen Moment, den ich mir nahm, um hier in mir selbst anzukommen, schob ich das Tor hinter mir zu und schritt über den Kiesweg zur Haustür. Kurz, bevor ich da jedoch ankam, meldete sich mein Handy mit dem Ton einer Nachricht.

Eigentlich nahm ich es nie mit, wenn ich zu Heather ging, aber da ich direkt von der Bäckerei hergekommen war, hatte ich nicht die Chance gehabt, es in mein Zimmer zu legen. Ich spürte sofort, wie diese kleine, ja fast winzige Änderung mich unruhig werden ließ. Es war nicht wie immer.

Zögernd klaubte ich mein Smartphone aus der Hosentasche

meiner Jeans. Vielleicht war es ja Mum? Seit sie nicht wie gewohnt heute morgen in der Küche gewesen war, hatte ich nichts von ihr gehört oder gesehen.

Mum war es nicht.

Und was, wenn ich dir sage, dass du nie alleine bist? Dass die Angst, die in den Schatten lebt nur da ist, weil du ihr die Erlaubnis dazu gibst? Dass diese Zeit nie wieder kommen wird, aber dafür eine neue, eine die noch in der Zukunft liegt? Alles was zählt, ist doch das Hier und Jetzt oder? Ich kann dich so verstehen, ich habe Stacy auch geliebt, tue es noch. Aber so weh es tut, sie ist nun ein Teil meiner und deiner Vergangenheit. Und wenn wir uns zu sehr an dieser Zeit festhalten, obwohl wir wissen, dass wir sie nicht mehr zu uns holen können, dann kann es passieren, dass sie uns mit in die Tiefe zieht.

Ich schluckte überrascht und blinzelte. Aber ich hatte mich nicht getäuscht, diese Nachricht kam tatsächlich von Jason. Es war das erste Mal, dass ich solche Worte von ihm hörte - oder las. Und irgendwie... sie machten etwas mit mir. Sie taten weh. Weil ich genau wusste, dass sie der Wahrheit entsprachen. Weil ich genau wusste, dass ich nicht würde ewig an meiner längst vergangenen Zeit festhalten können. Ja, ich wusste das, hatte es schon immer gewusst, hatte es aber immer verdrängt. Denn das machte mir Angst. Dieses... ins Ungewisse laufen, ohne sich festhalten zu können.

Unter dieser Nachricht war noch eine zweite, die Jason keine zwei Minuten danach geschrieben hatte.

Ich weiß nicht ob das, was ich dir geschrieben habe, dir irgendwas bringt, oder irgendeinen Sinn ergibt.

Ehrlich, ich hab sowas noch nie geschrieben und ich bin gerade am Überlegen, es wieder zu löschen. Du hast mich wohl irgendwie angesteckt mit dem Schreiben 😊
Nein im Ernst, vor allem was das allein sein betrifft. Wenn du reden willst, Hilfe brauchst, dann bin ich da. Ich weiß wir kennen uns noch kaum, aber... Ich will die Kleine auch nochmal sehen... Lust, mal Spazieren zu gehen? Einfach als... Freunde?

Diese Nachricht überrumpelte mich fast noch mehr.

Eine Weile noch stand ich völlig regungslos da, mein Finger schwebte über dem Display, nicht wissend, was er tippen sollte. Ich war... überfordert. Mein Herz klopfte nervös, weil es mit allem nicht mehr klar zu kommen schien. Das alles war so... neu, so anders, ich hatte nie wirklich Freunde gehabt. Und jetzt bot Jason mir an, mit ihm zu reden, mit ihm und dem kleinen Welpen spazieren zu gehen.

Wie funktionierte eine richtige Freundschaft überhaupt? War das sowas wie das mit Stacy? Sie hatte auch immer gesagt, Hailey wäre wie eine Schwester für sie gewesen. Hatte man in einer Freundschaft Pflichten oder Aufgaben?

Mir drehte sich alles und ich hatte keine Ahnung mehr, was ich mit all den Gedanken und Emotionen in mir anfangen sollte. Jason war mir fremd und auch nicht. Stacy hatte öfter mal über ihn geredet. Aber das war es nicht, was mir das Gefühl gab, ihn schon länger zu kennen. Nein, es war vielleicht viel eher das, dass wir beide gerade ähnliches durchlebten. Oder?

Das Geräusch der sich öffnenden Haustür holte mich fast ruckartig aus meinen Gedanken, wofür ich beinahe dankbar war bis ich erkannte, dass Mum in der Tür stand und sich von Heather zu verabschieden schien.

Als sie sich umdrehte, um scheinbar zu gehen, verharrte sie für eine Sekunde. Mir fiel sofort auf, dass ihre Augen rotgeweint und nass waren. In ihren Händen hielt sie ein Taschentuch fest umklammert. Auch Heather hielt inne und musterte mich.

„Clara Liebes, was machst du schon hier?“, fragte sie etwas verwundert, aber mit ruhiger Stimme. „Wollten wir uns nicht erst in drei Stunden treffen?“

Mit staubtrockener Kehle nickte ich knapp. Das hier war nicht geplant. Nichts hiervon. Das war so spontan und verwirrend und... es drohte mir plötzlich einfach alles zu entgleiten, ich hatte das Gefühl, keine Kontrolle mehr zu haben. Was machte Mum hier, warum war sie nicht in der Schule bei der Arbeit? Warum war ich so früh gekommen? Warum fühlte ich mich so, wie ich mich gerade fühlte?

Keine Kontrolle mehr zu haben.

Das war für mich das schlimmste.

Kontrolle, Routinen, feste Abläufe. Das gab mir Halt.

Und jetzt? Schien ich zu fallen. Und ich wusste nicht, woran ich mich noch festhalten konnte.

Meine Unterlippe begann zu beben und ich nahm die Kälte, die der Herbstwind mit sich brachte, plötzlich überdeutlich wahr. Ich spürte leichte Regentropfen, die mir auf meine Haare, mein Gesicht und meine Hände fielen. Diese hielten noch immer mein Handy umklammert, die Nachricht hatte ich fast komplett vergessen. Alles begann sich zu drehen und ich sank auf die Knie, auf den nassen Kies. Die kleinen Steinchen bohrten sich durch den Stoff meiner Jeans und taten weh, aber ich bekam das kaum mehr richtig mit.

Auf einmal stand meine Mutter vor mir, ging in die Hocke wie Dad noch vor ein paar Minuten in der Bäckerei. Sie hatte geweint und, wie ich jetzt anhand der dicken Augenringe erkennen konnte, auch kaum geschlafen. Ihr blondes Haar stand wirr aus ihrem

Knoten ab, den sie schon seit gestern trug und das Himmelblau ihrer Augen wirkte stumpf und blass.

„Ich weiß“, flüsterte sie zittrig und senkte die Augenlider.

„Komm rein, Clara Liebes“, bat mich Heather, die nun auch bei mir stand, einen warmen Ausdruck in ihren hellgrauen Augen. Die vielen Fältchen in ihrem Gesicht wirkten wie die Strahlen der Sonne, die sie stets mit sich zu tragen schien. Sie hatte sich ihr langes, graues Haar zu einem Zopf geflochten, der locker über ihrer Schulter lag.

„Du musst ein bisschen was von der Last loswerden, die dich jetzt gerade auf den Boden drückt, richtig?“, vermutete sie und neigte den Kopf leicht zur Seite.

Ich nickte abermals und erhob mich. Meine Hose war an den Knien nass geworden und ließ die Kälte nun noch stärker zu meiner Haut durchdringen.

„Und du gehst jetzt nach Hause und denkst über das nach, was ich dir mit auf den Weg gegeben habe, ja Amanda?“

Mum bejahte und machte sich zögernd, den Blick auf mich geheftet, auf den Weg rüber nach Hause.

„Na komm“, wiederholte Heather geduldig und ging voraus zur Haustür. Der Regen wurde stärker, prasselte auf die Erde und die bunten Blätter in den Bäumen und auf mich. Wie eine Dusche, die vergeblich versuchte, allen Schmerz von meiner Haut zu waschen.

Im gemütlichen Wohnzimmer, wo ein Feuer im Kamin brannte, wurde ich schon erwartet.

„Huch!“, stieß ich überrascht aus, als die kleine Hündin und Charles mich so stürmisch begrüßten, dass ich rückwärts mit dem Po auf dem Holzboden aufkam.

Freudig schwanzwedelnd begrüßten mich die beiden Labradore und die Kleine leckte sogar meine Wange ab. Mein Herz wurde wie von Licht durchflutet und ich spürte, welch unglaubliche Kraft ich aus der Berührung dieser beiden Geschöpfe ziehen konnte. Sie gaben mir etwas, wonach ich mich unbewusst all die letzten Tage so gesehnt hatte: Eine Bedeutung. Einen Platz.

Hier bei den beiden zu sein fühlte sich so richtig an, so echt und so… heilend.

„Unsere Kleine hat aus meinem alten Charles nochmal einen jungen Hüpfer gemacht", gluckste Heather amüsiert und setzte sich in einen ihrer großen, tannengrünen Ohrensessel. „Naja, eine solche Energie ist ja für einen kerngesunden Welpen nicht ungewöhnlich", fügte sie hinzu und schmunzelte.

Sofort horchte ich auf.

„Du warst schon mit ihr beim Tierarzt?"

Sie nickte strahlend.

„Und…", ich musste die nächsten Worte aus meinem Mund zwingen, „haben sie da etwas darüber rausgefunden, wem sie gehört?"

Sie lehnte sich im Sessel leicht vor und verschränkte die Hände auf ihrem Knie. Ihr Lächeln wurde heller.

„Erst einmal gehört eine lebendige Seele niemandem, außer sie sich selbst", korrigierte sie mich und erzählte: „Und nein, sie ist weder gechipt, noch nummeriert, nichts. Die Tierärztin hat auch von niemandem gehört, der einen Welpen vermisst. Sie ist immerhin die einzige in der ganzen Gegend hier. Wenn ein Hund vermisst wird, wenden sich die meisten erstmal an den Tierarzt, um dort Vermisstenanzeigen auszuhängen."

Bei jedem ihrer Worte wurde mir leichter ums Herz.

Ich spürte das warme Fell unter meinen Fingern, während ich die Kleine streichelte. Spürte, wie sie wieder und wieder in ganz gleichmäßigen, ruhigen Atemzügen ein- und ausatmete, wie sie ihre kleinen Pfoten gegen meinen Bauch drückte und eine solche Ruhe und Zufriedenheit ausstrahlte, das die Anspannung von mir abzufallen begann.

Doch dann wurde Heather‘s Blick ernst und ich verkrampfte mich automatisch.

„Da gibt es nur... ein kleines Problem“, sprach sie dann auch schon aus, was ich befürchtet hatte. Warum konnte nicht einmal etwas von dem Licht bleiben, das mir ab und an zu Teil wurde?

„Sie hat keinen Namen.“

Irritiert hob ich den Kopf und sah die alte Frau an, die nun wieder aus ganzem Herzen zu strahlen begann.

„Du weißt doch bestimmt schon, wie sie heißen soll, habe ich recht?“

„Ja“, antwortete ich direkt. Das wusste ich wirklich.

„Sag es ruhig.“

Langsam wandte ich mich dem Welpen zu. Noch immer saß ich auf dem Boden, sie lag auf meinem Schoß und ließ sich den Bauch kraulen. Unwillkürlich musste ich lächeln. Ein Gefühl, so warm und wunderschön wie ein Kaminfeuer breitete sich in meinem Bauch aus und ich spürte, wie echt dieses Lächeln war. Wie unbeschwert, trotz all der Dinge, die in letzter Zeit auf mir lasteten.

„Hazel“, sprach ich und die kleine hob den Kopf an, um mir aus ihren hellblauen Augen direkt in meine zu schauen. Sie hatte ihn verstanden.

Kapitel 20

Stacy 12.10.2020

Hailey hatte es ernst gemeint. Ich hatte ihre Entscheidung nicht angezweifelt, aber ein Teil von mir war es einfach viel zu sehr gewohnt, dass sie mir in den Tanzstunden Gesellschaft leistete. Klar, für sie war das alles hier nur ein Zeitvertreib gewesen, nichts weiter. Dennoch; ich vermisste sie und ihre dämlichen Sprüche, die uns meistens zu Liegestütze, Sit-ups oder anderen Bestrafungen verdammt hatten. Sie war seit gestern wieder zu Hause und ihr ging es gut. Voller Motivation hatte sie sich daran gesetzt, einen Platz für ein Medizinstudium zu bekommen.

Ich bewunderte sie.

Wie sie ihre Ziele nicht aus den Augen verlor und das tat, was sie sich fest vorgenommen, was sie immer gewollt hatte, ohne Zeit zu verlieren. Und genau das wollte auch ich tun.

„Hallo? Erde an Stacy?“, drang die scharfe Stimme meiner Tanzlehrerin an mein Ohr.

Ups.

„Nochmal“, herrschte sie mich an. „Deine Pirouette war sehr unsauber und wacklig. Wo sind deine Gedanken?“

„Tut mir leid“, murmelte ich und schüttelte mich.

Anne schnaubte. „Du machst das hier nicht für mich.“

Sie hatte recht. Das tat ich für mich. Für meinen Traum.

Ich straffte die Schultern, spannte meine Muskeln an, trat auf mein rechtes Bein, beugte mich leicht nach vorn, während ich das linke hob und mich zu drehen begann. Mit all meiner Leidenschaft legte ich mich in die Drehung, ließ mich fallen und vertraute meinem Gleichgewichtsgefühl. In meinen Adern floss Adrenalin und mein Herz schlug im Takt der leisen Musik, die in meinen Ohren immer lauter zu werden schien. Jede meiner Bewegungen tat ich bewusst, spürte jede Faser, jedes Stück Haut, jeden Muskel und ich spürte die Liebe, die mich mit dem Tanzen verband. Wie von alleine sprang ich, drehte mich, gab mich der Melodie hin mit allem, was ich hatte. Meine Gedanken waren verstummt und da waren nur noch ich und das Schlagen meines Herzens.

Atemlos hielt ich genau pünktlich mit dem Ausklingen des Liedes inne und verbeugte mich so tief, dass ich mit der Nase meine Schienbeine berührte. Meine Beine zitterten leicht von der Belastung, mein Atem ging schnell und ich merkte wie mir die Brühe übers Gesicht lief.

„Sobald du aufhörst darüber nachzudenken, was du falsch machen kannst, was deine Handlungen nach sich ziehen könnten, lässt du den Ballast los, der dich am Fliegen hindert und du wirst zur Primaballerina."

Vor Stolz wurde mir ganz schwindlig, als ich mich wieder aufrichtete und meiner Lehrerin in die Augen schaute. In ihren lag aufrichtige Bewunderung, was ein dämliches, aber breites und vollkommen ehrliches Grinsen auf mein Gesicht zeichnete.

Ich war gut.

Ich war gut genug.

Wenn ich aufhörte darüber nachzudenken, was andere von mir hielten konnte ich fliegen. Das Gefühl unbändiger Freiheit breitete sich in mir aus und gab mir Kraft für das, was mir heute noch bevorstand.

„Wenn du noch breiter grinst, darfst du gleich zwanzig Runden um die Halle laufen“, kommentierte Anne trocken und band sich ihren strengen Knoten noch enger. Musste sie sich auf diese Weise nicht bald alle Haare rausreißen?

Mein Grinsen wurde etwas schmaler, aber ich konnte es mir einfach nicht mehr ganz nehmen lassen. Denn ich war zum ersten Mal so richtig stolz auf mich selbst.

Keuchend kam ich an unserem kleinen dunkelgrünen Auto an. Es hatte zu Regnen angefangen und ich konnte nicht mehr sagen, was von meinen Klamotten davon, und was vom Schweiß an mir klebte. Anne hatte mich wirklich noch um die Halle laufen lassen.

Zwanzig. Verdammte. Runden.

Meine Beine spürte ich kaum noch, so wacklig waren sie und die Kälte des Herbstes zog an meinen nassen Klamotten. Ich erschauerte, öffnete den Kofferraum um meine Tasche reinzuwerfen und beeilte mich, ins Innere des Wagens zu kommen. Der Regen prasselte laut auf das Autodach und zog sich wie ein Vorhang um das ganze Gelände der Sporthalle zu. Rasch steckte ich den Schüssel und drehte die Sitzheizung auf die höchste Stufe.

„Oh mein Gott“, stieß ich aus, als ich mich endlich auf dem immer wärmer werdenden Sitz nach hinten lehnen und meine kapitulierenden Füße entlasten konnte. In meinem Leben hatte ich glaube ich noch nie eine solche Erleichterung gespürt. Alles an mir war tot.

Einen Moment brauchte ich noch, dann setzte ich mich auf und wollte gerade den Motor starten, als ich eine Nachricht bekam. Ich ahnte, von wem die sein würde.

Stacy? Wo bleibst du? Ich dachte du wolltest uns etwas sagen. Wir warten jetzt schon eine halbe Stunde und das Essen wird kalt.

Mir entwich ein genervtes Stöhnen. Wie hatte ich vergessen können, meiner Familie Bescheid zu sagen? Naja, Anne hatte mir nicht wirklich Zeit gegeben, nochmal an mein Handy zu gehen, bevor sie mich um die Halle gejagt hatte wie eine Katze ihre Maus.

Tut mir sooooo leid! Ich fahre jetzt los, bin in zehn min. da, hat länger gedauert heute...

Einen Moment noch wartete ich, dann kam auch schon Mum's Antwort, die mich zum Schmunzeln brachte.

Wie viele Runden?

Das Schmunzeln wurde zu einem Lachen und ich musste daran denken, wie stolz Hailey jetzt auf mich wäre.

Zwanzig

Damit schaltete ich mein Smartphone aus und fuhr los.

Die Straßen waren wie leer gefegt und ich begegnete nur einem anderen Fahrer auf dem Weg aus *Tree Hills*. Im Radio dudelte leise *A Sky Full of Stars* von *Coldplay* vor sich hin, was ich prompt lauter drehte. Wie ich diesen Song liebte! Er trug mich immer in Erinnerungen fort in meine Kindheit mit Ci. Diese Melodie gab mir immer diese ganz besonderen Herbst Gefühle. Der graue, wolkenverhangene Himmel hinter der Windschutzscheibe, auf der die Scheibenwischer hin und her rasten, verstärkten um ein Vielfaches. Lauthals, vollkommen schief, aber voller Inbrunst begann ich mitzusingen.

Meine eiskalten und noch immer nassen Hände klammerten sich fester um das Lenkrad und ich bog in unser kleines *Brightwood* ein.

Heute war der Tag.

Der Tag, an dem ich meiner Familie endlich davon erzählen würde. Von dem Stipendium. Ich war einfach angenommen worden. Noch immer konnte ich es kaum fassen. Mein Traum war plötzlich zum Greifen nah... Jetzt musste ich es nur noch meiner Familie, vielmehr Clara beibringen. Ich wusste, dass sie das nicht gut verkraften würde. Veränderungen waren hart für sie und diese würde gravierend sein. In mir rangen dauernd Angst, Selbstbewusstsein und das schlechte Gewissen mit sich. Aber da war auch immer wieder der Satz, den Hailey im Krankenhaus zu mir gesagt hatte.

„Du bist die beste Freundin und die allerbeste Schwester, die ein Mensch sich wünschen kann. Aber eine noch bessere Freundin musst du für dich selbst sein."

Und genau das würde ich jetzt auch sein. Die beste Freundin für mich selbst. Mir das erfüllen, wovon ich träumte und wozu ich nun die Chance hatte, es zu verwirklichen. Ich wusste, ich durfte sie nicht verstreichen lassen. Hailey hatte es auf den Punkt gebracht. Jeden Tag konnte es vorbei sein. Einfach alles. Und ich wollte nicht auf den Tag warten, an dem es zu spät sein würde.

Nachdem ich das Auto im Hof vor dem Haus geparkt hatte, nahm ich mir noch eine Minute, um tief durchzuatmen und einen klaren Kopf zu bekommen. Mir wurde jedoch schnell zu kalt und der Regen ließ auch nicht nach.

Also huschte ich aus dem Wagen, schnappte meine triefende Sporttasche und schob mich ins Innere unseres Hauses. Hier empfing mich die Wärme der Holzöfen, die in jedem Raum brannten, der Duft von Kartoffelbrei, Zimt und Feuerholz.

Ich atmete die Gerüche tief ein, bevor ich meine Schuhe schnell in die Ecke pfefferte und mich im Bad noch schnell umgezogen hatte. Nach Schweiß stank ich trotzdem noch, aber ich war immerhin trocken und wollte meine Familie nicht mehr warten lassen.

„Hey“, begrüßte ich Mum, Dad und Ci, die gemeinsam in der Küche hockten und scheinbar gerade über irgendwas geredet hatten. Als ich eintrat hielten sie inne und sahen auf.

„Zwanzig...?“, grüßte mein Vater zurück und sein rechter Mundwinkel zuckte.

Gespielt gleichgültig hob ich die Schultern und ließ mich auf meinen Platz neben ihm gleiten. „Hatte schon deutlich mehr.“

„Warum genau mussten wir jetzt fast eine Dreiviertelstunde mit dem Essen auf dich warten?“, wollte Mum wissen und schielte auf den Topf in der Mitte des Tisches, der dampfte. Vermutlich hatte sie das Essen in der Zwischenzeit nochmal aufgewärmt. Ihr Magen grummelte laut und ich grinste.

„Ich habe nie gewollt, dass ihr verhungert während ihr wartet, ich habe nur gesagt, dass ich heute Abend noch mit euch reden möchte, weil ich euch etwas zu sagen habe.“

Nervös knetete ich meine Finger und linste immer wieder zu Clara rüber, die mich aus ihren grünen Augen erwartungsvoll ansah. Sie wirkte zufrieden, war nicht gehetzt, sie schaute nicht andauernd auf die Uhr. Für heute hatte sie scheinbar all ihre Routinen einhalten können. Und jetzt kam ich und tat ihr weh, zerstörte ihre Mauer der Sicherheit, die sie sich aufbaute aus allem, was sich nicht veränderte. Aber sie würde fallen. Irgendwann. So oder so. Und es tat mir weh.

„Ich werde im August an die *Ecole de danse parisienne* gehen, mir mein Wohnheim dort ansehen und dann ab September dort studieren. Ich... habe... dort ein Stipendium bekommen“, platzte ich direkt raus, ohne groß um den heißen Brei zu reden.

Für einen Moment herrschte überraschtes Schweigen.

Dann begann Mum überglücklich zu lächeln, stand auf und nahm mich ganz fest in den Arm. Ich atmete ihren Geruch nach Suppe und Haarspray tief ein. Als sie mich losließ und mir in die Augen schaute, glänzten in ihren Tränen. Tränen der Freude.

„Meine kleine Tänzerin", flüsterte sie. „Ich wusste es, ich bin so stolz auf dich."

Auch Dad beugte sich zu mir rüber und drückte mir in die Schulter. „Wenn du dann berühmt wirst, musst du mir aber versprechen, dass du unsere Bäckerei bekannt machst", lachte er und ich stimmte schief und künstlich in sein Lachen ein, was außer mir keiner zu bemerken schien. Denn meine ganze Aufmerksamkeit galt meiner Schwester. Wie sie da an ihrem Platz saß und von Sekunde zu Sekunde immer mehr in sich zusammen zu sinken schien. Wie ihr Blick blasser und verschleierter wurde und ich förmlich spüren konnte, wie es in ihr drin schrie und zitterte vor Schmerzen. Es fiel niemandem auf. Aber ich spürte es. Ci war wie ein Teil von mir und ich merkte es an der Schwere, die mein Herz ein paar Etagen tiefer zog. An der Ausstrahlung meiner Schwester, die immer dunkler wurde und an der Angst, die in ihren Augen scheinbar nur für mich erkennbar geschrieben stand. Für sie war gerade eine Welt zusammengebrochen und sie wollte das mit aller Gewalt verbergen. Sie sagte immer, sie konnte Gefühle nicht deuten und nachempfinden. Aber sie war ein herzensguter Mensch durch und durch, der mich niemals verletzen wollte. Und das zu spüren tat mir fast noch mehr weh. Gleichzeitig gab es mir aber Hoffnung. Clara wollte, dass ich meinen Traum verwirklichen würde. Denn sie selbst hatte auch einen. Einen, den nur ich kannte und den wir eines Tages gemeinsam ebenfalls verwirklichen würden. Als Team.

Kapitel 21

Clara 2021

Draußen prasselte der Regen wie in einem stetigen Rhythmus auf das Dach und gegen die Fenster. Im Kamin knackte das Feuer, welches sich über die Holzscheite hermachte. Irgendwo hinter mir nahm ich das beständige Ticken der Standuhr wahr. Zu meinen Füßen lagen die beiden Hunde und schliefen leicht. Meine Finger zogen immer und immer wieder die Ärmel meines Pullovers über meine Hände und wieder zurück. Die nassen Flecken in meiner Jeans an meinen Knien hatten zu trocknen angefangen, ich spürte sie aber dennoch. Mein Kopf war wie leergefegt und gleichzeitig so schmerzhaft voll, dass ich das Gefühl hatte, er müsste jeden Moment platzen.

Heather saß in ihrem großen grünen Sessel mir gegenüber und wartete ganz geduldig, die sehnigen Hände in ihrem Schoß gefaltet. Ihr grauen Augen lagen ruhig auf mir, ein leichtes, aufmunterndes Lächeln auf ihren Lippen. Seit auch ich in einem der Sessel Platz genommen hatte, war Schweigen eingekehrt.

„Hazel ist der schönste Name, den du der kleinen hättest geben können“, hatte sie noch zu mir gesagt.

Mir war klar, dass sie darauf wartete, bis ich ihr den Grund für mein verfrühtes Aufkreuzen erklärte. Und das hatte ich mir auch fest vorgenommen zu tun, doch jetzt gerade fand ich keine Worte mehr, die auszudrücken vermochten, was in mir drin vorging.

„Nichts von dem, was du mir sagen wirst, kann falsch sein, Clara“, versprach sie mir plötzlich, als hätte sie meine Gedanken erraten.

Ich schluckte.

Rutschte nervös auf dem Sessel herum.

Schüttelte meine Hände aus.

Holte zittrig einen tiefen Atemzug.

„Ich habe Angst“, sprach ich dann zögerlich. „Ich habe Angst davor, Stacy loszulassen und sie zu vergessen. Davor, meinen Traum zu verwirklichen, weil ich ihr versprochen habe, dass wir das gemeinsam machen werden. Davor, eine neue Freundschaft mit einem Menschen zu haben, der mir fast so wichtig werden könnte, wie Stacy. Davor, meinen Traum niemals schaffen zu können, weil ich nicht selbstständig bin. Davor, alleine zu sein und zu fallen. Davor, dass sich einfach alles ändert. Ich habe so Angst und das Gefühl, darin zu ertrinken.“

Erneutes Schweigen kehrte ein und ich atmete noch einmal tief ein und aus. Das hatte mich eine Menge Überwindung gekostet. Nicht nur, es Heather zu erzählen. Am meisten Überwindung hatte es mich gekostet, das alles mir selbst so richtig einzugestehen. Dieses Gewicht lastete zu lange auf meinen Schultern und Heather hatte Recht gehabt; ich wäre nicht mehr wieder auf die Beine gekommen, hätte ich es nicht abgelegt, mit jemandem geteilt.

„Es verändert sich bereits alles“, antwortete sie schließlich und sah mich direkt an. „Jeden Tag, wenn die Sonne aufgeht, ist ein anderer Tag gegangen, irgendwo auf der Welt hat ein Herz aufgehört zu schlagen, jedes Lebewesen ist ein Stück größer geworden, ein Stück gealtert. Kein Tag ist wie der andere und

Veränderung ist das wichtigste in unserem Leben. Ja, oft scheint es ungerecht, denn manchmal nimmt einem das Leben einen Menschen oder ein Tier, einen Gefährten, viel zu früh. Aber auch das gehört zum Leben dazu, Liebes. Wenn wir das verstehen lernen, dann lernen wir richtig zu leben. Denn das Heilmittel gegen die Angst ist das Verständnis dafür, dass sich Dinge eben ändern. Wir leben in einer Welt, die sich stetig verändert und nichts gleich bleibt. Aber, weißt du, was immer bleibt?"

Ich schüttelte den Kopf.

„Das, was dich mit deiner Schwester verbunden hat. Das... das wird niemals reißen. Weshalb du sie auch niemals ganz verlieren kannst, auch wenn du sie gehen lässt. Wenn du sie einmal losgelassen hast, dann kannst du sie immer im Herzen und in deiner Erinnerung behalten, ohne dass es weh tut. Dann kannst du dieses Leben akzeptieren und auch leben lernen. Nur dann kannst du deine Träume verwirklichen und einen Schritt nach vorn gehen, Clara."

Ein dicker Klos bildete sich in meiner Kehle und mein Bild verschwamm vor Tränen, die in meine Augen stiegen. Es war nicht das, was ich hatte hören wollen. Aber ich wusste, dass es die Wahrheit war. Der einzige Weg. Denn es gab keinen, der mich zurück in die Vergangenheit führte. Nur meine Gedanken und Erinnerungen hatten die Macht dazu. Und wenn sie auf ewig so schmerzen würden, so hätte ich nicht einmal diesen Weg zu Stacy. Ich würde sie verlieren, obwohl ich mich an sie klammerte, sie nicht loslassen wollte.

„Stell dir vor, was Stacy selbst zu dir sagen würde", meinte Heather nun und ich starrte auf den Boden. Ich wusste genau, was meine Schwester mir sagen würde.

„Wir haben uns versprochen, diesen Traum gemeinsam zu verwirklichen und dieses Versprechen können wir beide halten.

Denn ich bin bei dir, ob körperlich oder nur im Herzen ist vollkommen gleich. Ich bin bei dir und gemeinsam werden wir das schönste cozy Büchercafé *der ganzen Welt schaffen. Lass mich los, damit ich dir aus eigenen Schritten folgen und dich auf deinem Weg begleiten kann. Du bist nicht allein.“*

Wie aus einem Tagtraum erwacht blinzelte ich und es war, als wäre Stacy wirklich hier gewesen und hätte mir diese Worte ins Ohr geflüstert.

„Erzähl mir von deinem Traum, Liebes“, bat mich Heather mit einem Strahlen und lehnte sich in ihrem Sessel zurück wie in der Erwartung auf eine großartige Geschichte.

Plötzlich fühlte ich mich dazu bereit, ihr davon zu erzählen. Ja ich spürte regelrecht einen Drang dazu.

Also fing ich an und alles sprudelte nur so aus mir heraus. Einfach alles. Von der kleinen, mit Holz vertäfelten Hütte, die Stace und ich mal am Rand von *Brightwood* gesehen hatten. Sie war von Bäumen umgeben, mitten im Wald und doch im Dorf. Von unserer ganz speziellen, heißen Schokolade, die nirgendwo besser sein würde. Von all den Büchern, die die Wände der Innenräume säumen sollten und von denen jeder, der ins Café kam, eines kaufen können würde, wie in einer Buchhandlung. Von der kleinen, aber gemütlichen Küche und dem kleinen Kamin, in dem vom Herbst bis in den Winter immer ein Feuer brennen sollte. Und von den frischen Brötchen und Croissants, die einen wunderbaren Duft verströmen würden.

Je mehr ich erzählte, desto schneller schlug mein Herz und ich spürte, wie ein Lächeln sich auf meinem Gesicht langsam auszubreiten begann. Es war lange her gewesen, dass ich so sehr für diesen Traum gelebt hatte, wie in diesem Moment. Es war damals Stacy gewesen, der ich davon erzählt hatte. Wir hatten währenddessen eine Folge *Gilmore Girls* geschaut und unsere heiße Schokolade getrunken und uns alles bis ins aller kleinste Detail ausgemalt. Ich erinnerte mich aber auch an die Unsicherheit in mir, welche auch in diesem Moment wieder ein Teil von mir war. Die Angst, nicht genug zu sein, es alleine nicht zu schaffen, weil ich zu anders war. Und ich erinnerte mich an das, was Stacy gesagt hatte:

„Menschen, die anders sind, so wie du und ich, sind die Farben, die dem Grau der Normalität das Besondere einhauchen. Wir sind bunt wie Herbstblätter. Jedes ist anders, aber alle zusammen sind sie wunderschön und genau so, wie sie sein sollen.“

Wir sind bunt wie Herbstblätter.

Ich lächelte.

„Clara, Liebes?“, hörte ich Heather fragen.

„Tut mir leid, ich war nur...“

„Du warst gerade genau da, wo ich dich haben wollte“, unterbrach sie mich wissend und strahlte mich an. „Jetzt geh, lass dir meine Worte durch den Kopf gehen und lass nicht zu, dass du einen Menschen verlierst, der noch nicht wirklich gegangen ist. Was du jetzt brauchst ist Freundschaft und Vertrauen. Du darfst neue Menschen in dein Leben lassen, Clara. Stacy hat das auch getan. Und vergiss nicht, dass du niemals mehr allein sein wirst.“

Vielsagend blickte sie auf Hazel, die sich zu meinen Füßen räkelte und mich aus ihren hellblauen Augen voller Wärme und Vertrauen ansah. Und plötzlich wusste ich genau, wo ich jetzt hinwollte und mit wem.

„Kann ich sie...“

„Natürlich“, erwiderte Heather zuversichtlich.

Ein nervöses Flattern breitete sich in meiner Brust aus. Diesmal vor lauter Vorfreude.

Kapitel 22

Clara 2021

Auf meinem Schoß saß Hazel und blickte zum Fenster aus dem Auto zu den bunten Bäumen, die an uns vorbei huschten. In meiner rechten Hand hielt ich mein Handy und war dabei, eine Nachricht zu tippen.

Hey Jason,
Ich weiß das kommt kurzfristig, aber ich fahre gerade mit meiner Mum nach Tree Hills zu Alberts Leseckchen. Das kennst du doch oder? Ich dachte, dass wir uns dort vielleicht treffen können. Hazel habe ich auch mit dabei 😊

Nervös hibbelte ich auf meinem Sitz herum und zählte die Bäume, die wir passierten. Einundzwanzig... zweiundzwanzig...

Ping!

Blitzschnell senkte ich den Blick wieder auf das Display.

Das kam unerwartet. Klar bin ich dabei! Ich arbeite heute, habe aber in einer halben Stunde Feierabend. Dann komme ich 🙂 Und wer ist Hazel?

Irritiert runzelte ich die Stirn. Da fiel mir ein, dass Jason ja noch nicht wissen konnte, dass die kleine bereits einen Namen hatte.

Die Kleine. Sie heißt jetzt Hazel.

Die drei tanzenden Punkte verrieten mir, dass er dabei war, zurückzuschreiben.

Das passt zu ihr :)

Ich lächelte Hazel an, dann schaltete ich mein Smartphone aus und fuhr mit meinen Fingern durch ihr seidiges Fell. Draußen war die Sonne rausgekommen und tauchte die Welt in ein herbstlich-goldenes Licht. Die bunten Blätter an den Bäumen, die noch nass vom Regen waren, schienen in ihrem Licht zu glitzern und leichte Dunstschwaden hingen über den Wiesen und Feldern, an denen wir vorbeifuhren.

„Ist es okay für dich, wenn ich mich wieder in das Café setze, während du mit Jason bei Albert bist?“, wollte Mum wissen und bog gerade an einer Kreuzung rechts ab in Richtung *Tree Hills*. Zuerst hatte ich gezögert, sie gleich, nachdem ich mit Hazel nach Hause gekommen war, zu fragen ob sie mich zu Albert fahren würde. Sie war so… gebrochen. Zwar hatte sie sich frisch gemacht, bevor wir losgefahren waren, aber ihre Schatten schienen sie nicht verlassen zu haben. Mir kam wieder das Bild in Erinnerung von heute Morgen, als ich sie bei Heather gesehen hatte. Warum war sie bei ihr und nicht auf der Arbeit gewesen? War es wegen Stacy?

„Clara?“

Ich zuckte erschrocken zusammen, nickte dann aber. „Ja ist okay“, fügte ich noch hinzu.

Ein paar Minuten später hielten wir auch schon auf dem Parkplatz vor meiner liebsten Fußgängerzone. Es war früher Mittag und unter der Woche, die meisten Menschen waren noch in der Schule oder auf der Arbeit, weshalb die ganze Straße fast leer dalag.

In der Luft hing der Geruch von Regen, der von der Sonne getrocknet wurde und von dem nassen Laub, welches die ganzen Bäume am Rand der Straße orange, rot, gelb und braun leuchten ließ. Ein kleiner Hauch von Kaffee stieg mir in die Nase, als wir schließlich auch das Café neben dem *Leseckchen* erreichten. Hazel lief brav an der Leine mit und schnupperte voller Neugier an allem, was sie in Reichweite hatte.

„Soll ich sie bei mir behalten, wenn du zu Albert gehst?“, bot Mum mir an. „Ich könnte mich raussetzen mit ihr.“

Doch ich schüttelte den Kopf. „Albert liebt Tiere und die Stühle hier draußen sind noch total nass vom Regen.“

Mum runzelte kurz verwirrt die Stirn und sah zu den weißen Metall-Stühlen, die noch auf den dazu passenden Tischen standen und von denen das Regenwasser tropfte. Dann lachte sie auf. Es klang... irgendwie echt.

„Du hast recht, drinnen ist es doch gemütlicher.“ Dann wandte sie sich mir ganz zu und sah mich an. Ein sanftes Lächeln umspielte ihre Lippen und zum ersten Mal seit Tagen schien das Blau ihrer Augen wieder mehr zu leuchten.

„Ich wünsche dir viel Spaß, okay? Genieß den Tag.“

Darauf wusste ich nichts zu erwidern, nickte also nur, bevor sie die Glastür aufschwang und ins Café eintrat. Ein Schwall warmer Luft und Kaffeeduft kam mir entgegen. Hazel hielt ihre Nase in die Luft und sah mich erwartungsvoll an.

„Kaffee ist nichts für dich“, lachte ich und setzte mich wieder in Bewegung, um rüber zu Alberts Buchhandlung zu gehen.

Noch kurz bevor ich dort ankam, keimte ein ungutes Gefühl in mir auf. Das Gefühl, dass irgendetwas nicht so war wie immer. Klar, ich machte normalerweise keine spontanen Dinge wie das heute, aber das war es nicht. Es war wie… eine Art Vorahnung.

Diese wurde bestätigt, als ich vor den Schaufenstern stehen blieb, hinter denen normalerweise Alberts neueste Bücher lagen.

Heute lag dort gar nichts. Kein einziges Buch. Das Fenster war leer, die Tür war zu und das Schild *geschlossen* hing im kleinen Fenster daneben. Ich schluckte, versuchte aber trotzdem, die Tür zu öffnen. Sie war abgeschlossen.

Ein Kribbeln wie das vor einer Panikattacke breitete sich auf meiner Haut aus und meine Kehle wurde staubtrocken. Hazel winselte und schaute zu mir auf. Ihr Bild verschwamm leicht, als Tränen in meine Augen stiegen.

„Eigentlich würde ich dir das Buch gerne schenken, aber es steht gerade nicht gut um den kleinen Laden."

Diesen Satz hatte Albert bei meinem letzten Besuch zu mir gesagt und erst jetzt wurde mir das Ausmaß dieser Worte richtig bewusst. Mein Herz verkrampfte sich bis es weh tat. Ich lehnte meinen Kopf gegen eines der Schaufenster. Mein Atem beschlug auf dem kalten Glas und ich schloss die Augen. In meinem Kopf tauchten all die Bilder und Erinnerungen auf, die ich in Alberts *Leseeckchen* hatte sammeln dürfen.

„Wenn ich nicht schon bei uns zu Hause leben würde, würde ich definitiv hier einziehen. Ich würde diesen großen Sessel nehmen, eine Bettdecke und ein Kissen, das wäre dann mein Schlafplatz. Ne Küche bräuchte man vielleicht noch, aber ich bin mir sicher, Albert würde mich ab und an bei ihm kochen lassen."

„Du und kochen?", hakte ich skeptisch nach.

Trotzig wie ein Kind schob Stacy die Unterlippe vor und ließ sich noch mehr in den großen, roten Ohrensessel sinken, die drei Bücher auf ihrem Schoß rutschten verdächtig.

„Warum nicht?", fragte sie zurück und zuckte die Schultern. „Um an einem paradiesischen Ort wie diesem leben zu können

würde ich fast alles tun."

„Auch wenn es heißen würde, dich von all diesen Schätzen hier immer wieder trennen zu müssen?", mischte sich eine tiefe, ruhige Stimme in unsere Unterhaltung ein.

Albert.

„Mit Büchern zu Arbeiten ist wunderschön, aber du musst dich jeden Tag von mindestens einem von ihnen trennen", erzählte er mit rauer Stimme und ließ seinen Blick dabei gedankenverloren über seine alten, großen Holzregale schweifen, die bis oben hin voller Bücher waren. Eingerahmt wurden sie von dem warmen Licht der Lichterketten, welche er eigens um jedes einzelne Regal gewickelt hatte. Dieser Ort war sein Leben, das wofür sein Herz schlug und das spürte man in jedem Winkel, in den man hier seinen Fuß setzte.

„Da ist was dran", gab Stacy nachdenklich zu.

„Aber sie sollten auch nicht für immer hier stehen. Eines Tages sollte jede dieser Welten, jede dieser Figuren, Wesen und Gedankengänge doch die Chance haben, von jemand neuem kennengelernt zu werden, oder?"

Zwei Augenpaare blickten mich für einen Moment ziemlich überrascht an. Dann lächelte Albert, und murmelte: „Eines Tages solltest du eine solche Aufgabe übernehmen."

Das Klicken eines sich im Schloss umdrehenden Schlüssels ließ mich auffahren. An der Fensterscheibe, an der noch vor ein paar Sekunden meine Stirn gelehnt hatte, prangte ein ziemlich milchiger Fleck.

Dann wurde die große Holztür geöffnet und Albert trat raus ins Sonnenlicht. Seine grauen, langen Haare hatte er wie immer zu einem Zopf gebunden, seine braunen Augen ruhten auf mir, dann auf Hazel.

„Möchtet ihr nicht reinkommen?", fragte er uns und lächelte

zaghaft. Er kam mir irgendwie älter vor, erschöpfter. Etwas an seinem Licht war dunkler geworden, er schien weniger zu strahlen als die letzten Male, die ich bei ihm gewesen war.

Ich nickte und folgte ihm ins Innere des Gebäudes. Hier roch es noch immer nach Papier und gedruckter Tinte, aber der Geruch nach Kräutertee fehlte heute. Doch das war nicht das einzige, was meinem Herzen einen Stich versetzte, als ich in meine liebste Buchhandlung eintrat.

„Es tut weh“, sprach der alte Buchhändler aus, was mir in diesem Moment durch den Kopf, nein vielmehr durch jede Ader schoss.

Der rote, verblichene Musterteppich lag noch auf dem alten Holzboden, die Regale standen noch in Reih und Glied an den Wänden, aber nur noch in einem einzigen von ihnen befanden sich eine Hand voll Bücher. Alle anderen waren vermutlich in den ganzen Kartons verteilt, die überall auf dem Boden standen. Die roten Ohrensessel und Beistelltische waren verschwunden. Ein paar Lichterketten lagen zusammengerollt neben den etlichen Kisten.

Ich spürte wie sich Hazel enger an mein Bein drückte und zu mir hochschaute. Erst da stellte ich fest, dass Tränen meine Wangen runterliefen. Es fühlte sich... so falsch an, diesen Ort so vorzufinden. Wie in einem Albtraum.

„Ich weiß Mädchen, ich weiß.“

Albert verlor mit seinem Buchladen nicht nur eine Arbeit, sondern auch einen Teil seines Herzens, das wusste ich. Dieser Laden stand schon seit über dreißig Jahren unter seiner Führung. Er konnte die Miete nicht mehr bezahlen. Das hatte er immer mal wieder angedeutet, doch jetzt so direkt davon zu erfahren... das war hart. Es war, als risse jemand ein paar Seiten aus einem Buch aus. Ein Teil der Geschichte fehlte. Ein Teil Stacy's und meiner

Geschichte.

„Das, was dich mit deiner Schwester verbunden hat. Das… das wird niemals reißen. Weshalb du sie auch niemals ganz verlieren kannst, auch wenn du sie gehen lässt. Wenn du sie einmal losgelassen hast, dann kannst du sie immer im Herzen und in deiner Erinnerung behalten, ohne dass es weh tut. Dann kannst du dieses Leben akzeptieren und auch leben lernen. Nur dann kannst du deine Träume verwirklichen und einen Schritt nach vorn gehen, Clara."

Ich wusste, dass Heather recht hatte. Aber dieser Ort war nicht nur Teil von Stacy und mir, sondern auch einer der wenigen gewesen, an denen ich mich gefühlt hatte, als wäre mein Platz hier. Als hätte mein Leben einen Sinn. Es war blöd, ich weiß, aber so war es. Und wie Albert selbst gesagt hatte, es tat weh.

„Wer… ist das denn?", wollte er auf einmal von mir wissen und ich brauchte einen Moment, bis ich verstand, dass er Hazel meinte, die sich brav neben meine Füße gesetzt hatte. Also erzählte ich ihm ihre Geschichte. Er hörte mir aufmerksam zu, fuhr sich ab und an durch seinen langen, grauen Bart und nickte manchmal, bis ich geendet hatte.

„Ich glaube die kleine hier hat dir zwei Leben geschenkt, für die es sich lohnt, weiterzumachen", meinte er dann und blickte wieder zu den leeren Regalen. „Jason war ein paar mal hier. Er trägt ein Licht in sich, das auch deins wieder leuchten lassen kann, wenn du es zulässt, Clara."

Das wusste ich. Heather hatte etwas ähnliches gesagt.

Schweigen kehrte ein und ich beobachtete, wie die Sonne langsam bis zum Fenster wanderte und schließlich ihr goldenes Licht auf das Dunkelbraun der leeren Bücherregale warf.

„Was machst du jetzt?", brachte ich zögernd nach ein paar weiteren Minuten des Schweigens endlich raus. „Wie kann es sein, dass du einfach gehen musst? Wo kommen all die Bücher jetzt hin?“

Albert lächelte traurig.

„Ich bin der Vermieterin nicht böse“, erklärte er mir. „Sie muss wie ich auch auf jeden Cent schauen, den sie einbringen kann. An ihrer Stelle hätte ich mir auch keinen Untermieter leisten können, der immer zu spät oder gar nicht zahlt.“

Ich nickte.

„Was die Bücher betrifft... noch weiß ich es nicht. Vermutlich schicke ich sie an meinen Lieferanten zurück oder gebe sie einer anderen Buchhandlung in der Nähe.“

Abermals nickte ich, den Blick auf all die Kisten gerichtet. Es kam mir fast so vor, als würden die Bücher darin mich bitten, ihnen wieder einen Platz in einem Regal zu schenken. Aber das war nicht möglich. Oder... doch?

„Die Rente ist noch nichts für mich“, fuhr er nun fort, meine erste Frage zu beantworten. „Mein Traum ist es, noch ein paar Jährchen mit Büchern arbeiten zu dürfen. Egal wo, ob hier oder in einer anderen Buchhandlung. Denn erst die Bücher selbst geben einem Ort seine Seele, nicht wahr?“

Er hatte recht. Und in mir keimte eine Idee auf, der ich noch nicht ganz den Raum geben wollte, sich zu entfalten. Denn ich wollte keine Hoffnung wachsen lassen, wo später nur die Zerstörung der Enttäuschung wüten würde. Vielleicht...

„Komm...“, unterbrach er dann meine Gedanken, verschwand kurz hinter der mit Kisten vollgestellten Theke, holte seinen schwarzen Wasserkocher, stellte Wasser auf und kramte einen Beutel Kräutertee aus der silbernen Dose daneben. Diesen ließ er in die bunt gepunktete Tasse gleiten und kippte kurz darauf das dampfende Wasser drüber. Sogleich kam der dritte Duft, der diese Buchhandlung ausmachte dazu und ich sog ihn tief ein. Mich fragte er nicht nach Tee, denn er wusste, dass mein Herz nur für heiße Schokolade schlug.

Mit der Tasse in der Hand bahnte er sich nun einen Weg durch die Kartons bis nach hinten zu dem einzigen Regal, in dem noch ein paar Bücher standen. Kurz bevor er es erreichte, drehte er sich zu mir um und nickte mir zu.

Aus meiner leichten Starre gelöst bückte ich mich, um Hazel von der Leine zu lassen und folgte ihm. Die kleine sah sich neugierig um und schnupperte fasziniert an allem. Sie wirkte so unbeschwert, so ahnungslos und... lebensfroh. Ein bisschen beneidete ich sie darum.

„Komm her Mädchen", wiederholte Albert und winkte mich zu sich. Mit der freien, faltigen Hand strich er behutsam über die Buchrücken, welche sich in diesem Regal noch aneinander reihten, bis er fündig geworden schien.

Mit einem fast wehmütigem Lächeln zog er ein sehr dickes Hardcover Buch raus, welches einen schwarzen Umschlag hatte mit wunderschönen Details. In der Mitte prangten zwei große Schlangen, die eine schwarz, die andere weiß mit goldenem Rand, die sich gegenseitig in den Schwanz bissen und so einen Kreis bildeten, indem der Titel **Die unendliche Geschichte** stand. Dieses Buch war von dem gleichen Autor, wie auch **Momo**.

„Es ist wunderschön", hauchte ich.

„Das erste Buch, das ich in meinem Leben gelesen habe", erzählte Albert und strich zart über den Einband. „Natürlich nicht dieses Exemplar. Dieses möchte ich dir gerne schenken, Clara, denn ich glaube du könntest in dieser Geschichte einen Ort für deine Liebe zu Büchern finden."

Als er mir das Buch gab, sah ich Tränen, die in seinen Augen glitzerten. Und ich verstand.

Er hatte diese ganz besondere Begabung, für jeden das perfekte

Buch zu finden. Diese Gabe konnte er nicht einfach aufgeben. Er wollte sie weiterhin leben und wenn ich meiner Idee Glauben schenkte, dann vielleicht gab es da noch eine Chance für ihn...

Kapitel 23

Stacy 14.10.2020

„Und da wären wir auch schon!“, rief ich fröhlich aus, als wir das *Leseckchen* erreichten.

„Deiner Euphorie kann ich entnehmen, dass wir diesen Laden wohl erst wieder verlassen werden, wenn die Sonne unter und der Mond aufgeht“, seufzte Jas gespielt dramatisch.

Ich setzte eine finstere Miene auf.

„Das *Leseckchen* ist bestimmt kein einfacher *Laden*, Mister Becket! Es ist ein Paradies, eine andere Welt, ein *cozy place to be*, ein Ort, der in neue Welten führt, einen zum Träumen und der Realität zu entfliehen einlädt und der...“

„Okay, ich hab‘s schon kapiert Stace“, lachte mein Freund und schüttelte seine blonden Haare. Seine warmen, braunen Augen funkelten mich amüsiert an. „Dieser Ort ist dir heilig und ich hab hier nichts zu melden, sondern darf deine Ausbeute bezahlen. Jetzt besser?“

Ich spürte, wie meine Wangen rot anliefen. Wie ich es hasste, wenn er meine Gedanken lesen konnte. Ich wollte doch nicht, dass er dachte, er müsse mir Bücher kaufen. Andererseits... so falsch lag er nicht. Wann immer ich jemanden, meine Schwester mal ausgenommen, mit in die Buchhandlung brachte, wurde derjenige fast automatisch zum Sponsor von mindestens einem meiner Bücher. Wie soll ich sagen… ich hatte das besondere Talent, meine Begleitungen so lange dort festzuhalten, weil ich mich einfach nie für nur ein Buch entscheiden konnte, dass sie mir meistens wie von selbst schon eins spendierten. Upsi. War das egoistisch? Nein, es war ja nicht meine Schuld, wenn es auf der Welt einfach zu viele Bücher gab, die ich noch lesen wollte…

„Stace?“

„Hm?“, fragte ich leicht irritiert und rutschte aus meinen Gedanken zurück ins Hier und Jetzt. Ins verdammt kalte Hier und Jetzt. Der Herbstwind zog an meinen Haaren, die ich heute zum ersten Mal seit langem mal nicht in einem Dutt, sondern offen trug. War ja klar gewesen, dass es dann so einen Sturm geben musste…

„Du musst nicht mein Sponsor sein, aber ich warne dich schonmal vor… die meisten, die mich ins Leseckchen begleiten, kommen nicht drumherum, wenn sie am selben Tag noch wieder raus wollen“, antwortete ich dann und feixte.

Der Wind nahm zu und ein paar bunte Blätter wehten über die gepflasterte Straße der Fußgängerzone. Es raschelte und pfiff leicht. Nebel kroch an den Fassaden der Häuser empor, hüllte die schwarzen, eisernen Laternen ein und schluckte das Sonnenlicht. Man hätte fast meinen können, es wäre spät am Abend und nicht erst elf Uhr vormittags.

Trotz meiner großen Liebe zu diesem Wetter begann ich zu frösteln, weil ich wie immer zu faul gewesen war, eine Jacke anzuziehen, und schritt auf die hölzerne, niedrig gelegene Tür zu. An diesem Tag stand sie nicht wie sonst immer offen, sondern war geschlossen, vermutlich wegen des Wetters. In den beiden Schaufenstern rechts und links neben der Tür brannten Lichterketten und kleine Teelichte, die Albert zwischen Kürbissen und ein paar Porzellan-Äpfeln aufgestellt hatte. Auf Holzhockern und in alten Weinkisten thronten die neusten Herbstbücher. Schon allein von denen war ich versucht einfach alle mitzunehmen.

Jas lachte, als er meinen sehnsüchtigen Blick bemerkte.

„Hast du nicht irgendwann mal genug Bücher im Regal? Die kannst du doch gar nicht alle so schnell lesen, wie du neue kaufst."

Ich drehte mich wieder zu ihm um und hob belehrend den Zeigefinger zwischen uns.

„Du vergisst, mein lieber Herr, dass Bücher *lesen* und sie zu *kaufen*, zwei vollkommen verschiedene Hobbys sind."

Damit wandte ich mich wieder der Tür zu und drückte mit meinen steif gefrorenen Fingern die Klinke runter. Die Tür ächzte und als ich sie öffnete, strömten mir Wärme, der Geruch nach Papier, Tinte und Kräutertee entgegen, welchen ich direkt tief inhalierte. Stolz ließ ich Jas rein und wies mit einer ziemlich raumgreifenden Bewegung auf die ganzen Regale voller Bücher, die roten Ohrensessel und die Leseecken mit den unzähligen, flauschigen Kissen und Decken. Die Kerzen und Lichterketten, die die einzige Lichtquelle in diesem Raum waren und ihn somit in ein wunderbar warmes Licht tauchten. Ja, ich war fast so stolz, Jas diesen Ort zum ersten Mal zeigen zu können, als wäre es meine eigene Buchhandlung.

Ein breites Grinsen hatte sich unbemerkt auf mein Gesicht geschlichen und mein Herz schlug Purzelbäume in meiner Brust, während ich beobachtete, wie er eintrat. Die Hände noch tief in den Taschen seiner schwarzen Winterjacke vergraben, die Augen vor Staunen geweitet. Diese Reaktion jagte Adrenalin durch meine Adern, denn ich wusste, dass Jason wirklich der letzte Mensch auf diesem Planeten war, der gerne las.

„Das... ist...", begann er und drehte sich begeistert um seine eigene Achse. Dieser Laden war so klein und doch im Herzen so gigantisch groß. Er schien so winzig und schenkte trotzdem hunderten von ganzen Welten Platz. Jedes Mal, wenn ich diesen Ort betrat, konnte ich fast hören, wie sie flüsterten und meinen Namen riefen. Wie die Figuren mich kennenlernen wollten, sich danach sehnten, von mir in meiner Fantasie zum Leben erweckt zu werden.

„Wie nach Hause kommen", beendete ich seinen Satz und schenkte ihm ein Lächeln. So war es mir auch beim ersten Mal gegangen, als ich hergekommen war. Für manche Menschen mochte dieser Laden einfach nur das sein, ein Laden. Für mich aber war er so viel mehr und das seit dem ersten Augenblick.

„Du hast nicht übertrieben", meinte Jas schmunzelnd und schälte sich aus seiner Jacke. Darunter trug er einen seiner dunkelblauen Hoodies, die er von seinem Feldhockey-Verein bekommen hatte.

„Ich übertreibe doch nie", behauptete ich und kicherte wie ein kleines Kind über meinen eigenen Witz.

Außer uns beiden war nur noch eine alte Dame mit weißer Handtasche, langem braunen Mantel und einem aus Holz geschnitzten Gehstock hier. Sie stand etwas weiter hinten im Raum und ließ sich scheinbar ein Buch von Albert empfehlen. Während dieser mit seiner ruhigen, tiefen Stimme sprach, strahlte er. Das hier war, wofür er geboren worden war und er liebte es aus ganzem Herzen, den Menschen ein Buch zu empfehlen, woran sie ihr eigenes verlieren würden. Er war etwas über sechzig Jahre alt, aber wenn man ihn sah, wenn er bei seinen Büchern war, dann wirkte er wie ein Kind.

„Dann werde ich mich wohl da für die nächsten zehn Stunden einquartieren", verkündete Jas nun und steuerte sofort auf meinen liebsten Ohrensessel zu. Es war der größte und er stand dem Fenster mit den Sprossen am nächsten. So konnte man im Winter auf den Schnee, im Herbst auf den Regen oder die bunten Blätter, im Frühling auf die rosa Blüten und im Sommer auf... äh... die Sonne? schauen.

Als er sich in ihn hatte sinken lassen sah er mich fragend an.

„Was?“, wollte er wissen.

„Ach... nichts...“, erwiderte ich gespielt unschuldig mit den Schultern zuckend und kam zu ihm. „Nur... ist das zufällig *mein* Sessel, auf dem du dich da gerade breit gemacht hast.“

Jason grinste schelmisch, ließ sich noch weiter in das Polster sinken und verschränkte die Arme hinter dem Kopf.

„Stacy“, hörte ich Alberts freundliche Stimme plötzlich hinter mir.

Ruckartig richtete ich mich wieder auf und lächelte meinem Lieblingsbuchhändler zu.

„Hey Albert“, grüßte ich ihn. „Deine Lieblingskundin ist wieder da“, trällerte ich und meine Wangen schmerzten schon, so sehr grinste ich. Jason neben mir schnaubte.

„Wenn ich dich so sehe, könnte man meinen, du finanzierst seine Miete mit deinen Buchkäufen“, meinte er schmunzelnd. „Also wenn nicht du die Lieblingskundin bist, wüsste ich nicht, wer sonst.“

Schlagartig versteinerte sich Albert‘s Lächeln und es breitete sich eine unangenehme Stille im Raum aus, nur unterbrochen von dem Heulen des Windes draußen.

„Die Miete... wird bald kein Buch der Welt mehr finanzieren können“, murmelte er nur und schlurfte gebückt zur Theke. Plötzlich wirkte er um Jahre gealtert. Eine Gänsehaut kribbelte über meine Arme. Mein Herz rutschte eine ganze Etage tiefer und mein Atem stockte einen Moment.

Ich schaute zu Jas. Er war blass geworden und ich sah ihm an, wie leid es ihm tat, das falsche gesagt zu haben. Aber er hätte ja nicht wissen können, wie es um Albert und sein *Leseeckchen* stand. Bis vorhin hatte ich es auch nicht gewusst. Und mir wurde übel, als mir bewusst wurde, was das bedeuten würde...

„Ist... ist es...“, stammelte ich, meine Freude und mein Stolz waren verflogen. „Ist es so schlimm?“, wollte ich wissen. Nein, eigentlich wollte ich es nicht wissen. Ich musste die Worte fast aus mir herausquetschen, denn ich fürchtete mich vor der Antwort. Auch wenn ich sie längst zu kennen glaubte.

Dennoch nickte er träge, den Blick auf seine Tasse Tee in seiner Hand gerichtet. Ein Stich fuhr mir in die Brust, wie eine Nadel, die mir die Luft mit einem Faden abschnüren wollte. Dieser Ort war... alles für mich. Und für Clara. Er konnte, er *durfte* nicht... das...

Jason räusperte sich zögerlich. Er war neben mich getreten und griff nach meiner Hand. Leicht drückte er sie, dann wandte er sich an Albert.

„Wenn... wenn Sie das möchten, kann ich Ihnen helfen“, bot er auf einmal an. Sowohl der alte Buchhändler, als auch ich hoben überrascht die Köpfe. Jas‘ Ohren liefen rot an und ich musste ein Grinsen unterdrücken. Er war manchmal ziemlich schüchtern. Und genau diese Art an ihm tat mir immer so gut. Clara und er waren sich in vielen Dingen gar nicht mal so unähnlich.

„Das... das kann ich nicht annehmen“, lehnte Albert ab und strich sich über den grauen Bart, während er langsam den Kopf schüttelte.

Jetzt gab Jason ein sanftes Lachen von sich.

„Aber ich habe doch noch gar nichts angeboten.“

Er wartete, bis Albert nickte, als Zeichen er sollte reden.

„Nächste Woche ist ja das Erntefest in Brightwood“, begann er. „Mein Dad hat ein bisschen Einfluss und könnte erreichen, dass wir eine kleine Spendenaktion für die Buchhandlung aufziehen können. Der Lebensmittelverkauf ist jedes Jahr Mittelpunkt des ganzen und wenn man sagt, dass so und so viel Geld pro Verkauf an die Buchhandlung gespendet werden, könnte da eine kleine Summe zusammenkommen. Wir könnten außerdem auch eine Art... Lesung für Kinder und Erwachsene machen, wo auch nochmal betont werden würde, dass Spenden gesammelt werden."

Eine Weile sagte niemand etwas.

„Das ist ein Versuch Wert", bekräftigte ich Jas zögernd.

Dann zupfte ein Lächeln an Albert's Mundwinkeln.

„Bursche, ich kenne nicht einmal deinen Namen und du bist bereit, für mich einen solchen Aufwand zu betreiben? Du hast dein Herz am rechten Fleck." Er wandte sich mir zu. „Halte ihn fest, Stacy. Menschen wie ihn gibt es leider nicht zu Hauf."

„Oh, tut mir leid", beeilte sich Jason zu sagen. „Ich bin Jason Becket. Stacy schwärmt schon seit wir uns kennen, und das ist eine verdammt lange Zeit, immer von diesem Ort. Ihr bedeutet dieser Laden...", ich warf ihm rasch einen gespielt vernichtenden Blick zu, „...dieses *Leseeckchen* die Welt. Allein für sie würde ich helfen wollen, aber ich habe die Magie, die Wirkung selbst gespürt, als ich durch die Tür getreten bin. Und ich habe gesehen, wie viel es Ihnen bedeutet, hier zur arbeiten."

„Ach bitte siez mich nicht, Jason, da komme ich mir immer so alt vor." Albert lächelte.

Ich konnte mir mein Grinsen nun auch nicht mehr verkneifen. Genau das hatte er auch zu Ci und mir am Anfang gesagt, als wir die ersten Male gekommen waren.

Doch sein Lächeln wurde wieder schmaler, sein Blick trüber.

„Dennoch", erklärte er, „selbst wenn alle Einwohner aus Brightwood spenden und kaufen würden, es wäre nicht genug. Ein paar Monate werde ich es wohl noch schaffen, aber dann..."

Meine Schultern sackten kraftlos nach unten. Jason drückte

meine Hand fester und ich lehnte den Kopf an seine Schulter. Er schenkte mir Halt in diesem Moment, in dem etwas in mir zusammenbrach.

„Monate sagte ich, Stacy“, erinnerte mich Albert und wirkte wieder etwas hoffnungsvoller. „Wir konzentrieren uns immer viel zu schnell auf alles negative, was kommen kann oder noch kommen wird, statt auf all das positive, das hier und jetzt da und greifbar ist. Nach diesem Motto lebe ich, und das solltest du auch. Ich bin hier, solange ich es sein kann und genieße jede Sekunde davon.“ Einen Moment ließ er seine Worte wirken. Und wirklich, in meinem Bauch breitete sich ein warmes Gefühl aus. Ich spürte, dass er recht hatte. Warum um etwas trauern, was noch nicht vorbei war?

„Und jetzt mach schon“, befahl er lachend, das Strahlen war wieder in seine Augen zurückgekehrt. „Such dir deinen Stapel aus und quäle deinen Gefährten nicht all zu lange.“

„Hm“, machte ich nachdenklich und sah mich im Raum um. „Ich befürchte allerdings, ich brauche eine guten Berater…“

„Ich habe schon so eine Vorahnung, mit welchem Buch mein Leseeckchen verlassen wirst“, meinte Albert und strich sich durch sein langes Haar. „Komm, ich habe da etwas für dich.“

Und mit diesem mir all zu vertrauten Satz ließ ich die Angst hinter mir und folgte meinem Lieblingsbuchhändler in eine Welt. In meine Welt.

Kapitel 24

Clara 2021

„So, ich glaube jetzt haben wir‘s“, meinte Albert, als ich nun den letzten Karton mit Klebeband verschlossen hatte. Ich hatte ihm noch geholfen, die restlichen Bücher behutsam einzupacken.

Mit bleischwerem Herzen betrachtete ich die ganzen Kisten vor uns auf dem Boden, dachte an all die Welten, die dort nun auf engstem Raum eingeschlossen waren und an die Tatsache, dass sie nie wieder hier in diesen wunderschönen, alten Holzregalen stehen würden. Das hatten sie nicht verdient. Albert hatte das nicht verdient.

Ein dumpfes Klopfen von außen am Fenster ließ mich kurz zusammenzucken. Ein blonder Haarschopf lugte durch die Scheibe, schirmte seine Augen ab um besser sehen zu können.

„Jason“, sagte Albert neben mir und ich sah wie er lächelte. Stacy hatte mir mal erzählt, dass der Buchhändler ihren Freund sehr ins Herz geschlossen hatte. Warum genau wusste ich nicht, aber das Strahlen seiner Augen, als er sich durch die Kartons zur Tür schlängelte sprach Bände.

„Komm doch rein“, bat er Jason und kurz darauf trat dieser ein. In seinem Blick erkannte ich den selben Schmerz, den man auch in meinem gesehen haben musste, als ich vor einer halben Stunde den Laden so leer vorgefunden hatte. Diesen Laden, der immer so voller Leben gewesen war, voller Worte, die gelesen und gehört werden wollten. Diesem Ort war seine Seele geraubt worden, seine Magie.

In knappen Worten erzählte Albert ihm, was er auch mir schon gesagt hatte. Überrascht sah Jason nicht aus. Eher traurig, so als hatte er das hier geahnt…

„Hey Ci“, begrüßte er mich plötzlich und abermals fuhr ich zusammen. Diesen Spitznamen hatte stets immer nur eine einzige Person in meinem Leben für mich benutzt. Es war schön, ihn wieder zu hören, aber gleichzeitig tat es furchtbar weh. Es war, als wäre mit Stacy auch alles, was sie ins Leben gerufen hatte gestorben. Aber das durfte nicht sein. Ich wollte nicht, dass es so war, als hätte meine Schwester niemals gelebt. Und deshalb akzeptierte ich den Schmerz in meiner Brust, den dieser Spitzname ausgelöst hatte. Heather hatte gesagt, man sollte den Schmerz spüren, damit er heilen konnte.

Jason hatte sich neben mir in die Hocke gesetzt und kraulte Hazel hinter den Ohren, die das sichtlich zu genießen schien.

„Hey…“, erwiderte ich mit rauer Stimme und sah zu Albert. „Ist es okay, wenn wir mit Hazel etwas spazieren gehen?“, fragte ich ihn, woraufhin er nickte. Gerade war er dabei, sich seine dritte Tasse Kräutertee aufzugießen.

„Wir sind fertig“, sagte er dann leise, seine Augen ruhten auf all den Kisten auf dem Boden. Ich musste hart schlucken, um weitere Tränen zu verhindern und klammerte mich an das Buch in meinen Armen, welches er mir geschenkt hatte. Dann stand ich auf, nahm Hazel an die Leine und ging in Richtung Tür. Meine Beine kribbelten, nachdem ich die ganzen letzten Minuten auf dem harten Boden gekniet hatte. Einmal blieb ich noch kurz stehen.

„Du…“, setzte ich zögernd an Albert gewandt an, „du wohnst aber weiterhin hier, oder?“

Albert lachte heiser.

„Ich hatte erstmal nicht vor, mir ein Luxusappartement zu kaufen." Ich rang mir ein künstliches Lächeln ab. Mit Witzen konnte ich oft nicht viel anfangen. Stacy hätte sicher gelacht...

„Wir werden dich wieder besuchen kommen", versprach Jason, der neben mich getreten war.

„Und ihr werdet hier jederzeit willkommen sein", antwortete er und für einen kurzen Moment war da die fast vergessene Wärme in meinem Bauch, die sich anfühlte, als gäbe es einen Platz für mich auf dieser Welt.

Die Strahlen der Sonne wurden jeden Tag schwächer, ihr Licht reichte nicht mehr aus, um einen ohne Jacke warm zu halten. Der Wind fuhr mir durch mein Haar und schien voller Energie zu sein. Ein paar Blätter wurden von ihm durch die Luft getragen, ließen sich wieder zu Boden segeln und färbten die sonst grüne Wiese des Parks in allen möglichen Orange- und Rottönen. Die alte Eiche, auf der Stacy und ich immer gesessen und gelesen hatten, begann in einem strahlenden Orange zu leuchten. Meine Finger, die sich fest um die lederne Leine von Hazel geschlossen hatten, waren halb erfroren und ich bereute es, keine Handschuhe angezogen zu haben.

Als ich den ersten Schritt in die Mitte des kleinen Parks gesetzt hatte, schaute ich mich um. Niemand außer uns war hier, weshalb ich die kleine Hündin von der Leine ließ. Sofort schoss sie auf einen kleineren Haufen von buntem Laub zu und begann die Blätter zu jagen. Sie schien vor Lebensfreude und Energie nur so zu sprühen. Ein Anblick, der mein schweres Herz etwas leichter werden ließ.

„Clara?", hörte ich Jason fragen. Ohne es zu bemerken, war ich in Richtung der Eiche gegangen.

„Oh es tut mir leid, ich war in Gedanken versunken", murmelte ich und seufzte.

„Das war euer… Lesebaum, richtig?“, fragte er dann und ich nickte. Es überraschte mich wenig, dass er davon wusste.

„Ich war noch nie in meinem Leben hier“, meinte er dann und ich wandte mich stirnrunzelnd zu ihm um. Für eine Millisekunde sah ich ihm in die dunkelbraunen, freundlichen Augen, bevor ich den Blick wieder zum Baum richtete.

Doch dieser kleine Moment musste ihm gereicht haben, um mir meine Frage anzusehen. Er lachte träge.

„Stace hat immer gesagt, dieser Ort gehöre nur ihr und dir und dass ich diese Magie kaputt machen würde.“

Ein wunderschönes Gefühl breitete sich in mir aus und ich spürte den Anflug eines Lächelns auf meinem Gesicht. „Das klingt nach Stacy.“

Einen Moment lang sagten wir nichts, lauschten nur dem Lied, das der Wind in dem verbliebenen Laub der Eiche spielte und dem vergnügten Winseln von Hazel, die nun doch dazu übergegangen war, ein paar der letzten Mücken zu jagen.

Dann räusperte sich Jason.

„Also“, begann er gedehnt und ich spürte seinen Blick auf mir. „Hab ich die Erlaubnis?“

Verwirrt sah ich auf.

Abermals lachte er.

„Auf den heiligen Baum zu klettern.“

„Oh, achso.“

Ich sah kurz aus dem Augenwinkel, wie sein Gesichtsausdruck wieder ernster wurde. „Ci… Clara, wenn ich zu aufdringlich bin, oder Grenzen bei dir überschreite, kannst du es mir sagen, okay?“

„Okay.“

Ich konzentrierte mich auf das stete Schlagen meines Herzens, auf meine ruhige Atmung, auf dieses kleine Licht in meiner Seele, suchte, woher es kam und fand die Antwort neben mir stehen. Da war keine Panik, keine schmerzhaften Erinnerungen, keine Angst davor, Stacy zu verraten, wenn ich statt mit ihr mit Jason auf unserem Baum sitzen würde. Es fühlte sich... richtig an.

Wieder schlich sich ein halbes Grinsen auf mein Gesicht, als ich mich an Jason wandte. „Ich hoffe du kannst besser klettern als Stacy." Meine Schwester war immer auf die dünnsten Äste getreten, hatte Angst um die Bücher, die wir ja auch immer mit nach oben genommen hatten und war immer fast gestorben, wenn ihr Fuß ins Leere getreten hatte- zwanzig Zentimeter über dem Boden.

„Klar, dass sie mir das nie erzählt hat", meinte Jason und schmunzelte. „Sie wollte immer die starke, selbstbewusste Frau sein, die alles kann."

Für mich war sie das immer und ich habe sie immer dafür bewundert, fügte ich in Gedanken hinzu.

Ich straffte die Schultern, klemmte mir **Die unendliche Geschichte** unter den linken Arm, trat an den Baum und strich sanft über die raue, noch leicht nasse Rinde, wie um die Eiche zu begrüßen. Dann griff ich routiniert mit der rechten Hand den ersten, am tiefsten hängenden Ast, stützte mich mit einem Fuß am Stamm ab und kletterte etwas weiter hoch, sodass ich auch mit der linken Hand danach greifen konnte. Das Buch rutschte, fiel aber nicht, als ich mich nun hochzog. Vorsichtig stellte ich mich auf die Füße und balancierte näher zum Stamm, dann kletterte ich auf meine liebste Astgabelung, auf der man sich wunderbar zurücklehnen konnte und ließ mich sinken. Gespannt blickte ich durch das Geäst nach unten zu Jason, der noch etwas ratlos dastand.

„Es ist einfacher als es aussieht", ermutigte ich ihn, leicht grinsend.

„Wirklich witzig“, brummte er nur, bevor er sich viel schneller und eleganter, als ich gedacht hatte, nach oben hangelte und schließlich in der Astgabelung mir gegenüber Platz nahm. Er verschränkte die Arme hinter dem Kopf und lehnte sich zurück.

„Es ist… echt schön hier oben“, meinte er dann und blinzelte in die Sonne, die ihm durch die Blätter ins Gesicht schien.

„Hier waren wir immer, wenn wir bei Albert gewesen sind“, erklärte ich und strich über ein grün-orangenes Eichenblatt, das mir vor der Nase hing. „Und jetzt… jetzt ist auch er nicht mehr hier.“ Langsam richtete sich Jason auf, schob sich ins Sitzen und sah mich lange an, bevor er sprach.

„Das stimmt nicht. Er ist noch da. Zwar hat er seinen Laden, seine Welt verloren, aber nicht wie Stacy seinen Herzschlag. Und wir können ihn jederzeit besuchen gehen. Ich weiß, dass für dich damit ein Teil deiner Vergangenheit mit Stacy gegangen ist, aber wenn du weiter nach vorne gehen willst, darf dich ein Riss in dem Weg hinter dir nicht stören. Es tut weh, ja sogar ich werde die Buchhandlung vermissen, aber ich habe die Erinnerungen, die mir keiner nehmen kann.“

Mein Blick ruhte unter uns am dem Fuß der Eiche, wo Hazel ausgestreckt lag und sich sonnte. Ich ließ seine Worte sacken, versuchte sie einzuordnen und das, was sie mit mir machten. Lange zögerte ich, bevor ich die Idee aussprach, die ich schon die ganze Zeit in mir getragen hatte.

„Vielleicht gibt es da doch noch einen Ort, an dem Albert seine Bücher verkaufen könnte“, sagte ich also und spürte, wie mein Herz schneller schlug. „Also… es ist… wahrscheinlich ist es blöd und nicht möglich… vielleicht geht…“

„Ich werde dich für nichts verurteilen, Clara.“

Das war das, was ich hatte hören müssen. Das war es, was mich dazu brachte, nun auch Jason von meinem Traum zu erzählen.

Von meinem Büchercafé. Wie jedes Mal, wenn ich meine Gedanken über diesen Traum, meine Vorstellungen mit jemandem teilte, flutete Adrenalin meine Adern und ich spürte, wie neue Hoffnung, neues Licht in mir aufkeimte.

Als ich geendet hatte, wartete ich schon darauf, dass er mich belächelte und mir sagte, dass das vollkommen unrealistisch sein würde.

Doch das tat er nicht.

Stattdessen beugte er sich leicht vor und rieb sich das Kinn. Er wog den Kopf hin unf her und schien nachzudenken. Mein Puls schoss in die Höhe.

Dann lächelte er warm.

„Das ist sogar sehr machbar“, meinte er und ich glaubte erst, mich verhört zu haben. Auf meinen vermutlich sehr komischen Gesichtsausdruck hin musste er lachen.

„Glaub doch mal ein bisschen mehr an dich und deine Ideen und Träume, Clara.“ Dann wurde er etwas ernster. „Ich kenne zufällig den Besitzer des kleinen Teehäuschens in Brightwood ziemlich gut und weiß, dass er es verkaufen will. Es steht in der Oak Street, also nicht weit weg von eurer Straße. Kennst du das?“

Ich klappte meinen Mund wieder zu und versuchte, meine Nerven zu beruhigen. Denn bildete ich mir das ein, oder bot sich mir hier wirklich eine Möglichkeit, ein Weg, meinen Traum zu... verwirklichen?

„Ja, ich kenne es.“ Meine Stimme war kaum mehr als ein Flüstern. Und wie ich das Häuschen kannte. Letztes Jahr im Sommer war es renoviert, kurz darauf aber aus irgendeinem Grund geschlossen worden. Stacy und ich waren unzählige Male daran vorbei spaziert und hatten uns immer wieder ausgemalt, wie es wohl sein würde, dort ein Büchercafé zu eröffnen. Es lag wunderschön in einem stark bewaldeten Teil der *Oak Street* und erinnerte mich immer an eine einsame Holzhütte im Wald, in der eine alte Frau mit ganz vielen Katzen und Kräutern lebte. Dieses Häuschen... würde perfekt sein.

„Naja, ich könnte mit dem Besitzer reden und es ihm auch eventuell abkaufen“, bot er dann an und mir blieb fast das Herz stehen. Hatte er das gerade wirklich gesagt?

„Jason...“, setzte ich an und suchte nach Worten. „Das kann ich nicht annehmen, das geht nicht, auch wenn das... das einfach... einfach... danke.“

Wieder strahlte er. „Wer sagt denn, dass ich das nicht ganz uneigennützig machen würde? Vielleicht hätte ich ja auch Lust, dort Geschäftsführer zu werden. Wenn ich darf natürlich.“

„Was?!“ Das Zittern, das meinen Körper in Besitz nahm, war zum ersten Mal kein panisches. Ich, mein Kopf, mein Herz, mein Körper, all das wusste nicht damit umzugehen. Da war dieser Traum all die Jahre in meinem Herzen gewesen. Wie eine Wolke war er jeden Tag über mir geschwebt, wunderschön, aber doch immer viel zu weit weg, nie greifbar. Und plötzlich löste sich aus dieser Wolke ein Tropfen, den ich greifen konnte. All meine Gedanken, die sich immer um diesen Traum gekreist hatten, wussten plötzlich nicht mehr wohin.

„Was... hat das jetzt mit Albert zu tun?“, riss mich Jason aus meinem Gedankenchaos.

„Ich...“, mir versagte die Stimme. „Er könnte seine Bücher in dem Café weiterhin verkaufen. Es wäre ein Ort, an dem man heiße Schokolade trinken und lesen kann. An dem man zur Ruhe kommen und ein Buch kaufen kann, auf die Empfehlung von Albert. Er müsste seinen eigenen Traum nicht aufgeben.“

„Das ist eine geniale Idee!“

Ich wollte mich mit ihm freuen, doch meine Euphorie wurde augenblicklich gedämpft. Meine Schultern sackten ab und ich spürte meine Unterlippe zittern.

„Clara?“

„Das... geht nicht“, würgte ich hervor.

„Wieso nicht?“

„Weil...“, ich rang um Worte, „weil wir das Geld nicht haben für all die Dinge, die wir kaufen müssten, bevor das Café öffnen könnte. Weil... *ich* das nicht kann. Ich kann nichtmal einen einzigen Menschen in der Bäckerei bedienen. Ich... kann es nicht und ich werde es nie können. Dafür bin ich zu... anders.“

Jason beugte sich noch etwas weiter vor und stützte sich am Stamm des Baums ab.

„Das ganze finanzielle überlass mal mir, ich kann das schon“, stellte er klar. „Und... Clara du kannst das. Und weißt du auch warum?“

Ich schüttelte den Kopf.

„Weil du nicht allein bist. Ich bin da und ich mache das mit dir zusammen. Ich helfe dir und glaube daran, dass du das kannst.“

Abermals schüttelte ich den Kopf, doch bevor ich etwas sagen konnte, kam mir Jason zuvor.

„Ja, du bist anders, Clara, sehr sogar und ich gebe zu, dass es mir manchmal schwerfällt, dich einzuschätzen, aber das sind wir alle irgendwie. Stacy war anders, ich... bin anders.“ Bei den letzten Worten schien er zu zögern. Ich sah einen Schatten über seine Augen huschen, als er zur Seite durch das Geäst spähte in eine scheinbar vergangene Zeit.

„Wie...?“, wollte ich wissen, wollte ihn aber nicht dazu drängen es mir zu erzählen.

Er atmete tief ein, fuhr sich durch die Haare und starrte auf den Ast, auf dem er saß, die Beine links und rechts davon nach unten baumelnd. Wie Stacy immer.

„Ich bin ein Adoptivkind“, sprach er dann aus, doch mir war

klar, dass das noch nicht alles war. Das merkte ich an der Art, wie er immer wieder zur Seite schaute und scheinbar nach etwas suchte, was er niemals finden würde. „Als ich gerade eine Woche alt war, haben mich meine leiblichen Eltern vor der Haustür der Beckets ausgesetzt und kamen nie mehr zurück. Zum Glück war ich noch zu klein, als dass ich mich erinnern könnte. Aber meine Eltern... die Beckets, haben es mir erzählt, als ich zwölf Jahre alt geworden bin. Sie haben mich damals gefunden und alles daran gesetzt, meine leiblichen Eltern zu finden, aber vergebens. Trotzdem haben sie mich aufgezogen wie ihren eigenen Sohn. Aber ich... ganz lange, nachdem sie mir davon erzählt haben, wusste ich nicht, wer ich bin, wo ich eigentlich herkomme und wo mein Platz auf dieser Welt ist."

Langsam hob er seine Schultern wieder und sah mir in die Augen, bevor ich den Blick abwandte. „Ich weiß wie es ist, wenn man sich anders fühlt, wenn man denkt, dass es da keinen Platz mehr für einen gibt. Aber weißt du, wer mich vom Gegenteil überzeugt hat?"

Ich brauchte ihm keine Antwort zu geben, denn wir beide wussten, wie diese aussah.

Stacy.

„Sie hat damals mal zu mir gesagt: *Menschen die anders sind, so wie du und ich, Jason, wir sind die leuchtende Farbe im Grau der Normalität, wir sind die bunten Herbstblätter, jedes für sich einzigartig, aber zusammen eine leuchtende Farbenpracht aus Menschen, die anders sind.*"

Meine Unterlippe begann leicht zu zittern, als ich die Worte, die meine Schwester auch zu mir gesagt hatte, wieder erkannte. Ich krallte mich an meinem Ast fest, um nicht den Halt zu verlieren und kämpfte vergebens gegen die aufsteigenden Tränen an.

„Stacy war so unglaublich begabt im Umgang mit Menschen

und sie hat mir eine Bedeutung im Leben geschenkt. Und ich werde dir helfen, wir werden das zusammen machen, um wie die Farben eines Herbstbaumes zu strahlen. Ich freue mich genauso auf dieses Café wie du."

Jason hatte recht. Er hatte verdammt recht. Dennoch war da diese Wand, diese Mauer in mir, die ich nicht schaffte, zu überwinden.

„Selbst wenn... ich kann nicht." Ich spürte heiße Tränen über meine Wangen laufen und es war mir egal. „Stacy und ich haben uns versprochen, das zusammen zu machen."

„Und das werdet ihr", versprach er mit solcher Zuversicht, dass ich den Kopf hob. „Stacy ist hier bei uns", er deutete auf sein Herz, dann auf meins. „Und sie würde uns beiden den Kopf dafür abreißen, wenn wir diese Chance verstreichen lassen. Wer weiß, wie lange das Teehaus noch zur Verfügung steht?"

Wider Willen musste ich grinsen. Ich konnte mir fast bildlich vorstellen, wie Stacy austicken würde, würde sie sehen, wie wir auch nur daran zweifeln konnten.

„Danke", sagte ich nun und noch nie in meinem Leben meinte ich es so ernst wie in diesem Moment. Dieses Wort kam tief aus meinem Herzen, meiner Seele und ich wollte so viel mehr sagen, weil es mir die Welt bedeutete. Denn Jason hatte mir nicht nur diese Möglichkeit, diesen Traum zu verwirklichen geschenkt, sondern etwas, was ich lange verloren geglaubt hatte: Vertrauen und Hoffnung, Freundschaft.

Kapitel 25

Clara 2021

Die nasse Wiese gab unter jedem meiner Schritte mit einem Schmatzen nach. In meinen Stiefeln stand schon das Wasser und meine Finger, die sich um das Buch klammerten, waren so eiskalt, dass ich sie kaum noch spürte.

Meine Knie und Hände zitterten und ich atmete mehrmals tief durch, bevor ich das schwarze, eiserne Gittertor einen Spalt aufschob und mich hindurch quetschte. Ein eisiger Windhauch fuhr mir ins Gesicht und blies mir den Geruch von nasser Erde, Herbstblättern und Blumen entgegen. Den von Trauer, Abschied vergangenen Momenten und Erinnerungen. All die Steine, die aus der Erde emporragten schienen mich begrüßen zu wollen. In Reih und Glied standen sie da, glänzten vom Nass des Regens, welches er auf ihrer sonst so rauen Oberfläche hinterlassen hatte. Die großen Eichen und Fichten standen zwischen ihnen, als würden sie diesen Ort beschützen. Ihre fast schon ganz bunte Blätterpracht leuchtete mir entgegen. Irgendwo ein paar Meter entfernt von mir hörte ich das Rauschen des Wassers, das in eine Gießkanne gefüllt wurde.

Der Friedhof.

Ich hatte nicht wirklich vorgehabt, wieder hierher zu kommen.

Stacy war nicht hier, nicht einmal ihr Körper.

Und doch hatte ich das Bedürfnis, ja beinahe schon den Drang dazu gehabt, sie zu besuchen, ihr Grab. Es war so viel passiert in den letzten Tagen, dass ich nicht wusste, wohin ich damit sollte. Mein Kopf war so überfüllt von Gedanken und in mir waren Gefühle, die lange nicht mehr da gewesen waren. Manche aber waren auch noch nie da gewesen und ich wusste nichts von all dem richtig zu deuten. Schon immer hatte es nur eine einzige Person in meinem Leben gegeben, der ich mein Gedankenchaos hatte anvertrauen können. Sie war zwar nicht mehr hier, aber ich wusste, dass es mir helfen würde, wenigstens hier an diesem Ort zu sein.

Zögernd schritt ich an den Gräbern vorbei, die über und über mit Blumen geschmückt und beladen waren. Eine ältere Frau mit tiefen Falten im Gesicht, weiß-grauem Haar und braunem Strickrock kam mir mit einer Gießkanne entgegen und nickte mir freundlich zu. Auch sie hatte jemanden verloren. Wir alle hatten schonmal wen verloren. Lebewesen waren nicht das einzige, was gehen konnte. Zeit war eine Sache davon. Ein jeder von uns Menschen hatte schon Zeit verloren, verlor sie mit jeder Sekunde, die verstrich. Und manche Sekunde wünschte man sich zurück, betrauerte sie, wie einen Verstorbenen. Dennoch lag es an uns selbst, aus diesem endlichen Leben etwas für die Ewigkeit zu machen. Etwas, das uns im Hier und Jetzt erfüllte, so sehr wir auch vergangenes vermissten und so sehr es auch weh tat.

Ja, wir alle wissen, was Verlust bedeutet. Nicht nur jene, die ihren auf einem Friedhof betrauern.

Ohne es richtig zu bemerken war ich stehen geblieben und schüttelte nun den Kopf. Schon wieder verirrte ich mich in Gedanken, die mir durch den Kopf schwirrten. Ich hatte schon gemerkt, dass **Momo** vor allem dazu beigetragen hatte, dass ich mehr über Zeit nachdachte. Nicht im negativen Sinn, sondern darin, wie wertvoll sie doch war und wie wenig Macht wir über sie hatten.

Zeit ist Leben und das Leben wohnt im Herzen.

In meinem Leben war ich noch nie einer solchen Wahrheit begegnet. Das Leben, die Zeit wohnte im Herzen. Und solange wir sie dort trugen, würde sie uns niemand entreißen können.

Erneut verharrte ich, doch diesmal, weil ich mein Ziel erreicht hatte.

Vor dem hölzernen Kreuz ging ich auf die Knie, es war mir gleich, wie nass die Wiese war. Meine Unterlippe zitterte, als ich die geschwungenen Worte, den Namen meiner Schwester und ihre viel zu kurze Lebenszeit darauf stehen sah. Ein Klos ballte sich in meiner Kehle und drohte mich zu ersticken. Ich ließ es zu, dass ich weinte, dass es weh tat. Stacy war fort und würde nicht wieder kommen. Aber wie Jason gesagt hatte, war sie niemals jemand gewesen, der Chancen verstreichen ließ. Sie hätte ihr Leben und vor allem ihren Traum weiter gelebt. Ihn aufzugeben hätte die Zeit nicht zurückgedreht. Und das würde es auch bei mir nicht.

Das kalte Nass an den Knien meiner Jeans wurde eiskalt und zog sich durch den Stoff an meiner Haut entlang. Ich fror und zitterte, doch ich stand nicht auf. Mein Buch war mir zu Boden und auf die Wiese gerutscht, denn ohne es bewusst zu tun, hatte ich meine rechte Hand nach den Buchstaben auf dem Kreuz, auf dem Holz ausgestreckt. In sanften Linien und Bewegungen fuhr ich sie nach, spürte das nasse, geschliffene Eichenholz und die Kälte, die nicht nur von außen von mir Besitz ergriff. Die Tränen, die mir die Wangen runterliefen waren warm, fühlten sich in der Kälte fast heiß und irgendwie fremd an. Sie tropften an meinem Kinn herab auf mein Schlüsselbein und tränkten den Kragen meiner Jacke. Der Finger am Kreuz hielt inne und begann noch stärker zu zittern. Ich spürte, wie mich Schluchzer schüttelten, wie die Wunde in meinem Herzen zu pulsieren begann und da wieder all die Bilder hochkamen. All die Bilder, die ich in meinem Leben mit meiner Schwester gesammelt hatte. Doch diesmal verdrängte ich sie nicht. Nein, diesmal akzeptierte ich sie und den Schmerz, den sie mitbrachten. Denn ich durfte das. Stacy war noch nicht lange tot und ich durfte um sie trauern. Um sie und diese Bilder, diese Gedanken. Ich schaute sie mir an. Alle. Und ich ließ mich fallen in den Strudel aus Erinnerungen.

„Mach es am besten so, dass das Blatt mein Gesicht halb verdeckt, das macht es ästhetischer", wies mich Stacy an und fuchtelte mit dem orangenen Ahornblatt vor meiner Nase rum.

„Ästhetischer?", hakte ich nach und konnte ein Grinsen nicht verhindern. Langsam hob ich die Kamera wieder vor mein rechtes Auge und blickte durch den Sucher.

Im Bild war Stacy, die sich das große bunte Blatt halb vors Gesicht hielt. Unscharf im Hintergrund erkannte ich die anderen bunten Blätter an den Bäumen des Friedhofs. Heute herrschte ein wunderbar goldenes Licht und verzauberte jedes der Bilder, die ich von meiner Schwester machte. Ihr hellblondes Haar trug sie offen, was sehr selten vorkam, die Sonne schimmerte darauf und sie hatte ein richtig schönes, rot-schwarz kariertes Hemdkleid angezogen. Dazu schwarze dicke Boots. Sie war wunderschön.

Meine schon eiskalten Finger drückten auf den Auslöser und fingen einen Moment nach dem anderen für die Ewigkeit ein. Stacy tanzte, drehte sich um sich selbst und lachte vor der Kamera und ein Bild wurde schöner als das andere. Doch dann hielt sie plötzlich inne und schien über etwas nachzudenken.

„Was ist?", wollte ich wissen, sah sie erwartungsvoll an und ließ die Kamera etwas sinken.

„Ich hätte so gerne mal ein Bild von uns beiden zusammen",

meinte sie dann und ich legte den Kopf schief.

„Vielleicht mal irgendwann, aber ich bin lieber hinter als vor der Kamera“, gab ich dann zurück und deutete wie zur Bestätigung auf meinen unordentlichen Dutt, meine vom Knien im nassen Laub durchnässte Jeans und die verdreckten, nicht mehr wirklich weißen Turnschuhe.

Auf dem Gesicht meiner Schwester begann sich ein Grinsen auszubreiten, das ich nur zu gut kannte. Dabei zog sie den einen Mundwinkel höher als den anderen und ein Funkeln trat in ihre Augen. „Woll‘n wir doch mal sehen“, murmelte sie noch bevor sie sich auf mich zu stürzte und mir die Kamera aus der Hand riss.

Überrumpelt stand ich da und starrte auf meine Hände. Es war okay, dass sie meine Sachen berührte. Trotzdem war ich maximal überfordert und reagierte zu spät, als sie schon die ersten Bilder von mir schoss. Ich lachte und rannte vor ihr weg, sie folgte mir, begleitet von dem andauernden Klicken des Auslösers. Wir rannten an Gräbern vorbei in Richtung des großen eisernen Tors. Wasser aus Pfützen in der Wiese spritzte mir entgegen und ich roch immer wieder nasse Erde. Mal rutschte ich fast aus und konnte mich gerade so noch am Stamm einer Eiche abfangen. Meine Lunge brannte von der vielen kalten Luft, die ich zu schnell eingeatmet hatte. Das Tor lag direkt vor uns und ich hörte Stacy hinter mir näher kommen. Doch bevor wir dort ankamen, ließ uns ein lautes „Hey!“ innehalten.

Zeitgleich und außer Atem wirbelten wir herum.

Ein paar Meter weiter stand eine junge Frau in einen fast knielangen, beigefarbenen Mantel gehüllt und mit einer der grünen Gießkannen in der Hand. Auch auf die Entfernung sah ich ihre Augen wütend funkeln und augenblicklich zog ich den Kopf ein. Wie hatten wir so vergessen können, wo wir uns befanden? Meine Schwester allerdings ließ sich nicht so schnell einschüchtern.

„Hey!“, rief sie freundlich zurück und winkte.

„Ist euch denn klar, wo ihr hier seid?!“ Die Frau wirkte nahezu außer sich. Auf meinen Armen stellten sich alle Härchen auf.

„Neee uns ist ins Gehirn geschissen!“, antwortete Stacy und klang noch immer honigsüß. „Es tut mir leid das wir Sie so gestört haben, aber im Gegensatz zu den anderen Menschen hier leben wir noch. Friedhof steht für Frieden finden. Und was bitte spricht gegen zwei lachende Jugendliche, die nichts böses im Sinn haben? Wir nutzen die Zeit die wir noch haben, bevor *auch wir hier unter der Erde liegen!“*

Darauf wusste die Frau nichts zu erwidern und wir gingen nach Hause. Mit wunderschönen, echten, ungestellten Bildern und vor allem mit Erinnerungen, die wir niemals vergessen würden.

Von dem Klappern meiner Zähne wurde ich zurück in meine Gegenwart geschleudert.

Langsam und steif vor Kälte richtete ich mich auf. Mit dem Ärmel wischte ich mir Rotz und Tränen aus dem Gesicht. Dann holte ich tief Luft und hob das Buch vom Boden auf.

„Ich weiß, dass das total lächerlich und blöd ist... aber, aber ich möchte dir alles erzählen, was in letzter Zeit passiert ist Stacy. Du bist nicht mehr hier, aber ich kann es dir trotzdem erzählen. Das konnte ich immer.“ Vorsichtig, bedacht darauf, nicht auf die ganzen wunderschönen Blumen zu treten, machte ich noch einen Schritt auf das Kreuz zu, legte eine Hand auf die Oberfläche und hielt mit der anderen das Buch davor.

„Dieses Buch...“, begann ich leise und strich über den Einband von **Die unendliche Geschichte**, „hat Albert mir geschenkt.“ Und dann berichtete ich von allem, was in letzter Zeit so geschehen war. Natürlich auch von Hazel und Heather und auch von Mum und Dad und der Bäckerei. Zu guter Letzt war das Büchercafé und Jason's Idee dran.

„Ich bin dankbar, dass Jason da ist", schloss ich. „Denn ich glaube ohne ihn hätte ich niemals den Mut gehabt, meinen- unseren Traum zu verwirklichen. Ohne all die Menschen, die in den letzten Wochen für mich da waren, wäre ich nie da wo ich jetzt bin. Aber vor allem ohne dich nicht, Stace. Ich vermisse dich. So so so sehr. Dein Lachen und deine blöden Sprüche. Es ist so falsch, dass du weg bist. Es ist so... still. Ich weiß, dass ich dich gehen lassen muss und das werde ich. Aber es tut so weh. Ich... wir werden ein Büchercafé haben, Stace", plötzlich musste ich unter Tränen lächeln. „Wir zusammen. Du bist da, das weiß ich. Und... und wir können das schaffen. Ich habe zum ersten Mal wieder Hoffnung und... Vorfreude."

Wieder liefen Tränen aus meinen Augen, aber ich spürte dieses Mal keine Schmerzen. Ich wusste nicht, warum meine Augen das machten, denn ich freute mich. Ich freute mich auf alles, was noch kommen würde. Eigentlich war mir nicht zum Weinen zu Mute und dennoch tat ich es. Das war mir noch nie passiert. Aber ich wollte es nicht weiter hinterfragen, sondern blieb noch eine Minute schweigend am Grab meiner Schwester stehen, ließ den Wind meine Haare zerzausen, den Geruch mich beruhigen und die Ruhe... Unwillkürlich musste ich grinsen. Die Ruhe auf den Friedhof würde mich immer daran erinnern, was ich verloren hatte, sodass ich all die schönen Momente niemals mehr vergessen würde.

Plötzlich wurde die Ruhe jedoch von einem schrillen Bellen durchbrochen und ich wirbelte erschrocken herum.

Quer über den Friedhof, durch die kurz gemähte Wiese und im Zickzack an den Gräbern vorbei kam ein kleiner, brauner Kugelblitz geschossen. Ein haselnussbrauner, um genauer zu sein.

Wieder lächelte ich und ging in die Hocke. Hazel sprang mit solch einer Kraft auf meinen Schoß, dass ich das prompt das Gleichgewicht verlor und rücklings in das patschnasse Gras fiel.

„Hazel!“, rief ich und wehrte lachend die Zunge ab, die mir durch das Gesicht fahren wollte. Ihre dreckigen Pfoten machten deutlich erkennbare Abdrücke auf meine helle Jacke.

„Hazel!“ Diesmal rief nicht ich ihren Namen, sondern…

„Mum?“, fragte ich und richtete mich auf, Hazel mit beiden Armen fest umklammert. Sofort spürte ich wieder das helle und stetige Pulsieren des Lichts in mir. Die Wärme, die sich in mir ausbreitete und das unbändige Vertrauen in dieses wunderbare Wesen.

„Clara“, keuchte meine Mutter, als auch sie uns erreichte. Ihre Hände hatte sie auf ihren Oberschenkeln abgestützt und ihr blondes Haar hing ihr in Strähnen in die Stirn.

„Sie… sie ist mir abgehauen“, stammelte sie, noch immer nach Atem ringend und deutete mit einem Nicken auf Hazel.

Verwundert hob ich eine Augenbraue.

„Warst du nicht auf der Arbeit?“, wollte ich wissen.

Statt mir zu antworten ließ Mum sich neben mir auf die Erde sinken und schaute eine Weile auf Stacy‘s Grab. Den Ausdruck auf ihren Gesichtszügen wusste ich nicht zu deuten, weshalb ich geduldig wartete.

„Nein…“, erwiderte sie dann nach einer Weile. „Ich war schon eine ganze Zeit nicht mehr in der Schule. Heute Morgen bin ich zu Heather gegangen und habe sie gefragt, ob ich etwas mit Hazel spazieren gehen kann. Ich habe… das gebraucht. Es war in den letzten Tagen alles zu viel.“

Irritiert nickte ich. Eigentlich hatte sie es doch schon immer geliebt, Lehrerin zu sein… oder?

„Ist es wegen dem, warum du auch neulich Morgen drüben bei

Heather gewesen bist?“, riet ich.

„Ja.“

Wieder sagte minutenlang niemand mehr etwas, man hörte nur das leichte Rauschen der Bäume, die sich im Wind wiegten und das leise Hecheln von Hazel auf meinem Schoß.

„Wegen... wegen Stacy?“

„Nein...“

Ich sah zu meiner Mutter und entdeckte die Tränen in ihren blauen Augen. Langsam riss sie den Blick von dem Kreuz und legte ihn auf mich.

„Weil ich Angst um *dich* habe, Clara.“

Abermals bildete sich ein Klos in meiner Kehle.

„Ich weiß, wie viel ihr beiden euch einander bedeutet habt. Und ich habe dein Herz brechen hören... als... als der Anruf damals kam. Es tat weh, als habe ich beide Töchter an jenem Tag verloren. Ich...“ Der Rest des Satzes ging in einem lauten Schluchzen unter. Eine Gänsehaut strich über meine Arme, weil ich nicht wusste, was ich tun sollte, ich fühlte mich überfordert. Meine Hände krallten sich in das Fell von Hazel, die daraufhin ihren Kopf gegen meinen Bauch drückte. Ruhe und Wärme flutete meine Adern. Mit ihr war ich nicht allein.

„Du... hast mich nicht verloren“, flüsterte ich, weil ich sonst nichts wusste, was ich sagen konnte. „So... so wie auch ich nicht alles von meiner Familie verloren habe. Dad und du ihr seid genauso mein Zuhause, wie Stacy es war.“

Mum streckte ihren Rücken durch und sah mich an. Sogar ich konnte die Hoffnung in ihren Augen sehen. Hatte sie etwa gedacht, sie und Dad wären mir nicht wichtig?

Als hätte sie meine Gedanken erraten, erzählte sie: „Dein Vater und ich hatten nie diese Verbindung zu dir. Wir kamen nicht so gut mit deinem Autismus klar, wie Stacy es immer tat. Ich weiß, dass auch sie oft Schwierigkeiten damit gehabt hat, aber... sie kannte dich und deine Seele. Wir kamen uns oft vor, wie Außenstehende, weißt du?“

Wie in Zeitlupe nickte ich.

„Es fällt mir sehr schwer, Menschen zu sagen, was sie... was sie für mich sind“, versuchte ich mich an einer Antwort. „Stacy war ein Lichtmensch für mich. Jason ist einer. Hazel trägt auch viel Licht in sich und Heather auch. Aber bei dir und Dad war es... war dieses Licht einfach schon immer da. Ich weiß, dass ich euch vertrauen kann, aber ich weiß mich oft nicht... nicht richtig auszudrücken und habe dann... Angst... eine... Last zu sein.“

Ruckartig drehte sich meine Mutter ganz zu mir.

„Niemals. Du bist niemals eine Last für uns. Du bist... ein Geschenk, eines der schönsten, das wir je bekommen haben.“

Dann war es wieder still. Aber es war eine leichte Stille. Eine, die uns umspielte wie eine Melodie. Eine Melodie, die ein Lied singen zu schien. Ein Lied, das für einen Neubeginn stand. Für einen neuen Weg, der mir bevorstand. Mit neuen Kreuzungen, Hürden, aber auch mit neuem Licht. Aber vor allem mit dem Wissen, dass ich eine Familie, Freunde und ein Zuhause hatte. Und... eine Hazel.

Kapitel 26

Stacy 20.10.2020

„In neun Monaten und neunundzwanzig Tagen fliegst du weg“, stellte Ci auf einmal fest, während wir den vertrauten Weg von der Bäckerei nach Hause schlenderten. In ihrer Stimme lag kein Vorwurf, es war eine neutrale Feststellung. Es überraschte mich wenig, dass sie das auf den Tag genau wusste, denn sie liebte es, zu zählen. Egal was.

„Ja“, antwortete ich und sofort fühlte ich mich mies. Klar, Clara freute sich nicht, dass ich gehen würde, aber sie hatte sich damit abgefunden. Trotzdem tat es mir so unendlich leid. Ich kannte sie vermutlich besser als sie sich selbst und das war der Grund dafür, dass ich wusste, wie es ihr damit ging. Mein Auszug würde eine riesengroße Veränderung für sie sein und mir war klar, dass sie sehr lange brauchen würde, bis sie sich daran gewöhnte. Auch, wenn ich im August erstmal nur das Wohnheim und den Campus besichtigen würde. Dafür würde ich schon eine Woche in Paris sein und ab September dann ganz. Doch auch diese eine Woche war ihr zu viel, das wusste ich.

„Aber nach drei Jahren bin ich fertig mit der Schule in Paris und dann komme ich wieder“, versuchte ich sie zu trösten und schob schnell hinterher: „Außerdem werde ich auch an so vielen

Wochenenden wie möglich nach Hause kommen.“ Zwar hatte ich keinen blassen Schimmer wer und mit welchem Geld diese ganzen Flüge dann bezahlen sollte, aber das war noch nicht meine Sorge. *Noch* nicht.

Clara blieb stehen und sah mich aus großen Augen an. Ihre blau-grüne Iris strahlte im Licht der Sonne, aber ich erkannte die Angst dahinter. „Und an Weihnachten?“, fragte sie leise.

Ich schenkte ihr ein warmes Lächeln. Für sie bedeutete die Weihnachtszeit einfach alles. Einmal hatte sie mir erzählt, dass sie Weihnachten so liebte, weil es jedes Jahr wieder kam. Weil es etwas beständiges war, in dieser Welt voller Veränderungen. Und vor allem, weil sie wie ich auch eine Winterseele hatte. Naja... eine Herbst- *und* Winterseele, wenn man es ganz genau nahm.

„Wer wäre ich, wenn ich an Weihnachten nicht nach Hause kommen würde?“, fragte ich deshalb zurück und setzte mich wieder in Bewegung. Der Wind hatte aufgefrischt und blies mir unnachgiebig unter mein Pullover-Kleid. Wer hatte wohl wieder keine Jacke an? Richtig, ich.

„Ich hoffe in Paris ist es wärmer. Sonst...“, meinte Clara dann und holte mich ein. Sie steckte ihre Hände in die Taschen ihrer Jacke und grinste mich schief an. Sofort ging es mir besser. Da war dieses unglaubliche Glücksgefühl, immer wenn ich meine Schwester lachen sah, wenn ich spürte, dass es ihr gut ging.

„Sonst... was?“, hakte ich nach und zog herausfordernd eine Augenbraue hoch.

„Sonst kommst nicht weit mit deiner sehr ausgeprägten Jackenphobie!“, rief jemand von der anderen Straßenseite und ich wirbelte herum. Da stand Hailey, ihr langes schwarzes Haar zu einem dicken, hohen Pferdeschwanz gebunden und in der stylischsten Winterjacke, die ich mir hätte vorstellen können. Ihr Mund war zu einer missmutigen Schnute verzogen und mir wurde augenblicklich etwas wärmer.

„Shit, shit!“, fluchte ich und wandte mich nochmal an Clara. „Hailey und ich wollten zusammen shoppen gehen und ich... ich habs verpennt.“

Wieder lachte Ci. „Was anderes kenne ich sowieso nicht von dir“, gab sie zurück und zog ihre Jacke enger um sich. Eine dunkle, fette Wolke verdeckte die Sonne und kleine, feine Regentropfen landeten auf meiner Nase. „Geh, bevor du noch erfrierst, wir sehen uns später zu Hause“, sagte sie dann und nickte in Richtung unseres Hauses, das nur noch wenige Meter von uns entfernt zwischen den bunt gefärbten Bäumen stand.

„Tut mir leid“, beteuerte ich nochmal. Wir hatten eigentlich einen ganz gemütlichen Film- und Serientag mit heißer Schokolade geplant. Und trotz ihres Lächelns sah ich Clara an, wie schwer für sie diese spontane Veränderung war.

„Wir holen das heute Abend nach, versprochen!“ Dann war meine Schwester in unserer Hofeinfahrt verschwunden.

Ich biss die Zähne fest zusammen und wappnete mich für den Anschiss, den ich gleich garantiert von meiner besten Freundin kassieren würde.

Doch als ich die andere Straßenseite erreichte, war ihr Kopf noch nicht explodiert. Stattdessen hob sie fragend eine Braue.

„Was?“, fragte sie. „Du guckst wie ein Hund der in die Ecke gekackt hat und jetzt auf die Standpauke von Frauchen wartet.“

Ich prustete los. „In die Ecke gekackt?“

Sie zuckte die Achseln. „Ist fast das selbe.“

„Fast.“

Wir stiegen in ihr teures Auto, das ich offensichtlich auf dem Weg aus der Bäckerei übersehen haben musste. Jetzt fiel mir auch auf, warum.

„Sag bloß, die Karre hier ist neu.“ In der Luft hing der Geruch nach neuen Ledersitzen.

Meine beste Freundin zuckte gespielt unschuldig mit den Schultern. „Mum und Dad waren stolz, als ich ihnen von dem Medizinstudium erzählt habe.“ Zwischen all der gespielten Gleichgültigkeit hörte ich richtigen Stolz raus. Ihre Eltern waren stolz auf sie und das bedeutete ihr mehr, als sie jemals zuzugeben wagte. Denn im Herzen, so kalt und fies sie auch manchmal rüberkommen konnte, war sie noch immer ein kleines Mädchen, das mit allen Mitteln versuchte, seine Eltern stolz zu machen. Vor allem, weil sie diesen Eltern selten gut genug war...

„Das bin ich übrigens auch“, ließ ich sie wissen und legte ihr meine Hand auf den Oberarm. „Und dankbar. Ohne dich hätte ich nie selbst den Mut gefunden, das zu machen, was ich aus ganzem Herzen machen möchte.“

„Darin Arschtritte zu verteilen war ich einfach schon immer ungeschlagener Meister“, behauptete sie und grinste schief.

„Bescheidenheit ist echt nicht deine Stärke, Lee.“

„Von Bescheidenheit kann ich mir nichts kaufen.“

Abermals musste ich lachen und strich mit den Händen über das Armaturenbrett, die Sitze und den ziemlich neumodisch aussehenden Bildschirm, der das Navi, sowie eine Rückkamera anzeigte.

„Wenn *meine* Eltern stolz sind, machen sie mir eine heiße Schokolade und wenn’s hoch kommt machen wir zur Feier des Tages mein Lieblingsessen“, murmelte ich und schüttelte den Kopf. „Von dem Auto könnte ich die Miete meiner Wohnung in Paris locker in einem Schwung bezahlen.“

Hailey schnaubte. „Davon könntest du sie dir *kaufen*.“

Wir fuhren los, sie drehte die Musik auf und wir sangen laut und vollkommen schief mit. Ich genoss jede einzelne Sekunde. Denn nicht nur meine Familie und Jason würde mir fehlen, wenn ich für drei Jahre nach Paris zog, sondern auch meine beste Freundin. Es war merkwürdig, denn auch wenn ich nicht für immer fort sein würde, lernte ich die kleinen Momente mit meinen liebsten Menschen viel mehr wertzuschätzen. Ich merkte, wie ich viel weniger aktiv auf meinem Instagram Blog war und das Hier und Jetzt mehr genoss. Als wäre da eine große Sanduhr, die meine Zeit runter zählte, die mir noch mit ihnen blieb. Merkwürdigerweise beunruhigte mich das nicht, sondern schenkte ebendiesen Momenten noch so viel mehr an Wert.

Es pisste. Und zwar so richtig.

Bibbernd und fluchend schlang ich die Arme um mich selbst und senkte den Blick, damit mir der Regen nicht die ganze Zeit in die Augen laufen konnte.

In einigen Pfützen auf der im Dunkeln schwarz wirkenden Straße spiegelte sich das gelbliche Licht der Straßenlaternen. Das Wasser spritzte mir die Beine hoch und hatte sich schon längst in meine Turnschuhe und die feine Strumpfhose gesaugt. Der eisig kalte Wind machte das ganze nicht wirklich angenehmer. In meiner rechten Hand hielt ich eine Papiertüte von *New Yorker* fest umklammert, die jetzt auch schon fast aufgeweicht war. Die Luft war erfüllt von dem Geräusch des Regens, der auf tausende Blätterdächer prasselte und dem Rauschen des Windes in den Baumkronen. Es roch nach nassem Teer und Herbst. So sehr ich das alles auch tief in mir genoss, so fror ich doch erbärmlich.

Ich biss die Zähne zusammen und hastete so schnell es mir möglich war auf unsere Hofeinfahrt zu. In einigen Fenstern brannte warmes Licht, was mir verriet, dass ich doch nicht zu spät war. Abermals verfluchte ich mich dafür, so getrödelt zu haben. Hoffentlich schlief Ci noch nicht…

Mit meiner einzigen freien Hand klaubte ich den Schlüssel aus meiner Handtasche und brauchte ein paar Anläufe mit den zu Eis erstarrten Fingern, um ihn ins Schlüsselloch zu stecken. Erleichtert atmete ich auf, als die Tür sich öffnete und mir sofort Wärme, der Geruch nach Kaminfeuer, Brötchen, Holz und... heiße Schokolade entgegenschlug. Tief inhalierte ich den wundervollen Duft meines Zuhauses und wartete kurz einen Moment, bis die Wärme mich etwas von innen aufgetaut hatte. Dann schloss ich wieder ab, streifte meine Schuhe aus, in denen sich ein kompletter See gebildet hatte und huschte schnell auf nassen Socken ins Obergeschoss.

Noch immer zitternd schob ich mich in mein Zimmer und entdeckte zu aller erst, dass mein Fenster noch offen stand.

„Willst du mich eigentlich verarschen?", knurrte ich und ließ Tasche und Tüte auf die Holzdielen fallen, um mir einen Weg durch das immer herrschende Chaos in meinem Zimmer zu dem Fenster zu bahnen.

Nachdem ich mein Fenster geschlossen, das größte Chaos beseitigt und das Feuer in meinem kleinen Ofen angezündet hatte, streifte ich mir die nassen Sachen aus und schlüpfte in Jogginghose und Pullover. Sofort hörte ich auf zu frieren und harrte noch eine Weile vor dem Ofen aus. Meinen Blick ließ ich durch den kleinen Raum schweifen, den ich nun seit mehr als elf Jahren bewohnte. Mein Bett mit den Massen an rosa, weißen und beigefarbenen Kissen passte gerade so ans andere Ende des Zimmers und stand direkt unter dem Fenster. Davor lag mein liebster Flauschteppich. An der Wand, an der auch das Kopfende meines Betts lehnte, war mein Schminktisch, über und über mit Zeug beladen, denn aufgrund des Platzmangels, diente er mir gleichzeitig auch als Schreibtisch. Zwischen ihm und dem Bett war mein kleiner Holzofen. Auf der anderen Seite an der Wand stand der hölzerne, weiße Kleiderschrank, der perfekt zur hellbraunen Wandfarbe passte. Neben ihm prangte das Ariana Grande Poster, das dank meiner Tollpatschigkeit noch immer in der Mitte gespalten war.

Ein wohliges Seufzen entwich meinen Lippen, als ich dem Knacken und Knistern des Feuers lauschte und dem Regen, der gegen die Außenwände und mein Fenster prasselte. Ich liebte mein Zimmer und unser altes Haus. Die Dielen, die knarzten, die kleinen Holzöfen in jedem Raum statt Heizungen, die Sprossen in den Fenstern und diese Enge mit den niedrigen Decken, die mir immer ein Stück Geborgenheit schenkte.

Widerwillig rappelte ich mich auf und verließ mein Zimmer, um wieder nach unten zu gehen. Immerhin hatte ich Clara versprochen, dass wir uns noch einen schönen Abend machen würden. Und ehrlich gesagt konnte ich den jetzt auch mehr als nur gebrauchen.

„Wie es hier riiiecht", schnurrte ich, als ich das Wohnzimmer betrat und schnuppernd die Nase in die Luft hielt. Heiße Schoki und noch irgendwie frisch gebacken…

„Dad hat uns Muffins aus der Bäckerei mitgebracht und Mum hat die heiße Schokolade gemacht", antwortete meine Schwester mit einem zufriedenem Lächeln auf dem Gesicht. Sie saß mit drei weißen, kuschligen Strickdecken auf unserer beigen Stoffcouch. Auf dem Couchtisch standen allerlei Leckereien und ein paar Kerzen, die ab und zu etwas zuckten und ein warmes Licht ins Zimmer warfen. An den Fensterrahmen leuchteten unsere Lichterketten vor dem dunklen Himmel draußen. Gegenüber von der Couch stand der weiße Holzschrank mit den schwarzen Knöpfen an den Schubladen, darauf der Fernseher und im Ofen daneben prasselte ein Feuer vor sich hin. Auf dem Bildschirm sah ich das Menü der DVD von Staffel eins der *Gilmore Girls* und ich musste breit grinsen.

„Sieht nach dem perfekten Abend aus."

„Definitiv“, stimme Ci mir zu. Mit den viel zu langen Ärmeln ihres braunen Strickpullovers hielt sie ihre dampfende Tasse fest. Der Dutt auf ihrem Kopf hatte schon ein paar Strähnen fallen lassen. Doch sie sah so... glücklich aus. Ich nahm mir fest vor, diesen Abend mit allem was ich hatte zu genießen.

Gierig und hungrig schnappte ich mir vom Couchtisch einen Teller mit einem der Schokomuffins und ebenfalls eine große Tasse Kakao. Vorsichtig setzte ich mich mit beidem neben meine Schwester und nahm einen großen Schluck des Heißgetränks. Der süße, schokoladige Geschmack breitete sich in meinem Mund aus und die Wärme flutete meine Adern.

Zufrieden kuschelte ich mich tiefer in die Sofakissen und Ci startete Staffel eins Folge eins unserer absoluten Lieblingsserie.

„Ohne dich werde ich sie nicht mehr schauen können“, sagte Clara plötzlich und ich verschluckte mich fast an meinem Schluck Kakao.

„Was?“, stieß ich aus und musterte sie. Im Hintergrund begann die Titelmusik und ich musste mich zusammenreißen, in diesem Moment nicht mitzusingen, wie Clara und ich es sonst immer taten.

Die Schultern meiner Schwester sackten ab. „Ohne dich... ist es nicht das selbe...“

Ich seufzte, stellte meine Tasse auf den Tisch und schaute sie intensiv an, auch wenn ich wusste, dass sie das nicht gern hatte.

„Wie wäre es, wenn du sie schaust und dir vorstellst, ich wäre Lane?“, schlug ich vor. „Deine beste, etwas verrückte Freundin, die da ist, wenn auch nicht wirklich greifbar. Bitte versprich mir, dass du alles was du liebst nicht aufgibst, nur weil wir es nicht mehr gemeinsam machen können. Du wirst jemanden finden, mit dem du *Gilmore Girls* schauen kannst. Und auch wenn ich es nicht bin, bin ich in dem Moment bei dir, nämlich hier.“ Ich legte eine Hand auf mein Herz und ein zartes Lächeln zeichnete sich in Ci's Gesicht. „Versprich mir, dich nicht aufzugeben, denn du bist nicht allein, okay?"

„Okay."

„Versprochen?"

„Versprochen."

Das prasseln des Regens und das Knistern des Feuers wurde langsam eins mit meinem Herzschlag, der mich am Leben hielt und in diesem Augenblick, an diesem Abend einen Freudensprung von tiefer Dankbarkeit machte.

Kapitel 27

Clara 2021

Die dicken, schweren Regenwolken hatten den Himmel so verdunkelt, dass man hätte denken können, es wäre spät am Abend und nicht erst zehn Uhr morgens. Dicke Regentropfen prasselten gegen die Fensterscheibe und liefen in Schlieren daran hinunter. Der Wind pfiff ums Haus und die Bäume unten im Hof neigten sich unter dieser Kraft leicht zur Seite. Bunte Blätter wehten durch die Luft und fanden ihren Platz auf der Straße, dem Gehweg, Auto- und Hausdächern.

Meine Schläfe lehnte an der kalten Glasscheibe und ich hörte im Hintergrund das Feuer in meinem Ofen knacken. Bei jedem Atemzug röchelte ich noch immer leicht und meine Nase lief ununterbrochen. Nach dem Besuch auf dem Friedhof vor knapp einer Woche hatte ich mich stark erkältet, war nun aber wieder auf dem Weg der Besserung. Ich hatte es mir zur Morgenroutine gemacht, nach dem Aufstehen meine Kuscheldecke und meinen Laptop zu nehmen und ich mich auf die schmale Fensterbank neben meinem Bett zu setzen. Jeden Morgen saß ich dann da und starrte auf Heather‘s Haus oder schrieb meine Gedanken auf. Hazel hatte ich in der ganzen Zeit nicht gesehen und sie fehlte mir.

Mein Handy gab einen erstickten, kurzen Laut von sich, was

mich aus meinen Gedanken riss. Umständlich zog ich es aus dem Spalt zwischen Decke und Laptop und entsperrte es. Eine Nachricht von Jason.

Hey! Wenn du morgen wieder soweit fit bist, können wir uns gerne mal das Teehaus zusammen ansehen, der Verkäufer ist einverstanden 🙂 Also nur wenn du willst. Und ich hatte noch eine Idee... In ein paar Tagen ist ja schon der erste Oktober und damit Herbst-Tag in Brightwood. Wir könnten den Laden etwas schmücken und die Leute darauf aufmerksam machen, was meinst du?

Ich biss mir nachdenklich auf die Unterlippe. An sich war das eine fantastische Idee, doch es erschien mir zu einfach.

Was, wenn der Verkäufer uns das Teehaus nicht verkaufen will? Und überhaupt... So schnell geht das doch gar nicht, oder? Können wir denn überhaupt sicher sein, dass wir es bekommen? Oder dass wir uns das leisten können? Wir wissen ja gar nicht, wie es innen aussieht. Vielleicht ist das doch nur ein naiver Traum.

Meine Lippe zitterte, mein Hals brannte noch etwas und ich spürte, wie Angst sich in mir breit machte. In den letzten Tagen hatte Jason zwar den Verkäufer kontaktiert, aber sonst wussten wir nichts. Weder, was oder wie wir das alles machen sollten, noch was alles zu bezahlen war. Und es wollte noch immer nicht in meinen Kopf rein, dass er das wirklich und tatsächlich ernst meinte, dass er das tat. Dass er sich auch so auf das Café freute. Es wirkte alles so... unrealistisch. Hatte ich sowas verdient? So viel strahlendes Glück, nachdem Stacy solches Unglück hatte erfahren müssen? Würde ich das überhaupt schaffen? Woher sollten wir Möbel nehmen, wie...

Der Piepton meines Handy brachte mein Gedankenkarussell zum Stehen und ich schüttelte den Kopf. So durfte ich nicht denken. Noch nicht. Es stand noch nichts fest.

Überlass das nur mir Also... hättest du Lust?

Wider Willen musste ich lächeln. Unter all den Trümmern aus Ängsten und Zweifeln in mir, vernahm ich das Leuchten der Vorfreude. Und ich erlaubte es mir.

Also schrieb ich ihm rasch zurück und legte das Smartphone wieder weg, weil mein Kopf anfing, unangenehm zu pochen. Mum und Dad wussten noch nicht sehr viel von der Sache, nur dass Jason da eine Idee hatte. Es war Zeit, ihnen das alles richtig zu erzählen. Ich wollte nicht, dass sie wieder das Gefühl hatten, von mir ausgeschlossen zu werden. Außerdem hatte Dad in seinem Leben nichts lieber gemacht, als seine Bäckerei zu betreiben. Er würde es verstehen, vielleicht konnte er uns sogar helfen?

Aber was, wenn nicht?

Was, wenn meine Eltern diese Idee nicht gut fanden, wenn sie, wie ich mir selbst, das ganze nicht zutrauten?

Frustriert stieß ich ein Seufzen aus und lehnte mich zurück gegen das Kissen, das ich mir zwischen Fensterrahmen und Rücken gequetscht hatte. Langsam klappte ich den Laptop auf und begann zu tippen. Die Worte kamen einfach, sobald ich die Tasten berührte. Ich spürte, wie ich mit jedem Wort, das ich aufschrieb, leichter atmen konnte. Befreiter. Wie ich diesem Ort auf meinem Computer ein Teil der Last überließ, die seit Tagen und Wochen auf meinen Schultern lastete. Und wie ich mehr und mehr das Gefühl bekam, mit jemandem meine Gedanken teilen zu können, ohne dass ich wirklich reden, mich richtig auszudrücken musste.

Es tat unglaublich gut.

So tauchte ich ein in eine andere Welt, die nur mir gehörte, hörte nur noch das stetige Klackern der Tasten und meinen eigenen Herzschlag.

Verloren und losgelassen

Da sind immer noch
die Lichter
die wir damals
entzündet haben.

Sie leuchten noch
ganz leicht
ganz schwach
in der Ferne.

Ich habe das
Streichholz
noch immer
in der Hand

hab's nie verloren.
Wir gehen weiter
das Licht wird kleiner
es geht verloren.

Ich will es halten
doch wir gehen

diesen Weg
nicht mehr gemeinsam.

Eines Tages
werde ich loslassen
und dann merken
dass ich wieder atmen kann.

- Clara F.

Ein dumpfes Klopfen an meiner Zimmertür ließ mich sofort erschrocken zusammenzucken.

Irritiert sah ich mich zuerst in meinem Zimmer um und starrte dann auf den Bildschirm. Auf die geöffnete Datei und die Buchstaben, die ich zuletzt getippt hatte.

Clara F.

Es war das allererste Mal gewesen, dass ich unter eines meiner Gedichte meinen Namen geschrieben hatte. In mir regte sich irgendwas, eine Hoffnung, ein Gedanke, eine Idee, ein Traum, der da noch irgendwo verborgen war unter Schutt und Asche und der so langsam wieder ans Licht kam.

Meine Tür schwang auf, bevor ich diesem Gefühl nachgehen konnte. Mum kam rein, in der Hand zwei dampfende Tassen. Der Duft von Schokolade, Zimt und einem Hauch Vanille schlug mir sofort entgegen und ließ meinen Magen laut grummeln.

Sie lächelte warm, kam rein und schob die Tür mit ihrem Fuß zu. Ihre blauen Augen schienen zwischen zwei noch vom Duschen nassen Haarsträhnen zu leuchten. Ihre Jogginghose hatte sie gegen ein Strickkleid und eine dicke Strumpfhose mit Stulpen eintauscht. Meine Mutter... hatte sich verändert nach dem Tag auf dem Friedhof. Zwar ging sie noch immer nicht arbeiten, was mich nach ihrem Geständnis nicht mehr ganz so sehr wunderte, aber mich doch noch irgendwie beschäftigte. Dad arbeitete doch auch noch.

Dieses ganze Gefühlschaos nagte an mir, zerrte an meinen Kräften, aber dennoch merkte selbst ich, dass es Mum besser ging. Sie sprach offener mit mir, wir schauten abends oft zusammen ihre geliebte Backshow im Fernsehen und tranken morgens zusammen heiße Schokolade.

„Morgen“, begrüßte sie mich, kam auf mich zu und reichte mir eine der beiden Tassen. Auf meiner war ein orangener Fuchs vor weißem Hintergrund und ein kleiner Korb voll mit Äpfeln und Kürbissen. Meine Lieblingstasse. Die Wärme des Kakaos drang durch den Stoff der Ärmel meines Strickpullis und wärmte meine Handflächen.

„Guten Morgen“, erwiderte ich und lächelte. „Danke.“

Auch sie strahlte und zog sich meinen Schreibtischstuhl zu mir an die Fensterbank. Das war okay für mich. Nur auf mein Bett durfte niemand. Und an meine Bücher und mein Regal. Und meinen Laptop.

„Mittlerweile brauche ich nichtmal mehr Kaffee“, meinte sie als sie sich gesetzt hatte und blickte in das trübe Braun ihres Bechers. „Jetzt verstehe ich, warum du und Stacy quasi davon gelebt habt. Das macht ja fast süchtig.“

Abermals lächelte ich, doch diesmal fiel es mir schwerer. Der Stich in meinem Herzen war da gewesen und hatte weh getan. Und er würde so schnell nicht wieder verschwinden.

Mum räusperte sich und ich sah sie irritiert an, denn sonst tranken wir immer schweigend unsere Tassen leer. Es war nie ein schweres, bedrücktes Schweigen, sondern ein warmes, vom Knacken des Feuers und dem Prasseln des Regens erfülltes

Schweigen.

„Ich wollte mit dir heute morgen mal über zwei Dinge sprechen und ich hoffe das ist okay“, begann sie zögernd und sah mich an. Nach ein paar Sekunden nickte ich langsam. „Also... Hazel.“

Ein Klos bildete sich in meiner Kehle. Sie hatten doch noch nicht ihren Besitzer gefunden... oder?

Mein Blick schien ein offenes Buch zu sein, denn Mum hob sofort ihre freie Hand und lachte. „Schau mich nicht so an, es... sind gute Themen.“ Erleichterung machte sich in mir breit. Und noch ein anderes Gefühl... Hoffnung? Nervosität? Es kribbelte in meinem Bauch.

„Heather hat mir erzählt, wie viel sie dir bedeutet und wie sehr sie dich vermisst, wenn sie bei ihr und Charles ist. Sie hat mir gesagt, sie wäre wie ein Pflaster für das Loch, das Stacy's Verlust in dein Herz gerissen hat. Etwas, dass dir hilft den Schmerz zu akzeptieren und langsam zu heilen... Naja und da haben dein Vater und ich uns mal zusammengesetzt und...“

„Wir haben beschlossen, sie vorerst zu uns zu nehmen“, kam es von der Tür, von der ich gar nicht bemerkt hatte, dass sie jemand geöffnet hatte.

Dad stand im Rahmen und strahlte über das ganze Gesicht. Seine schwarze Jeans und das rot-schwarz-weiß karierte Hemd war an einigen Stellen voller Mehlflecken, so als wäre er gerade aus der Backstube gekommen. Was wahrscheinlich auch der Fall war. Ein warmer Ausdruck der vor Freude nur so zu leuchten schien lag in seinen grauen Augen. Er liebte Hunde, das wusste ich.

In mir drin herrschte Chaos, es flatterte in meinem Herzen, kribbelte in meinen Fingern und meine Lippen formten sich zu einem ungläubigen Lächeln. Ich spürte sogar diese komischen Tränen, obwohl ich nicht traurig war. Licht flutete mein Herz und ich wusste nicht, wie ich mit all diesen Gefühlen umgehen sollte. Denn... es waren nur positive.

Eine Sache jedoch störte mich.

„Vorerst?", hakte ich leise nach.

Dad seufzte und lehnte den Kopf gegen den Rahmen. „Noch wissen wir nicht, woher Hazel kommt und ob sie nicht vermisst wird. So lange können wir nicht zu einhundert Prozent sagen, dass sie bleiben wird. Aber sagen wir mal... wir wissen es... zu neunundneunzig Prozent."

Das gab meiner Freude einen Dämpfer und ein ungutes Gefühl. Was, wenn sie hier ein paar Wochen lebte, ich sie in mein Herz schließen würde, nur damit plötzlich jemand hier aufkreuzen könnte, der sie mir wieder aus dem Leben riss? Aber ich musste mir selbst eingestehen, dass sie schon längst einen Platz in meinem Herzen besaß...

„Es ist deine Entscheidung, Clara. Wir können es voll und ganz verstehen, wenn du das Risiko, wieder verletzt zu werden, nicht nochmal eingehen willst", schob Mum schließlich mit sanfter Stimme hinterher.

Ich nickte und verkrampfte meine Finger um den warmen Griff meiner Tasse.

„Lassen wir das... erstmal so stehen", sagte sie dann und sah zu meinem Vater, der nun auch eintrat, mir aber nicht zu nah kam. Er wusste, dass mich zu viele Menschen in einem so kleinen Raum in Panik brachten.

„Wir bieten dir das an und du kannst jederzeit mit einer Entscheidung zu uns kommen. Aber das war noch nicht alles, worüber wir mit dir sprechen wollten."

Abermals blickte sie über ihre Schulter zu Dad, als suchte sie nach einem Zeichen.

„Jason hat uns von eurer Idee erzählt und davon, was du dir

schon so lange erträumst“, platzte sie dann raus und ihre Augen ruhten wieder auf mir.

Ich wusste nicht, wie ich das finden sollte, aber ich spürte auch einen Hauch Erleichterung, weil ich so nicht schon wieder von meinen wirren Gedanken und meinem Traum erzählen musste.

„Hat er?“, wollte ich dennoch wissen.

Aus dem Augenwinkel sah ich Dad nicken.

„Und...“, flüsterte ich und wusste nicht weiter. Wusste nicht, was jetzt kommen würde.

„Wir möchten dich dabei unterstützen, dass du genau diesen Traum leben kannst. Für dich und für Stacy.“

Er hatte ihnen von dem Versprechen erzählt.

Meine Eltern wollten mich unterstützen.

Sie hielten mich nicht für naiv.

Ich spürte, wie ich zu schluchzen begann und die heiße Schokolade in meinen Händen verdächtig zu zittern anfing. Wie mir Tränen die Wangen runterliefen und sich tief in meinem Herzen eine Blockade löste, von der ich nicht einmal gewusst hatte, dass sie je da gewesen war. Meine Dankbarkeit war nicht in Worte zu fassen. Nicht greifbar und doch hüllte sie mich ein wie eine warme Decke.

„Wenn du es möchtest, würde ich auch gerne in dem Café in Zukunft arbeiten“, schob Mum noch hinterher, was mich nun komplett aus der Bahn warf.

„Aber... aber... dein... die Schule“, stammelte ich erstickt und versuchte verzweifelt Platz für all die Emotionen in mir zu schaffen.

Mum lächelte und ich konnte sehen, wie sehr sie sich auf das Café freute. Wie sehr es sie erfüllen würde und dass sie es nicht nur für mich tun würde.

„Ich habe vor zwei Wochen auf mein Herz gehört, als es mir

sagte, ich sollte mehr für die Tochter da sein, die noch hier und noch am Leben ist. Aber noch viel mehr hat es mir geraten, für mich selbst mehr da zu sein. Mich nicht mehr selbst so zu stressen und... einen neuen Weg einzuschlagen.“

Ich blinzelte den Schleier der Tränen weg und sah erst Mum dann Dad an. „Das würde aber doch heißen... dass du viel viel weniger verdienst und... nochmal von vorne anfangen musst.“

Sie atmete tief ein und aus ehe sie mir antwortete: „Heather hat mir ein paar sehr weise Worte mitgegeben. Sie sagte: Wenn du manchmal einen Schritt zurück machst kann sich der Weg, auf dem du bisher gegangen bist, plötzlich verändert haben und dann sind da Kurven und neue Wege, die vorher nicht da waren. Es heißt nicht, zurückzugehen, sondern zurückzugehen um eine neue Richtung einzuschlagen.“

„Es hat uns sehr gerührt, als Jason uns auch von deiner Idee erzählte, Albert in dem Büchercafé einen Ort zu schenken, an dem er noch immer seine Bücher verkaufen kann“, erzählte Dad nach einer Weile des Schweigens. „Allein das hat uns davon überzeugt, das zu machen. Du bist ein unglaublich wertvoller Mensch, Clara und wir sind eine Familie. Wir können das schaffen. Zusammen.“ Er machte eine Pause bevor er mit beiden Daumen auf sich zeigte und meinte: „Einen Lieferanten für Backwaren hätten wir auch schonmal.“

Ich musste lachen.

Ein echtes, freies Lachen.

„Und Jason hat glaube ich auch noch eine Überraschung für dich parat, von der er dir morgen berichten wird“, verriet Mum und schmunzelte.

Mir entwich ein ersticktes Schnauben. „Noch mehr?“

„Das ist nicht viel, Clara“, beteuerte Mum, ihre Stimme klang ernster. „Stacy können wir nicht wieder zurückholen. Aber wir können weitermachen, wo sie aufgehört hat: Unseren Träumen entgegen zu gehen. Denn Träume halten uns am Leben."

„Danke", hauchte ich. Vor ein paar Tagen erst hatte ich das gleiche Wort zu Jason gesagt. Aber an diesem Tag hatte ich es nicht weniger aus tiefstem Herzen gesagt, wie heute auch. Das alles war... mein Traum. Das, was mich immer wieder motiviert und aufgebaut hatte. Wir würden es für Stacy tun, aber vor allem auch für uns. Denn wir waren noch hier, wir lebten noch und wir sollten dieses Leben nutzen. In meine Dunkelheit war so viel Licht getreten. Und Heather hatte Recht behalten. Denn auch wenn lange nicht all mein Schmerz verklungen war, war das beste Heilmittel gegen Angst das Verständnis.

Kapitel 28

Clara 2021

„Du kannst stolz auf dich sein Liebes."

„Wie geht das?", wollte ich wissen und fühlte mich blöd.

Heather schenkte mir ein warmes Lächeln. „Du weißt bereits, wie das geht und du kennst es bestimmt auch", behauptete sie und lehnte sich in ihrem Ohrensessel zurück. „Es ist das Gefühl, das sich in dir ausbreitet, wenn du etwas geschafft hast, was dich lange Zeit Überwindung gekostet hat. Dieses Glücksgefühl, was einem Kraft und Energie gibt, weiterzumachen, weil man es kann. Das nennt man Stolz. Und wenn man stolz auf sich selbst sein kann, ist das ein Geschenk, denn das können die wenigsten."

Einen Moment dachte ich darüber nach und lauschte dem Knacken des Feuers im Kamin.

„Ist das dann sowas wie damals, als ich zum ersten Mal ein richtig gutes Weihnachts-Plätzchen gebacken habe, das sogar besser als Dad's war?"

Sie lachte, wobei die Falten um ihre Augen wirkten wie eine Sonne, die ihr Gesicht strahlen ließ.

„Das ist ein sehr schönes Beispiel und genau das ist es."

„Okay."

Meine Finger tippten nervös immer wieder auf den Rücken von

Hazel, die auf meinem Schoß lag und mich wärmte wie eine Decke. Überall, wo sie mich berührte, spürte ich Sicherheit und Geborgenheit. Die kleine war für mich wie eine Art Ruhepol, trotzdem wusste ich nicht wohin mit der ganzen Aufregung.

„Was hast du auf dem Herzen, Liebes?", fragte Heather dann auch schon und lehnte sich leicht zur Seite um ihre Tasse mit Kräutertee vom Couchtisch zu heben. Nachdem sie ein paar Schlucke getrunken hatte, sah sie mich geduldig abwartend an.

„Ich...", setzte ich an und suchte nach Worten. Wie beschrieb man das alles, was in mir gerade vorging? Wie konnte ich all diese Gefühle und Fragen ausdrücken oder formulieren, sodass man sie verstehen konnte? „Heute gehen wir zu dem Teehaus."

„Das ist ja schön", fand Heather und lächelte. Mum und Dad hatten ihr natürlich auch von allem erzählt und den Rest hatte sie heute morgen von mir schon erfahren. Sie war richtig... begeistert gewesen. Aber auf mich hatte sie auch irgendwie so gewirkt, als hätte sie das alles bereits geahnt.

„Und vielleicht nehmen wir Hazel zu uns", schob ich noch hinterher und zwirbelte das kurze, braune Fell des Welpen zwischen Daumen und Zeigefinger. Bei der Erwähnung ihres Namens hob sie neugierig den Kopf und schaute mir direkt in die Augen. Ihr Blick aus ihren hellblauen Augen war so klar, so ehrlich und so voller Vertrauen. Sie gab mir das Gefühl, als würde sie jedes meiner Worte verstehen. Als würde sie *mich* verstehen. Auch ganz ohne Worte.

Das war es schließlich, was mir den Mut gab, Heather von meinen Gedanken zu erzählen.

„Es... ist alles so anders als früher und es kommt mir viel zu leicht vor alles. Und was wenn das alles nicht geht? Wir wissen doch noch nicht, wie wir das alles bezahlen sollen und Stacy fehlt. Ich... ich will sie loslassen, wirklich. Manchmal kann ich das auch, aber dann wieder nicht. Vielleicht bin ich nicht gut im Loslassen. Aber das ist alles so viel und ich habe so… Angst, auch wenn ich mich freue… und irgendwie nicht. Darf ich mich freuen? Stacy hat diese Zeit nicht mehr und ich habe so viel Zeit und irgendwie einen Teil davon auch nicht mehr…“

Atemlos ließ ich die Schultern sinken und konzentrierte mich auf die ganzen wilden Muster in dem roten, alten Teppich auf dem Boden, um mich wieder zu beruhigen. Jedes Mal, wenn ich das tat, keimte in mir der Wunsch auf, sie alle zu sortieren und anzupassen.

Hazel saß nun aufrecht und drückte ihren Kopf gegen meinen Bauch. Dankbar legte ich einen Arm um sie und spürte ihre Wärme. Sie ließ mich ruhiger werden und leichter atmen.

„Hast du schonmal von diesem Zitat gehört, dass die Zeit und das Leben in dieser Zeit im Herzen wohnen?“, wollte sie nach einer Weile wissen und ich nickte sofort.

„Von Michael Ende aus Momo“, antwortete ich. „Albert hat mir das Buch empfohlen und es hat mir… geholfen.“

Aus dem Augenwinkel sah ich Heather zufrieden nicken.

„Und wenn nun jemandem, wie bei dir, ein Teil des Herzens entrissen wird, kommt es einem so vor, als gerate die Zeit und das Leben darin aus den Fugen. Die Wahrheit aber ist, dass alles weitergeht, wie bisher. Und wenn wir zu lange in diesem Zustand der Zeit- und Gefühllosigkeit schweben, lernen wir das wahre Leben nie wieder lieben, so unfair es auch sein kann. Denn das Herz schlägt für dein Leben auch mit einem Loch noch weiter. Dein Herz kämpft für dich.“

Sie hatte recht. Das wusste ich.

„Du hast dieses unglaubliche Geschenk bekommen, deinen Traum zu verwirklichen. Jason und Hazel sind dir mit auf den Weg gegeben worden, als du einen Teil von dir verloren hast. Du bist nie allein mit all dem, was du durchmachst. Denk nicht immer an den Grund für alles, was dir gutes passiert, sondern nimm es dankbar an und schau was als nächstes geschieht. Nur so funktioniert das Leben im Herzen."

„Aber was, wenn ich das nicht schaffe? Was wenn wir heute sehen, dass das Teehaus perfekt ist, aber wir es uns nicht leisten können oder der Verkäufer es uns nicht verkauft? Oder wenn ich später versage, weil ich…" Ich unterbrach mich selbst, denn ich merkte, wie ich genau das tat, was Heather gerade gesagt hatte. Hinter allem Guten vermutete ich direkt Schlechtes.

„Du hast es gerade erkannt, richtig?", vermutete sie und ich nickte. „Das ist alles, was du gerade brauchst. Erkenntnis ist der erste Weg zum Perspektivenwechsel. Denn vorher erkennt man meist nicht, dass man ihn wirklich nötig hat."

Darauf wusste ich nichts zu erwidern.

„Du musst nicht antworten, nimm diese Erkenntnis einfach mal mit dir. Und was Hazel angeht, vertraue deinem Gefühl. Ich weiß, dass da eine besondere Bindung zwischen dir und ihr ist. Sie wird dir zeigen, was das richtige ist. Keiner verlangt von dir, dass du dich heute oder morgen entscheidest, ja?"

Erneut nickte ich und streichelte der kleinen Hündin zart über den Kopf.

Das Geräusch der Haustürklingel ertönte und ich zuckte kurz zusammen. Hazel und Charles sprangen auf und tappten rasch zur Tür.

„Das wird Jason sein", meinte Heather. „Denk an das, was ich dir gesagt habe und versuche diesen Nachmittag einfach zu genießen, in Ordnung?"

Langsam erhob ich mich und nahm meine dicke grüne Jacke von der Lehne des Sessels, auf dem ich gesessen hatte.

„Ja", sagte ich und meinte es auch so. Ich war Heather mehr

als dankbar, dass sie nicht *„Stacy hätte das auch getan“*, dazu gesagt hatte. Denn ich wusste bereits, dass es so gewesen wäre. Meine Schwester hätte es mehr als nur genossen, denn ich konnte nicht zählen, wie oft wir vor den mit Zeitung verklebten Fenstern des Teehauses rumgelungert und uns in den buntesten Farben ausgemalt hatten, wie es wohl von innen aussah. Heute war der Tag, an dem ich wirklich reingehen durfte. Wirklich die Chance dazu hatte. Und ich wusste, dass Stacy an der Sache gar nichts negativ gesehen hätte. Aber ich war eben auch nicht sie. Und ich lernte noch. Das war mehr als okay.

Kapitel 29

Stacy 25.10.2020

Der Duft von frisch gebackenen Brötchen hing in der Luft und umgab mich wie eine tröstende Umarmung. Die hatte ich auch bitter nötig heute morgen, denn Anne hatte mich im Unterricht echt fertig gemacht. Okay ich geb's zu, ich war nicht ganz bei der Sache gewesen, aber wie hätte ich das auch sein sollen?

`Ich hole dich gegen zwölf Uhr heute mittag an der Bäckerei ab, hab eine sehr große Überraschung für dich und ich wette, es wird dir die Sprache verschlagen 😜 Sei pünktlich!`

Das hatte Jason mir heute morgen schon um sieben Uhr in der Früh geschrieben. Um SIEBEN! Er. Der normalerweise bis zu seinem Hockeytraining um elf Uhr vormittags im Bett lag und pennte. Natürlich hatte ich die Nachricht vor meinem Training gelesen und war daraufhin zu einem Nervenbündel mutiert. Aber was zum Geier sollte denn auch heißen *„eine sehr große Überraschung"*!? Hatte er ein Haus für uns gekauft? Wäre noch etwas zu früh für meinen Geschmack, aber was zur Hölle hatte er vor, mir zu zeigen??

„Stacy? Stacy!", rief mich die Stimme meines Dad's zurück in die Wirklichkeit. „Stacy, wir haben Kundschaft und ich kann hier gerade echt nicht weg!"

Er klang gehetzt.

Upsi.

So viel zu dem Thema nicht bei der Sache sein...

Schnell legte ich zwei Nudelhölzer beiseite und huschte aus der Backstube in den Verkaufsraum. Mein Herz schlug mir bis zum Hals... nur um dann wieder enttäuscht zu werden. Klar, es war nicht Jas.

Vor der Theke mit dem Glas, hinter dem unsere Backwaren auslagen, stand eine Frau, die ich noch nie zuvor hier gesehen hatte und die mir für einen Augenblick lang komplett die Sprache verschlug. So stellte man sich wohl die böse Stiefmutter vom Aschenputtel in der Neuzeit vor...

Eigentlich hatte ich keine Vorurteile gegenüber anderen Menschen, aber diese Frau hatte eine derart abstoßende Ausstrahlung, die ich einfach nicht anders hätte in Worte fassen können...

Sie musste wohl einen ziemlich schlechten Friseur haben, denn ihre rot gefärbten Haare sahen fleckig und künstlich aus. In gekräuselten Locken standen sie ihr schulterlang vom Kopf in alle Richtungen ab. Doch sie sah alles andere als arm oder gar schäbig aus. Denn abgesehen von ihrer Haarfarbe war ihre Kleidung, ein enges, schwarzes Skinnykleid, eine hautfarbene Feinstrumpfhose, lederne, schwarze Overknees und eine echte Pelzjacke, krass hochwertig und sah verdammt teuer aus. Vor allem ihre schwarze Handtasche von *Michael Kors*. Das Kinn hatte sie überheblich gereckt, was mit ihrer Hakennase, den eingefallenen Wangen und der hohen Stirn nur noch den Eindruck von einem Raubvogel verstärkte.

Eine eiskalte Gänsehaut lief mir den Rücken runter und ich wusste noch nicht einmal, warum überhaupt, denn ich hatte noch nicht ein Wort mit der Frau gewechselt. Naja... vielleicht war es auch eben das.

„Bist du stumm Mädchen?“, fragte sie barsch und mit hoher Stimme. Raubvogel. Dachte ich es mir doch.

„Äh nein“, stotterte ich, fing mich dann aber wieder. Krass war die einschüchternd. „Was wünschen Sie?“, stellte ich dann die Frage, die ich in meinem Leben bestimmt über einhundert mal gestellt hatte.

Raubvogel rümpfte die Nase und ließ ihre stechend grünen Augen über die Teigwaren gleiten.

„Haben Sie hier denn nichts vernünftiges? Das hier kann man doch nicht Essen nennen!“ Mit ihrem dürren Finger wies sie auf die Schokocroissants.

Meine. Liebsten. Schokocroissants.

Spätestens jetzt mochte ich sie offiziell nicht mehr.

Ich setzte ein künstliches Lächeln auf und antwortete: „Tut mir wirklich leid, aber Sie befinden sich hier in einer *Bäckerei* und da gibt es nunmal *Back*waren.“

„Für wie blöd hältst du mich denn?“, fuhr sie auf.

Für ziemlich blöd. Ich hätte es zu gern gesagt.

„Siezen oder Duzen wir uns jetzt?“, fragte ich stattdessen an sie gewandt zurück und lächelte noch immer.

„Herr Gott wo bin ich hier nur gelandet? Ich verlange bitte eine kompetente Bedienung und keine kleine Blondine. Hast du denn überhaupt einen Schulabschluss?“

Honigsüß grinste ich sie an, was sie ziemlich zu verwirren schien. „Ich wünsche mir auch öfter kompetente Kunden, aber wissen Sie, das Leben ist leider kein Wunschkonzert.“ In mir drin brodelte es, doch ich hielt mich zurück.

„Also das ist doch“, wollte sie los wettern, doch da ertönte das Bimmeln der Glocke über der Eingangstür und Clara trat ein. Sie sah die Kundin murmelte ein knappes „Hallo.“ Dann nahm sie sich ihre Schürze und trat neben mich.

„Kann ich dir helfen?“, wollte sie von mir wissen, doch ich schüttelte nur den Kopf. Miss Raubvogel konnte man nicht mehr helfen.

Plötzlich klingelte ihr Telefon und sie hob fluchend ab.

„Jetzt nicht!“, zischte sie nur und legte wieder hektisch auf. Ich kniff misstrauisch die Augen zusammen. Irgendwas stimmte nicht mit der Frau...

„Was ist jetzt?!“, fuhr sie mich schrill an, ganz so, als sei sie in Eile. Clara neben mir zuckte zusammen und begann panisch zu werden. Ihr Atem beschleunigte sich. Bevor ich sie nach hinten zu Dad schicken konnte, hatte sich die dämliche Krähe über die Theke gebeugt, Clara’s Handgelenk gepackt und raunte ihr ins Ohr: „Meine Geduld ist am Ende und solche kleinen miesen Missgeburten wie dich kann ich jetzt nicht gebrauchen.“

Das war’s.

Clara schrie auf, machte sich aus den Krallen der Schnepfe los und stolperte rückwärts gegen ein Regal. Drei Packungen mit Eiern fielen zu Boden und zerbrachen allesamt. Meine Schwester zitterte am ganzen Körper, schüttelte ihre Hände, als wollte sie sie loswerden, murmelte vor sich hin und schrie immer wieder zwischendurch „Nicht anfassen! Nicht anfassen! Nie anfassen!“

Sie bebte und ich konnte ihr nicht helfen.

Sie litt Qualen, die ich mir nicht vorstellen konnte.

Mein Kiefer zuckte und ich wandte mich zum Raubvogel um.

„Raus“, knurrte ich gefährlich leise. Mein Lächeln war lange verschwunden. Jetzt war Schluss mit Lustig.

In dem Moment kam Dad aus der Backstube und erfasste die

Situation mit einem Blick. „Verschwinden Sie aus meinem Laden und kommen Sie ja nicht mehr wieder!“

Darauf wusste sie wohl nichts mehr zu erwidern, sie schien es außerdem wirklich eilig zu haben. Denn sie stürmte aus der Bäckerei, als würde ihr Leben davon abhängen.

Gut so.

Wenn ich die Wut in meinem Bauch spürte und den Blick von Dad sah, dann bangte sie vermutlich zurecht um ihren fedrigen kleinen Vogelhintern.

Aus dem Augenwinkel bemerkte ich wie Dad versuchte, Ci zu beruhigen.

Alles an und in mir zitterte.

Tränen standen mir in den Augen, denn ich hatte nichts tun können. Clara war so... so schutzlos gewesen. Und es tat weh, sie so zu sehen. Zu sehen, wie viel zu gut sie für diese Welt war, in der solche Ungeheuer lebten, wie diese Frau eben.

Da betrat Jason den Verkaufsraum und meine Anspannung löste sich in Form von dicken Tränen auf, die mir über das Gesicht strömten. Hastig umrundete ich die Theke und fiel ihm in die Arme. Er fragte nicht, sondern hielt mich einfach nur fest, bis meine Tränen versiegt waren.

Sanft schob er mich von sich, sah mir in die Augen, suchte und fand die stumme Bestätigung darin.

Ich drehte mich zu Dad und Clara um nickte ihnen kurz zu, nahm Jas an der Hand und verließ die Bäckerei. Das Glöckchen über der Tür bimmelte und die warme, vom Geruch nach den besten Backwaren erfüllte Luft wich eiskaltem Wind, der nach Regen und nassem Laub roch. Gierig sog ich ihn ein, als wäre ich kurz vor dem Ersticken gewesen. Vielleicht war ich das ja auch.

Wir gingen auf die Straße zu und noch immer sagte niemand von uns etwas. Nur das zarte Rauschen des Windes war in den

Bäumen zu hören.

„Wer ist denn eben so aus dem Laden gestürmt? Die sah ja aus wie ein aufgescheuchtes Huhn“, brach Jason schließlich das Schweigen.

Ich musste lachen.

„Für mich hatte sie eher etwas von einem Raubvogel“, sagte ich dann und wog den Kopf hin und her.

„Und wer war die Maus?“, wollte er wissen und sah mich von der Seite an.

Ich seufzte laut und erzählte ihm dann, was vor nicht einmal fünf Minuten geschehen war. „Dad hat sie rausgeschickt und glaub mir, die wird so schnell nicht wiederkommen“, schloss ich und fröstelte.

„Du bist einfach unverbesserlich“, meinte er dann und ich brauchte einen Moment bis ich gecheckt hatte, dass er das nicht auf das Erzählte bezog, sondern auf die Tatsache, dass wir noch keine sieben Grad hatten und ich mal wieder keine Jacke trug. Mit einer Bewegung hatte er sich seine abgestreift und mir um die Schultern gelegt. Sofort wurde mir wohlig warm.

„Bis nach Hause ist es doch eh nicht weit“, argumentierte ich, doch Jas schüttelte nur lachend den Kopf. Dann schlich sich ein geheimnisvolles Grinsen auf seine Lippen und seine braunen Augen schienen zu leuchten.

„Meine Überraschung ist aber nicht bei dir zu Hause.“

„Wo denn dann?“, fragte ich unschuldig und mein Puls raste bei der Vorfreude auf die Überraschung.

Er lenkte das Gespräch jedoch wieder geschickt auf unser ursprüngliches Thema zurück. „Ich finde es manchmal wirklich erschreckend, was es doch für Menschen auf der Welt gibt“, meinte er und sein Blick glitt in die Ferne. „Man glaubt nicht, dass manch einer zu so etwas fähig ist, bis man es selbst erlebt.“

Jason sprach auch von seinen Eltern. Seinen leiblichen. Er brauchte es nicht zu sagen, ich spürte es an seiner Haltung, sah es an seinem Blick. Und ich verstand ihn. Sachte nahm ich seine Hand in meine und drückte sie.

„Wie geht es Clara?“, wollte er mit rauer Stimme wissen.

„Sie... hatte eine Panikattacke. Wenn sie jemand berührt ist das für sie das schlimmste, was man ihr antun kann. Es ist lange her, dass sowas passiert ist. Ich kann und will mir auch nicht vorstellen, wie ihr das... weh getan haben muss. In der Seele. Wenn es mir... schon beim bloßen Anblick einen Stich versetzt hat...“

Mein Freund schien wie immer meine Gedanken lesen zu können, denn er blieb augenblicklich stehen und hielt mich an beiden Armen fest um mir in die Augen zu sehen.

„Du hättest nichts tun können, um das zu verhindern. Das ist nicht deine Schuld, kapiert?“

„Aber...“

„Nein! Du bist nicht Schuld am Verhalten dieser Frau und Gefühle kannst du erst recht nicht verhindern“, unterbrach Jas mich und legte mir die Hand auf den Mund. „Wir denken jetzt an nichts Negatives, sondern an meine tolle Überraschung für dich, okay?“

„Okay.“

„Und... Stace?“

„Hm?“

„Mach dir das nächste Mal wieder deine Wollknäuel-Frisur, vielleicht wirkst du dann auch auf miese Raubvögel wie eine Vogelscheuche.“

Gespielt empört sog ich die Luft ein, nur um dann loszuprusten und ihm meinen Ellbogen in die Seite zu stoßen.

„Depp!“

„Sehr schlagfertig“, kommentierte er lachend.

„Immer“, gab ich zurück und reckte das Kinn in die Höhe. In mir drin breitete sich das wundervolle Gefühl von Wärme aus und ich war einfach nur unendlich dankbar für diesen Moment, für diesen wertvollen Menschen an meiner Seite.

Die Sonne hatte sich hinter einer dicken Wolkendecke und leichten Nebelschwaden versteckt. Es hatte wieder zu regnen angefangen und die winzigen Tropfen kitzelten auf meiner Nasenspitze.

Seit guten fünfzehn Minuten waren wir schon unterwegs, liefen durch die von bunten Blättern und Herbstdekoration gesäumten Straßen *Brightwoods*. Jason wollte mir noch immer nicht sagen, wo er mich hinbrachte, doch ich spürte, dass er diesen Spaziergang hinauszögerte. Und ich genoss es. Genoss das Gefühl von den leeren Straßen und dem Herbst, der mich mit all seiner Pracht willkommen hieß.

„Okay…“, sagte Jas nach einer Weile und blieb unvermittelt stehen. Verwirrt schaute ich mich um. Um uns herum standen nur Bäume. Wir waren in den stark bewaldeten Teil unseres Dorfes gelangt.

„Hier?“, hakte ich skeptisch nach und sah mich um. Die teils bunten, teils kahlen Bäume, dazwischen ein paar tiefgrüne Fichten und Tannen, ragten über uns in den Himmel und ab und an sah man zwischen ihren Ästen hindurch ein Wohnhaus.

„Nein… aber sobald wir in der Nähe sind, ahnst du es.“ Er griff in die Tasche seiner Jacke, die ich noch immer eng um meinen Oberkörper geschlungen hatte, und zog einen grauen Schal raus. „Deshalb geht’s ab hier für dich blind weiter.“

Weil ich viel zu neugierig war, verkniff ich mir ein belustigtes Schnauben und ließ zu, dass er mir das dünne Stück Stoff um die Augen band und an meinem Hinterkopf festzog, bis ich nichts mehr sehen konnte.

Jas nahm mich am Arm und führte mich. Unter meinen Fußsohlen spürte ich mal Wiese, mal Stein, mal Asphalt und mal... Moos? Der intensive Geruch von Harz und Tannennadeln stieg mir in die Nase, was mich vermuten ließ, das wir uns noch immer im Wald befanden.

„Wir sind da", flüsterte mein Freund schließlich und nahm mir die Augenbinde ab.

Für einen Moment musste ich mich an das plötzliche Licht gewöhnen, das meine Augen wieder flutete. Ich blinzelte und-erstarrte.

„Warum...?", stammelte ich, auch wenn ein Teil meines Verstandes sich schon alles zusammengereimt hatte.

Eine *sehr* große Überraschung.

Das war sie.

„Überraschung", raunte er mir ins Ohr und ich schluckte.

Denn ich fand keine Worte mehr für das, was sich in meinen Gedanken abspielte. Ich wollte vor Freude schreien, weinen, was auch immer, aber ich konnte nur dastehen und eines denken:

Das. Ist. Nicht. Sein. Verdammter. Ernst.

Wenn ich nur gewusst hätte, *wie* ernst es ihm gewesen war.

Kapitel 30

Clara 2021

Nervös spielte ich an dem Ende der Leine herum, die ich in der rechten Hand hatte. Heather hatte mir gesagt ich sollte Hazel mit zu der Besichtigung nehmen. Ich wusste auch sofort, warum sie mich begleiten sollte. Hazel schenkte mir eine Ruhe, die mir sonst niemand geben konnte. In ihrer Nähe fühlte ich mich so viel freier und mutiger. Denn mit ihr war ich nicht allein. Ja, Jason war auch da. Aber Menschen hatten mir noch nie die gleiche Sicherheit geben können wie Tiere. Bei ihnen war da eine Art Band, ein Lichtstrang, an dem ich mich halten konnte und von dem ich wusste, er würde niemals reißen. Ich ertrug ihre Berührungen, weil sie mir Platz zum Atmen ließen, mich verstanden und vor allem, weil da nicht diese Panik war, sondern die Gewissheit, dass mir nichts passieren würde.

Regentropfen prasselten auf die Straße und auf meine Kapuze. Hazel's braunes Fell war bereits nass. Doch sie schien das nicht zu kümmern. Im Gegenteil. Freudig sprang sie von einer Pfütze in die nächste und schüttelte sich, sodass das Wasser nur so spritzte. Immer wieder warf sie einen Blick zu mir zurück, wie um sich zu versichern, dass ich noch bei ihr war.

Ich musste schmunzeln. Diese Lebensfreude und Energie, die

sie ausstrahlte war wie zum Greifen. Und ich spürte ganz deutlich, wie sie sich um meine Angst und Nervosität legte und sie allmählich zum Verklingen brachte. Übrig blieb nur das wunderschöne Kribbeln der Vorfreude in meinem Bauch. In Hazel und Jason hatte ich zum ersten Mal in meinem Leben so richtige Freunde gefunden und jetzt gerade waren wir auf dem Weg, meinen Traum zu verwirklichen. Es klang noch immer so verrückt in meinem Kopf, aber es war real. Und ich hatte das *verdient*.

Schweigend ließen wir die *Pine Avenue* hinter uns, kamen an dem alten hölzernen Wegweiser vorbei und bogen schließlich in die *Oak Street* ab. Hier standen die Häuser noch weiter von einander entfernt, als sowieso schon. Der Grund dafür waren die ganzen Eichen zwischen ihnen, denen die Straße ihren Namen zu verdanken hatte.

Jedes Haus hier war wie von einem kleinen Wald umrahmt. Es waren meist alte Fachwerkhäuser und hinter den Fenstern brannten Kerzen und Lichterketten. Der Regen hatte den Mittagshimmel komplett verdunkelt. Alle Welt schien drinnen zu sein vor dem Kamin, vielleicht mit einem guten Buch und einer Tasse heiße Schokolade.

Die Eichen trugen teilweise schon eine helle, orangefarbene Blätterpracht und die von weißen oder braunen Holzzäunen umgebenen Wiesen der Vorgärten waren mit ein paar einzelnen bereits gefallenen bunten Blättern geschmückt.

Vor jedem Haus stand, wie in unserer Straße auch, eine schwarze, eiserne Laterne, die sehr an die in Paris erinnerte. Ich liebte diese Laternen, denn sie machten *Brightwood* nur noch perfekter.

Je weiter wir der *Oak Street* folgten, desto mehr Bäume und weniger Häuser wurden es. Ein nervöses Schaudern lief durch meinen Körper. Es war nicht mehr weit bis...

„Oh, oh nein, Hazel, nicht!“, rief Jason auf einmal.

Erschrocken fuhr ich zusammen. Viel zu spät realisierte ich, was die kleine Hündin im Begriff war zu tun.

Wir hatten den Feldweg erreicht, der nur noch knappe fünf Meter in den Wald führte. Und Hazel hatte eine Schlammpfütze entdeckt.

Noch ehe Jason oder ich sie hatten aufhalten können, war sie reingesprungen und suhlte sich mit purem Vergnügen im Matsch. Ihr braunes Fell wirkte fast pechschwarz, nur ihre hellblauen Augen leuchteten uns noch unschuldig entgegen. Sie rappelte sich auf und sah uns aufmerksam an. Dann machte sie einen Schritt nach vorn und noch einen und dann- schüttelte Hazel sich komplett aus. Eiskalte Schlammtropfen flogen mir ins Gesicht und auf meine Handrücken. Jason bekam deutlich mehr ab. Wir sahen aus, als wären wir alle drei aus einer vollen Kläranlage gestiegen.

Ein gurgelndes Lachen sprudelte aus meiner Kehle hervor und ich konnte nichts dagegen tun.

Für einen Moment starrte mich Jason nur an, dann prustete auch er los und wir lachten, bis wir nach Luft schnappen mussten.

„Der gute Eindruck ist jetzt mal dahin“, japste Jason dann und wischte sich eine spur nassen Dreck von der Stirn. Selbst in seinen blonden Haaren waren braune Sprenkel zu sehen.

„Das stimmt“, pflichtete ich ihm bei und rieb mir die Hände an meiner Jacke ab. Ich spürte wie der Matsch auf meinem Gesicht schon zu trocknen begann. Hier unter dem Blätterdach der Bäume erreichten uns die Regentropfen kaum.

„Naja, so wirken wir immerhin authentisch, oder nicht?“

Ich lachte leicht. „Das kann man so sagen.“

„Und was machen wir mit dem Schlammhaufen da?“, fragte er dann und wies mit einem Nicken auf Hazel. „Trägst du sie ins Teehaus oder lassen wir sie bei den Wildschweinen?“ Er grinste und ich konnte mir ein Schnauben nicht verkneifen.

„Sie würde den Wildschweinen nur Konkurrenz machen."

Ergeben und mit angewidertem Gesichtsausdruck ging ich zu dem Welpen und nahm das triefende Bündel auf den Arm. Sogleich spürte ich das kalte Nass durch meine Jacke, die jetzt schlammverschmiert war. Doch das kümmerte mich nicht wirklich. Dieses lebendige Wesen, das ich hier in meinen Armen hielt schenkte mir gerade so viel Herzklopfen, dass es jeden Dreckklumpen wert war. Sie schenkte mir Körperkontakt, der für mich schon mein Leben lang bei Menschen eine Höllenqual darstellte. Und sie war einfach hier, ich konnte sie streicheln, sie in den Arm nehmen und ihren zarten Herzschlag direkt an meinem eigenen spüren. Ich konnte den Faden spüren, der unsere Seelen irgendwie zu verbinden schien. Es war... einfach unbeschreiblich, wunderschön.

Hazel's Fell stank furchtbar nach verschimmelter Erde und etwas, von dem ich ehrlich gesagt nicht wissen wollte, ob es wirklich das war...

Als ich mich zu Jason umdrehte, hatte er einen Ausdruck in den Augen, den ich nicht zu deuten wusste.

„Was?", wollte ich wissen und legte den Kopf schief.

Jason fuhr sich verlegen mit der Hand durch seine Haare und schaute zu Boden. „Naja... du... du hast gerade so gelacht, wie ich dich noch nie lachen gesehen habe und... du hast einen Witz gemacht. Das... kannte ich nicht von dir, weil ich dachte..."

„Weil du dachtest, Autisten können das nicht?", beendete ich seine Frage vorsichtig und er nickte zögernd. „Das ist okay. Es stimmt auch irgendwie. Ich verstehe Witze meistens nicht und lache nur sehr selten. Das heißt aber nicht, dass ich es nicht kann oder das Gefühl von Freude nicht spüren kann. Autisten können fühlen, aber sie drücken es anders aus."

Ich lächelte ihm kurz zu und verlagerte Hazel's Gewicht auf meinen Armen.

„Danke, dass du mir das erklärt hast", sagte er dann etwas bestimmter. „Du bist ein echt starker Mensch und genau wie Stacy immer gesagt hat, einer mit einem Herz aus Gold, auch wenn du es manchmal nicht so zeigen kannst."

Darauf wusste ich nicht wirklich etwas zu erwidern, weshalb ich nur nickte und meinen Weg fortsetzte. Es waren nur noch wenige Schritte bis zum Teehaus und durch die Äste der Bäume konnte ich in der Ferne auch schon Licht erkennen.

„Wie... ist er so?", fragte ich dann, kurz bevor wir das kleine Haus erreicht hatten. „Der Verkäufer?"

Jason grinste.

„Er hat auf jeden Fall nichts gegen etwas Dreck", antwortete er dann und auf meinen verwirrten Blick hin: „Du wirst ihn mögen, glaub mir."

Ich glaubte ihm.

Dann, hinter einer sehr großen Eiche sah ich die aus Holz gebaute kleine Hütte. Sie wurde eingerahmt von bunten Bäumen und eine gepflasterte Auffahrt führte zu der Holztür. Man hatte die Zeitungen von den großen, bodentiefen Fenstern entfernt. Dahinter brannte das warme Licht einer Lichterkette, die man um sie herum gewickelt haben musste. Die Hütte hatte eine kleine Veranda, auf der wunderschöne Sonnenblumen und Kürbisse standen. Die Vertäfelung rund um das Gebäude war von einem dunklen Braun. Aus dem gemauerten Schornstein quollen dichte Rauchschwaden.

Das Teehaus.

Es war noch immer genau so wunderschön, wie bei jedem Mal, das Stacy und ich hierher gekommen waren, um uns genau auszumalen, wie wir es einrichten würden.

Und jetzt stand ich hier.

Triefend nass, schlammverspritzt, mit einem dreckigen Welpen auf dem Arm, Stacy's Freund an meiner Seite und einem von unbändigem Glück erfülltem Herzen.

„Clara", forderte Jason mich mit einem warmen Lächeln auf. „Wir haben einen Traum zu verwirklichen."

Ich wollte ihn fragen, wie er sich so sicher sein konnte, dass wir das Teehaus auch bekommen würden, doch ich sagte etwas ganz anderes. Etwas, was von Herzen kam und meinen Mund verließ, ohne dass ich großartig darüber nachgedacht hatte.

„Du kannst mich Ci nennen, Jason."

Jason, der schon etwas voraus gegangen war, blieb stehen und drehte sich langsam zu mir um. In seinem Blick lag eine Spur Unglauben und Überraschung. Doch dann lächelte und zwinkerte mir zu.

„Meine Freunde nennen mich Jas."

Ein unbeschreibliches Glücksgefühl flutete meine Adern und auch ich strahlte nun.

Freunde.

Ich hatte nie richtige gehabt und jetzt wusste ich, was das für Menschen waren. Nämlich solche, denen es egal ist, welche Einschränkungen du hast, sondern die dich annehmen, wie du bist. Denen du vertrauen kannst.

Hazel und Jason waren meine Freunde.

Und das bedeutete mir in diesem Moment so viel mehr, als ich in Worte hätte fassen können.

Auf einmal ging die Haustür des Teehäuschens auf und ein Mann mittleren Alters mit sonnengegerbter Haut, braunem, kurz geschnittenem Haar, einem sportlichen Körperbau und einem Funkeln in den braunen Augen kam auf uns zu. Sein dunkler Bartansatz an den Wangen und am Kinn ließ ihn mit Sicherheit älter aussehen, als er wirklich war. Er trug eine dunkelblaue Jeans und Turnschuhe. Dazu einen Pullover mit Kapuze, die er sich schnell über den Kopf zog, als er uns erreicht hatte.

Der Verkäufer.

Mir wurde schwindlig und ich klammerte mich fester an Hazel, die schwer in meinen Armen lag. Aus Reflex trat ich einen Schritt nach hinten. Denn ich wusste, was nun kam. Er würde mir seine Hand geben wollen. Bei dem Gedanken daran legte sich eine eiskalte Hand an mein Herz.

Doch er machte keinerlei Anstalten, mir die Hand geben zu wollen. Verdutzt sah ich zu Jason, der mir ein Schmunzeln schenkte.

Er hatte es ihm erzählt.

Dankbarkeit machte sich in mir breit und ich wusste nicht, was ich sagen sollte.

„Hey!“, grüßte Jas den Mann und umarmte ihn kurz. Wie es schien, kannten die beiden sich sehr gut. Dann wandte er sich an mich. „Clara, das ist Erec“, stellte er mir den Mann vor, der mich neugierig musterte. „Ihm gehört das Teehaus“, fügte er dann unnötigerweise hinzu.

„Na, dass ich nicht der Typ bin, der hier einbrechen wollte kann sie wohl selbst sehen, oder nicht?“, meinte Erec und lachte herzhaft. Daraufhin rollte Jason mit den Augen.

„Hallo“, grüßte ich zaghaft und vermied es, dem Verkäufer in die Augen zu sehen.

„Kommt doch erstmal rein ihr drei, hier draußen hält’s ja keine Sau aus!“, rief Erec schließlich und stapfte wieder zurück zur noch offen stehenden Tür. Der Wind hatte wieder deutlich aufgefrischt und der Regen drang nun auch durch das dichte Blätterdach zu uns durch. Meine Finger, die sich in das dreckige Fell von Hazel gekrallt hatten, spürte ich kaum noch. Hose und Jacke klebten an mir wie eine zweite Haut. Erec hatte recht.

Also folgten wir ihm zu der kleinen Veranda, stiegen die drei leicht ächzenden Holzstufen hoch und gingen zur Tür. Aus dem Innern strömte uns Wärme und der Geruch nach Feuerholz und Kräutertee entgegen.

„Die könnt ihr ausziehen und drin vor den Kamin hängen, dort trocknen sie schnell“, erklärte Erec und deutete auf unsere durchgeweichten Jacken. Das klang nach einem Plan.

„Und... Hazel?“, fragte ich zögerlich.

Der Mann legte die Stirn in Falten und betrachtete Hazel für einen Moment. Dann schüttelte er ernst den Kopf. „Die muss leider hier draußen bleiben.“

Augenblicklich schnürte sich mir die Kehle zu, bei dem Gedanken daran, den Welpen allein hier draußen in der Kälte zurück zu lassen.

Zumindest bis Erec den Kopf in den Nacken warf und laut zu lachen begann. „Schau mich nicht so an Mädchen“, sagte er, als er sich wieder gefangen hatte. „Ich bin doch kein Unmensch und ein pingeliger Hygiene-Futzi schon gar nicht. Nimm sie mit rein, sie kann sich auch am Feuer wärmen.“

Vor Erleichterung wurde mir ganz flau im Magen und ich war froh, dass Jason dabei war, der ihm nun einen finsteren Blick zuwarf. Mit solcher Art von Humor oder Witzen konnte ich nicht umgehen, schon gar nicht mit so lauten Menschen. Er war nett, das merkte ich sofort, aber ich wusste nicht recht, was ich mit ihm anfangen, wie ich ihn einordnen sollte.

Wir traten also in voller Matsch-Montur ein und sogleich empfing uns wohlige Wärme und das Knistern eines Feuers. Ich hielt für einen Moment den Atem an, denn das Teehaus war von innen noch viel schöner als von außen.

Der Boden bestand aus hellen Holzdielen und an der Wand

direkt neben uns befand sich ein hölzerner Jackenständer. Links und rechts neben dem Eingang boten die bodentiefen Fenster einen traumhaften Ausblick in den Wald mit den zarten Lichtern *Brightwoods*, die man durch die Äste sehen konnte. Der ganze Raum war ähnlich wie außen mit Holzbrettern vertäfelt worden und in der Ecke rechts von mir aus war ein kleiner, aus roten Backsteinen zusammengesetzter Kamin, in dem ein Feuer prasselte. In der Mitte etwas weiter hinten war die kleine Theke. Sie sah aus wie die in Dad's Bäckerei mit einer Glasscheibe, hinter der er seine Backwaren auslegte.

Hinter der Theke konnte ich ein paar Apparate erkennen, darunter Kaffeemaschinen, Wasserkocher, Kühlschränke, aber auch Regale mit Holzfronten, die weiß gestrichen waren. Zwischen ihnen befand sich eine kleine Tür, die vermutlich in die Küche führte. Eine zweite Tür war direkt neben dem Eingang und dem Jackenständer eingelassen. **WC** stand in großen, geschwungenen Buchstaben darauf. Von den großen Fenstern gab es an drei Wänden jeweils zwei, was enorm viel Tageslicht in das Häuschen ließ. Jedes einzelne wurde umfasst von warmen Lichterketten. Ich zählte außerdem drei massive, jedoch noch sehr neu wirkende Eichenholztische, die man an die rechte Wand geschoben und die dazu passenden Stühle obendrauf gestellt hatte.

Insgesamt sah alles hier so aus, als wäre es erst gestern neu gemacht worden und würde schon morgen wieder für neue Gäste öffnen. Nur etwas entscheidendes fehlte noch...

Bücherregale voller Büchern. Aber darum würden wir uns erst kümmern können, wenn die Hütte wirklich uns gehörte.

„Letztes Jahr habe ich alles renovieren lassen“, erklärte Erec nun und machte eine ausholende Handbewegung, die den ganzen Raum einschloss. „Nichts von dem, was du hier siehst, ist schonmal benutzt worden.“

Gerade, als ich nachfragen wollte, warum das eigentlich so war, fuhr er jedoch schon fort und schritt zur Theke. „Die Küche hat das neuste Equipment und alles, was das Herz eines wahren Café-Inhabers höher schlagen lässt.“ Er winkte uns zu sich.

Ich ließ Hazel auf den Boden, die sich sofort vor dem Kamin fallen ließ und alle vier Pfoten von sich streckte. Dann ging ich zur Theke und zur Tür zwischen den Regalen. Erec öffnete eins der Regale und ich war überrascht, Teller und Tassen darin zu finden.

„Geschirr ist auch alles schon da“, verkündete er und grinste breit. Wenn er nicht aussehen würde wie Mitte vierzig hätte ich glatt gedacht, er wäre ein kleiner Junge. Doch irgendwie mochte ich das. Es war schön, wenn Erwachsene noch ein Stück Kind in sich trugen.

„Und jetzt…“, begann er, schloss das Regal und öffnete die Holztür zwischen uns. „Gehen wir in die Küche.“

Ich staunte nicht schlecht.

Auch hier gab es bodentiefe Fenster mit Sprossen und auch mit den Lichterketten. Der Boden jedoch war mit weißen, sehr sauberen Fließen ausgelegt. Sofort bekam ich Angst, alles hier furchtbar zu verdrecken mit meinen Schlammschuhen.

Die Küche sah aus wie aus einem alten Bauernhaus mit hölzernen Fronten, die man weiß gestrichen hatte, schwarzen Griffen und Arbeitsflächen aus hellem Eichenholz, soweit ich das einschätzen konnte. Sie wirkte wunderbar hell, gemütlich und freundlich und ich mochte sie sofort. Sogar einen komplett neuen Kühlschrank, Backofen und Herd gab es hier!

Je mehr ich von dem Häuschen sah, desto mehr schloss ich es in mein Herz. Desto mehr konnte ich es mir alles vorstellen. Wie es aussehen würde, würden erstmal die Bücher hier sein, Herbstdekoration, Kerzen und Dad‘s Backwaren…

Es war… perfekt. *Zu* perfekt. Heather hatte gesagt ich sollte nicht sofort etwas Negatives nach etwas so Positivem erwarten, doch ich konnte nicht anders. Was sollte das alles kosten? Wo... wo war der Haken? Es gab doch ganz sicher einen... oder?

Nach dem kurzen Rundgang hatten wir uns zu Hazel auf den Boden vor dem Kamin gesellt und Erec erzählte uns noch ein wenig was über den Strom und die Wasserversorgung, wo ich jedoch nicht viel mit anfangen konnte. Ich verstand bereits viel, aber durch meine Entwicklungsstörung würde ich immer etwas zurück bleiben. Mein Verstand war zur Hälfte der einer fast neunzehnjährigen, aber die andere Hälfte war nie wirklich erwachsen geworden und würde es auch nicht mehr werden. Das wusste ich, das... spürte ich so sicher in mir, dass es mir oft Angst machte, wenn ich an meine Zukunft dachte...

„Wusstet ihr, dass ich das Teehaus damals gebaut habe, um einfach einen ruhigen Ort zum Lesen zu haben?“, fragte Erec plötzlich in die Runde und ich horchte überrascht auf.

„Sie haben das alles alleine gebaut? Als Waldhaus?“

Er lachte. „Du kannst mich duzen. Und ja, das war mein Ort zum Lesen und ich habe ihn gebaut. Als es zum Teehaus wurde, habe ich natürlich mit professioneller Hilfe einiges angepasst und verbessert. Aber mir hat es sofort gefallen, als Jason mir erzählte, dass es jetzt wieder ein Ort zum Lesen werden soll.“

Mein Herz schlug schneller und ich schlang einen Arm um Hazel, die sich eng neben mich gesetzt hatte. „Das heißt... das heißt, Sie... du... verkaufst es uns?“, hakte ich nach und hielt den Atem an.

Ein verschmitztes Grinsen zeichnete sich auf seinem Gesicht ab und er nickte Jason zu, der neben mir saß. „Ich denke es ist Zeit, sie einzuweihen“, sagte er zu ihm und ich wusste nichts mehr. Verwirrt schaute ich Jas an.

Der strich sich über den Nacken und starrte ins Feuer.

„Naja...“, fing er an. „Ich habe da eine Art Überraschung für dich.“ Er seufzte tief und blickte mich dann an. In seinem Blick lag so viel Vertrauen und Wärme, dass ich das Licht, das von ihm ausging, fast greifen konnte.

„Das Teehaus... hat schon einen Besitzer.“

Ich schnappte nach Luft und war vollends verwirrt.

„Dad hat es mir letztes Jahr überschrieben“, erzählte er und schaute zu Erec, als mir ein Licht aufging.

„Du bist... er ist dein Dad?“, meine Stimme war kaum mehr als ein Flüstern.

Jason nickte und Erec strahlte.

„Überraschung ist geglückt würde ich mal sagen“, meinte der und lachte laut auf. „Du schaust wie der erste Mensch, der das Telefon benutzt hat!“

„Letztes Jahr zu meinem Geburtstag hat er das Häuschen komplett renovieren lassen, um es mir zu überlassen. Und... bis vor einem Jahr habe ich noch nicht gewusst, was ich damit eigentlich anfangen soll.“

„Bis vor einem Jahr?“

„Stacy hatte damals mal am Rande etwas von einer Hütte im Wald erwähnt, von der sie und ihre Schwester immer träumten. Ich wusste direkt, welche sie meint und dann habe ich sie eines Tages hingeführt und ihr angeboten, sie ihr zu schenken.“

Mir klappte die Kinnlade runter. Das war damals also diese Überraschung gewesen, von der sie niemandem erzählt hatte.

„Aber warum...?“

„Ich habe sie gebeten, dir nichts davon zu sagen“, unterbrach mich Jas und lächelte. „Ich wollte sie nämlich euch beiden überlassen für euren Traum. Ja, ich kannte dich kaum, aber durch Stacy und das, was sie immer von dir erzählt hat, hatte ich das Gefühl, dich zu kennen. Und sie hat immer... so geleuchtet, wenn sie von dieser Hütte, von diesem Traum erzählt hatte. Davon, dir eine große Freude zu machen. Deshalb haben wir uns dazu entschlossen, dir nichts zu sagen, bis es so weit ist. Aber bevor es dazu kam..."

Jason senkte den Kopf.

Und ich verstand.

„Am Flughafen hat sie mir das Versprechen abgenommen, dass ich dir davon erzähle. Sie meinte, so könne sie bei dir sein, auch wenn sie so weit weg ist. Und je mehr ich dich in den letzten Tagen und Wochen kennengelernt habe, desto mehr wusste ich, dass ich dir das Teehaus nicht nur als Ort für dein Büchercafé schenken, sondern selbst zusammen mit dir, Albert und deiner Mum darin arbeiten möchte."

Ich wusste nicht mehr, was ich denken sollte.

Alles in mir war durcheinander und ich wusste nicht, wohin mit all den Glücksgefühlen, die mich durchströmten. Mit der tiefen Dankbarkeit, die ich Jason und meiner Schwester gegenüber empfand.

Es war mein Traum und meine Schwester hatte gewusst, dass wir ihn eines Tages realisieren würden.

Sie war gestorben in dem Wissen, dass sie durch dieses Café immer bei mir sein würde. Und plötzlich ging in meinem Innern eine Tür auf, die in einen Raum voller Licht führte, den ich bereits vor Wochen verloren geglaubt hatte. Doch er war noch da. Und sein Licht schien heller denn je zu leuchten, mich von innen zu wärmen und mir zuzuflüstern: *„Ich war nie weg, bin nie erloschen. Du hast nur Zeit gebraucht, um mich wieder wahrzunehmen, den Mut aufzubringen, die Tür, die zu mir führt, zu öffnen um weiter zu gehen. Und jetzt bin ich hier und du nicht mehr allein."*

Kapitel 31

Clara 2021

„Momo stellte sich in die Mitte des freien runden Platzes. Sie dachte an die Stimmen der Sterne und an die Stunden-Blumen. Und dann begann sie mit klarer Stimme zu singen.“

Ich las noch die letzten Worte zwischen Kassiopeia und ihrem Meister Hora, dann war das Buch zu Ende.

Mit einem leisen Seufzen klappte ich es zu und schaute es eine dann eine ganze Weile einfach nur an, versuchte all die Worte und Weisheiten in mich aufzunehmen und zu sortieren. **Momo** war eines der schönsten Bücher gewesen, die ich bisher in meinem Leben gelesen hatte. So viel Wahrheit steckte zwischen diesen Buchdeckeln und eine Welt, die meiner Meinung nach jeder Mensch einmal entdeckt haben musste. Eine Welt, die uns mehr als deutlich bewusst machte, was im Leben wirklich zählte. Es war für mich genau die richtige Geschichte zur richtigen Zeit gewesen und ich war Albert unendlich dankbar dafür, dass er mir sie empfohlen hatte.

Langsam und noch etwas träge schlug ich meine Bettdecke zurück, stand auf und trat an mein Bücherregal. Jedes Buch stand mit dem Buchschnitt, nicht mit dem Rücken zu mir darin. Es war einheitlich, keine Farbe stach daraus hervor. Einzig das teilweise hellere und mal dunklere beige oder cremeweiß der Buchseiten. Manche waren leicht vergilbt, manche noch frisch gedruckt.

Nachdenklich fuhr ich mit den Fingerspitzen eine Reihe mit Fantasy Büchern entlang, spürte die rauen Seiten und glaubte die Welten und Wesen darin flüstern zu hören. Und als ich das eben beendete Buch an seinen Platz zurückstellte, bekam ich das überwältigende Bedürfnis, etwas zu ändern. Ich wollte die wunderschönen Buchrücken all dieser Geschichten und Welten sehen können. Wollte, dass sie jeder sehen konnte, der mein Zimmer betrat, auch wenn das nicht viele Menschen waren.

Ein Blick auf meinen alten Rappel-Wecker verriet mir, dass es noch über drei Stunden bis zum Start des großen Herbst-Fests waren. Ich würde also genug Zeit haben...

Ohne darüber nachzudenken räumte ich behutsam alle Bücher aus meinem riesigen Regal und Stapelte sie auf dem Boden um mich herum wie eine Festung aus Papier. Dabei lauschte ich dem Krächzen vereinzelter Raben, das durch mein gekipptes Fenster zu mir drang und dem Rauschen des Windes in den Baumkronen. Ich war in Gedanken versunken und durch meine Adern strömte Adrenalin der Freude. Mein Herz schlug schneller und ich wusste aus irgendeinem Grund genau, wie ich mein Regal sortieren wollte. Von hell nach dunkel.

Die weißen Bücher stellte ich zusammen mit denen, die mir doch zu bunt waren und die ich wieder mit dem Schnitt nach vorn einräumte, ganz oben hin. Sie nahmen zwei Regalbretter ein. Einige weiße Bücher mit besonders schönem Cover stellte ich sogar so, dass man es sehen konnte. Manche stellte ich quer, manche legte ich hin, andere stellte ich normal nebeneinander. Darunter kamen die hellen, die aber etwas dunkler waren und ganz unten alle schwarzen Bücher.

Ich merkte kaum, wie die Zeit verging, bis ich schließlich das letzte schwarze Buch, nämlich **Die unendliche Geschichte** mit dem Cover nach vorn reinstellte, weil ich es wunderschön fand.

Als ich dann einen Schritt zurück machte, mich auf mein Bett sinken ließ und das Regal betrachtete, machte mein Herz einen freudigen Hüpfer. Es war mir immer schwer gefallen als Autistin, mit zu vielen verschiedenen Farben umzugehen, sie machten mich stets nervös und unruhig. Doch hier, so sortiert und so, dass ich ihre Schönheit jeden Tag würde sehen können, fiel es mir nicht mehr schwer. Nein, es machte mich unendlich glücklich.

Und dann tat ich noch etwas, was ich schon viel zu lange nicht mehr getan hatte.

Wie von selbst trugen mich meine Beine aus meinem Zimmer raus in den Flur und zur Tür neben meiner am Ende des Gangs.

Die Zimmertür von Stacy.

Mein Puls schoss in die Höhe, als ich die Türklinke langsam nach unten drückte und eintrat.

Ein leicht muffiger Geruch schlug mir entgegen und ein tiefer Schmerz bohrte sich in mein Herz, als ich den Staub auf ihrem weißen Schminktisch, dem Boden, den Schränken und dem kleinen Holzofen sah. Die Klamotten lagen jedoch alle noch verstreut auf dem Boden herum, als sei meine Schwester nie weg gewesen. Ihr Bett, das am Fenster stand, eingerahmt von beiden Seitenwänden, war noch komplett chaotisch, als wäre sie gerade eben erst aufgestanden. Und dann war da noch das kleine Bücherregal neben ihrem weißen Kleiderschrank. All ihre Bücher, ihre ganzen Liebesromane standen darin kunterbunt, mal quer, mal notdürftig reingestopft.

Irgendwann gaben meine Knie nach und ich sank auf die staubigen Holzdielen. Es war als könnte ich ihr Lachen hören, das von den Wänden zurückgeworfen wurde, als könnte ich ihr

Lieblingsparfum riechen, das immer nach künstlicher Rose gerochen hatte. Gleichzeitig wirkte alles so leblos ohne sie und das tat mehr weh, als ich erwartet hatte.

Ich zog meine Knie an meinen Körper, bettete meinen Kopf auf ihnen und begann zu weinen. Schluchzer schüttelten mich und eine Hand presste ich auf mein Herz, als wäre da eine offene Wunde, die blutete und ich würde versuchen, das Blut aufzuhalten, den Schmerz zu verringern. Doch das Problem mit Wunden, die man nicht sehen konnte war, dass niemand sagen konnte, wie tief sie gingen.

Keine Ahnung, wie lange ich da saß und weinte, bis jemand die Tür öffnete und eintrat. Ich hörte, wie Dad tief einatmete, als müsste auch er sich erstmal versichern, dass Stacy wirklich nicht hier war. Dann sah ich aus dem Augenwinkel, wie er sich neben mir niederließ. Er sagte nichts, er fragte nichts. Er ließ mich einfach weinen. Wir schwiegen.

„Weißt du eigentlich, wie stark du bist?", fragte Dad mich irgendwann mit belegter Stimme.

Ich schüttelte nur den Kopf und schniefte.

„Du sitzt in dem Zimmer deiner Schwester, noch keine zwei Monate nach ihrem Tod. Du hast wieder gelernt Freude zu spüren und hast dich uns geöffnet. Jetzt bist du auf dem Weg, deinen Traum zu realisieren, den du dir mit deiner Schwester aufgebaut hast und..." Seine Stimme brach einen Moment, er atmete zittrig ein. „... und wenn Stacy dich heute sehen würde, wäre sie die stolzeste große Schwester der Welt. Deine Mutter und ich sind jedenfalls unglaublich stolz auf dich, Clara. Und wir werden dich immer und bei allem war du tust unterstützen, okay?" Dad wandte sich noch ein Stück mir zu und ich konnte ein Lächeln auf seinen Lippen sehen. „Es sei denn du sagst, du möchtest eine ganze Villa voller Bücher, da gehen uns dann die Mittel und Wege aus."

Ein ersticktes Lachen brach aus mir hervor und es tat so gut. Es tat so gut, hier mit meinem Vater zu sitzen und über Stacy zu reden, mit ihm zu lachen und zu spüren, dass ich wirklich nicht allein war.

„Es wird für immer weh tun, oder?", wollte ich mit brüchiger Stimme wissen, auch wenn ich die Antwort darauf kannte.

„Ja, Clara", antwortete er wieder ernster. „Ja, das wird es. Und es wird immer Tage geben, an denen die Schatten alles Licht verschlucken werden. Aber wenn du einen Teil deines Herzens verlierst, ist jedes noch so kleine Teelicht ein Hoffnungslicht und ein Fortschritt. Man schließt mit sowas niemals ganz ab, vor allem wenn man wie in Stacy's Fall nichtmal die Möglichkeit dazu hat. Aber man kann irgendwann loslassen, um wenigstens die Chance zu haben, näher an das Licht zu gelangen."

Ein Klos bildete sich in meiner Kehle und ich hob langsam den Kopf von meinen Knien. Mein Gesicht war nass von all den geweinten Tränen und auch meine Schlafhose hatte auf den Knien zwei runde Tränenflecken.

„Ich vermisse sie so", flüsterte ich erstickt.

„Ich auch, Clara. Ich auch."

Mein Spiegelbild sah mich mit rotgeweinten Augen an, als ich eine Stunde und ein Frühstück später vor meinem Spiegel stand und überlegte, was ich zum heutigen Anlass wohl am besten anziehen sollte. Eigentlich machte ich mir darüber nie wirklich viele Gedanken, aber wir würden heute ganz *Brightwood* und unser Teehaus- unser zukünftiges Büchercafé herbstlich mit Kürbissen, Papier-Blättern, Girlanden, Lichterketten, Äpfeln, Heuballen und alten Schubkarren dekorieren. Wir würden zum ersten Mal bekanntgeben, dass das Häuschen in der *Oak Street* wieder öffnen würde. Menschen würden kommen und es sehen, *mich* sehen. Bei dem Gedanken wurde mir ganz mulmig zu Mute. Dennoch war da diese Vorfreude in meinem Bauch, die sich nicht vertreiben ließ und das war auch gut so.

Ich hatte mich für eine weite, hellblaue Jeans, einen weißen Wollpullover, einen braunen Schal, meine braunen, warmen Boots und meine liebste dunkelblaue Winterjacke entschieden. Denn draußen schien zwar die Sonne und tauchte unser ganzes Dorf in ein wunderschönes herbstliches Licht, aber es war eiskalt. Über Nacht hatte es gefroren und heute morgen gingen die Temperaturen nicht über fünf Grad. Ein freudiges Kribbeln machte sich in mir breit. Meine Herbst- und Winterseele blühte auf und ich spürte die Lebensfreude, die das in mir auslöste. Ein Gefühl, das ich schon so lange nicht mehr gespürt hatte.

Unten hörte ich, wie die Haustür geöffnet wurde und eine Stimme, gefolgt von einem mir mittlerweile viel zu vertrautem Winseln erklang.

Kaum, dass ich aus dem Zimmer getreten war, stürmte Hazel die Treppen nach oben und mir in die Arme, was mich geradewegs auf den Boden beförderte. Mein Steißbein tat weh, doch das kümmerte mich wenig. Die kleine Hündin hatte ihre Pfoten gegen meine Schultern gedrückt und schleckte mir schwanzwedelnd die Wangen ab. Freudig winselte sie und mich durchflutete eine wundervolle Wärme voller Vertrauen. Da war wieder diese unerschütterliche Gewissheit, dass ich nicht allein war. Nicht mit ihr an meiner Seite. Weil ich... sie berühren konnte. Weil sie mir nahe kommen konnte, ohne dass es weh tat. Im Gegenteil. Ich hatte das Gefühl, diese Nähe zu ihr, zu Hazel, zu brauchen.

„Hazel“, lachte ich, als ich versuchte, mich in meinen dicken Klamotten wieder aufzurichten. Doch sie dachte nicht daran, von meiner Seite zu weichen. Also nahm ich sie auf den Arm, stand auf und setzte sie auf dem Boden wieder ab. „Du bist ganz schön schwer geworden“, stellte ich fest und sie legte den Kopf schief.

Abermals musste ich lachen. „Komm, wir gehen runter.“

Jason und Mum waren in der Küche und unterhielten sich, als ich sie mit Hazel an den Fersen ebenfalls betrat. Mum war dabei, Äpfel zu schälen, die Dad später in einen Apfelkuchen für das Herbstfest nach dem Dekorieren backen würde.

„Ich komme dann in einer Stunde nach und bringe noch ein bisschen Deko von Zuhause mit“, begrüßte Mum mich und lächelte. Seit sie ihren Job als Lehrerin gekündigt und mir gesagt hatte, dass sie gerne mit im Café arbeiten würde, schien sie wieder zu strahlen. Die Augenringe waren noch immer da, aber sie leuchtete von innen heraus und schien sich wirklich richtig zu freuen. Und das freute mich.

„Morgen haben wir dann auch noch eine wichtige Mission“, sagte Jas und ich nickte. Wir würden zu Albert fahren und ihm alles, einschließlich der Idee, dass er im Büchercafé seiner Leidenschaft weiter nachgehen können würde, erzählen.

„Albert wird sich freuen“, meinte Mama auch. „Aber jetzt beeilt euch, sonst sind die besten Sachen weg.“ Sie zwinkerte mir zu und ich lächelte. Stacy war immer schon eine absolute Langschläferin gewesen. Aber wenn das jährliche Herbst-Fest stattfand, musste sie immer die erste gewesen sein, um die beste Dekoration für unsere Bäckerei zu ergattern. Und naja, natürlich auch den besten Kuchen.

Also nahm ich Hazel‘s Leine vom Tisch, hakte sie in ihrem Geschirr ein und ging zusammen mit ihr und Jason vor die Tür. Zwar hatte ich mich offiziell noch nicht entschieden, ob Hazel nun bei uns leben sollte, doch mein Herz hatte das schon an dem Tag getan, an dem sie mich am Friedhof aus meiner Panikattacke befreit hatte. Sie war ein Teil von mir geworden, ein Teil, den ich durch Stacy geglaubt hatte, für immer verloren zu haben. Sie konnte meine Schwester nicht ersetzen, das würde niemand jemals können, aber sie heilte Wunden in mir, für die es sonst kein Heilmittel gab. Und ich wusste, dass Jason und sie einer der Gründe für die Veränderungen in mir waren. Dafür, dass ich heute morgen meinem Bücherregal Farben erlaubt und Stacy‘s Zimmer geöffnet, ja sogar betreten hatte. Dass ich die verloren geglaubte Freude am Leben wieder gefunden hatte. Das alles waren Veränderungen gewesen. Doch sie machten mir keine Angst mehr.

Kapitel 32

Stacy 30.10.2020

„Und er will es dir echt *schenken*?“, wollte Hailey bestimmt zum hundertsten Mal wissen. Und jedes Mal sprach sie darüber, als ginge es hier um einen Hundewelpen und nicht um ein ganzes, verdammtes Haus. Naja, Häuschen. Gut, andererseits kannte meine beste Freundin da auch ganz andere Maßstäbe.

„Jepp, das hat er gesagt“, erwiderte ich also. Ebenfalls zum hundertsten Mal. „Er will es mir und Clara *überlassen*. Das Wort schenken passt da irgendwie nicht ganz. Auch, wenn das damit gemeint ist. Das ist… einfach krass, Lee, ich weiß echt nicht, wie ich sowas verdient habe.“

Auf dem Gesicht meiner Freundin breitete sich ein freches Grinsen aus. „Jas würde *alles* für dich tun, Stace“, sagte sie dann mit überdramatischem Unterton und legte sich dabei den Handrücken an die Stirn wie eine schlechte Schauspielerin.

Wir lehnten nebeneinander an ihrem Auto, welches vor der Tanzschule parkte, mit einer heißen Schokolade ToGo in der Hand, die nicht ansatzweise so gut war wie die von Dad, und ließen uns die mehr oder weniger warme Herbstsonne direkt ins Gesicht scheinen.

Ich rollte mit den Augen, aber in mir drin wurde es warm. Sie hatte recht, das wusste ich. Trotzdem war es so ein irres Gefühl. Und ich konnte es kaum erwarten, dass Ci auch bald davon wissen würde. Das Teehaus war ihr Traum für ihr Büchercafé. Auch wenn sie nicht an sich selbst und daran, dass sie das schaffen würde glaubte, ich tat es. Aus ganzem Herzen. Denn ich kannte meine Schwester und sie konnte mehr, als sie manchmal selbst dachte. Außerdem war sie nicht allein. Ja, ich würde erstmal drei Jahre weg sein, aber ich würde auch immer wieder nach Hause kommen. Und dann würde ich mit ihr im Café sein und unseren gemeinsamen Traum leben. Jason machte das möglich und das war unbezahlbar. *Er* war einfach unbezahlbar. Schon immer hatte er ein großes Herz gehabt und sich mehr um andere gekümmert, als um sich selbst. Wieder etwas, was er und meine Schwester gemeinsam hatten...

„Liegt das Stroh noch richtig?“, fragte Hailey auf einmal und tippte mir an die Stirn. „Ich rede mit dir!“

„Haha“, machte ich. „Du redest immer.“

„Du auch.“

„Genau und deshalb sind wir auch die besten Freunde!“

„Deshalb, und weil ich dich jetzt bis zehn Minuten nach dem Trainingsbeginn hier draußen behalten habe“, fügte Lee hinzu und grinste schadenfroh.

Ich erschrak, zog mein Handy raus und sah auf die Uhr.

Zehn nach neun.

„Oh shit!“, fluchte ich, packte meine Tasche und stürzte den Rest Kakao runter, wobei ich mir ordentlich meine Zunge verbrannte. „Ich hasse dich“, zischte ich Lee zu, die mir mit amüsiertem Blick zusah.

„Ich hab dich auch lieb“, flötete sie und nippte gemütlich an ihrem Pappbecher.

„Bis später...“, brummte ich missmutig und stapfte die Stufen hoch zur Eingangstür. Da hörte ich auch schon die Schritte meiner besten Freundin hinter mir.

Im Halbsprint drehte ich mich zu ihr um und grillte sie mit Blicken. „Was?“

Ihr Grinsen wurde breiter. „Glaubst du ernsthaft, ich lasse mir entgehen, wie du fünfzig Liegestütze machen musst? Ich hab doch extra dafür mit dem Tanzen aufgehört.“ Sie feixte.

„Und du glaubst ernsthaft, dass Anne dich dann einfach so verschont?“

Rasch riss ich die Tür auf und rannte in den Flur mit den Umkleidekabinen. Hailey folgte mir geschmeidig wie eine Katze auf Beutejagd und mindestens genauso geduldig.

„Ich bin kein Mitglied der Schule mehr, also ja, das weiß ich sogar“, behauptete sie schulterzuckend, während ich in die erste Kabine hetzte, Hose, Jacke und Pullover auszog, meine weißen Tanzschuhe aus der Tasche nahm und mir anzog. Zum Glück trug ich die Trainingssachen immer unter meinen Klamotten, weil ich fast immer zu spät kam. Heute hatte ich pünktlich sein wollen, denn es war das letzte Mal für die nächsten drei Jahre, dass ich in dieser Halle trainierte. Und das letzte Mal für die nächsten drei Jahre, dass ich mit Anne trainierte. Ich hatte alles geplant gehabt. *Danke für nichts, Hailey.*

„Wir werden ja sehen“, murmelte ich und wir verließen die Kabine.

Meine Arme zitterten vor Anstrengung und ich presste meinen Körper mit all meiner letzten Kraft nach oben.

„Dreißig“, keuchte ich und ließ mich sofort mit dem Bauch auf den Hallenboden fallen. Neben mir ging auch Hailey zu Boden. Nicht weniger Walross-mäßig als ich. Ich konnte mir ein Grinsen einfach nicht verkneifen. Wäre sie lieber draußen am Auto geblieben. Als ob Anne sie verschont hätte.

„Hoch mit euch beiden!“, befahl meine Tanzlehrerin und ich kam mit Knien aus Gummi und Armen wie Spagetti auf die Beine. Unter den amüsierten Blicken der anderen Tanzschüler. *Klasse.*

„McEllen“, wandte sie sich an meine Freundin, „da du kein Mitglied mehr bist, aber trotzdem darauf bestehst, meine beste Schülerin vom Training abzuhalten, darfst du später noch ein paar extra Runden um die Halle laufen.“

Ich hob überrascht die Augenbrauen und starrte Hailey an, die nicht weniger erstaunt wirkte.

„Ihre...“, setzte ich an, „*beste* Schülerin?“

Anne nickte und musterte mich streng. „Jemand mit deinem Talent und Ehrgeiz ist mir selten untergekommen.“

Ich schnappte nach Luft. Hatte sie das gerade wirklich zu mir gesagt? *Ihre beste Schülerin??*

In meinem Bauch breitete sich ein Kribbeln aus, ein warmes Hochgefühl, das mir neue Kraft und Adrenalin durch die Adern pumpte und augenblicklich dafür sorgte, dass ich mich größer fühlte. Noch nie hatte ich ein solches Kompliment von meiner Lehrerin bekommen, die selbst eine der besten Tänzer war, die ich kannte. Es bedeutete mir mehr, als ich in Worte fassen konnte, sowas zu hören. Ich fühlte mich plötzlich... gut. Gut genug, um an die *Ecole de danse parisienne* zu gehen.

„Lass dir das nicht zu sehr zuKopf steigen, Stacy“, ermahnte mich Anne dann und schüttelte gleichzeitig den Kopf. „Mir ist in den letzten Jahren auch keine unpünktlichere Person über den Weg gelaufen.“

Wider Willen wurde mein Grinsen breiter und mein Stolz nur noch größer. Zum gleichen Zeitpunkt aber wurde mir auch etwas schwer ums Herz. Denn heute war das letzte Training für die nächsten drei Jahre mit Anne. Und wer weiß, ob sie bis dahin noch hier sein würde und nicht selbst irgendwohin reisen würde, wo sie mehr erreichen könnte. Dieser Gedanke dämpfte meine Freude etwas.

„Und jetzt... ab mit dir in die Mitte“, forderte sie mich prompt mit der gewohnten barschen Stimme auf. Trotzdem erkannte ich den Stolz darin.

Als ich in der Mitte der Halle Position bezogen hatte, warf ich Hailey einen Blick zu, die mir zunickte, ein ehrliches und aufmunterndes Lächeln auf den Lippen. Sie glaubte an mich. Anne glaubte an mich. Meine Familie glaubte an mich. Und ich wusste, dass auch ich an mich glauben durfte. Denn ich konnte das. Tanzen war meine Leidenschaft gewesen. Schon immer. Und es gab keine bessere Uni für mich, als die *Ecole de danse parisienne.* Ich hatte das verdient, mir hart erkämpft und ich freute mich darauf, auch wenn ich alles und jeden dafür hier in *Brightwood* zurücklassen würde. Denn ich würde wieder zurück kommen. Immer.

In die Kür für meine erste Prüfung in Paris, die ich seit Wochen übte, legte ich nun alles rein, was ich hatte. Jedes Gefühl, jede Bewegung, die mein Körper in- und auswendig konnte. Ich drehte mich, legte mich in die Figuren, fühlte die Freiheit, die Verbundenheit zu jedem einzelnen Ton der Musik und ich flog.

Kapitel 33

Clara 2021

Wir waren tatsächlich nicht die ersten am Gemeindeplatz. Ein paar ältere Frauen des Dorfes hatten sich bereits hinter dem Brunnen in der Mitte des Platzes versammelt und waren dabei, ihre Stände zu dekorieren und mit Kuchen, Suppen und noch etlichen anderen Leckereien zu bestücken. Die Stände waren hölzerne kleine Hüttchen, verziert mit Lichterketten, Kürbissen und Herbstblättern. Selbst den kleinen Springbrunnen, der leise vor sich hin plätscherte, hatte jemand mit einer Lichterkette umwickelt. Vereinzelte, rote und orangene Blätter dümpelten in dem Wasser. Um ihn herum waren ein paar Männer damit beschäftigt, noch zwei Hütten aufzubauen und den Grill aufzustellen. Zwei Jungs, ich schätzte sie auf sechzehn, rollten kleine Heuballen an alle vier eisernen Rosenbögen, die in jede Himmelsrichtung je einen Eingang auf den Dorfplatz boten. Die Sonne schien gold-gelb an diesem Morgen und die noch nassen, bunten Blätter der Bäume ringsherum reflektierten das Licht. Ein kalter Wind strich mir durchs Haar und holte mich aus meinen Gedanken zurück.

„Wo genau müssen wir hin?“, wollte Jason wissen und sah sich suchend um.

„Mum meinte, dass Paisley dieses Jahr für die Verteilung der Dekoration zuständig ist“, antwortete ich und ließ zur selben Zeit meinen Blick über alle anwesenden Anwohner gleiten. So lange, bis ich sie entdeckt hatte.

Sie hatte ihr braunes, langes Haar zu einem Knoten hochgebunden, sodass ihre unzähligen Ohrringe gut zur Geltung kamen. Außerdem trug sie eine Jeans mit sehr großen Löchern, durch die man eine Netzstrumpfhose und ein paar ihrer Tattoos sehen konnte. Dazu hatte sie ein rot kariertes Holzfällerhemd kombiniert und dicke, schwarze Stiefel. Paisley Summers war in ihrer Schulzeit mit Stacy in eine Klasse gegangen und konnte manchmal sehr einschüchternd wirken. Aber ich hatte sie als sehr freundlich und offen in Erinnerung.

„Da hinten ist sie“, sagte ich zu Jas und nickte zu ihr rüber, wo sie gerade einer Frau in langem schwarzen Mantel, kurzen grauen Locken und einem Gehstock bei einer Kuchenbox half. Das musste Mrs Gelles sein, die am nächsten am Teehaus lebte. Man erzählte sich, dass sie in ihrem kleinen Haus mit einer Unzahl an Katzen zusammenlebte. Ich wusste, dass das stimmte und mochte sie deswegen sehr. Sie war für jede ihrer Katzen immer da und konnte tolle Geschichten erzählen. Als Kind war ich oft bei ihr gewesen.

„Clara?“, fragte Jason und sah mich an. „Sollen wir nicht zu ihr gehen?“

Ich schüttelte verwirrt den Kopf. All die Reize, die Gerüche, Farben, Stimmen und Gespräche brachten mich durcheinander, prasselten auf mich ein und wollten mich unter sich begraben.

Ich nickte und nahm Hazel an der Leine etwas kürzer. Die kleine Hündin fand hier nämlich alles und jeden höchst interessant.

„Hey Paisley“, begrüßte ich die ehemalige Klassenkameradin meiner Schwester zögernd. Diese drehte sich schwungvoll zu mir um und lächelte. Es kam mir vor, als würde sie kurz noch überlegen, wer ich war und woher ich sie kannte, dann huschte ein trauriger Gesichtsausdruck über ihre kantigen Züge.

„Hallo Clara, es tut mir so leid, was mit Stacy passiert ist, sie war so ein toller Mensch."

Ich nickte und Schweigen kehrte ein. Die eiskalte Hand war wieder da und hielt mein Herz fest. Meine Kiefer pressten sich aufeinander um die Tränen zu verhindern, die mir in die Augen steigen wollten.

Jason räusperte sich. „Wir sind hier um als erstes die beste Dekoration abzustauben." Er lächelte ein Lächeln, dass seine Augen nicht erreichte. Ich schickte ihm einen dankbaren Blick zu und er mir einen, der so viel bedeutete wie: *„Schon okay, mir geht es auch so."*

Sofort richtete Paisley sich auf und strahlte, als sei die Sonne bei ihr nie untergegangen. Ihre braunen Augen schienen geradezu mit ihrer hellen Haut um die Wette zu leuchten. Dann zwinkerte sie uns verschwörerisch zu.

„Glück gehabt, ihr seid die ersten und das beste Zeug ist noch nicht weg. Kommt mit." Bevor sie sich umdrehte, bemerkte sie Hazel, die sich brav neben mich auf den gepflasterten Boden gesetzt hatte.

„Oh mein Gott ist der niedlich!", rief sie so laut aus, dass plötzlich alle Blicke der Anwesenden auf Jason, Hazel und mir lagen. Vor allem auf Hazel, die unsicher mit dem Schwanz wedelte und mich aus ihren blauen Augen fragend ansah.

„Äh das ist Hazel", stellte ich sie vor und strich mit zittrigen Fingern über den weichen, warmen Kopf des Welpen. Sogleich fühlte ich mich besser, spürte die angenehme Berührung und die Ruhe, die dieses Tier ausstrahlte. Sie färbte auf mich ab und ich konnte tatsächlich vergessen, dass uns alle anstarrten.

„Ein Labrador, oder?“, wollte Paisley wissen und ging ganz langsam vor Hazel in die Hocke um ihr die Hand hinzuhalten. „Wow diese Augen! Sie ist echt mega hübsch! Wie alt ist sie?“

„Das wissen wir nicht so ganz genau, denn sie ist uns auf dem Friedhof zugelaufen“, erwiderte ich und war stolz darauf, wie frei ich sprechen konnte, obwohl ich Paisley gar nicht so gut kannte, um nicht zu sagen fast überhaupt nicht. Und ich wusste auch, dass Hazel der Grund dafür war.

„Oh je, das arme Ding“, murmelte sie und legte den Kopf schief, bevor sie sich wieder aufrichtete. Mit einem kurzen Nicken bedeutete sie uns, ihr zu einer der drei bereits aufgebauten Hütten zu folgen. Diese war nicht dazu gedacht, zu verkaufen, sondern um den ganzen Deko-Kram aufzubewahren. Es war jedes Jahr ein riesiger Akt, das ganze Zeug auf den Platz zu bringen, denn der Geräteschuppen des Dorfes befand sich auf der anderen Seite Brightwoods und somit unpraktisch weit weg. Doch jeder Einwohner liebte das Jahreszeiten-Schmücken und war bereit, jeden Herbst und jeden Winter alles hierher zu schleppen. Dazu dienten unter anderem Traktoren der Bauern, die hier ihre Felder hatten. Einen davon hörte ich gerade auf den Platz brettern.

„Also hier sind die Sachen. Nur zwanzig Dinge pro Gebäude, nicht vergessen“, erinnerte sie uns an das, was wir allerdings schon wussten. Dann verschwand sie auch schon wieder bei den Kuchenständen.

Der nasse Waldboden gab unter unseren Schritten nach, als wir, jeder jeweils mit einem Karton beladen und ich mit Hazel an der Leine, die letzten Meter zum Teehaus zurücklegten.

Es roch wunderbar nach nassem Moos, Rinde, Tannennadeln und Harz. Meine Finger, die die unhandliche, schwere Kiste und noch halb Hazel‘s Leine umklammerten, spürte ich schon nicht mehr.

„Ah da seid ihr ja!“, hörte ich Mum rufen. Anscheinend war sie doch früher gekommen. An dem Karton vorbei konnte ich sie nicht sehen, doch da nahm sie mir ihn auch schon ab.

Meine Arme kribbelten und ich schüttelte sie aus. Außer dem grünen Auto meiner Familie stand da noch ein rotes, das mir nicht bekannt vorkam.

„Mein Dad ist auch da?“, fragte Jason mehr sich selbst als mich und dann war mir klar, dass das Auto Erec gehörte.

„Irgendwer musste mich reinlassen“, antwortete Mum und zwinkerte. „Bis ihr beide hier gewesen wärt, wäre ich schon längst erfroren.“

Ich spürte dieses Strahlen, dieses Leuchten, das von Mum ausging und wie glücklich sie war. Sie freute sich auf das Café, auf den heutigen Tag und auf alles, was noch kommen würde. Sie lebte wieder. Wir alle taten das. Und auch ich freute mich darauf, das Häuschen, unser Wohnhaus und später auch noch unsere Bäckerei zu dekorieren. In *Brightwood* half jeder jedem, jeder kannte sich und ich liebte das. Deshalb wunderte es mich nicht, dass sich teilweise mehrere Menschen zusammengetan hatten, um einzelne Häuser zu schmücken.

„Außerdem konnte ich es mir nicht nehmen lassen, an dem ersten Tag, an dem das Teehaus wieder seine heiligen Pforten öffnet, dabei zu sein“, hörte ich eine mir bekannte Stimme hinter Mum sagen.

Erec.

Auch er lachte und nahm Jason seine Kiste ab. Heute trug er wieder ziemlich sportliche Kleidung und er hatte sich rasiert, was ihn etwas jünger aussehen ließ, als das letzte Mal, das ich ihn gesehen hatte.

„Ihr seid die ersten gewesen?“, wollte Mum wissen, als sie eine Lasche der Kiste hochklappte, um hinein zu linsen.

„Laut Paisley, ja", bestätigte Jas grinsend.

„Na dann kommt, worauf warten wir noch?"

Beschwingten Schrittes ging meine Mutter zurück ins Innere des Häuschens, Erec folgte ihr und Jas wollte ebenfalls mit, als er merkte, dass ich zögerte.

„Alles okay?", erkundigte er sich vorsichtig und wandte sich zu mir um. Die Sonnenstrahlen, die sich einen Weg durch das Blätterdach gebahnt hatten, ließen sein blondes Haar leuchten, das in krassem Kontrast zu seinem schwarzen Kapuzenpulli, der schwarzen Jeans und den dunkelbraunen Boots stand.

Unsicher zuckte ich die Schultern und betrachtete das Haus mit seiner wunderschönen vertäfelten Fassade, der kleinen Veranda und den bodentiefen Fenstern.

„Ist das alles real?", murmelte ich und packte die Leine von Hazel fester. „Wird das hier wirklich unser Büchercafé?"

Jason lächelte warm, beugte sich nach unten und kraulte Hazel hinter den Ohren. „Es *ist* real", sagte er leise. „Und es *ist* schon unseres. Wir werden noch neue Bücherregale besorgen, Albert wird seine Bücher vielleicht reinstellen und dann ist es das schönste Büchercafé der Welt."

„Ja das ist es", bestätigte ich und spürte ein warmes Gefühl in meinem Bauch. „Es fühlt sich schon wie... wie ein Zuhause an, auch wenn ich erst einmal richtig hier gewesen bin."

„Nein", widersprach Jas und schüttelte den Kopf. „Du bist mit Stace schon so viel öfter hier gewesen Ci. Ob nur in euren Tagträumen und ob ihr hier herumgeschlichen seid: Ihr beide habt es schon zu einem Zuhause gemacht, noch bevor jemand die Tür aufgesperrt hat."

„Stimmt."

„Weißt du, ich war auch oft hier", erzählte er dann, seinen Blick in die Ferne, scheinbar in eine vergangene Zeit gerichtet. „Wenn wir ein Hockey-Spiel hatten, haben die anderen immer Party danach gemacht. Gewonnen oder nicht. Ich bin nie auf einer davon gewesen. Die ganzen lauten Menschen, denen es bei diesen Partys hauptsächlich um Alkohol und laute Musik ging, das war nie meins. Mag sein, dass sie das lieben, aber ich spiele Hockey, weil ich dabei vollkommen abschalten kann. Nicht um Spiele zu gewinnen oder Partys zu feiern. Als Teenager wurde ich dafür oft aufgezogen und ausgelacht. Dann kam ich immer hierher und habe mir vorgestellt, wie es wäre, einfach hier zu leben. Ganz allein im Wald und doch in *Brightwood.* Hier konnte ich nachdenken."

Etwas überrascht über diese Seite, die ich noch nicht von Jason kannte, blinzelte ich ihn an. Dann richtete er sich auf.

„Stace hatte recht", sagte ich schließlich und lächelte. „Wir sind gar nicht so verschieden."

„Ja das hatte sie."

Wir betraten die Veranda und ich ließ Hazel von der Leine, die daraufhin sofort ins warme Innere des Teehauses tippelte.

„Weißt du, was uns noch fehlt?"

„Was?", fragte ich zurück.

„Ein Name für das Café."

Wieder musste ich lächeln. „Den weiß ich schon."

„Und?", hakte er neugierig nach. Doch da kam Mum an die Tür und winkte uns rein.

„Später…", sagte ich schmunzelnd und folgte meiner Mutter. Sofort empfing mich die Wärme des Feuers, welches wieder im Kamin brannte und knisterte. Der Geruch nach Kakao und nach Apfelkuchen hing in der Luft. Zusammen mit einem Hauch von Zimt. Tief nahm ich einen Atemzug und ging zu einer der beiden Kartons, die Mum und Erec auf die Tische gestellt hatten. Die Stühle hatten sie runter gestellt und auf der Theke lag nun Mum's

Apfelkuchen und daneben standen fünf volle, dampfende Tassen heiße Schokolade.

„Du bist gemein“, raunte Jas mir ins Ohr als er sich einen der großen Keramik-Kürbisse aus dem Karton holte, vor dem ich gerade stand.

Ich grinste nur, zog meine dicke Jacke aus und wandte mich an Mum. „Kommt Dad auch noch?“, fragte ich deutete mit einem Kopfnicken auf die fünf Tassen Kakao.

„Ja genau, aber er hat noch ein paar Dinge in der Bäckerei zu erledigen“, erklärte sie mir und suchte währenddessen in den Regalen nach Tellern. Nachdem sie fündig geworden war, nahm sie ein Messer aus einer der Schubladen und schnitt den Kuchen in gleich große Stücke.

„Okay.“ Zögernd schaute ich in die Kiste und knetete meine Finger. Jedes Jahr war es Freude und Qual zur gleichen Zeit für mich, zu dekorieren. Denn diese Dinge gehörten der Gemeinde und hatten schon bei vielen Häusern als Dekoration gedient. Was so viel bedeutete wie; viele Menschen hatten sie schon angefasst. Und ich... ich konnte es nicht. Fremde Dinge einfach so berühren. Es... ging nicht. Ein unangenehmes Kribbeln fuhr mir durch den Körper und ich fühlte meinen immer schneller werdenden Puls. Die Panik und die Hände, die sich wieder nach mir ausstreckten und mich berühren, mich in die Ecke drängen wollten.

„Ich habe ein paar Lichterketten, etwas Fensterdeko und ein paar Tischdecken von Zuhause mitgebracht“, teile Mum mir plötzlich mit und lächelte mir wissend zu. Dankbarkeit machte sich in mir breit und endlich freute ich mich richtig.

Es war schon nach halb drei, als Dad zu uns stieß. Durch das große Fenster mir gegenüber sah ich ihn den gepflasterten Weg zur Hütte laufen. Er kam zu Fuß mit drei großen Kuchenboxen, die er vor sich her balancierte.

Ich befestigte das Ende der drahtigen Lichterkette noch an der Ecke der Theke, dann eilte ich zur Tür, um sie ihm zu öffnen und um zu sehen, was er mitbrachte.

„Danke", keuchte er, trat ein und stellte seine Fracht ebenfalls auf der Theke ab. „Ich bringe noch ein paar Croissants und die Special-Kürbis-Cupcakes!", verkündete er strahlend und zog sich die dicke Jacke aus.

„Denkt ihr, jemand wird herkommen?", fragte ich zweifelnd, während ich das ganze Gebäck betrachtete.

Daraufhin lachte Dad. Erec trat in demselben Moment aus der Küche und stimmte mit ein. „Natürlich!", rief dieser. „Wir leben hier schließlich in *Brightwood* und eine Nachricht wie die, dass das Teehaus wieder öffnet und in ein Büchercafé verwandelt wird, verbreitet sich hier schneller als ein Waldbrand!"

Da war was dran.

„Dad, hast du noch irgendwo die Lautsprecher, von denen du mir mal erzählt hast?", rief Jason auf einmal von draußen.

„Ja, die hängen an der Decke über dem Eingangsbereich", antwortete Erec. „Warum?"

Jason kam rein und zuckte die Schultern. „Hat jemand Lust auf Herbstlieder?"

Niemand hatte was dagegen einzuwenden und so spielte er eine Herbst-Lieder-Playlist ab. *A Sky Full of Stars* von *Coldplay* lief als erstes und erinnerte mich mit einem Schlag an Stacy. Sie hatte diesen Song geliebt und immer dazu getanzt. *„Wenn es ein Lied gibt, das nur von der Melodie den Herbst beschreibt, dann ist es das",* hatte sie immer gesagt und dann dazu getanzt. Und ihre Bewegungen waren so anmutig, so bewusst und voller Leidenschaft gewesen. Stacy hatte einen mit ihrem Talent voll und ganz verzaubern können.

Ich spürte, wie mir eine einzelne Träne über die Wange lief.

Schnell wischte ich sie fort, doch Jason hatte es bemerkt und kam zu mir.

„Tut mir leid“, flüsterte er. „Die Playlist ist von ihr. Wenn ich sie ausmachen soll...“

„Nein“, unterbrach ich ihn und lächelte. „Es ist okay.“

Und das war auch die Wahrheit. Diese Lieder hatte nicht nur Stace geliebt, ich hatte sie auch immer gern gehört, während ich zeichnete oder schrieb. Sie fühlten sich an wie ein warmes Licht, das aus der Vergangenheit geblieben war und ich genoss dieses Licht. Es tat gut und ich hatte es vermisst.

Wir deckten Tische mit tannengrünen Tischdecken ein, stellten Kerzen auf und zündeten sie an, erzählten uns Geschichten von vergangenen Herbst-Festen und überlegten, wem wir nach der Bäckerei und unserem Haus noch beim Dekorieren helfen würden. Ich spielte mit Hazel oder machte es mir mit ihr vor dem Kamin gemütlich, trank heiße Schokolade und aß Mum's Apfelkuchen, der sogar noch leicht warm war. Jason und ich planten, wo die Bücherregale hinkommen würden und was es im Café zu Essen und zu Trinken geben würde. Wann wir offen haben würden, wann nicht. Er erzählte mir davon, wie er als Kind oft mit Erec hier gewesen war und Cowboy gespielt hatte, wobei ich bei seinen ausführlichen Beschreibungen lachen musste.

Hazel wich mir keine einzige Sekunde von der Seite, gab mir Sicherheit und ich hatte das Gefühl in ihrer Nähe, an diesem Tag, mit diesen Menschen und dieser Atmosphäre wieder einen großen Teil von mir selbst zu finden. Einen, von dem ich nicht mehr gewusst hatte, dass es ihn überhaupt noch gab. Ich fühlte mich leicht, sicher und frei.

Zumindest bist die erste Kundin kam.

Erschrocken hielt ich in der Bewegung inne, eine der Kunst-Blätter Girlanden an einem der Fenster am Eingang anzubringen.

Langes, schwarzes Haar, dass ihr strähnig in die Stirn und über den Rücken fiel. Helle Haut und grüne Augen, die ich noch nie so stumpf gesehen hatte. Sie trug dicke schwarze Stiefel, eine enge, schwarze Jeans und einen beigefarbenen Mantel. Die Art wie sie ging und ihr Haar waren das einzige, woran ich sie sofort erkannt hatte.

„Hailey?“, stieß Jason hinter mir aus. Er musste ebenfalls in seiner Bewegung inne gehalten haben. Ich hörte, wie er den Stuhl, auf dem er gestanden haben musste, beiseite schob und auf die Tür zuging. Ich dagegen konnte mich nicht vom Fleck rühren.

Hailey.

Hailey McEllen.

Die Hailey.

Die beste Freundin meiner Schwester, die mir vor ein paar Wochen noch eine kurze Nachricht geschrieben hatte. Diese Schönheit, die ich von so vielen Bildern, die Stacy mir immer gezeigt hatte, kannte. Ein paar mal hatte ich sie auch persönlich gesehen, jedoch nie viel mit ihr gesprochen. Sie kam mir immer sehr forsch und direkt und... eigen vor. Mit ihr wusste ich nichts anzufangen, konnte sie nicht einordnen und das nahm mir meine Sicherheit.

Was ich aber wusste war, das die Hailey auf diesen Bildern und Videos nichts mit der gemein hatte, die gerade von Jason zur Tür reingelassen wurde. Ihr fehlte etwas, was keiner greifen konnte. Unter ihren Augen lagen dunkle, fast schwarze Schatten und ihre helle Haut wirkte noch blasser. Fast durchscheinend und so... kalt.

Ich fröstelte.

„Hailey!“, rief Mum, als sie aus der Küche kam und stürmte auf das etwas überrumpelte Mädchen zu. „Wie geht es dir?“

„Beschissen“, murmelte diese direkt und raubte Mum damit für eine Sekunde jeglichen Gesichtsausdruck.

Direkt. Sagte ich ja.

„Es tut mir leid, das war eine blöde Frage“, entschuldigte sich meine Mutter sofort, legte ihr eine Hand in den Rücken und schob sie zur Theke. In meinen Ohren war nur noch ein Rauschen, durch das ich nicht hören konnte, worüber sie jetzt sprachen.

Beschissen.

War Hailey auf der Beerdigung gewesen? Ich hätte schwören können, dass ich sie nicht gesehen hatte. Ihr Anblick tat mir weh und sie konnte nicht einmal etwas dafür. Wenn ich sie sah, erwartete ich fast, dass Stacy jeden Moment durch die Tür kam und mit ihr irgendwelche Witze machen würde, die ich nicht verstand.

„Sie leidet“, sagte Jason auf einmal neben mir.

Vor Schreck ließ ich die Rolle Tesafilm aus meinen Fingern fallen und die Girlande gleich mit. Langsam stieg ich vom Stuhl runter und hob beides wieder auf.

„Tun wir das nicht alle?“, gab ich zurück und sah ihn fragend an. Ich wusste nicht, worauf er hinauswollte.

„Hailey hat Probleme mit ihren Eltern und hatte niemanden, mit dem sie über Stacy’s Tod... reden konnte. Sie... hat soweit ich weiß ihr Studium abgebrochen und...“

„Woher weißt du das?“, wollte ich wissen. „Und warum... hast du dann nicht mit ihr gesprochen, so wie mit mir?“

„Von Emma, eine gemeinsame... Bekannte oder so von Stace und mir“, antwortete er mit gedämpfter Stimme. „Und glaub mir, du willst nicht mit einem traurig-wütendem Stier ruhig über das Thema reden, das ihn rot sehen lässt. Hailey ist... ein Einzelgänger. Außer Stacy hat sie nie jemanden besonders nah an sich rangelassen und das hat sich nicht geändert. Nur dass sie diese eine Person jetzt nicht mehr hat.“

Eine Gänsehaut kroch mir den Rücken runter.

Wie sehr ich das kannte.

„Warum ist sie hergekommen?“, flüsterte ich just in dem Moment, in dem die Tür aufgerissen wurde.

Ich erstarrte zu Eis.

Mein Herz verkrampfte sich.

Und plötzlich war die Dunkelheit wieder da.

Die Panik und die… Erinnerung.

Kapitel 34

Clara 2021

Die roten, gelockten Haare.

Die Hakennase und das kleine Muttermal unter dem rechten Auge. Die Art, wie sie das Teehaus betrat und uns anschaute.

Als seien wir irgendein Ungeziefer.

Sie war das gewesen.

Sie hatte mich angefasst.

Festgehalten.

„Meine Geduld ist am Ende und solche kleinen miesen Missgeburten wie dich kann ich jetzt nicht gebrauchen“, hatte sie damals zu mir gesagt.

Es kam mir vor, als würde der Boden unter meinen Füßen einfach nachgeben und ich unendlich tief fallen. Ich konnte nur meinen Arm festhalten, dort, wo sie mich letztes Jahr einfach so festgehalten, *berührt* hatte. Die Panik legte sich um meinen Hals wie eine eiskalte Hand, die langsam zudrückte.

Und dann drehte sich die Frau mit dem engen Kleid, der sehr teuer wirkenden Handtasche und dem Pelzmantel zu mir um. In ihren Augen glomm Erkenntnis auf und ich fröstelte.

„Können wir Ihnen helf…“, wollte Jason gerade fragen, der sich vor mich geschoben hatte. Doch auch er schien sie jetzt zu erkennen. Damals hatte er sie nur flüchtig gesehen, aber eine wie sie vergaß man nicht. „Moment, waren Sie nicht die, die Clara letztes Jahr eine *Missgeburt* genannt hat?!", fuhr er sie bedrohlich leise an.

„Das *ist* sie", zischte Hailey, die auch plötzlich neben mich gekommen war. Stacy musste es ihr erzählt haben.

Die Frau mit der Krähennase lachte freudlos auf und machte eine wegwerfende Handbewegung. „Ich war damals... nicht sehr gut zu sprechen", meinte sie und hob eine Augenbraue. „Es war... geschäftlich nicht ganz einfach für mich, ich war leicht reizbar", fügte sie hinzu, als sie zu bemerken schien, dass niemand von uns dreien ihr Glauben schenkte.

„Hallo?", rief Dad von der Küche aus und trat nun hinter die Theke. „Was haben *Sie* denn hier zu suchen?" Sein sonst immer so freundlicher, warmer Unterton verwandelte sich in Eis, als auch er unseren Gast identifiziert hatte.

Krähennase warf sich das Haar über die Schulter und setzte ein überheblich wirkendes Grinsen auf, während sie rüber zur Theke stolzierte.

„Sie habe ich gesucht", behauptete sie dann und legte den Kopf leicht schräg. „Sie sind doch Mr. Falls, richtig?"

„Richtig...", knurrte Dad. Nicht nur ich schien diese Dunkelheit an ihr zu spüren. „Aber Sie haben in der Nähe meiner Familie nichts mehr zu suchen. Raus mit Ihnen, sofort!"

Wieder lachte sie mit diesem falschen Unterton auf.

Dann wurde sie ernst und eine Gänsehaut breitete sich auf meiner Haut aus.

„Nicht so schnell", sagte sie gefährlich leise. „Ich bin hier, weil ihr etwas habt, das mir gehört. Es ist mir... entlaufen. Vor ein paar Wochen."

Mir wurde auf einen Schlag speiübel.

Das Blut begann laut in meinen Ohren zu rauschen und ich bemerkte nur nebenbei, wie Jason und Hailey einen Blick austauschten. Jason schockiert und Hailey... wissend.

Mein Blick suchte Hazel. Sie lag noch immer vor dem Kamin. Aber sie lag nicht mehr dort und schlief friedlich. Nein. Sie zitterte am ganzen Leib.

Hazel kennt sie, schoss es mir durch den Kopf und dann kam die Panikattacke.

„Nein“, murmelte ich, während mein Herz immer schneller zu schlagen begann. „Nein, nein, nein, nein!“

„Mein Name Viola Claire, anerkannte Labrador Züchterin und der Welpe vor dem Kamin ist Miss Butterfly Rose, einer meiner wertvollsten Nachkommen von Miss Pearla Rose und sehr *teuer*.“

Das letzte Wort betonte sie so extrem, dass mir für einen Moment schwarz vor Augen wurde. Das konnte... das *durfte* nicht wahr sein.

„Wie wollen Sie das beweisen?“, wollte Dad kühl wissen.

Ein amüsiertes Lächeln trat auf Viola‘s rot geschminkte Lippen, bevor sie in ihrer glänzend schwarzen Handtasche zu kramen anfing und kurz darauf eine sehr ordentliche Mappe rauszog.

„Das hier sind ihre Zuchtpapiere und ihr Stammbaum, sowie Impfpass und Ausweis.“

„Warum melden Sie sich erst jetzt?“, fragte Dad, blätterte durch die Papiere und ballte seine rechte Hand zu einer Faust.

„Dieses kleine Biest ist mir vor Wochen abhanden gekommen und ich habe überall nach ihr gesucht. Ich komme gar nicht aus *Brightwood*. Bei einem Tierarzt in *Tree Hills* habe ich dann einen Aushang gefunden und konnte mein Glück kaum fassen.“

„Wer‘s glaubt, du Hexe“, fauchte Hailey neben mir und ich sah aus dem Augenwinkel wie sie ihre Kiefer fest aufeinander presste.

„Also... wenn ihr nichts dagegen habt, würde ich sie jetzt wieder mit zu mir nach Hause nehmen“, sagte sie dann und warf einen unschuldigen Blick in alle entgeisterten Gesichter, die sie anstarrten. Mum und Erec waren auch gekommen. Keiner von ihnen hatte jedoch etwas gesagt. Was auch?

„*Nein*“, sagte ich bestimmter, als ich mich fühlte.

„Wie war das?“, hakte Viola nach und kam einen Schritt auf mich zu. „Nein?“

„Sie können nicht... Nein! Hazel... sie hat Angst vor ihnen!“

„Oh, wer ist denn *Hazel*?“ Sie sprach den Namen der Kleinen aus, als hätte sie etwas widerliches gegessen.

Tränen verschleierten meinen Blick und ich bebte vor Wut und furchtbarer Angst. Aber vor allem, weil ich wusste, dass es stimmte. Dass sie die Besitzerin war. Und weil ich nichts mehr dagegen tun konnte, dass sie Hazel mit sich nahm.

„Heather Leaf hat die kleine in ihre Obhut genommen“, kam es jetzt doch von Mum. „Sie müssen das erst mit ihr klären.“ Sie verschränkte die Arme vor der Brust und warf mir einen Blick zu, den ich nicht deuten konnte.

„Das ist doch schon längst passiert“, meinte Viola. „Sie hat mich hierher geschickt.“

„Nein, nein, nein, nein“, murmelte ich, begann meine Finger zu schütteln und im Kreis zu laufen. Meine Welt schrumpfte und beschränkte sich nur noch auf die Holzdielen unter meinen Füßen. Mein Herz hämmerte und überall in und auf mir fing es an zu kribbeln. Ich wollte aus meiner Haut fahren, wollte schreien, wollte rennen, wollte nichts mehr spüren. Ich wurde von meinen eigenen Emotionen überwältigt und wusste bald nicht mehr, wo ich mich befand. Mein Atem ging so schnell, dass ich spürte wie mein Kopf zu wenig Sauerstoff bekam.

„Nein, nein, nein!“

„Clara!“, hörte ich jemanden rufen. Vielleicht Mum.

Aber meine Welt war eingehüllt in Watte und ich spürte nur noch diese Wunde in meinem Herzen. Diese Wunde, die bereits angefangen hatte zu heilen. Diese Wunde war wieder aufgerissen und Blut, das keiner sehen konnte, strömte aus ihr. Ich wurde leer.

Ich merkte nicht, wie ich vor Schmerz einen Schrei ausstieß.

Ich merkte nicht, wie Viola Hazel anleinte und sie aus dem Teehaus zerrte. Wie der kleine Welpe sich wehrte, weil er bei mir bleiben wollte. Wie alle versuchten, auf mich einzureden.

Das einzige, was ich bemerkte, war der Moment, in dem das Band zwischen Hazel und mir zerrissen wurde. Der Moment, in dem die Dunkelheit mich wieder umgab und festhielt.

Ich hatte gewusst, dass es so weit kommen konnte. Dass sich der richtige Besitzer von Hazel melden konnte. Ich hatte es gewusst und es war nur... ein Hund. Aber für mich so viel mehr.

Hazel war meine beste Freundin geworden. Das erste kleine Licht, dass seit dem Tod meiner Schwester wieder für mich geleuchtet hatte. Jetzt war da nur noch der Rauch, nachdem auch diese Kerze ausgelöscht worden war. Einfach so. Es war so einfach, so schnell gegangen. Viel zu schnell. Und es tat weh. Mehr, als ich jemals gedacht hätte.

Und doch... war da noch etwas. Etwas, das mich festhielt.

„Ci“, flüsterte jemand.

Jason.

„Ich hätte früher kommen sollen.“

Hailey.

„Was hättest du denn tun können?“, schluchzte ich und als sich langsam mein Sichtfeld aufhellte und verschärfte, konnte ich sehen, dass ich auf dem Boden saß. Jason und Hailey mir gegenüber.

„Sagen wir mal, dass ich das Biest kenne“, grummelte Hailey und in ihren Augen flammte eine Wut auf, die mir eine heiden

Angst machte.

„Woher?“, wollte jetzt auch Jason wissen.

„Bist du deshalb gekommen?“, fragte Mum und kam mit Dad und Erec zu uns rüber.

Hailey nickte. „Viola Claire ist seit etwas mehr als anderthalb Monaten meine neue, scheiß Stiefmutter.“ Sie schnaubte. „Aber von *Mutter* kann man da nicht sprechen.“ In ihrem Blick mit den dunklen Augenringen, der hellen, blassen Haut, lag so viel Hass, dass mir wieder trotz des Feuers im Kamin eiskalt wurde.

„WAS?“, hakte Jason nach und starrte sie ungläubig an.

„Yep, mein Dad hat ne Neue“, erklärte sie trocken.

„Geht es dir…?“

„Wenn du mich jetzt fragst, ob es mir gut geht, schiebe ich dir diese verdammte Blättergirlande in den Arsch und frage dich, ob du die letzten fünf Minuten überhaupt anwesend warst!“, fuhr Hailey Jason an.

„Sie ist keine wirklich *anerkannte* Züchterin, oder?“, fragte ich und hatte wieder die kleine Hazel vor Augen. Die Angst in den ihren. Mein Magen verknotete sich und ich blinzelte die Tränen weg, die zurückkommen wollten.

Hailey lachte bitter auf. „Anerkannter Folterknecht vielleicht, mehr aber auch nicht. Ich war einmal versehentlich bei ihr Zuhause und *illegal* klingt neben dem, was sie da mit den Hunden tut, wie Plüschtier neben Serienkiller.“

Meine Hände ballten sich zu Fäusten und ich konnte nichts mehr gegen die Tränen tun, die mir jetzt doch wieder über das Gesicht liefen.

„Das müssen wir melden“, meinte Dad und warf Mum einen Blick zu.

„Viel Glück“, meinte Hailey schnaubend. „Die hat an alles gedacht. Ihre Hunde sind ihre Geldquelle. Was meint ihr, warum sie sich das ganze teure Zeug leisten kann? Und mein Dad spart natürlich auch nicht an Geschenken an seine *Liebste.*“ Sie spie das Wort förmlich aus.

Und ohne noch etwas zu sagen, verließ sie das Häuschen und ließ Mum, Dad, Erec, Jason und mich zurück. Lange schwiegen wir, bis Dad sich aufraffte, um die Bäckerei noch zu dekorieren. Mum ging mit ihm. Auch Erec wollte das Familien Haus der Beckets noch schmücken und so waren da nur noch Jas und ich und das Knistern der Feuers.

„Danke“, sagte ich leise an Jas gewandt und zog meine Knie an, um meinen Kopf auf ihnen abzustützen.

Verwirrt blickte er mich an. „Für was?“

„Du... du hast mich vorhin aus meine Panikattacke befreit.“

„Ich?“

Ich nickte. „Zuerst war da nur Dunkelheit in mir und ich dachte ich kann nie mehr aufstehen. Aber dann war da etwas, das mich zurück geholt hat. Das war dein... *Licht.*“ Irritiert von mir selbst schüttelte ich den Kopf. „Tut mir leid. Das ist meine Art, Menschen einzuordnen. Licht und Schatten.“

„Schon okay, ich verstehe“, sagte er und lächelte leicht. „Das habe ich nicht gewusst und ich danke dir, dass du mir das jetzt anvertraust.“

„Wir können nichts tun oder?“, wollte ich wissen und konnte nicht verhindern, dass meine Stimme brach.

„Ich würde dir gerne Hoffnungen machen, aber das wäre gelogen. Leider weiß ich, dass auf illegalen Welpenhandel allerhöchstens eine Geldstrafe steht, die oft gerade mal so hoch ist wie eine Strafe im Straßenverkehr. Die meisten Händler werden auch nie enttarnt, weil einfach jeder wegsieht. Wobei das nicht nur bei Hunden, sondern generell bei unseriösen Tierhändlern oft der Fall ist. Sie sacken eine Menge Geld ein und das Risiko erwischt zu werden oder eine schlimme Strafe zu bekommen, ist super gering. Die Sache allein zu beweisen ist scheiße schwer."

Ein dicker Klos setzte sich in meiner Kehle fest und ich ballte die Hände zu Fäusten. Ich sollte Hazel einfach so aufgeben? Sie hatte mir vor ein paar Wochen aus womöglich einem meiner schlimmsten Zusammenbrüche in meinem Leben geholfen und ich wollte sie nicht aufgeben. Ich konnte nicht. Aber ich wusste auch, dass Jason recht hatte. Und Gott ich hatte doch von nichts eine Ahnung. Meine geistige Entwicklung machte mich zu einer naiven Dreizehnjährigen und noch nie zuvor hatte ich mich dafür so sehr gehasst wie in diesem Moment.

„Du kannst nichts dafür", sagte Jason sofort, als hätte er meine Gedanken gelesen und sah mir fest in die Augen. Schnell wandte ich den Blick ab. „Gib dir nicht für alles die Schuld, Ci. Du bist weder Schuld für den Flugzeugabsturz, noch dafür, dass diese aufgetakelte Rabenkrähe Hazel mitgenommen hat, okay?"

„Okay...", presste ich hervor, obwohl es alles andere als *okay* war. Wie hatte ich nur vergessen können, dass wir nie Hazel's Besitzer gefunden hatten? Wie hatte ich mich nur der Illusion hingeben können, dass jetzt alles heller werden würde, dass ich endlich wieder würde leben können?

„Wir finden irgendwie einen Weg, Ci", versprach Jason und sah zum Fenster raus. Die Sonne hatte sich hinter dicken, grauen Wolken versteckt und die ganze Welt wirkte dunkler. „Wir finden einen."

Kapitel 35

Stacy 31.10.2020

Halloween. Wenn ich ein „Fest" im Jahr unnötig fand, dann war es das. *Brightwood* feierte kein Halloween, wir feierten an dem letzten Tag im Oktober die Ernte, den Herbst und den baldigen Beginn der Winterzeit.

Aber nicht so Paisley Summers, die damals mit mir in eine Klasse gegangen war. Sie war gerade neun Jahre alt gewesen, als sie mit ihren Eltern nach *Brightwood* gezogen war. Ihre Familie kam aus Amerika und sie liebten Halloween. Für sie war das sowas wie Weihnachten für Clara und mich war.

Trotzdem hatte ich in dem Moment keine Ahnung mehr, was mich geritten hatte, dass ich jetzt hier stand. Okay, vielleicht war es Miss *„Willst du mich ernsthaft auf die letzte Party vor dem Studium alleine gehen lassen?!"* neben mir gewesen. Und vielleicht auch der Fakt, dass sie meine beste Freundin war und ich ihr selten etwas ausschlagen konnte. Naja eigentlich konnte ich ihr alles ausschlagen, aber hey mein Hirn brauchte eine Ausrede dafür, dass ich jetzt auf dieser Party stand. Ohne Jacke. Bei zwei Grad. Irgendwer überrascht?

Ich fühlte das Vibrieren der lauten Musik durch meine sehr dicken Schuhsohlen in meinen Füßen, die mittlerweile jedoch halb aufgeweicht waren. *Von wegen wasserfeste Schuhe.*

Die Wiese auf der wir uns befanden war nass und machte bei jedem Schritt den man tat, ein schmatzendes Geräusch. Was bei der Lautstärke der Musik aber sowieso niemand wirklich hörte. Und *scheiße*, der Wind peitschte mir eiskalt ins Gesicht und um meinen Körper, der nur in ein dünnes Stretchkleid mit feiner Strumpfhose drunter gehüllt war. Woher hatte ich aber auch wissen sollen, dass die Party auf einer verdammten *Kuhweide* mitten in der Nacht stattfinden würde?! Ernsthaft, wer kam auf so eine Idee?

Paisley.

„Ich glaub' ich bin in Kuhscheiße getreten", sagte eine raue, mir sehr vertraute Stimme hinter mir so leise, dass ich sie fast nicht gehört hätte.

Erleichtert drehte ich mich zu Jas um und umarmte ihn fest. Er wusste, wie viel es mir bedeutete, dass er hier war. Denn ich dagegen wusste, dass er Partys hasste. Jason war nur wegen mir gekommen, weil ich mich mit ihm sicherer fühlte. Und... weil ich nicht sicher war, wie nüchtern Hailey später noch sein würde, die hellauf begeistert neben mir tanzte. War sie *jetzt schon* betrunken?

„Soll gut für die Haut sein!", schrie sie Jas zu und lachte. Ihr langes schwarzes Haar fiel ihr glatt über den Rücken und reichte ihr bis zum Po. Sie trug natürlich ein Winterkleid in dem es ihr sicher nicht kalt war. Eines, das aber gar nicht danach aussah. Dunkelrot mit langen Ärmeln und ziemlich eng. Im abwechselnd roten, blauen, lila, pinken, grünen, orangenen Licht waren die Farben der Kleider aber fast gar nicht mehr genau auszumachen. Jemand hatte Holzpfosten in die Wiese gesteckt, und jeden mit Lichterketten verbunden, die blinkten und flackerten in jeder erdenklichen Farbe. In der Mitte der Holzpfosten stand eine provisorische Bar aus Klapptischen, vollgestellt mit jede Menge flüssigem Zeug, von dem ich wetten konnte, dass die Kuhscheiße an Jason's Schuhen noch besser schmecken würde.

Ein „cooler" Möchtegern-DJ mit gegeelten Haaren, dicken Kopfhörern und Tattoos im Gesicht stand hinter der „Bar" neben einem Lautsprecher der wahrscheinlich größer war als mein Schminktisch. In seiner Hand hielt er sein Handy und wählte die scheußlichsten Lieder aus, die ich je gehört hatte. Mit der Meinung schien ich allerdings allein zu stehen, denn der Rest der Menge, ich schätzte mal über hundert Menschen, taten so als sei das *der Shit.* Im Anbetracht der Tatsache, dass sie in Mitten von Kuhfladen tanzten, vielleicht sogar im wahrsten Sinne des Wortes. *Ich bin ja so wahnsinnig witzig.*

Gut, vielleicht waren die aber auch schon so zu, dass sie selbst auf Helene Fischer abgegangen wären.

„Warum sind wir noch gleich hier?", fragte Jason laut direkt neben meinem Ohr. „Sieht nichtmal nach Halloween aus!"

Vielsagend wies ich mit dem Kopf zu Hailey, die uns gar nicht mehr so richtig beachtete. „Sie fängt ihr Studium schon bald an und hat mich darum gebeten vorher nochmal so richtig feiern zu gehen! Ich tu's für sie!" Meine Stimme war schon heiser vom Schreien gegen die lauten Bässe.

„Ich hasse dich!", rief Jas mir zu und fokussierte meinen jackenlosen Oberkörper. „Irgendwann nähe ich dir eine scheiß Jacke an jedes Oberteil und jedes Kleid!"

„Und im Sommer?!", schrie ich gespielt entgeistert zurück und amüsierte mich köstlich über das kurzzeitig etwas ratlose Gesicht meines Freundes.

„Besser schwitzen als erfrieren!"

„Find ich nicht!"

„Ich seh's!"

Mein Hals brannte wie Feuer, so ausgetrocknet war er. Und ich hatte nicht vor, irgendwas von dem Gebräu zu trinken, das es hier gab. Nur Hailey hatte ihren Spaß und zu ihren Füßen lagen auch schon einige rote Plastikbecher. Klar.

„Was dagegen wenn wir schon gehen?“, brüllte ich zu ihr rüber und meine Worte brauchten eine Weile, bis sie zu ihr durch die Wand aus Musik und Alkohol durchdrangen.

„Wasn? Jezschn?“, nuschelte sie glucksend und ich grinste. Was würde das morgen ein Spaß sein, wenn sie dröhnende Kopfschmerzen hatte und ich sie damit aufziehen konnte.

„Ja, Topfschlagen und blinde Kuh ist vorbei!“, antwortete ich und packte sie am Handgelenk. Sie stolperte vorwärts und direkt gegen einen echt großen Typ mit schwarzem, kurz geraspeltem Haar.

„Eyyy!“, grölte der und ich zog meine Freundin eilig weg von den Menschenmassen. Jason blieb dicht bei mir.

Als die Musik und die Stimmen endlich leiser wurden, kam uns eine Gestalt entgegen, die ich als Gastgeberin der Party identifizierte.

„Hey... Paisl!“, rief Lee, obwohl Paisley direkt vor uns zum stehen gekommen war. Sie kicherte dämlich vor sich hin.

„Was, ihr geht schon wieder?“, wollte Paisley wissen und sah uns prüfend an. Ihr braunes Haar hatte sie sich hoch gesteckt und trug dazu einen engen schwarzen Lederrock, der mit Nieten an den Seiten besetzt war, ihre geliebte Netzstrumpfhose, durch die man jedes ihrer Tattoos sehen konnte und eine rote Bluse als Oberteil. Das stand ihr echt gut, aber wie zum Geier fror sie sich nicht den Arsch ab?

„Ja, ich denke sie hat genug“, erwiderte Jas und nickte in Richtung meiner besten Freundin.

Paisley verzog das Gesicht. „Lass ihr doch ihren Spaß, kleiner

Hockey-Boy“, bat sie gespielt unschuldig und lachte dann. „Nur weil du lieber zu Hause hockst, muss das doch nicht jeder so machen, nicht wahr Hailey?“

Wir beide, Jas und ich, wussten, dass sie es nicht wirklich ernst gemeint hatte, aber ich bemerkte, was ihre Worte in ihm auslösten. Die geballten Fäuste, der kurze Schmerz in seinen braunen Augen, das Zucken an seinem Mundwinkel. Es tat ihm weh. Nur ich wusste, dass er wegen seiner ruhigen Art oft schon gemobbt worden war. Naja, ich und die, die ihm das angetan hatten.

„Weißt du Paisley“, sagte ich dann eine Spur zu bissig, „wir streben nicht alle das Ziel an, wegen zu viel Alkohol Autounfälle wie Briefmarken zu sammeln.“

Der hatte gesessen. So viele Autounfälle, wie sie bereits mit dem krassesten Zeug intus gebaut hatte, hatte es vermutlich in der gesamten Existenz von *Brightwood* noch nicht gegeben. Sie war ein durch und durch freundlicher und aufgeweckter Mensch, aber manchmal einfach etwas drüber. Nur jetzt nicht.

„Fein…“, sagte sie süß und legte den Kopf schief. „Aber besser das, als vor Langeweile zu Hause vor dem Fernseher dahin zu raffen.“

Damit waren wir quitt und sie marschierte zurück zu ihren Gästen. Mit quatschenden Schritten, die dem Abgang jegliche Eleganz nahmen. Hoffentlich war sie voll in einen Kuhfladen getappt.

„Das hättest du nicht sagen müssen, Stace“, sagte Jason dann und legte mir eine Hand auf den Arm. „Ich weiß, dass du sie eigentlich ganz gern hast.“

„*Eigentlich*“, gab ich zurück. „Eben nicht immer. Und ich denke es schadet ihr nicht, wenn man ihr mal die Meinung sagt. Tut ja sonst keiner.“

Als wir Hailey bei ihren Eltern in ihrer riesen Villa in *Tree Hills* abgeliefert hatten, fuhren wir zurück nach *Brightwood.* Allerdings hielten wir nicht an unserem Wohnhaus, sondern an Dad's Bäckerei.

„Warum sollte ich dich hierher fahren?", wollte Jas wissen, als ich ausstieg. „Dein Vater ist doch längst daheim." Er wies auf die dunklen Fenster und die Uhr im Auto, die schon kurz nach halb drei Uhr morgens anzeigte.

Ich schlug die Beifahrertür zu und zuckte mit den Schultern. Dann öffnete ich seine und bedeutete ihm, ebenfalls aus dem Auto zu steigen. „Weil ich einfach noch ein wenig Stille brauche und die bekomme ich hier am besten." Ich streckte Jason die Hand hin und er ließ sich aus dem Auto ziehen.

Wenig später saßen wir in der Krone der großen, alten Eiche vor der Bäckerei, die Köpfe an den dicken Stamm gelehnt und blickten in den sternenklaren Nachthimmel. Der Wind war zwar immer noch eiskalt, aber es störte mich nicht mehr. In vollen Zügen genoss ich die Stille der Nacht und das sanfte Rauschen des Windes in den Bäumen.

„Ich habe Angst zu versagen", sagte ich Plötzlich in die Stille hinein und war selbst kurz überrascht. „Nicht nur als Tänzerin an der *Ecole de danse parisienne,* sondern vor allem als große Schwester, Jas. Ich weiß, ich soll auch an mich denken, aber... Ci ist mir so verdammt wichtig und... ich will für sie da sein. Immer. Ich kenne sie oft besser als sie sich selbst und ich... ich will sie beschützen vor der Welt da draußen."

„Sprichst du damit etwa das Raubvogelgesicht an?", wollte er wissen und schmunzelte.

Vom Ast über mir brach ich einen Zweig ab und warf ihn nach Jason. Traf aber leider nicht.

„Auch", murmelte ich und starrte in die Ferne. „Es gibt viele

Raubvogelgesichter auf der Welt. Zu viele. Und ich weiß, dass Clara… dass sie damit nie wird umgehen können. Sie ist so… es klingt blöd aber sie wirkt oft so schutzlos oder hilflos. Als würde die Welt sie überfordern. Ich kann mir nicht vorstellen, wie es ist, wenn man so vieles nicht versteht und auch niemanden wirklich nah an sich ran lassen kann."

Jason nickte.

„Aber weißt du denn, ob sie damit wirklich so unglücklich ist, Stace? Eine Entwicklungsstörung schränkt einen Menschen ein, aber wer sagt denn, dass sie deshalb nicht glücklich werden kann?"

„Ich weiß", antwortete ich und spielte mit einem halben, sehr trockenen Blatt, das mir ins Gesicht hing. „Ich will nur nicht, dass sie sich alleingelassen fühlt, wenn ich weg bin."

„Das mit dem Teehaus soll ich ihr doch noch sagen, oder?"

„Ja. Es soll eine Überraschung sein."

„Eine Überraschung von dir. Sie wird sich freuen."

„Ja", wiederholte ich. „Ich weiß nur nicht, wie du am besten auf sie zugehen kannst. Sie ist so… scheu? Menschen die sie nicht kennt machen ihr Angst."

„Wir haben erst Oktober", sagte Jason und schenkte mir ein Lächeln. „Sorry, Anfang November", korrigierte er sich auf meine gehobene Augenbraue hin. „Wir werden schon einen Weg finden, okay?"

„Okay."

„Jas?"

„Ja?"

„Clara zieht immer Jacken an."

Er lachte und die schweren Gewichte auf meinen Schultern lösten sich in Luft auf.

Kapitel 36

Clara 2021

Zuerst waren Tage, dann eine Woche und schließlich zwei ganze Wochen vergangen. Nichts war passiert. Ich hatte Hazel nicht mehr gesehen. Aber auch Jason und Hailey nicht mehr. Mum und Dad hatten akzeptiert, dass ich alleine sein musste, um diese Veränderung erstmal zu realisieren. Sie wussten, dass ich dafür länger brauchte als andere. Dass eine Veränderung für mich mehr war als einfach nur das.

Jedoch war diese nicht das, was mich Tag und Nacht quälte. Es war die Tatsache, dass ich gedacht hatte, ich würde endlich mit Veränderungen klarkommen. Jason, der in mein Leben getreten war, Hazel, das Büchercafé, Albert der meine liebste Buchhandlung hatte aufgeben müssen.

Und Stacy.

Hatte ich denn wirklich gedacht, ich hätte gelernt, damit umzugehen? Hätte mich selbst… verändert? Hatte ich das denn überhaupt?

Diese, zusammen mit tausenden von anderen Fragen, hielten mich nachts wach und raubten mir am Tag jede Kraft. Da war dieses Gefühl, wieder am Anfang zu stehen. Als sei alles umsonst gewesen. Auch wenn ich genau wusste, dass das nicht stimmte.

Dass Jason noch da war. Und Mum und Dad. Und... das Café.

In den letzten zwei Wochen hatte Jason mir nur einmal kurz geschrieben. Dafür war ich im zutiefst dankbar. Denn ich hatte diese Zeit gebraucht. Es machte alles nicht leichter, aber ich brauchte sie, um selbst damit umgehen zu können. Jeden Tag hatte ich Gedichte, Gedankengänge oder einfach nur kurze Sätze geschrieben, die mir dabei geholfen hatten, alles erstmal zu verarbeiten, all diesem Schmerz und den Gedanken einen Raum zu geben. Genauer gesagt hatte ich sie alle Jas geschickt. Er hatte alle gelesen und nie geantwortet. Und das war alles, was ich in dieser Zeit gewollt hatte: Jemanden der meinen Gedanken zuhörte, ohne dass ich mit ihm direkt reden musste.

Mein Blick wanderte aus dem Fenster neben mir, das von Regentropfen übersäht war.

Draußen schien jetzt die Sonne und ließ sie glitzern wie kleine Diamanten. Die Bäume in unserer Straße waren farbenfroh und leuchteten orange, rot, braun und gelb. Es war kälter geworden und auf den Straßen und Wiesen lagen die bunten Blätter, die ihren Platz am Baum schon verlassen hatten. Auch auf dem roten, kleinen Auto, das seit heute früh vor Heather's Haus parkte. Ich hatte es noch nie zuvor gesehen und ich wusste auch, dass sie keine Verwandten mehr hatte. Aber vermutlich war einfach eine Freundin von ihr zu Besuch.

Während ich in die Ferne schaute, lehnte ich meine Schläfe an das kalte Glas des Fensters und zog meine Strickdecke höher. Auch heute morgen hatte ich es mir mit meinem Laptop auf der breiten Fensterbank neben meinem Bett gemütlich gemacht. Das Schreiben und das Lesen waren gerade die einzigen Dinge, die mich das Leben fühlen ließen. Andere Welten zu sehen, andere Probleme zu haben und sich in Abenteuer und Geschichten zu stürzen half mir, mich nicht in meinen Gedanken zu verlieren.

Aber auch selbst Worte zu tippen, allem formlosen in meinem Kopf Gestalt zu geben, half mir.

Langsam löste ich meinen Kopf von der Scheibe und wandte mich dem Computer auf meinem Schoß zu. Von meinem Hintergrundbild schauten mich eine lächelnde Clara und eine strahlende Stacy an. Es war eins der Bilder, die wir damals auf dem Friedhof mit den bunten Herbstbäumen gemacht hatten. Stacy hatte ja so auf ein Bild von uns beiden zusammen bestanden, dass ich am Ende wohl oder übel hatte kapitulieren müssen. Und ich war meiner Schwester heute dankbar für ihre Hartnäckigkeit. Denn dieses Bild erinnerte mich, wann immer ich meinen Laptop öffnete, daran dass Stacy immer an mich und das, was ich konnte, geglaubt hatte.

Ich war versunken in den Worten die ich tippte, hörte, spürte, sah und roch sogar förmlich jedes Detail meiner Geschichte. Sie war ohne jegliche Struktur, wie ein Fließtext geschrieben, voller Tipp- und Logikfehler. Und doch schaffte sie es, mich voll und ganz in ihren Bann zu ziehen.

„Wenn du so fokussiert bist, könnte ich dir ewig zuschauen“, schreckte mich plötzlich die klare Stimme von Stacy aus meiner Gedankenwelt. Sie stand in meiner Tür und kam jetzt auf mein Bett zu, auf dem ich mit meinem Laptop saß.

„Upsi“, machte sie und hob schnell die Hände. „Ich wollte dich nicht erschrecken, ich schwöre. Aber du kennst mich ja. Ich kann meinen Mund nicht halten.“

Da musste ich lachen und sie stimmte mit ein.

„Wie lange hast du mir schon zugeschaut?“, wollte ich von ihr wissen und war dabei, den Computer zuzuklappen.

„Stopp!“, rief Stacy und ließ sich neben mich auf mein Bett sinken. Sie durfte das. Sonst keiner. „Bitte, ich will sehen, was du da immer schreibst.“

„Das ist nur...", wollte ich abwehren, doch meine Schwester blieb hartnäckig.

„Komm schon, ich will sehen, was dich viel mehr zu fesseln scheint als mich jeder gute Jane Austen Roman!" Mit ihren Fingern machte sie eine fordernde Bewegung und setzte ein bettelnden Blick auf. Ich seufzte ergeben und reichte ihr den Laptop. Wie besessen beugte sie sich über den Bildschirm und begann zu überfliegen, was ich soeben getippt hatte.

„Äh... der Anfang ist weiter oben", informierte ich sie und sie lachte.

„Das erklärt, warum mir die ganzen Namen nichts sagen."

Ein Grinsen schlich sich auf mein Gesicht.

Typisch Stace.

„Wow", sagte sie nach einigen Minuten des Schweigens. „Das... das ist echt gut, Ci." Ich konnte diesen komischen Ton aus ihrer Stimme nicht raushören, den sie immer reinlegte, wenn sie etwas nicht ernst meinte.

„Wirklich?", hakte ich deshalb unsicher nach.

„Aber sowas von!", bestätigte sie, den Blick noch immer auf meine getippten Worte gerichtet. „Ich habe nur ein bisschen was davon gelesen, aber ich will mehr. Du musst mal ein Buch schreiben, versprichst du mir das?"

Überrumpelt hob ich die Hände. „Nein. Das kann ich ganz sicher nicht. Ich... ich kann solche Geschichten nicht schreiben. Sie wären bestimmt... langweilig."

Zu meiner Überraschung lachte Stace jetzt nicht, sondern hob den Blick und sah mich aus ihren hellblauen Augen voller Stolz an. „Ci, wenn ich das sage, meine ich das so. Du hast Talent. Hör auf, dich immer so runterzumachen, das hast du nicht verdient. Nicht von dir selbst. Du bist der tollste Mensch den ich kenne, weil du genau so bist wie du bist. Und wehe du veränderst dich, nur weil du Angst davor hast, falsch zu sein! Bunt wie Herbstblätter, schon vergessen?"

Ja. Vielleicht hatte ich das schon öfter vergessen. Aber in den letzten Wochen mit Hazel und Jason hatte ich mich wirklich... richtig gefühlt. Genau so, wie ich war. Doch, ich hatte mich verändert. Aber nicht mich selbst, sondern meine eigene Einstellung, meine eigenen Erwartungen an mich selbst. Und ich wusste, dass es immer okay war, auch wieder einen Schritt zurück zu machen. So wie vor zwei Wochen, als ich nichts mehr hatte essen wollen, weil mir alles weh getan hatte. Alles in mir drin. Und da war es immer noch. Das Loch, das in meiner Brust entstanden war, durch den Verlust von Hazel. Und die Narbe, die noch immer an das Loch erinnerte, dass Stacy's Verlust dort verursacht hatte.

Ich blinzelte und fing an zu tippen.

Von Worten

Ich will schreien
die Worte
die mir wehtun
endlich befreien.

Warum
tut es nur
so verdammt weh
sie zu finden?

Warum
ist da diese Angst

dass niemand
sie versteht?

Warum
schlage ich die Tür
hinter mir zu
obwohl ich doch

die Einsamkeit
am meisten fürchte?

Weil Worte
zwar nichts wiegen
aber so viel schwerer sind
als alle Last der Welt.

-Clara F.

Das laute Klopfen an der Haustür unten holte mich aus meinem Tunnel.

Erschrocken setzte ich mich wieder aufrecht hin und klappte den Laptop zu. Waren Mum und Dad denn nicht zu Hause?

Offensichtlich nicht, denn das Klopfen wurde lauter und aufdringlicher. Wie ich es hasste, an die Haustür zu gehen. Was wenn da jemand war, den ich nicht kannte? Was sollte ich dann sagen? Sollte ich das Klopfen vielleicht ignorieren? Aber was, wenn es Mum oder Dad waren, die ihren Schlüssel vergessen hatten?

Die Zähne zusammenbeißend erhob ich mich von meiner Fensterbank, legte Decke und Laptop aufs Bett und huschte nach unten. Einen kurzen Moment dachte ich, das Klopfen würde aufhören, doch genau in dem Moment, als ich vor der Tür stand, fing es wieder an. Ich krallte meine Finger in meinen Strickpullover und zählte langsam von fünf rückwärts, dann öffnete ich die Haustür.

„Heather?“, rutschte mir statt einem ‚Hallo‘ raus.

Sie nickte lächelnd. Ihre langen grauen Haare trug sie heute wie sonst eher selten offen und sie fielen ihr über die Schultern bis zum Bauchnabel. Sie trug einen dicken Pulli aus Strick in tannengrün und darunter konnte ich noch einen in senfgelb erkennen. Außerdem hatte sie sich wieder ihren heiß geliebten dunkelgrünen Rock angezogen und dicke Stiefel. Als ein eiskalter Windhauch mir entgegenpustete, erzitterte ich kurz.

„Zieh dir am besten Stiefel und eine dicke Jacke an“, riet mir Heather und ich war etwas verwirrt. Doch dann lachte sie. „Oh tut mir leid, Liebes, ich wollte dich nicht so überrumpeln. Aber ich hatte gehofft, wir können ein bisschen Spazieren gehen?“

Erst jetzt bemerkte ich den alten, dunkelbraunen Labrador Charles hinter ihr, der mich schwanzwedelnd ansah. Mein Herz krampfte sich zusammen und ohne dass ich es hätte verhindern können, traten mir Tränen in die Augen.

„Clara... nicht“, versuchte Heather mich schnell zu beruhigen und ließ Charles an ihr vorbei zu mir kommen. Ich ging in die Hocke und nahm den alten Hund in den Arm. Er legte mir seinen Kopf auf die Schulter und ließ zu, dass ich mich einfach nur an ihm festhielt. Ich brauchte keine körperliche Berührung wie Umarmungen von Menschen. Ich konnte sie nicht ertragen. Aber jetzt in diesem Augenblick mit Charles in meinen Armen spürte ich, dass ich Tiere brauchte, um die Dunkelheit in mir zu vertreiben. Um Wärme statt Kälte zu spüren. Um mich sicher zu fühlen. Es war das Gefühl, was mir Charles schon immer, wenn ich bei Heather gewesen war, gegeben hatte und was Hazel nochmal verstärkt hatte. Und mir wurde erst jetzt klar, wie sehr ich das gebraucht hatte.

„Danke“, sagte ich zu Charles und Heather gleichermaßen, als ich mich wieder aufrichtete, mir meine Winterjacke vom Kleiderhaken schnappte und in meine dicken Stiefel schlüpfte.

„Schön, dass du uns begleitest“, erwiderte sie und lächelte wieder so, dass die Falten in ihrem Gesicht wie die Strahlen ihrer inneren Sonne wirkten. Ihre hellgrauen Augen leuchteten mich an.

Rasch steckte ich mir einen Schlüssel ein und trat über die Türschwelle in die Kälte und das goldgelbe Licht der späten Herbstsonne. Diese ließ Pfützen und nasse Blätter glitzern und schimmern, als würde sie mich nach der ganzen Zeit, die ich nur drinnen verbracht hatte, begrüßen wollen.

Tief atmete ich den Geruch nach nassem Laub und Rinde ein. Die große Eiche vor unserem Haus warf mit ihrem nur noch spärlich bedecktem Blätterdach ein bizarres Muster auf den Kiesweg und immer wieder segelten ein paar orangene Blätter hinunter.

„Was hältst du davon, in den Wald zu gehen?“

Ich musste lächeln. Als hätte sie meine Gedanken gelesen.

Das leise Hecheln von Charles mischte sich unter das stetige Rascheln, das unsere Schritte auf dem von Laub bedeckten Waldboden verursachten. Den ganzen Weg lang hatten wir geschwiegen. Ein angenehmes Schweigen zwischen zwei Menschen, die die Geräusche des Waldes und *Brightwoods* genossen.

„Hat dir schonmal jemand gesagt, dass du unfassbar stark bist, Clara?“, wollte Heather auf einmal ganz unvermittelt wissen.

Einen Moment überlegte ich, dann zuckte ich nur mit den Schultern „Ja, ich glaube schon.“ Ich glaubte es nicht, ich wusste es.

„Und… hast du dem jemals Glauben geschenkt?"

Nein.

„Ich weiß nicht", antwortete ich stattdessen.

„Weißt du, es zeugt von weit mehr als einfach nur Stärke, dass du an die Tür gegangen bist, obwohl du das nicht magst. Dass du mit mir ganz spontan spazieren gegangen bist, und das obwohl du immer alles gerne vorher weißt. Dass du wieder aus deinem Zimmer gekommen bist, obwohl du dich dort in den letzten Tagen sicher gefühlt hast. Es ist ein ganzes Stück Akzeptanz, das du dazu gewonnen hast. Du hast, ob bewusst oder unbewusst, ob gewollt oder nicht, all die ganzen Veränderungen akzeptiert, hast einen Weg für dich gesucht, damit klarzukommen. Das ist etwas, was so viele Menschen nicht können. Du hast dich verändert, seit du Jason, Hazel und damit ein weiteres Stück Leben, das nicht von Stacy abhängig ist, kennengelernt hast."

Darauf wusste ich nichts zu erwidern. Es war fast der selbe Gedankengang, den ich vor ein paar Minuten noch zu Hause gehabt hatte. Und es stimmte.

Plötzlich wurde mir klar, welchen Weg wir nun eingeschlagen hatten und blieb kurz stehen. „Wir gehen zum Teehaus?"

Heather drehte sich zu mir und lächelte. „Ist es denn nicht mittlerweile ein… Büchercafé?"

Naja das war es noch nicht ganz. Es fehlten zwar nur noch die Regale, die Bücher und Albert, aber es deswegen schon… *Büchercafé* zu nennen war noch immer so… komisch.

„Ich wollte es gerne mal sehen", sagte sie dann und setzte sich wieder in Bewegung. Ich eilte hinterher.

„Aber ich habe den Schlüssel nicht dabei", erinnerte ich sie, doch sie zuckte nur mit den Schultern.

„Weißt du, es von außen zu betrachten lässt Raum für die

Fantasie. Und wenn ich es dann eines Tages betreten werde, kann ich überrascht werden."

Da war was dran.

Nach ein paar weiteren Schritten kam das kleine hölzerne Häuschen auch schon in Sicht. Sofort beschleunigte sich mein Puls. Dieses Hüttchen nur zu sehen machte mich schon so unfassbar glücklich. Und mich beschlich das Gefühl, dass Heather das gewusst hatte. Dass sie Charles absichtlich mit zu mir gebracht und mit hierher genommen hatte. Stumm dankte ich ihr dafür, denn mir war nicht bewusst gewesen, wie sehr ich es vermisst hatte, hier zu sein.

Die Bäume bildeten mit ein paar übrig gebliebenen bunten Blättern und dunkelgrünen Nadeln ein Blätterdach, durch welches nur vereinzelte Sonnenstrahlen drangen und den Waldboden und die gepflasterte Einfahrt vor dem Teehaus beleuchteten. Auf der Veranda standen ein paar Kürbisse, weiße, orangene und grüne, um das Geländer war eine Lichterkette mit so einer Zeitschaltuhr angebracht. Sobald es dunkel wurde, würde sie angehen. An den bodentiefen Fenstern klebten ein paar bunte Ahornblätter und neben der Eingangstür stand eine große Laterne mit einer dicken, weißen Kerze drin.

Eine wunderbare Ruhe breitete sich in mir aus und ich hatte das Gefühl wieder etwas freier Atmen zu können. Hier, neben meinem wahr gewordenen Traum zu stehen, ließ mich das Leben wieder deutlicher spüren. Ja, Träume waren die unbändige Sehnsucht nach Leben...

Plötzlich ging die Tür auf und ich zuckte zusammen.

„Wollt ihr nicht reinkommen?", bot Jason an und grinste. Er machte eine einladende Handbewegung ins Innere der Hütte. Da erst fiel mir der Rauch auf, der aus dem kleinen Schornstein quoll. Wie hatte ich das übersehen können?

„Aber sicher doch", gab Heather zurück, stieg die Treppe zur Veranda hoch und zwängte sich mit Charles an ihm vorbei. Ich stand noch etwas verwirrt auf der Einfahrt und starrte Jason fragend an. Der lachte auf und schüttelte sein goldblondes Haar.

„Ich kann dir fast jede Frage von der Stirn ablesen!", lachte er. „So gut konnte ich deinen Blick noch nie deuten."

Ein Grinsen schlich sich auf mein Gesicht und ich merkte, wie ich mich freute, auch Jason wieder zu sehen. Dann kam auch ich zu ihm und folgte ihm rein. Mich begrüßte eine wohlige Wärme und der Duft nach Feuerholz und...

„Kuchen und heiße Schok...?"

Weiter kam ich nicht, als ich sah, wer noch alles drin war.

Mum. Dad. Erec. Hailey? Aber mein Blick verharrte ganz wo anders.

Aus meiner Kehle drang ein Schluchzer, ich ließ meine Jacke fallen und stürzte auf das kleine, haselnussbraune Fellbündel zu, das neben Mum auf dem Boden saß.

Hazel sprang auf mich zu und mir mit den Pfoten so sehr gegen die Schultern, dass ich nach hinten überkippte. Aber das kümmerte mich nicht.

In mir drin leuchtete plötzlich alles in hellem Licht auf, geschlossene Türen öffneten sich und ich spürte wie die Enge in mir einer unbeschreiblichen Weite wich. Ich lachte und strahlte, wie schon lange in meinem Leben nicht mehr. Und aus meinen Augen kamen Tränen... Freudentränen? Ich konnte vor Freude weinen?

„Wie...? Wann...?", stammelte ich und richtete mich auf, Hazel noch immer auf meinem Schoß in den Armen haltend. Sie schleckte mir unablässig über die Hände, das Gesicht und ihre Rute drehte sich wie ein Propeller. Ab und an stieß sie sogar einen leisen Fiepser aus.

Hailey ging neben mir in die Hocke und streichelte Hazel. „Das war ein langer, beschissener und harter Kampf und eine scheiß anstrengende Suche nach Beweisen“, erklärte sie und lächelte matt. Ihre Haut wirkte nach wie vor durchscheinend und auch die Schatten unter ihren Augen schienen noch tiefer geworden zu sein.

„Aber letzten Endes haben wir Raubvogelgesicht hinters Licht führen und dem Tierschutz melden können“, fügte Jas hinzu und grinste schadenfroh.

„Wer?“, wollte Mum etwas irritiert wissen, doch keiner hörte die Frage.

„Wirklich?“, hakte ich ungläubig nach.

„Sie hat tatsächlich illegalen Welpenhandel betrieben und jetzt zahlt sie ne fette Geldstrafe, was leider aber auch schon alles ist“, sagte Hailey mit einem Hauch Enttäuschung in der Stimme. „Die Hunde hat sie auch abgeholt bekommen. Die Geschwister von Hazel haben alle schnell ein neues Zuhause gefunden. Und Hazel‘s Mutter lebt jetzt bei Heather und darf dort ihren Lebensabend verbringen, denn sie ist schon sehr alt, wie wir herausgefunden haben.“

Ich war vollkommen sprachlos.

„Die Tierärztin ist heute noch gekommen um nach ihr zu sehen, aber wie es scheint ist sie bis auf absolute Erschöpfung körperlich gesund“, erzählte Heather. *Das rote Auto*, dachte ich. „Wie es in ihrem Kopf und ihren Erinnerungen aussieht will ich nicht wissen“, meinte sie dann und senkte traurig den Kopf.

„Das... das habt ihr alles... in den zwei Wochen gemacht?“

Einstimmiges Nicken.

Wow.

„Ich...“

„Schon okay“, unterbrach mich Hailey und zwinkerte mir zu.

„Wir haben das nicht nur für dich gemacht. Ich glaube keiner in diesem Raum kann Viola sonderlich leiden. Aber was sie diesen Hunden angetan hat, durfte nicht ungestraft bleiben. Auch wenn ich persönlich mir mehr gewünscht hätte." Die Schatten unter Hailey's matten grünen Augen schienen noch etwas dunkler zu werden, auch wenn ich wusste dass das nicht sein konnte.

„Tja dann", sagte sie schließlich, rappelte sich auf und ging zur Tür. „Ich schätze ich bin dann hier fertig."

„Möchtest du nicht noch ein wenig hier bleiben?", wollte Mum von ihr wissen und tauschte einen Blick mit Dad. „Wir könnten noch etwas Kuchen essen und heiße Schokolade trinken, hättest du Lust?"

Hailey schüttelte entschuldigend den Kopf und versuchte sich an einem Lächeln, das sogar ich falsch fand. „Ich muss. Also dann." Sie hob die Hand zum Abschied, streifte sich ihre dicke Jacke über und verschwand nach draußen. Ich konnte durch das Fenster sehen, wie sie die Einfahrt zurück zum Waldweg lief, um die Ecke bog und schließlich ganz aus meinem Blickfeld verschwand. Es war merkwürdig, weil ich sie bei Stacy ganz anderes erlebt hatte...

„Na, jemand Lust auf Schoko-Kuchen?", fragte Erec und Jason legte noch etwas Holz aufs Feuer.

Ich nickte noch immer benommen und völlig neben mir. Diese ganze Situation... all das war so plötzlich und komplett unerwartet gekommen, dass ich noch nicht richtig damit umgehen konnte. Da war dieses nervöse Kribbeln in mir und dieses Rauschen in meinen Ohren und in meinen Adern.

Mein Blick ruhte auf Hazel, die auf meinem Schoß lag und nicht so aussah, als würde sie sich in den nächsten Minuten oder Stunden da wegbewegen wollen. Wärme flutete mein Herz und unendliche Dankbarkeit. Mein Kopf hatte noch nicht begriffen, was hier heute geschehen war, aber mein Herz verstand es schon längst. Ich hatte eine Familie, Freunde und eine kleine Seelenverwandte und ich war nicht allein. All diese Menschen und Tiere akzeptierten mich, so wie ich war. Sie waren für mich da, unterstützten mich bei meinem Traum, dabei ihn endlich zu verwirklichen. Sie alle hatten Stacy auch verloren und sich dadurch alleine gefühlt. Aber jetzt waren wir hier, gemeinsam. Stacy würde uns immer fehlen. Ihr Verlust würde immer diese große Narbe in unseren Herzen sein, die ab und an wieder weh tun würde. Aber wir hatten auch all die Erinnerungen, die Erlebnisse, die wir jederzeit miteinander teilen konnten und die Stacy niemals würden sterben lassen. In unseren Herzen lebte sie jeden Tag weiter. Und vielleicht würde es eines Tages nicht mehr ganz so doll weh tun.

„Ich habe einen Projektor mitgebracht", verkündete Erec und grinste Dad an.

„Und deine Mum und ich haben eine gewisse Serie für heute mitgenommen", fügte der hinzu und ich sah wie Mum die DVDs von *Gilmore Girls* aus ihrem braunen Korb zog.

Mein Herz setzte einen Schlag aus, nur um dann doppelt so schnell weiter zu schlagen.

Wie hatte ich diese Serie vermisst. Ich hatte sie nicht mehr geschaut, seit Stace nicht mehr da war.

Etwas unsicher sah meine Mutter mich an. „Ich hoffe, das ist okay für dich?"

In mir war dieses nervöse Prickeln, doch es flaute sofort ab, als Hazel ihren Kopf gegen meine Hand drückte. Ich lächelte und sah zu meinen Eltern.

„Es ist okay." Und das war es auch. Mehr als das.

Ich fühlte mich zu Hause.

Angekommen.

...Glücklich.

„Morgen haben wir noch was zu erledigen“, raunte Jas mir ins Ohr, als er sich neben mich auf den Boden setzte. Mum holte Kissen und Decken aus ihrem Korb und Erec installierte den Beamer. Dad brachte Kuchen und Kakao. Heather holte sich einen Stuhl, setzte sich, und Charles nahm zu ihren Füßen platz.

„Ich weiß...“, flüsterte ich zurück und strahlte. „Und ich freue mich drauf.“

Aber nicht nur darauf. Ich freut mich auf jeden weiteren Tag, den ich noch würde erleben dürfen. Auf jeden Tag in unserem Büchercafé. Auf jeden weiteren Tag, den ich mit Hazel hatte. Mit Jason, Mum, Dad und Heather.

„Ich mich auch“, erwiderte Jason und lächelte.

„Auf nach *Stars Hollow*!“, rief Mum euphorisch und ich hatte sie noch nie so fröhlich erlebt in den letzten Wochen.

„Was ist das eigentlich für eine Serie?“, wollte Erec wissen und setzte sich zu uns, die Fernbedienung in der Hand. „Eine Action Serie?“

Ein Lachen sprudelte aus mir raus und Mum, Dad und Jas stimmten mit ein. Nur Heather und Erec verstanden nicht recht, bis Mum es ihnen erklärte und auch sie loslachten.

Wir tranken heiße Schokolade, lachten über Lorelai und Emily, aßen Kuchen und ich wusste, dass Stacy jetzt zu mir sagen würde:

„Siehst du Ci, mich kann man nicht einfach so vergessen. Selbst wenn ich nicht da bin, bin ich da.“

Kapitel 37

Clara 2021

Nervös zuppelte ich an dem Stoff von Hazel‘s Leine herum, die ich in meiner rechten Hand festhielt. Jason und ich standen vor dem *Leseeckchen* und soeben hatte Jas die Klingel für Albert‘s Wohnung gedrückt. Jetzt standen wir hier und warteten.

„Denkst du... er wird es überhaupt machen wollen?“, fragte ich, aber noch bevor er mir antworten konnte, ging die Tür auf und Albert strahlte uns aus seinen braunen Augen an.

„Wie schön, dass ihr mich wieder besuchen kommt!“, freute er sich und winkte uns rein. „Kommt, kommt, ich habe gerade noch an euch beide gedacht.“

Wie immer, seit ich Albert kannte, trug er die grauen Haare im Nacken zu einem Zopf gebunden. Seine dicke schwarze Brille, der lange graue Bart, das rot karierte Hemd und die Bügelfaltenhose machten das Bild eines typischen Buchhändlers nur noch perfekter.

Als wir in das *Leseeckchen* traten, wurde mir etwas schwer ums Herz. Es kam mir so falsch vor, diesen einst so wunderschönen Ort ohne seine Seele zu sehen. Die Bücherregale standen zwar noch immer an den Wänden, aber sie alle waren leer und leicht eingestaubt. Überall auf dem Boden standen ordentlich nebeneinander oder übereinander gestapelte Kisten und Kartons. Vor ein paar Wochen noch hatte ich Albert dabei geholfen, all seine Bücher dort hinein zu packen und es kam mir wie eine Ewigkeit vor, die seitdem schon vergangen war. Eines allerdings war neu...

„Ich konnte mich einfach nicht von ihnen trennen“, erklärte Albert auch schon, als er meinen Blick bemerkt hatte, der auf den beiden großen, roten Ohrensesseln haftete.

„Das kann ich sehr gut verstehen“, meinte Jason und ließ sich in dem Moment in einen der beiden sinken. „Ich kenne keinen bequemeren Sessel auf dieser Erde.“

„Oh und die Kleine hast du auch wieder mitgebracht, wie ich sehe“, bemerkte der Buchhändler dann und lächelte. „Scheinbar hast du das Licht wieder für dich entdeckt. Ich sehe dieses Leuchten in deinen Augen, dass ich immer gesehen habe, wenn du und Stacy hier im *Leseeckchen* gestöbert habt.“

„Ja, das habe ich“, bestätigte ich und erwiderte sein Lächeln ehrlich und ohne es zu erzwingen. Keine Ahnung, wann ich das letzte Mal so oft so frei hatte meine Freude zeigen können. Das unglaubliche Glück, das mein Herz erfüllte.

„Möchtet ihr beiden etwas trinken?“, bot Albert an und wollte schon an Hazel und mir vorbei in seine Wohnung gehen. „Ich kann auch Kakao...“

„Deshalb... sind wir nicht hier“, unterbrach Jason ihn mit geheimnisvollem Unterton. Er warf mir einen vielsagenden Blick zu und nickte.

Verwirrt sah Albert vom einen zum anderen und kratzte sich den Bart. „Aber warum denn dann?“

„Wir... äh...“, begann ich und suchte überfordert nach den richtigen Worten. Hazel stupste mein Schienbein mit der Nase an und schaute mich aus ihren hellblauen Augen so voller Wärme und Vertrauen an, dass ich plötzlich innerlich ganz ruhig wurde. Da war wieder dieses Band zwischen uns, geheilt, leuchtend und es gab mir Halt.

Ich holte tief Luft und sah weiterhin meine kleine Hündin an. „Wenn du das möchtest, dann darfst du weiterhin Buchhändler sein mit deinen Büchern“, sprach ich aus und wartete einen Augenblick. Albert schien etwas sprachlos, also fügte ich hinzu: „Jason und ich haben einen- meinen Traum verwirklicht. Der Traum von einem Büchercafé. Das einzige, was uns noch fehlt, sind... naja Bücher. Und... ein Buchhändler, der für jeden immer das passende Buch findet.“

Eine ganze Weile war es still und ich hört nur das Ticken der großen Standuhr, die noch immer einsam in der hintersten Ecke des Raums stand.

„Ihr...“, fing Albert an und ich konnte sehen, wie ihm Tränen in die Augen stiegen. „Ihr schenkt meinen Büchern ein neues Zuhause? Und... und gebt mir das zurück, was mir... genommen wurde?“ So sprachlos hatte ich den Buchhändler noch nie erlebt und er schien sich ehrlich zu freuen. In seinen Augen glomm etwas auf, was durch die Schließung seiner so geliebten Buchhandlung erloschen war. Seine Hände zitterten, als er sich mit ihnen über sein Haar fuhr und Richtung Decke blickte. Ich hörte das Seufzen, das er ausstieß und dann lachte er. Frei und voller Glück.

„Naja... wenn du mit uns ins Büchercafé kommen willst, dann ja“, antwortete Jason mit einem breiten Grinsen im Gesicht, erhob sich vom Sessel und nahm den überraschten Buchhändler in den Arm. „Wir brauchen jemanden wie dich.“

„Und Bücherregale“, ergänzte ich und Jas lachte.

„Genau. Und Regale müssen wir noch kaufen.“

Albert löste sich von Jason und wischte sich mit den Händen

über die Augen. „Aber“, setzte er an, „aber ich habe doch genug Regale!“ Dann lachte er wieder und schüttelte den Kopf.

„Wow“, machte Jason. „Wie konnten wir das vergessen?“

„Ihr habt keine Ahnung, was mir das bedeutet…“, sagte Albert nun ruhiger und sah erst Jason, dann mich an. „Das, was ihr mir damit schenkt, ist unbezahlbar.“

„Das, was du Stacy und mir geschenkt hast, ist auch nicht bezahlbar, Albert“, gab ich zurück und streichelte Hazel‘s Kopf. „Hier im Leseeckchen war immer ein Zuhause für uns, in jedem Buch ein neues. Aber das schönste hier war, dass du die Bücher und das Lesen genauso liebst wie Stacy und ich es immer taten. Und wie du zu mir gesagt hast: Erst die Bücher schenken einem Ort die Seele.“

„Es wäre mir eine Ehre“, sagte Albert und sah uns dankbar an. „Wie heißt denn der Ort, dem jetzt eine Seele geschenkt wird wenn ich fragen darf?“

„Das würde mich ja auch brennend interessieren“, meinte Jas und nun ruhten zwei Paar neugierige Augen auf mir.

Aber es machte mich nicht nervös.

Ich schmunzelte, denn ich wusste genau, wie unser Café heißen würde. Schon längst. Genauer gesagt, seit Stacy und ich uns den Namen ausgesucht hatten.

„Herbstblätter“, verkündete ich und strahlte. „Weil jeder dort willkommen ist. Denn Menschen die anders sind, sind die Farben im Grau der Normalität. Sie sind die Herbstblätter. *Wir* sind bunt wie Herbstblätter.“

Epilog

Clara 2022

„Gibt es hier diese heiße Schokolade, die so super lecker sein soll?“, fragte mich ein Mädchen mit dichten, schwarzen Locken und dunkelbraunen Augen.

Jason trat neben mich und wies auf die ganze Auswahl an Kuchen, Croissants, Brötchen und Teigtaschen hin, die hinter dem Glas der Theke auslagen. „Wir haben sogar noch deutlich mehr als das zu bieten“, erklärte er, ich lächelte ihm sehr dankbar zu. Zwar betrieben wir das *Herbstblätter* jetzt schon seit bald einem Jahr, aber ich hatte immer meine Probleme dabei, mit fremden Menschen einfach so zu sprechen. Manchmal, wenn Hazel da war, gelang es mir besser, aber ich wusste, dass ich so einfach war. Und ich akzeptierte es. Jeder der ins Café kam oder hier arbeitete akzeptierte meine Einschränkungen und trotzdem fühlte ich mich nicht wie eine Last. Nein, wir waren hier ein Team mit Mum, Jason, Albert, manchmal Heather und Dad, der uns immer Backwaren aus der Bäckerei brachte. Seit Albert seine Regale und Bücher aufgestellt hatte, hatte das Café wirklich eine Seele. Jedes Mal, wenn ich es betrat, konnte ich ankommen, mich freuen und aufatmen. Ich liebte es, morgens im Herbst und Winter, wenn es noch ziemlich dunkel war, die Lichterketten an der Veranda und den Fenstern einzuschalten und Kerzen anzuzünden. Im Kamin prasselte bei der Kälte immer ein Feuer und links und rechts von ihm hatten auch Albert's geliebte rote Ohrensessel ihren Platz gefunden. Viele Menschen kamen her und niemand wollte wieder gerne gehen. Wir hatten hier einen Ort geschaffen, an dem man mal einfach nur sein konnte. An dem man man selbst sein konnte.

Ich wandte mich an Albert, der gerade dabei war, die neuen Bücher, die gestern angekommen waren, in die Regale zu sortieren.

„Wollte Heather nicht noch eine Tasse Tee trinken kommen?"

Albert nickte. „Ja, aber vorher wollte sie noch eine Runde mit Pearl und Charles spazieren gehen."

Ein Lächeln huschte über meine Lippen. Pearl war Hazel's Mutter. Eigentlich hieß sie ja *Miss Pearla Rose*, aber der Name gefiel Heather nicht und vermutlich auch sonst keinem. Sie lebte jetzt mit Charles ihre letzten Jahre bei meiner Nachbarin und blühte wieder auf wie ein kleiner junger Hund. Sogar dem alten Labrador Charles schien die neue Mitbewohnerin gut zu tun. Jedenfalls hatte er wieder damit angefangen, jedem seinen Lieblingsball hinterher zu tragen.

„Und nächstes Jahr sortiere ich dein Buch ein", sagte Albert dann augenzwinkernd.

„Vielleicht", antwortete ich, schob mich an den Bücherkisten vorbei zur Tür und raus auf die Veranda. Ich hatte in den letzten Monaten wieder mehr geschrieben. Poesie, aber auch diese eine Geschichte, von der Stacy die ersten Zeilen gelesen hatte. Albert hatte ich davon erzählt und er hatte gesagt, dass er immer schon gewusst hatte, ich würde eines Tages ein Buch schreiben.

Naja, wer wusste schon, was noch kommen würde? Mir machte das nichts mehr aus, es nicht zu wissen. Denn wenn ich etwas gelernt hatte, dann dass nur der nächste Tag zählte und das, was man aus ihm machte. Alles andere würde kommen, so oder so.

Ende

Stacy Marie Falls (illustriert von Hannah Ruppenthal)

Clara Falls (illustriert von Hannah Ruppenthal)

Danksagung

An dich…

Okay, wir halten fest, es ist gerade 00:18 Uhr. Ich habe um Punkt 00:00 Uhr das Wort ENDE getippt und ich werde morgen dezent übermüdet sein, denn WIE SOLL ICH JETZT BITTE SCHLAFEN 😱? Ich kann das Gefühl, dieses Buch beendet zu haben, nicht in Worte fassen, nicht greifbar machen. Bei keinem meiner Bücher, die ich bisher geschrieben habe, hatte ich jemals dieses Gefühl. Dieses Buch war für mich eine enorme Herausforderung. Ich hab geflucht, hab geweint, wollte alles neu schreiben, habe gezweifelt und dann wieder alles daran geliebt. Und ich bin so dankbar.

Für die beste Anna, die ich kenne, weil sie jedes meiner Bücher liest, während ich schreibe und mich verflucht, wenn ich mal wieder mitten im Kapitel aufgehört habe zu schreiben (I am sorry 🤓)

Für Mama und Papa, die mich immer unterstützen und hinter mir stehen und mir immer das Gefühl geben, genau richtig zu sein, so wie ich bin.
Und für Omi, meinen treusten Fan, der jedes Buch als erstes kauft und am schnellsten durchliest.

Ich bin dankbar für meine Freunde Johanna, Lara und Tine, ich hoffe es ist okay, wenn ich euch hier namentlich nenne Danke dass ihr mich so motiviert, weiterzumachen und mich zu diesem Buch hier, dass ja viel von Freundschaft und Vertrauen handelt, inspiriert habt!
Ich danke dir Elli (@elenaannamayr) dafür, dass du jede meiner ewigen Sprachnachrichten abgehört und so mit mir dieses Buch gefeiert hast. Danke, dass ich in dir eine Freundin finden und kennenlernen durfte
Danke dir liebe Sofia (@sofiasbookdiary) dass du von Minute eins begeistert von dem Buch warst, obwohl du noch nichtmal das Genre kanntest

Vor allem dankbar bin ich für meine wundervolle Bookstagram (Instagram) Community, die mich jeden Tag unterstützt, mich aufbaut und mir unglaublich viel Kraft schenkt. Ohne euch würde ich heute Nacht nicht hier sitzen und diese Danksagung schreiben

Und danke DIR liebe/r Leser/in, dass du bis hierher gelesen hast, dass du dich auf diese etwas andere Geschichte eingelassen hast und dass du hier bist

Mein Herz ist voller Dankbarkeit und wer weiß, vielleicht sehen/ lesen wir uns ganz bald wieder in Brightwood?

Oder in meinen anderen Büchern?

Deine Hannah Geschrieben am 29.06. um 00:18 Uhr

Printed in Poland
by Amazon Fulfillment
Poland Sp. z o.o., Wrocław

30246135R00197